Liebe kann mich mal

Für Mama

Nastasia Martinez

LIEBE KANN MICH MAL

Erotischer Roman

ANAIS

Inhalt

Kapitel 1

Ich wäre so gern ein Fisch im Meer

Ich halte den Hörer aus dem Fenster und bin leise. Draußen ist es dunkel. Eigentlich muss ich mich gar nicht bemühen, weil die Nachbarn eh so laut stöhnen, dass man sie problemlos durchs Telefon hören kann. Sie wohnen im Haus auf der anderen Straßenseite und liefern so ziemlich jeden Abend ein Konzert vom Feinsten ab. Der komplette Ort kennt sie als »Pärchen Stöhn«. Mir wäre das peinlich, ich würde wenigstens das Fenster schließen. Ich habe nur ein einziges Mal das Fenster offen stehen lassen und wurde am nächsten Tag auch prompt von der alten Frau in der Etage unter mir gefragt, ob ich einen Horrorfilm geschaut habe, weil ich andauernd so geschrien hab. Die denkt aber auch, dass die von gegenüber irgendeine schmerzhafte Krankheit hat und nachts immer besonders laut leidet.

Jessy hat keine Probleme damit, mal ein Fenster oder eine Tür aufzumachen, bevor es ans Werk geht. Sie ist meine beste Freundin. Wir telefonieren gerade. Vor Kurzem haben wir darüber geredet, dass ich nachts oft nur mit meinem iPod im Ohr schlafen kann, wenn »Pärchen Stöhn« loslegt. Das wollte sie unbedingt selbst hören. Der schwarze Hörer ist nun wieder gegen mein Ohr gepresst und ich höre Rauschen und im Hintergrund Jessys Fernsehgerät. Sie schaut ProSieben, glaube ich.

»Die sollten dafür Geld verlangen. Ich kenne ein paar Leute, die garantiert seltener ins Pornokino gehen und denen dafür öfter zuhören würden. Damit kann man richtig Geld machen. Überleg doch mal!«

»Ich würde dafür nichts zahlen«, nuschle ich, schließe das Fenster und lege mich zurück ins Bett, das rosa bezogen ist und perfekt zu den Wänden passt. Ein bisschen peinlich ist mir das Zimmer schon. Immerhin bin ich zwanzig und schlafe noch im Kinderzimmer meines Elternhauses. Oder eher meiner Elternwohnung. Wir wohnen in einem mehrstöckigen Familienhaus, das den Zweiten Weltkrieg miterlebt hat und hier und da schon bröckelt und bröselt. Manchmal befürchte ich, dass mir die Stufen unter den Füßen wegbrechen, wenn ich in die oberste Etage steige.

»Bei uns im Ort gibt es so was nicht. Ich bin ein bisschen neidisch.« Jessy klingt richtig verstimmt, weil es in Saarbrücken kein »Pärchen Stöhn« gibt.

»Wärst du nicht umgezogen, könntest du das auch jeden Abend hören. Bist selbst schuld dran.«

Letztes Jahr hat sie ihren Abschluss gemacht und ist ins Saarland gezogen, um dort Jura zu studieren. Ich kenne sie seit der Grundschule, als sie noch das Mädchen mit den Zöpfen und der extremen Tollpatschigkeit war und als ich noch einen Pony und einen Haarreif trug. Auf der Realschule hatten wir uns richtig gut miteinander angefreundet, waren danach aber auf unterschiedliche Gymnasien gegangen. Das war für mich der Anfang vom Ende und ich bin gerade dabei, das zweite Mal zu wiederholen: diesmal die 13. Klasse, nicht die elfte. Jessy findet, dass ich wie ein guter Wein bin, der erst mal reifen muss, weswegen ich eben ein bisschen länger in der Schule bleibe.

»Ist auch wahr.«

»Um zum Thema zurückzukommen: Sie ficken sehr laut.«

Jessy lacht. »Hat dir das deine Lehrerin beigebracht, Kleines?«

»Du hörst auf, mich zu nerven, und ich mach mich nicht drüber lustig, dass dein letzter Stecher sich im Loch geirrt hat.«

Das hatte sie mir ausführlich erzählt. Jessy mag es etwas härter, etwas lauter und auch ein wenig abgefahren. Meistens kriegt sie nur die älteren Typen dazu, zu machen, was sie will. Der Letzte wollte ihr die Augen verbinden. Und nicht nur das. Sich selbst wollte er sie auch verbinden. Bis heute verstehe ich den Sinn nicht. Licht aus, selber Effekt, weniger Knoten. Aber Jessy fand die Idee großartig. Bis er das falsche Loch getroffen und trotz ihrer Beschwerden einfach weitergemacht hat. Leider waren auch ihre Hände gefesselt und sie konnte ihn nicht von sich stoßen. Am Ende fand sie es allerdings so gut, so anders, dass sie ihn einfach mal machen ließ. Dass sie mir das erzählt hat, findet sie bis heute peinlich.

»Leck mich!«, flucht sie und legt wütend auf.

Das macht sie andauernd. Kein Problem. Schon zehn Minuten später ruft sie zurück und ignoriert den vorherigen Wutausbruch. Das tun wir beide.

»Und jetzt sag mir, was dir auf dem Herzen liegt.«

Ich seufze. Jessy muss nur mein »Hallo« hören und schon weiß sie, was mit mir nicht stimmt. »Du musst raten, wer absolut keine Zeit für mich hat.«

Meine beste Freundin braucht keine zwei Sekunden. »Dennis«, seufzt sie. »Ganz ehrlich … Wieso bist du überhaupt mit diesem Primaten zusammen? Ich verstehe es nicht. Du bist viel zu gut für ihn. Das sage ich nicht nur aus Höflichkeit, sondern meine es auch so.«

Dennis habe ich auf einem Geburtstag kennengelernt. Vor zwei Jahren. Ich war extrem betrunken und sehr leicht zu begeistern. Ich habe mich in ihn verguckt, weil er beim Bobbycar-Rennen gewonnen hat. Ich sah das als Meisterleistung an, weil ich mir beim Fahren den Hosenboden wund gescheuert und verloren hatte. Seitdem traf ich ihn andauernd auf Partys und konnte mich mit ihm anfreunden. Als unsere Clique sich entschied, gemeinsam nach Spanien zu fliegen, war er dabei und ich bekniete meine Eltern um einen Zuschuss, sodass ich ebenfalls mitfliegen konnte.

Das gute Essen, das Meer, rauschende Wellen und viel Alkohol führten zu nächtlichen Ausflügen zu zweit und Küssen am Strand. Am Anfang fanden wir es unglaublich interessant, das Ganze zu verheimlichen. Wir knutschten im Hotel, fummelten am Strand und schoben klammheimlich kurze Nümmerchen in der Disco. In einem Lokal wurden wir vom Kellner erwischt, konnten aber noch rechtzeitig fliehen. Es war eine sehr schöne Zeit. Und immer, wenn wir streiten oder wenn ich mich mal wieder über ihn ärgere, denke ich daran, dass unsere Haut beim ersten Kuss nach Salz geschmeckt hat, dass ich meinen Herzschlag wegen der lauten Wellen nicht hören konnte, dass ich Sand zwischen den Zehen hatte.

Zurück in Deutschland, ist alles abgekühlt. Keine heimlichen Treffen, sondern Pärchenbilder bei Facebook, gemeinsame DVD-

Abende, Schnarchen und Furzen unter der Decke. Manchmal glaube ich, dass ich nur noch aus oberflächlichen Kleinmädchengründen mit ihm zusammen bin. Dennis ist Gitarrist in einer sogenannten »Punk«-Band. Ich glaube ja, dass sie ihre Stilrichtung noch nicht gefunden haben und einfach mal behaupten, was sie da verzapfen, wäre Punk.

Schon als kleines Mädchen wollte ich mal einen Musiker heiraten. Bei Konzerten hocke ich meistens hinter der Bühne. Danach ist Dennis oftmals total im Adrenalinrausch und wir haben endlich mal guten Sex. Ohne Adrenalinrausch ist das eher selten der Fall. Am Anfang dachte ich, dass sich das noch einspielen und dadurch auch verbessern würde. Meistens ist der Sex erst dann richtig gut, wenn man den Partner wirklich kennt. Nach einem halben Jahr hat es sich immer noch nicht verbessert.

Jessy hat es ganz treffend formuliert: »Draufgelegt, zwei Minuten rumgewackelt, gut ist.« Zum Geburtstag hat sie mir auch gleich einen Vibrator geschenkt, den ich bislang allerdings noch nicht benutzt habe. Obwohl ich dazu nun wirklich genug Zeit hätte. Dennis' Band ist anscheinend kurz vorm Durchbruch und deswegen ständig auf Festen anzutreffen. Und wenn Dennis mal keinen Auftritt hat, dann probt er bei Tim, dessen Mutter den ganzen Tag arbeitet und ihre Wohnung als Bandhauptquartier zur Verfügung stellt. Meine Beziehung ist also ein Mix aus Alleinsein, schlechtem Sex und Aufenthalten in stickigen Clubs mit verschwitzten Körpern. Genau das ist das Problem, das mir gerade die Kehle zuschnürt.

»Ich habe das Gefühl, dass Dennis und ich … also, dass wir uns verlieren. Er ist andauernd weg: proben, auftreten, feiern, dass der Auftritt erfolgreich war, schlafen, um sich vom Feiern zu erholen. Wir sehen uns seit fast zwei Monaten nur noch zwei Mal in der Woche.«

Jessy seufzt. »Das beantwortet meine Frage nicht, Elena. Es zeigt mir nur, wie kacke er doch ist. Er hat nie Zeit, ist nur alle zwei Monate gut im Bett, schnauzt dich wegen Kleinigkeiten an und sieht nicht mal sonderlich gut aus. Und momentan solltest du dich doch eh lieber auf dein Abitur konzentrieren.«

»Ja, Mama«, murmle ich.

»Du hast dich schon immer in die Idioten verliebt. Erinnerst du dich noch an Jonas, der geküsst hat wie ein Reptil? In den hast du dich auch gegen meinen Willen verliebt!«, meckert sie weiter und erzählt mir dann so lange von meinen Verflossenen, bis ich gähnend auflege. Danke für den Trost, Madame.

Am nächsten Morgen wache ich mit einem Grinsen auf. Dennis hat mir nachts geschrieben, dass er heute mit mir essen gehen möchte, weil wir auf den Tag genau ein halbes Jahr zusammen sind. Summend schwebe ich durch die Wohnung, lächle meine Familie freundlich an und bereite mich den gesamten Tag auf den Abend vor. Beim Rasieren schneide und häute ich mich ausnahmsweise mal nicht. Die Schminke sitzt perfekt. Meine Zähne und meine Haut strahlen irgendwie. Meine blonden Haare fallen in Wellen, die mir sonst nie gelingen. Irgendwie sehe ich aus wie eine dieser neumodischen Barbies, die endlich mal etwas breitere Hüften und kleine Brüste haben. Na ja, meine Nase ist noch zu breit und meine Lippen zu schmal, aber heute spreche ich mir mal Mut und Selbstbewusstsein zu, weil ich tierisch aufgeregt bin. Wir waren noch nie essen. Das wird heute eine Premiere. Vielleicht waren meine gestrigen Zweifel unbegründet und ich habe Jessy umsonst genervt.

Ich trinke Sekt mit Mama und lehne jegliche Nahrungsaufnahme ab, um im Restaurant ja noch Hunger zu haben.

»Hast du schon einen Nebenjob gefunden?«

Ich rümpfe die Nase und schaue in die blauen Augen meiner Mutter, die sie mir nicht vererbt hat. »Nö. Hab auch noch gar nicht richtig gesucht. Ich hoffe auf ein Wunder. Vielleicht fällt ja was vom Himmel«, lache ich.

Sie findet das nicht witzig und macht »Hm«. »Hab da was im Radio gehört. Die suchen Praktikanten und Aushilfen. Bei Radio Mondsucht.«

Radio Mondsucht ist ein ganz neuer Sender mit einem sehr jungen Team, das, am Namen schon erkennbar, nachts die Shows moderiert und tagsüber nur ein Band mit Musik abspielen lässt.

»Die arbeiten nachts, Mama. Das ist ein bisschen umständlich.«

Ich schenke mir Sekt nach, obwohl mein Kopf schon schwirrt. Sekt auf leeren Magen ist eher ungut.

»Wird ja auch tagsüber gearbeitet. Was denkst du, wann organisiert wird, was die abends ausstrahlen. Vielleicht nehmen sie die Sachen tagsüber auf. Na ja, zumindest habe ich dir die Nummer mal aufgeschrieben und in deinem Zimmer an die Pinnwand gehängt. Ist immerhin eine Anlaufstelle mehr.«

Womit ich eine hätte.

Als es um halb acht an der Tür klingelt, hüpfe ich in die Luft und schnappe eilig meine Sachen. Dennis sieht heute großartig aus. Er trägt dunkle Jeans, ein kariertes Hemd und endlich mal ordentliche Schuhe. Sein rotes Haar sieht gekämmt aus und seine blauen Augen blitzen.

»Hallo!«, grinst er spitzbübisch.

Ich stand schon immer auf Milchbubis und Dennis verkörpert diesen Typ perfekt. Er ist zwar einen Kopf größer als ich, wiegt aber bestimmt nur drei Gramm mehr. Nach seinem genauen Gewicht habe ich ihn nie gefragt, weil ich Angst habe, dass er sich angegriffen fühlt. Auf seiner Brust wächst genau ein Haar, und er ist zwanzig, fast drei Monate jünger als ich.

Wir begrüßen uns mit einem kurzen Kuss. Dennis hat sehr volle Lippen und seine Küsse sind immer ein bisschen matschig und weichlich, weil er sie beim Küssen nicht richtig anspannt. Ich streiche ihm durchs Haar und setze mich in sein Auto. Es riecht nach Staub und einem Kirschduftbäumchen. Der künstliche Duft beißt mir in die Nase, aber vor Dennis beschwere ich mich selten. So ist es auch besser, denn wenn ich mich beschwere, komme ich mir entweder wie die böse Omi vor, die auf einem kleinen Jungen rumtrampelt, oder als würde ich total überreagieren. Zumindest stellt er mich immer so hin, als würde ich überreagieren, wenn ich mich ärgere, weil er vor unserer Beziehung mal mit der Sängerin seiner Band geschlafen hat und heute auch noch ein bisschen auf ihre Flirtversuche eingeht.

Er hört eine CD seiner Band. Gut ist sie nicht, aber Wiedererkennungswert ist vorhanden. Wahrscheinlich durch den schlechten Sänger und die viel zu laute Sängerin. Das ist einer der Gründe, wieso ich mich auf Dennis' Konzerte meist zwingen muss. Danach habe ich fast immer Kopfschmerzen und das Gefühl, gleich Ohrenbluten zu bekommen.

Es dauert keine zehn Minuten, bis wir bei dem Chinesen sind, den er ausgesucht hat. Die Fahrt verbringen wir größtenteils schweigend, weil wir nicht wirklich wissen, was wir sagen sollen. Das ist oft so. Wenn wir nicht gerade sinnlosen Mist reden und lachen, schweigen wir. Ganz normal zu reden fällt uns beiden schwer. Wir tauschen absolute Belanglosigkeiten aus, die kein Schwein interessieren. Aber wenn es mal ans Eingemachte geht, dann blockt er ab. Er wehrt sich mit Händen und Füßen gegen tiefsinnige Gespräche. Bestimmt hat er etwas Grauenhaftes zu verbergen. Einen Mord oder einen schrecklichen Unfall. Oder er ist schon mal ordentlich auf die Schnauze geflogen, weil er einem Mädchen vertraut hat, das all seine Geheimnisse verraten hat, und jetzt ist er der verletzte, gebrochene Musiker, der jeder Musiker sein will, seit Kurt Cobain sich eine Kugel durch die Birne gejagt hat.

Ich schau zu ihm rüber, in sein Babygesicht mit den Babyhaaren und dem Matschmund. Nein, er ist definitiv kein Kurt Cobain. Eher ein rothaariger Justin Bieber. Ich grinse.

Beim Chinesen muss man eigentlich keinen Tisch bestellen. Wir laufen einfach in das Restaurant, das nach Fisch riecht und in dem Tausende Aquarien stehen. Die Fische darin starren einen stumm an und blubbern vor sich hin. Wenn ich genau drüber nachdenke, haben die bunten Schwimmer ein super Leben. Keine Sorgen, keine Ziele, ein Gedächtnis von acht Sekunden. Sie haben teilweise nicht mal ein Schmerzempfinden. So kurz vorm Abi wäre ich echt froh, ich hätte solch ein Leben.

Der Tisch, an dem wir sitzen, bietet mir freie Sicht auf ein weiteres Aquarium, in dem es sogar Wasserschildkröten gibt. Schildkröten finde ich richtig gut. Die werden uralt und sind total verbissen.

Während des Essens redet Dennis fast durchgehend von seiner Band »Supremes«.

»Morgen haben wir 'nen Auftritt in einer Bar. Angeblich kommen über hundert Leute. Ich mein, es werden keine Karten verkauft, oder so. Aber Samstagabend haben die meistens die Bude voll. Und wir dürfen spielen, Mensch! Hat Laura organisiert. Voll super. Ich weiß gar nicht, wie sie das geschafft hat. Mich hat der Besitzer dreimal abblitzen lassen.«

Ich denke an die große, blonde Sängerin Laura, die zwar kein schönes Gesicht hat, aber dafür eine richtig gute Figur, wegen der ich schon mehr als ein Mal Komplexe hatte.

»Titten«, kaue ich ihm mit halb vollem Mund entgegen.

Sein Blick trifft mich amüsiert. »Ja, denk ich irgendwie auch. Sie hat schon mehrmals für Gigs gesorgt, indem ihr Rock zu kurz oder ihr Ausschnitt zu groß war. Ist echt praktisch.«

Dennis findet das lustig. Ich bin eher angekotzt. Wir sind heut ein halbes Jahr zusammen und reden über Laura. Na, super.

»Soll ich morgen auch kommen?«, lenke ich schnell ein.

Dennis schiebt sich gebratene Nudeln in den Mund und kaut viel zu laut und mit weit aufgerissenen Augen. »Also, ich denke, dass du diesmal daheim bleiben kannst. Wir spielen unsere alten Songs, weil die neuen noch nicht so weit sind.«

Ein bisschen enttäuscht schiebe ich mein Sushi über den Teller und ersteche den rohen Fisch.

»Ich kann aber trotzdem kommen, oder?«

»Na, wenn du ganz unbedingt willst, kann ich dir das sicherlich nicht verbieten. Ich dachte nur, dass du vielleicht was Besseres zu tun hast. Nach einem Job suchen, oder so.«

»Hm«, mache ich und nehme mir vor, die nächsten beiden Male ganz sicher nicht auf eines seiner Konzerte zu gehen.

Als ich noch ein bisschen jünger war, wollte ich in meinem jetzigen Alter schon bei meinen Eltern ausgezogen sein, einen wunderschönen Freund haben und mich auf dem Weg zur Traumkarriere befinden.

»Dennis«, sage ich über mein Schokoeis hinweg, »wir sind ein halbes Jahr zusammen.«

»Was der Grund für diesen Aufriss ist.«

»Was ich sagen wollte … Also, ich wollte mir eigentlich einen Nebenjob suchen, BAföG beantragen und also … ausziehen.«

Mein Herz schlägt mir bis zum Hals. Ich habe mir schon ziemlich lange vorgenommen, ihn zu fragen. Dennis wohnt in der Garage seiner Eltern und scheint dort recht festgewachsen zu sein. Meine Mutter glaubt, dass man ihn wahrscheinlich im Alter von 78 mit einem Skalpell und einer Schaufel vom Garagenboden wird kratzen müssen. Sie meint, Dennis sei der Typ Mann, der nie erwachsen wird und sich nie auf ein normales Leben einlassen würde. Ich selbst meine, dass er bloß die Richtige braucht, die Schaufel und Skalpell überflüssig macht.

»Soll ich dir beim Umzug helfen?«

Der Typ steht so was von auf dem Schlauch!

»Ja. Und bei der Gelegenheit könntest du ja deine Sachen auch gleich mitbringen?«

Wieso ist das wie eine Frage rausgekommen? Eigentlich sollte es eine Aussage sein. Dennis sieht ein bisschen aus, als hätte ich ihm in die Eier getreten.

»Oh, Elena«, bringt er hervor. Er scheint einen widerlichen Geschmack im Mund zu haben. Und Schmerzen. Und ganz viel Unentschlossenheit.

»Wie sage ich das jetzt am besten? Also …«

Mein Hirn verpasst meinem Herzen einen Schlag auf den Hinterkopf und gibt meinem Bauchgefühl einen Tritt. Es schreit »Hab ich euch doch gesagt!« und verschränkt die Arme vor der Brust. Ich sinke in meinem Stuhl zusammen und lege einen Dackelblick auf, um ihn vielleicht doch noch zu überreden.

»Ich mag dich wirklich richtig arg. Ich bin sogar verliebt in dich. Das weißt du, oder?«

Nicken.

»Du bist lustig und nett und hübsch. Ich wäre echt gerne noch 'ne Weile mit dir zusammen. Ich kann mir das schon vorstellen. Aber mit dir zusammenziehen? Ich weiß nicht. Ich mag meine Garage.«

Er kommt mir vor wie Oskar aus der Sesamstraße, der in einer Mülltonne lebt und so tut, als wäre sie das schönste Schloss.

»Es ist gemütlich und ich bin unabhängig.«

Seine Mutter putzt, kocht und wäscht für ihn. Er ist genauso unabhängig wie ich: gar nicht. Nur, dass ich etwas daran ändern mag und er anscheinend nicht.

»Wenn ich mit dir zusammenziehen würde, das würde mich doch nur einsperren und einengen. Weißt du, daheim, da kann ich machen, was ich will. Ich kann laut sein, stinken, nackt durch die Garage laufen, kommen und gehen, wann ich mag ...«

Das stimmt alles nicht, weil er die Garage nur durch das Haus betreten kann und seine Mutter ihn stets abpasst und ausfragt. Aber in seinem Kopf hat er sich aus einer Zwanzig-Quadratmeter-Zelle ein Schloss gebastelt. Der Rest seiner Worte geht irgendwie in dem Gebrabbel der anderen Restaurantgäste unter. Ich bekomme nur Kleinigkeiten mit. Blut jagt durch meinen Kopf und rauscht laut in meinen Ohren. Es klingt, als hätte ich einen Wasserfall im Gehörgang.

»Ich habe eben einen freien Lebensstil ... wir sind doch auch noch so jung! ... Willst du dich echt schon festlegen? ... Ich kann ja nicht mal kochen! ... Woher nehmen wir das ganze Geld?« Er versucht, meinen Blick einzufangen und mich ernst anzuschauen. Es wirkt richtig vernünftig. »Hör mal, die Sache ist ja noch die, dass die Musik eben meine erste Liebe war und ist. Ich muss mich da jetzt voll drauf konzentrieren und kann mich nicht ablenken lassen. Ich muss ab und an alleine sein, um die kreativen Säfte fließen zu lassen.«

Kreative Säfte! Ab einem gewissen Punkt nicke ich nur noch, um ihm Verständnis vorzuspielen. Er soll mit dem Reden aufhören. Die Fische und Schildkröten schauen mich mitleidig an und blubbern. Ach, was wäre ich froh, wenn eines dieser kleinen Panzertierchen aus seinem Aquarium schlittern und Dennis in den Arsch beißen würde! Das passiert natürlich nicht, weshalb ich einfach aufstehe und mir Nachschub von dem Buffet hole, bis ich fast platze. Beim zweiten Glas Cola, das der Kellner uns bringt, zückt Dennis seinen Geldbeutel und schaut mich an. »Ich das Essen, du die Getränke?« Geschlagen nicke ich. Dennis hat eben nicht viel Geld. Er verdient zwar mit seinen Gigs ab und zu etwas Kohle und bekommt auch immer was von Mutti und Omi zugesteckt, aber das reicht gerade mal so für seinen Eigenbedarf. Eine Freundin kann er sich eigentlich gar nicht leisten. Deshalb teilen wir uns die Rechnungen immer. Nicht jeder Mann ist ein Märchenprinz mit einem Haufen Gold im Keller.

Ausnahmsweise hält er mir die Autotür auf und gibt mir beim Einsteigen einen unbeholfenen Kuss. Auf der Fahrt zu ihm schaut er mehrere Male irritiert zu mir rüber. Im Licht der Straßenlaternen glitzert mein Oberteil und strahlt ihm ins Gesicht.

»Hab mich extra hübsch gemacht«, murmle ich.

»Hab ich gesehen.«

Bei ihm in der Garage bedeckt er meinen Hals ohne große Umschweife mit Küssen und fährt mit den Fingern immer wieder über meine Pailletten. Seine Fingerkuppen sind bestimmt schon ganz wund. Seine Armbänder verheddern sich in meinen Haaren und er sabbert mich leicht an. Ich ignoriere es und bringe die Sache mal ein wenig voran, ehe er mir morgen noch über mein Oberteil streicht. Mit Schwung ziehe ich ihm das Shirt aus, mache seinen Hosenknopf auf und lege seine Hände an den Saum meines Shirts.

Die meisten Menschen denken ganz normal, glaube ich. Mir wurde diese wundervolle Gabe leider nicht zuteil. Freud hat die menschliche Psyche in drei Instanzen unterteilt: das Es, das wir von Anfang an in uns haben, das strikt nach dem Lustprinzip handelt und versucht, unsere Grundbedürfnisse durchzusetzen; das Ich, das sich erst später entwickelt und sozusagen unsere Vernunft darstellt; das Über-Ich, das durch Erziehung entsteht und unserem Gewissen entspricht. Mein Es und mein Über-Ich sind in meinem Kopf sehr … na ja, plastisch. Sie reagieren auf alles und jeden, haben ihre eigene Meinung und sehen beide aus wie ich. Das Es hat allerdings feuerrotes Haar und das Über-Ich trägt einen strengen dunklen Dutt.

Als Dennis seine Lippen erneut fest auf meine presst, verdreht mein Es genervt die Augen und gähnt. Es mag Dennis nicht sonderlich gern. Mein Über-Ich schubst mein Es zurück in seine Höhle und schnalzt mit der Zunge. Sie kann Dennis recht gut leiden. Na ja, zumindest würde sie es nicht ertragen, den armen Kerl schlecht zu behandeln und fies zu ihm zu sein. Ich schiebe beide beiseite und konzentriere mich auf Dennis. Manchmal können die zwei wirklich nerven.

Er streift mir das Glitzerteil über den Kopf, öffnet sehr ungeschickt meinen BH und zieht mich dann an sich. Meine Brüste ignoriert er meist, obwohl gerade die besondere Aufmerksamkeit brauchen. Er schubst mich aufs Bett und wirft sich auf mich. Dennis küsst meine Beine, meinen Bauch, mein Brustbein. Fein säuberlich macht er einen Bogen um meine Brüste und meinen Intimbereich. Das liegt ihm alles gar nicht. Nur umgekehrt, das muss sein.

Er drückt seinen weichen Matschmund fest auf meinen. Das ist aber auch schon das Leidenschaftlichste. Er befeuchtet seine Finger in seinem Mund, fährt über meinen Intimbereich, streift sich ein fruchtig riechendes Kondom über und dringt schnell in mich ein. Zwar nehme ich die Pille, aber Dennis besteht noch immer darauf, dass wir mit Kondomen verhüten.

»Hab da genug Gruselgeschichten gehört«, ist seine Argumentation. Ich nehme das einfach so hin.

Sex mit Dennis ist ... eben Sex mit Dennis. Er küsst mich, stützt sich auf seine Arme und schließt fest die Augen. Wenn ich versuche, ihn anzuschauen, dreht er sein Gesicht und kitzelt mich mit seinen roten Haaren, die ein bisschen zu lang sind. So unpersönlich wurde ich vor ihm noch nie flachgelegt. Zumeist mag er oben liegen. Wenn ich versuche, oben zu liegen, zieht er eine seltsame Schnute, um mich wissen zu lassen, dass er das gar nicht mag. So unten liegend kann ich ihm leider nicht sonderlich helfen. Wenn ich »schneller« oder »fester« sage, schaut er mich irritiert an, folgt meinen Angaben für ein paar Sekunden und ändert dann sein Tempo wieder so, dass es ihm gefällt. Ich gebe schon mein Bestes und spanne meinen gesamten Körper an, um etwas zu fühlen, aber das mit dem Fühlen passiert ganz selten.

Immer wenn ich das Thema ansprechen möchte, läuft er knallrot an. Mich würde es stutzig machen, wenn er andauernd versuchen würde, das Thema Sex anzusprechen. Ich würde sofort denken, dass er Verbesserungsvorschläge hätte. Doch Dennis wird rot, dreht sich weg, wackelt mit den Füßen und schaut ganz betrübt. Also lasse ich es immer und winke einfach ab. Irgendwie stimmt die Chemie zwischen uns nicht.

Im Moment flüstere ich ihm wieder mal zu, dass er fester zustoßen soll. Das macht er auch für genau zwei Stöße und lässt es dann wieder bleiben. Als er fertig ist, rollt er sich von mir herunter und geht gleich das Kondom entsorgen. Ich nutze die Gelegenheit und ziehe mir eines seiner Shirts und meine Unterhose an, richte mein Haar und schminke mich ab.

»Du siehst aus wie ein Waschbär«, kommentiert er mein mit Creme und Mascara verschmiertes Gesicht. Ich strecke ihm die Zunge raus.

Dennis setzt sich auf das Bett. Es steht in der linken hinteren Ecke der Garage. Hier drin ist alles dunkel angestrichen und richtig durcheinander. In einer Ecke stehen massenhaft Schuhkartons, in einer anderen Hunderte Bierflaschen, neben dem Bett ist ein kleiner Fernseher positioniert, mitten im Raum prangt ein verspiegelter Schrank, seine Kleidung liegt überall verstreut und sein Schreibtisch ist kaum noch als solcher zu erkennen. Das einzige Fleckchen, das wirklich aufgeräumt ist, beherbergt seine Gitarre. Sie funkelt kirschrot und ist auf Hochglanz poliert.

Dennis küsst meinen Rücken, streichelt mir über den Kopf und dreht mein Gesicht zu sich. Seine babyblauen Augen funkeln und ein spitzbübisches Grinsen erhellt sein junges Gesicht.

»Ich bin richtig froh, dich zu haben, Elena. Ich kann glücklich sein, eine Freundin wie dich zu haben. Heute war ein wirklich schöner Abend!«

Seine Armbänder, die er in zahllosen Urlauben und auf haufenweise Rockfestivals gesammelt hat, kitzeln meine Wange. Im Halbdunkel funkeln seine Zähne und ich kann nicht anders als zurückgrinsen. Wie kann ich böse auf ihn sein? Wie kann ich von ihm verlangen, dass er mit mir zusammenzieht, wenn er doch noch aussieht wie ein Dreijähriger? Ich habe ihn überfordert. Er zieht nicht mit mir zusammen, weil er dazu noch nicht bereit ist, nicht, weil er mich nicht liebt.

Wir küssen uns noch ein paar Minuten, ehe Dennis ausgiebig gähnt. »Morgen ist ein wichtiger Tag. Hab schon um eins Bandprobe. Ist es okay für dich, dass ich jetzt schon schlafe?«

Es ist gerade mal halb elf an einem Freitagabend. In meinen Sommerferien.

»Klar ist das okay für mich. Unter der Voraussetzung, dass ich ein bisschen an deinen Laptop darf. Du weißt schon, Jobrecherche.« Ich verdrehe die Augen und er nickt.

»Los geht's! Gute Nacht, Elena.«

Lächelnd streiche ich ihm über den Kopf. »Gute Nacht.«

Der Laptop fällt bald auseinander. Ist ein uraltes, weißes Teil, das vier Minuten braucht, um eine Internetseite aufzurufen, weil es sich zwischendrin immer wieder aufhängt. Aber es hat Charme. Der Laptop ist wie der Besitzer: Man gewöhnt sich an seine Macken.

Während der alte Sack beinahe an der Seite erstickt, die ich als Ziel angegeben habe, durchsuche ich aus Langeweile Dennis' Ordner. Natürlich nur die, von denen ich weiß, dass ich ran darf. Ich schaue mir die Bilder an. Viele Bilder von verschiedenen Partys. Manche mit mir, manche ohne mich. Auf einem der Fotos ist Laura zu sehen. Sie trägt einen Rock, der eher an einen breiten Gürtel erinnert, und gigantisch hohe Schuhe. Ich hab mal einen klasse Satz gehört: Je höher der Absatz, desto niedriger der IQ.

Ihr Foto-Ich schlingt seine Arme um Dennis und spitzt an seiner Wange die rosa Lippen zum Kuss. Dennis scheint zu kichern. Das Bild muss neu sein, ich habe es noch nie gesehen. Im Hintergrund sieht man den Namen der Band und durch die Beleuchtung sind Rauchschwaden zu erkennen. Wahrscheinlich ist das Foto auf einem ihrer Konzerte entstanden. Am liebsten würde ich sie aus dem Bildschirm ziehen und ihr mit ihren Pfennigabsätzen ein Loch in die Stirn bohren. Bevor ich den Laptop gegen die Wand werfe, suche ich nach weiteren Bildern, auf denen vielleicht ich mal wieder zu sehen bin.

Einer der Unterordner macht mich ein wenig stutzig. Pur. Seltsamer Name. Pur ist doch eine Band? Er hört nicht Pur. Na ja, vielleicht ist das ja was anderes? Eine neue Band, Bilder, auf denen er und sein bester Kumpel Benny ungeschminkt zu sehen sind. Wer weiß? Ohne mir weiter Gedanken zu machen, öffne ich den Ordner und stelle fest, dass es sich bei den Inhalten um Pornos handelt. Komm schon, Dennis! Wie schlau bist du denn? Er weiß genau, dass ich mir ab und an seine Bilder anschaue, weil ich auf den meisten drauf bin. Und dann versteckt er seinen Pornoordner hier? Manchmal zweifle ich doch tatsächlich daran, dass Mister Bieber-Cobain Abitur hat.

Verstohlen drehe ich mich zu ihm und kontrolliere seinen Schlafzustand. Atmung: regelmäßig und ruhig. Zur Probe puste ich ihn an, was er ignoriert. Schläft. Super! Neugierig öffne ich einen der Pornos und stelle auf ganz, ganz leise. Auf was steht der kleine Dennis denn heimlich?

Es ist kein wirklicher Klischeestreifen. Wenn auch mit schlechter Kameraführung und grauenhafter Storyline. Fußballmannschaft auf dem Rasen, tritt gegen weitere Fußballmannschaft an, einer der Spieler ist verletzt, Schiri ist zufällig weiblich, fragt den Verletzten, was er braucht. Der Verletzte zeigt ihr ganz deutlich, was *sie* braucht: Einen Schwanz im Mund. Der Rest der Spieler gesellt sich dazu und zeigt der Schiridame dann eine Stunde lang, was genau sie benötigt. Sie braucht es gleichzeitig von vorne, hinten, in den Mund und in beiden Händen, während der Rest sie beobachtet.

Um ehrlich zu sein, finde ich das ziemlich schwul. Sich als Mann solche Pornos anzuschauen, meine ich. Immerhin schaut man nicht wirklich der Frau zu, sondern sieht lauter erigierte Schwänze, die auf dem Bildschirm in der Gegend herumwackeln. Außerdem ist das null ästhetisch. Die arme Blondine sieht aus, als würde sie gleich kotzen. Sie würgt andauernd. Na ja, würde ich bei all dem Sperma wahrscheinlich auch. Die braucht mehrere Tage nichts mehr zu essen. Ihr Kalorienbedarf scheint wirklich ausreichend gedeckt. Am Ende ist sie von oben bis unten zerknautscht und verklebt. Echt widerlich. Ich fühle mich absolut nicht angemacht, sondern eher angewidert.

Ein Freund hat mir mal erzählt, dass es bei ihm auch nicht anders ist. Er meinte, dass ich mir das Pornogucken wie das Essen von Burgern vorstellen kann: Wenn man so richtig Hunger hat, dann sieht der beschissenste Burger appetitlich aus. Während man ihn isst, kennt man keinen größeren Genuss, kaum ein besseres Gefühl. Aber wenn man dann satt ist und sich noch mal vorstellt, was man da gerade gegessen hat, und sich eventuelle Überreste anschaut, ist man angeekelt von sich selbst und erkennt manchmal sogar, dass die Burgerreste aussehen, als bestünden sie aus Gammelfleisch. Hat man das nächste Mal Hunger, geht man allerdings erneut los und frisst sich voll. Den Vergleich finde ich recht schlüssig.

Nachdem ich mich erholt habe, schreibe ich mir noch ein paar Adressen und Nummern verschiedener Radiosender auf. Wenn ich gar nichts finde, dann fliehe ich ins Ausland, erlerne dort die Kunst der Burlesque und trete in düsteren Schuppen unter dem Namen Coco Chérie auf.

Kapitel 2

Power Ranger

Unis sind auch nicht mehr das, was sie mal waren!«, rufe ich ins Wohnzimmer.

Nachdem Dennis mich nach Hause gebracht hat, hat Mama mir Frühstück gemacht, einen Kuss auf die Stirn gedrückt und mir ein paar Unibroschüren gegeben. Im Umkreis meiner Heimatstadt gibt es einige Unis, die keinen bestimmten Notenschnitt oder besondere Qualifikationen verlangen.

»Die hier zum Beispiel«, greife ich meinen unbeachteten Kommentar erneut auf. »Die würde mich einfach so aufnehmen, ohne dass ich ein Praktikum gemacht habe. Ich dürfte sogar einen Schnitt von 3,3 haben! Die haben absolut keinen Anspruch!«

»Das klingt doch nach was für dich! Da würdest du gut reinpassen!«

Die Uni klingt sogar richtig gut und ist nicht allzu weit entfernt. Ich öffne meinen kleinen Laptop, um im Internet mehr über diese Institution zu lesen. Rein aus Gewohnheit öffne ich mein liebstes soziales Netzwerk und schaue, ob ich irgendwelche neuen Nachrichten habe. Drei Menschen gefällt mein Status und einer hat ein neues Bild von mir hinzugefügt, auf dem ich betrunken ein Glas anhebe. Über eine neue Privatnachricht stolpere ich eher beiläufig. Sofort schießt mir die Röte in die Wangen, mein Herz flattert, meine Hände werden eiskalt.

Hey, Elena. Ich weiß nicht genau, ob du dich noch an mich erinnerst, aber du bist mir die letzten paar Wochen öfter durch den Kopf spaziert, weswegen ich mich mal bei dir melden wollte. Wie geht es dir? Was machst du so? Liebe Grüße Nik

Ich schlucke hart und springe quiekend auf. Meine Stimme bricht und ich krächze nur noch. Das ist ja unfassbar! Nik. Nikolas Schuhmann. Wie von der Tarantel gestochen renne und hüpfe ich durch die ganze Wohnung, lache, krächze und juble. Meine Mutter zieht die Augenbrauen hoch und mein kleiner Bruder hat ein bisschen Angst vor mir. Ich breche mir vor lauter Euphorie fast den linken Fuß.

»Nik, Mama!«, brabble ich unverständlich.

»Der kleine Junge, der weggezogen ist? Was ist mit ihm?«

»Er hat mir auf Facebook geschrieben. Er fragt, wie es mir geht und ob ich ihn noch kenne und was ich so mache, und sagt, dass ich ihm im Kopf herumlaufe oder so! Ist das nicht toll?«

Mama grinst und legt den Pfannenwender zur Seite. Heute gibt es Bratkartoffeln und Nik hat sich gemeldet. Ein großartiger Tag! Ohne auf ihre Antwort oder eine weitere Reaktion zu warten, renne ich zum Telefon. Jessy nimmt beim zehnten Klingeln ab. Sie klingt heiser und müde.

»Hast du mal auf die Uhr geguckt?«

»Es ist zwölf.«

»Studiere erst mal, dann verstehst du das. Du wirst auch noch eine von uns, glaub mir.«

»Ja, ich glaub dir.« Meine Augen kleben am Bildschirm und an Niks Worten. Ich kann es immer noch nicht fassen. »Jessy, das glaubst du nicht. Ich habe dir doch schon von Nik erzählt, oder?«

»Ja, das hast du. Mehrere Male.«

»Der süße, kleine Nik …«

»Jetzt kommt wieder die Megaschnulze …«, motzt sie, aber ich ignoriere sie und schwelge kurz in Erinnerungen.

Ich war vier und habe gerade draußen mit meinen Puppen gespielt. Die Straße, in der wir wohnen, ist relativ unbefahren und meine Mutter stand auch nur wenige Meter entfernt von mir und unterhielt sich mit meiner Tante. Auf der gegenüberliegenden Straßenseite hielt ein weißer Lkw an, aus dem zwei kräftige Kerle in Latzhosen kletterten. Hinter dem Lkw hielt ein schwarzes Auto, aus dem eine Frau und ein Mann stiegen, die ernst dreinschauten.

»Diesmal passen Sie aber mit der Couch auf, okay? Ich habe keine Lust, mir eine neue zu kaufen, nur weil Sie zu blöd sind, sie zu transportieren!«, rief die Frau. Der Ehemann nickte finster.

Die zwei Männer grummelten und trugen wuchtige Möbel durch die kleine Tür des Mehrfamilienhauses auf der anderen Straßenseite. Aber ich hatte keine Augen mehr für sie, als ein kleiner Junge, vielleicht ein paar Monate älter als ich, zwischen die beiden meckernden Leute trat. Da sah ich ihn zum ersten Mal. Er hatte dunkelblondes Haar, war gebräunt und trug einen Mickymaus-Pullover. Ich wusste in diesem Moment, dass ich unheimlich verliebt in ihn war. Sofort und mit einem Schlag. Zum einen wegen des Pullis, zum anderen hielt er eine rote Power-Rangers-Actionfigur in der rechten Hand. Es hätte genauso gut mein Herzchen sein können, denn ich liebte den roten Power Ranger und somit auch den Besitzer der Figur.

Als er mich sah, zwinkerte ich ihm zu und er versteckte sich hinter seiner Mutter. Es musste auch um ihn geschehen sein, denn verliebte Jungs sind immer schüchtern. Die folgende Woche versuchte ich unablässig, ihn zu bezirzen. Ich warf Dreck nach ihm, schubste ihn, stahl ihm seine Figur, zog an seinen Haaren. Ich gab ehrlich mein Bestes. Das musste ihn begeistert haben, denn der kleine Nik kam von da an regelmäßig zum Spielen. Dass seine Mutter ihn dazu zwang, weil er in der neuen Nachbarschaft Anschluss finden sollte, wusste ich damals nicht. Wir spielten Barbie und Power Ranger, hörten Benjamin-Blümchen-Kassetten, und ich zwang ihn dazu, mich zu küssen. Es war herrlich und die ganz große Liebe.

Als wir sechs waren, schubste er mich das erste Mal zurück, was ich mit unzähligen Tränen der Enttäuschung quittierte. Er schubste mich nie wieder. Nicht mal, wenn ich ihn so fest schlug, dass er ewig blaue Flecken mit sich herumtrug. Mit acht zog er mir mit seinen letzten paar Pfennig einen Ring aus dem Kaugummiautomaten und steckte ihn mir an den Finger. Ich durfte ihn dafür sogar küssen.

Mit zehn stand er vor mir und kratzte sich am Hinterkopf. Er hatte seine Actionfigur schon lange nicht mehr dabeigehabt, aber an diesem Tag brauchte er sie zur Unterstützung.

»Aber warum kann dein Papa nicht einfach hier arbeiten? Mag er seinen Job nicht mehr?«

Nik schüttelte den Kopf. »So ist das ja nicht. Er mag ihn schon, aber der andere Job bringt mehr Geld. Wir können uns dann sogar einen Hund leisten! Und wenn du mich besuchen kommst, dann spielen wir mit dem Hund. Ich nenne ihn auch Elena, wenn du magst.«

»Seinen Hund wie seine Freundin zu nennen ist frech, Nik, merk dir das!«

Er grinste. »Wenn es aber Ähnlichkeiten gibt …«

Ich schlug ihn ein letztes Mal und nahm ihn in den Arm. Es war dramatischer, als es sein musste. Er zog nicht weit weg, aber für ein Kind war es die Unendlichkeit. Eine Milliarde Meter und mehr. Er schenkte mir zum Abschied seine Lieblingsmurmel: aus grünem Glas mit einer bunten Feder im Inneren. Ich hatte sie immer bewundert und jetzt durfte ich sie haben.

»Denk immer an mich, okay, Elena?«

Unsere Eltern hatten am Anfang noch Zeit, uns andauernd hin und her zu fahren, aber irgendwann verloren sie die Geduld und wir kamen in die Pubertät und vergaßen einander beinahe. Manchmal holte ich die Murmel aus einer kleinen Kiste und schaute sie traurig an. Ab und an weinte ich ein bisschen. Daran waren bestimmt die pubertären Hormone schuld. Mit 16 dachte ich nur noch ganz, ganz selten an Nik. Aber komplett los ließ er mich nie. Ich suchte ihn auch bei Facebook, fand ihn allerdings nicht.

Und jetzt hat er mir geschrieben. Nach fast schon zehn Jahren! Achteinhalb, um genau zu sein.

Ich akzeptiere Niks Freundschaftsanfrage und schaue mir seine Bilder an. Jessy bekommt jedes Foto geschickt, obwohl es nicht viele sind. Gerade mal fünf Stück. Aber auf jedem sieht er gut aus. Durchschnittlich groß, dunkle Haare, braun gebrannt, durchtrainiert, tätowiert. Er scheint Soldat zu sein, denn auf einem der Bilder trägt er eine Uniform.

»Ziemlich heiß, wie ich finde.« Jessy ist so begeistert von ihm, dass ich ihren Speichel schon fast durch den Hörer auf der Backe fühle, weswegen ich den Lautsprecher einschalte und das Telefon neben mich lege. Meine Mutter kommt kurz ins Zimmer gehuscht, schaut sich den kleinen Jungen von früher an und gibt ein Daumenhoch.

Ich setze zu einer Antwort an, aber weiß nicht, was ich schreiben soll. Wie schreibt man noch mal? Wie bilde ich einen richtigen Satz? Ich weiß das alles nicht mehr. Wie geht das?

»Ganz ruhig, Elena. Du schnaufst ja wie eine Dampflok. Wir wollen nicht, dass du uns abkratzt.«

»Ja.« Das klingt erstickt und schwach. »Okay, dann wollen wir mal. Wie wäre es mit: ›Hey Nik, lange nichts mehr gehört! Natürlich erinnere ich mich noch an dich! Mir geht es gut. Mache demnächst mein Abi und hab schon tierisch Schiss. Wie geht es dir? Was machst du? Liebe Grüße Elena.‹ Und?«

Ich überlege hin und her, ob ich in der ersten Nachricht, die ich ihm seit acht Jahren zukommen lasse, gleich das Wort »Schiss« verwenden soll. Meine beste Freundin schweigt für einen Moment.

»Frag ihn, ob es ihn stört, dass du einen schlappschwänzigen Freund hast, oder ob er ihn dir vom Hals schafft.«

»Das ist gemein, Jessy. Dennis hat damit doch gar nix zu tun.«

»Noch nicht.«

Mir sinkt das Herz beim Gedanken an Dennis. Sollte ich ihm davon erzählen? Ich denke schon. Morgen werde ich ihm von Nik berichten.

»Na ja, so kannst du das auf jeden Fall abschicken. Ist ein ganz normales Frage-und-Antwort-Spiel, was ihr da treibt. Erst mal testen, ob der andere Bock auf einen hat.«

»Also, ich hab Bock auf ihn.«

Jessy lacht laut. »Das glaube ich dir. Sogar ich hab Bock auf ihn, El!«

Er braucht einen ganzen Tag, um zu antworten.

Ich bin gerade im Saarland. Bin Soldat auf Zeit. Mir geht es ganz gut, außer dass ich eben Soldat bin! Abi. Oje, da hätte ich auch Schiss. Magst du vielleicht mal mit mir telefonieren oder so? Hier kann es ganz schön langweilig werden und via Mail ist das alles irgendwie doof. Nik.

Oh, Gott! Ich bekomme einen Herzinfarkt!

Kurz registriere ich, dass Dennis seinen Status aktualisiert hat. Er freut sich schon voll darauf, dass er mit seinen Kumpels einen draufmachen kann. Dennis geht momentan nicht arbeiten. Erst nach den Sommerferien hat er ein zweijähriges Praktikum in einer Werbeagentur. Das hat er über seinen Vater bekommen und findet es nicht gerade gut.

»Hätte lieber was mit Musik gemacht.«

Ich hätte für solch ein Praktikum gemordet. Aber, na ja. Was soll man machen? Das Schicksal arbeitet manchmal auf mysteriöse Weise.

Im ersten Moment weiß ich nicht mal, was ich auf Niks Mail antworten soll. Ich fühle mich ein bisschen überrollt, weil er gleich mit mir telefonieren will. Mag er nicht noch ein paarmal testen, ob wir tatsächlich Bock aufeinander haben? Ist das denn kein Betrug an Dennis, wenn ich mit einem anderen Kerl telefoniere? Eigentlich kenne ich Nik schon mein halbes Leben, also werde ich wohl einfach mal mit ihm telefonieren dürfen. Außerdem ist Dennis ohnehin bestens versorgt, mit seinen Kumpels, dem Alkohol und seinem Feiern. Also, los!

Ich schicke Nik als Erstes meine Nummer. Sowohl Handy als auch Festnetz.

So, jetzt hast du zwei Möglichkeiten, um mich zu belästigen. Du bist Soldat? Das passt zu dir! Als Kind wolltest du ja auch immer Power Ranger werden. Auf meinem Handy kannst du mich eigentlich um ziemlich jede Uhrzeit erreichen. Ich hab gerade Ferien und das noch ganze sechs Wochen. Wenn du zu Hause anrufen möchtest, kannst du ja einen Termin vorschlagen. Freue mich auf baldige Belästigung! El.

Zur Belohnung hole ich mir etwas Schokolade und frage Dennis, ob er morgen endlich mal wieder Zeit für mich hat. Dennis nimmt verschlafen ab. »Können wir uns heute sehen?«, blaffe ich leicht unfreundlich. Mist! Ich wollte doch freundlich sein.

»Dir auch einen guten Morgen.«

»Es ist halb eins?!« Ich bin auch eine Langschläferin, aber man kann es echt übertreiben!

»Ich war doch gestern feiern. Wir können uns heute sehen, wenn du magst. Der nächste Auftritt ist erst am Mittwoch.«

»Da komme ich mit.«

»Gut, ich wollte dich eh fragen. Ich stehe jetzt auf, geh duschen und dann hol ich dich, okay?«

Dennis muss mich immer abholen, weil mein geliebter Fiat seit einer Milliarde Jahre einen Motorschaden hat und ich mir die Reparatur nicht leisten kann.

»Okay«, sage ich etwas schuldbewusst wegen Nik.

Eine Stunde später holt Dennis mich ab. Sein rotes Haar ist noch nass und riecht nach Apfel. Die Fahrt verbringt er damit, mir zu erzählen, wie toll der gestrige Abend war. »Ich war einfach so voll! Das glaubst du gar nicht. So betrunken war ich schon lange nicht mehr. Angeblich wollte ich sogar auf dem Tresen tanzen, aber Laura hat mich davon abgehalten.«

»Wieso? Hättet ihr nicht zu zweit drauf gepasst?«

»Das war gemein.«

Ich finde das gar nicht gemein, aber halte die Klappe und höre ihm zu. In der Garage herrscht wieder mal absolutes Chaos.

»Wie war dein Abend denn?«, fragt Dennis aufrichtig interessiert. Vorsichtig stelle ich meine große Tragetasche mit dem Laptop neben sein Bett.

»Ach, ganz gut.« Okay, vorsichtig an das Thema herantasten. Jeder normale Freund bekommt einen Anfall, wenn man ihm von einem anderen Kerl erzählt. »Hab ich dir schon von Nik erzählt?«

Er schüttelt das rote Köpfchen und schaut mich fragend an.

»Das ist ein Kindheitsfreund von mir. Damals war ich schrecklich verliebt in ihn. Dann ist er weggezogen und wir haben uns aus den Augen verloren. Vor ein paar Tagen hat er sich gemeldet und gestern hat er mich gefragt, ob wir nicht mal telefonieren können.«

Er kratzt sich an seinen wenigen roten Bartstoppeln und kleine Hautschuppen fliegen wie Staub durch die Luft.

»Wie findest du das?«

Seine dunkelroten Augenbrauen rutschen zusammen und auf seinen Lippen bildet sich ein Lächeln, das ich gleichermaßen hasse und liebe. Seine Oberlippe zieht sich schräg nach oben und die Unterlippe zieht sich in die andere Richtung. Er sieht aus wie Elvis nach einem Schlaganfall.

»Das ist doch kein Problem. Telefonier mit ihm.«

Mir fällt ein Stein vom Herzen und ich werfe mich auf ihn. »Danke, Dennis!« Er küsst mich und streicht mir durch mein Haar.

»Klaro.«

Am Abend schaue ich in mein Postfach und bin wenig überrascht, dort eine Nachricht vorzufinden.

Super! Ich freue mich! Wenn es dir passt, dann rufe ich morgen gegen halb sieben bei dir zu Hause an. Ist das in Ordnung für dich? Nik

Ich schreibe unverzüglich eine Antwort:

Natürlich! Das ist perfekt! Ich freue mich auch. El

Mit einem fetten Grinsen im Gesicht und Dennis' Schnarchen im Ohr schlafe ich in dieser Nacht ein.

Mit einem dicken Kloß im Hals nehme ich am nächsten Tag das Telefon in die Hand und beschwöre es. Klingel, du Scheißteil! Ich bin mir schon mehrere Male durch die Haare gefahren und habe mir das Oberteil mit den Handflächen glatt gestrichen, obwohl Nik das eh nicht sehen wird. Als das Telefon endlich läutet, erschrecke ich so sehr, dass ich es beinahe fallen lasse. Ich bin aber auch schreckhaft! Mit einem letzten verzweifelten Atemzug und einem Blick auf den Sonnenuntergang, der mich fast erblinden lässt, nehme ich ab.

Seine Stimme ist erstaunlich tief. Irgendwie habe ich ein Piepsen erwartet. So klang er nämlich bei unserer letzten Begegnung.

»Hey«, raunt er.

»Hey«, piepse ich zurück.

»Ja, hey.«

Ich kichere nervös. Na, das ist doch ein super und verbal höchst anspruchsvoller Einstieg!

»Wie geht es dir?«, stottere ich unbeholfen.

»Ach, ganz gut. War ein langer Tag. Ausdauertraining, Bodenwischen, Angeschrienwerden. Das Übliche eben. Wie war dein Tag?«

»Absolut nicht besonders. Ich war faul und habe ewig geschlafen, ein bisschen Mathe gelernt, bin daran verzweifelt …«

Er lacht, atmet zu laut aus, im Hintergrund zwitschert ein Vöglein.

»Haltet ihr euch Vögel?«

»Die Ausbilder mögen es nicht, wenn man sie so nennt.«

»Blödmann. Ich meine, weil ich eben ein Pfeifen gehört habe.«

Gerade mal zwei Minuten miteinander gesprochen und schon habe ich ihn beleidigt. Ich lasse mal wieder all meinen Charme spielen.

»Ach so. Ich bin ein Stück rausgefahren und stehe auf dem Parkplatz einer kleinen Parkanlage. In der Kaserne habe ich einen Scheißempfang. Aber ich fühle mich hier nicht so willkommen. Eben ist ein Pärchen vorbeigelaufen. Etwas älter. Haben recht dämlich geschaut.«

»Bist du so hässlich?« Ist er nicht. Ich habe seine Bilder allesamt mindestens ein Dutzend Mal betrachtet und jedes Mal aufs Neue festgestellt, dass er gut aussieht.

»Ziemlich. Hinzu kommt noch, dass ich in Muskelshirt und Bundeswehrhose rauchend auf meinem Auto sitze und telefoniere wie ein Mädchen.«

Diese Aussage schießt direkt in meinen Unterbauch, kribbelt dort ein wenig vor sich hin und breitet sich dann als angenehme Wärme in meinem gesamten Körper aus.

»Vielleicht sind es auch die Tattoos auf meinen Armen. Keine Ahnung.«

In meinem Kopf bilden sich Dutzende Bildchen, die alle einen nackten Mann mit bemalter Haut zeigen. Man spürt die Tinte unter und die Hitze auf der Haut. Schweig still, mein Herz! Bezähmet euch, oh Lenden!

»Du Asozialer. Fehlt grad noch die Bierflasche.«

»Und die Feinrippunterwäsche.«

Wir lachen kurz und verfallen dann in peinlich berührtes Schweigen.

»Merkwürdig, oder? Nach so langer Zeit wieder miteinander zu sprechen.«

»Ja«, stimmt er zu. »Ich hab mir das viel leichter vorgestellt. In meiner Erinnerung warst du ein richtiges Plappermaul. Ich dachte, du würdest das Gespräch retten.«

Verlegen kratze ich mir den Hinterkopf. »Ja, ein Plappermaul ... das bin ich leider immer noch. Aber manchmal kann selbst ich das Gespräch nicht retten. Vielleicht sind wir einfach nicht kompatibel.«

»Oh, da musst du dir keine Sorgen machen. Ich bin mir ganz sicher, dass wir kompatibel sind. Sonst hätten wir uns als Kinder nicht so gut verstanden, denkst du nicht?«

»Wo du recht hast ...«

Ich denke auch, dass wir kompatibel sind. Ich denke, wir sind so kompatibel, dass es Dennis stören sollte, wenn wir telefonieren. Ich denke, dass es mich stören sollte, wie mein Magen flattert und meine Hände zittern. Um das Zittern vor mir selbst zu verbergen, ändere ich meine Position, lege mich bequem auf den Rücken und die Füße aufs Fensterbrett.

»Sag mal, wie bist du eigentlich dazu gekommen, zum Bund zu gehen? Keine Lust auf eine Ausbildung?«

»Also, bitte! Wenn ich keinen Bock auf eine Ausbildung hätte, wäre ich sicherlich nicht zum Bund gegangen! Ich bin sogar Koch, Madame, also nicht so frech!«

»Du musst mal was für mich kochen!«, rutscht es mir raus. Kochende Männer sind scharf. »Nur in Schürze, versteht sich. Aber die Kochschürze muss rosa sein und dazu brauchst du auch noch passende Schuhe. Keine Sorge, das organisiere ich dir alles.«

Er lacht laut. Nik hat ein Lachen, das ansteckt.

»Klar. Ich koche ohnehin immer in rosa Kochschürze mit Spitze und kleinen Herzchen. Anders kann ich das gar nicht. Deswegen bin ich auch aus dem Betrieb geflogen. Die meinten, ich würde die anderen Köche mit meinem knackigen Arsch und meinem riesigen Lümmel nur ablenken und damit das Geschäft ruinieren!«

»Diskriminierung!«, rufe ich aus. »So geht mir das auch immer, wenn ich nur mit Turnschuhen in die Schule gehe. Meine Lehrer finden das anstößig.«

»Drecksbande! Aber jetzt mal ehrlich: Die Bundeswehr hat mich schon immer interessiert. Ich wollte nur nicht ohne Ausbildung dort landen, um danach auch was mit mir anfangen zu können.«

»Gar nicht so dumm.«

Wir hören uns kurz beim Atmen zu und hängen unseren eigenen Gedanken nach. Ich frage mich, wie der Junge von damals heute riecht. Als Kind hat er immer nach Sand und süßen, klebrigen Bonbons gerochen. Er hatte einen Topfschnitt und trug viel zu große Kleidung. Na ja, von der Länge passte sie, doch er war spindeldürr und rutschte aus seinen Hosen und seinen Pullis raus. Wie riecht der einstige Bonbon-Junge? Wie schmeckt er?

»Wie läuft es in der Schule? Du machst bald Abi, hast du geschrieben?«

»Ja, im März. Zumindest die Schriftlichen. Die mündlichen Prüfungen sind zwei Monate später. Und bis dahin hab ich dann noch ganz normalen Unterricht mit Arbeiten, Vorträgen und so weiter. Richtiger Mist!«

»Müsstest ja kein Abi machen.« Er klingt ganz schön schadenfroh.

»Kann ja nicht jeder ein muskelbepackter Soldat sein, so wie du, Rambo.«

»Ach, Rambo?«

Eineinhalb Stunden geht es so weiter. Wir lachen, machen dumme Witze, reden über das, was wir uns für die Zukunft vorstellen. Nik will die paar Jährchen, die er beim Bund verpflichtet ist, noch durchziehen und dann wieder zurück in seinen Beruf als Koch. Bei mir kann er sich auch mal vorstellen, sobald ich ausgezogen bin. Dann muss ich nicht selbst kochen.

Er ist die ganze Zeit woanders, nie zu Hause. Vier Stunden liegen zwischen ihm und seiner Familie, er besucht sie nur alle paar Wochen. Die Fahrt sei ihm zu anstrengend, zu lang, zu aufwendig. Aber bald hat er Urlaub. Dreieinhalb Wochen, in denen er höchstwahrscheinlich heimfährt. Danach muss er noch zwei Wochen in die Kaserne und dann folgt ein halbes Jahr im Ausland. Er darf mir nicht mal sagen, wo genau er hinfährt. Das sei ein Geheimnis, das zu meinem sofortigen Tod führen würde, würde er mir auch nur die Hälfte davon erzählen. Ich denke, dass er nur Spaß macht. Oder?

Ich freue mich, dass er in dem knappen Monat, in dem er zu Hause ist, ziemlich dringend ein Treffen mit mir möchte. Ich stimme gleich zu.

»Natürlich will ich dich dann auch mal sehen. Bei einem Kaffee oder ein bisschen Alkohol, wenn du magst!«, sage ich kaum hysterisch. Ich erzähle ihm davon, dass ich nach dem Abi gerne Journalismus studieren möchte und dass Mama und ich schon fleißig suchen.

»Wie Karla Kolumna. Die fandst du doch früher auch schon so toll. Du warst ein richtiger Fan und hast jeden Satz von ihr mitsprechen können, während ich die Hälfte nicht einmal verstanden habe. Die Frau redet viel zu schnell.«

»Wie ich!« Ich freue mich ziemlich, dass er sich daran noch erinnert. Als das Telefon in meiner Hand schon fast zu glühen beginnt, höre ich laute Rufe am anderen Ende der Leitung.

»Schuhmann, du Schwuchtel! Beweg deinen wunden Arsch hier her und zieh dich um! Heut Abend machen wir die Bräute wild!«

Ich lache leise. »Ja, Mann. Schuhmann, du Schwuchtel. Wieso dürft ihr unter der Woche feiern gehen? Ich dachte, beim Bund herrschen noch Zucht und Ordnung.«

Nik scheint zu schmunzeln. Seine Stimme ist ganz weich. »Der Bund ist der letzte Ort, an dem du nach Zucht und Ordnung suchen darfst, Elena. Merk dir das. Außerdem haben wir morgen eine Betriebsfeier. Da säuft eh jeder. Wenn wir da schon mit 'nem Kater ankommen, merkt das keine Sau. Ist ja auch noch früh genug, um auf den Putz zu hauen und rechtzeitig zurück zu sein.«

»Die Nutten warten!«, tönt eine Stimme aus dem Hintergrund und versaut mir die Stimmung. Nik und Nutten. Das passt in meinem kleinen Hirn absolut nicht zusammen.

»Lass sie warten!«, ruft er angemessen zurück und verabschiedet sich dann eindringlich von mir. »Hör gar nicht auf die Idioten. Allesamt voller Dummheit. Wie wäre es, wenn wir am Samstag wieder telefonieren? Dann kann ich dir auch sagen, wann genau ich im lieben Baden-Württemberg anzutreffen bin.«

»Klingt super!«, bestätige ich.

Als ich nach dem Gespräch mit Nik ins Wohnzimmer laufe, schaut Mama von ihrem Buch auf, mustert mein Gesicht, schüttelt den Kopf und murmelt: »Armer Dennis.«

Ich verstehe nicht genau, was sie meint, aber frage auch nicht nach. Stattdessen berichte ich ihr von dem Telefonat und warte auf ihre Reaktion.

»Klingt nach einem netten jungen Mann. Aber das dachte ich mir. Seine Mutter und sein Vater sind sehr anständige und freundliche Menschen, da können sie schlecht ein Arschloch großgezogen haben.«

Mama hat mich schon früh bekommen. Da war sie selbst gerade mal so alt wie ich jetzt. Deswegen war sie immer die ziemlich coolste Mutter, die man sich vorstellen kann. Sie hat mir viel erlaubt, war meine beste Freundin und hat mir dennoch eine gescheite Erziehung zuteilwerden lassen. Ich kann mir immer noch nicht vorstellen, dass es einen Menschen geben kann, der mir mehr bedeutet als sie. Meinen Papa habe ich mit acht kennengelernt und jetzt gebe ich ihn nicht mehr her. Ich denke, dass ich verdammtes Glück mit meiner Familie habe. Ich habe jeden Einzelnen fest in meinem Herzen verankert. Meine Tanten, meine Onkel, meine Großeltern.

»Also, so wie du aussiehst, bist du verknallt.«

»Muttertier!«, rufe ich entsetzt aus. »Ich habe einen Freund und habe mit Nik nur telefoniert! Über das Telefon kann man sich nicht verknallen!«

»Gegen Liebe kann man nichts machen. Die kommt einfach, wann sie will. So wie die meisten Männer. Die Liebe denkt nicht an dich. Sie denkt nur an sich.«

Und das ist mein Stichwort. Ich stehe auf, verkrümle mich in mein Zimmer und gehe im Internet Stellenanzeigen und Wohnungsinserate durch. Manchmal habe ich das Gefühl, dass ich flügge werden muss. Langsam verstehe ich, weshalb manche Jungvögel sich todesmutig aus dem Nest werfen, in der Hoffnung, zu fliegen und den Schnäbeln ihrer Eltern zu entkommen.

Von Samstag an telefonieren Nik und ich täglich. Ich erfahre so viel über ihn, dass mir der Kopf schwirrt. Es wird immer schwieriger, mit meinen Gedanken bei Dennis zu bleiben, wenn ich so viel Nik zwischen den Ohren habe. Oftmals erwische ich mich dabei, wie ich in Gedanken die Gespräche mit meinem Kindheitsfreund durchgehe, während ich eigentlich meinem Freund zuhören sollte. Dennis merkt das nicht. Zumeist ist er so vertieft in seine eigenen Aussagen, dass ich an den Unterhaltungen ohnehin nicht teilnehmen könnte. Nach seinen Monologen essen wir gewöhnlich, begeben uns zu Bett und schauen fern, bis wir einschlafen. Ein spannenderes Programm ist kaum möglich. Das einzig Positive daran ist, dass ich meine Mails checken kann, wenn Dennis vor mir einschläft.

Heute hat Nik mir zum Beispiel geschrieben, dass er in einer Woche hier ist. Nächsten Montag kann ich ihn schon sehen, wenn ich mag. Zwei Wochen sind vergangen, seit wir das erste Mal telefoniert haben. Zwei Wochen, in denen ich die Tage gezählt habe und kaum eine Nacht ruhig geschlafen, nicht von ihm geträumt habe. Ob mein schlechtes Gewissen mich halb auffrisst? Klar. Ob ich von der freudigen Vorstellung, ihn endlich wiederzusehen und von Angesicht zu Angesicht mit ihm zu sprechen, ablassen und ihm absagen kann? Nö. Ich muss ihn einfach sehen, diesen kleinen Jungen mit dem Power Ranger in der Hand und den großen Augen, die so ängstlich und unschuldig dreinblicken.

Kapitel 3

Pfützenaugen

Am Samstag gehen Dennis und ich aus. An solchen Abenden verstehen wir uns immer richtig gut, weil wir beide wie Verrückte durch die Menge wuseln, um mit jedem unserer Freunde und Bekannten etwas trinken und quatschen zu können.

Lena ist da, eine ziemlich gute Freundin, die ihr Abi wie Dennis letztes Jahr gemacht hat und mit der ich ursprünglich in einer Klasse war. Sie versteht nicht, wieso ich jetzt schon die zweite Ehrenrunde drehe.

»Deine Noten waren doch gut genug. Ich weiß echt nicht, warum du dir den Mist noch mal gibst. Ich für meinen Teil bin unendlich erleichtert, dass ich die Gesichter der Lehrer nie wieder ertragen muss! Deswegen studiere ich ja auch nicht, sondern mache gleich eine Ausbildung. Da ist zwar auch Schule dabei, aber …« Sie nippt an ihrem Wodka und schaut mich dann ausdruckslos an. Erwartungsvoll schaue ich in ihr hübsches Gesicht. Sagt sie noch was?

Der Club ist laut, überfüllt und voll mit Rauch. Es ist dunkel und stickig, aber es ist dennoch der beliebteste Club im Ort. Lena hat offensichtlich vergessen, dass sie noch einen Satz zu Ende bringen muss, und wartet deswegen, bis ich etwas sage.

»Ich werde nach dem Abi studieren und versuchen, beim Radio Fuß zu fassen.«

»Radio!«, ruft sie begeistert aus. »Passt voll zu dir!«

»Ja, ich hab ein richtiges Radiogesicht, was?«

»Genau!«, lacht sie zwei Minuten später, weil sie den Witz nicht auf Anhieb verstanden hat. Lena ist gescheit. Momentan ist sie allerdings viel zu betrunken, um schlau zu sein.

Wir kippen an der Bar ein paar Kurze. Alkohol hat einen richtig schlechten Einfluss auf mich. Lena und ich grölen all unsere Lieblingssongs mit. Zu Beginn der elften Klasse mochten wir uns nicht sonderlich. Sie ist der klassische Strebertyp, während ich mich eher müßig durch die Schule mogle. Sie saß ganz vorne, ich sitze aus Prinzip immer ganz hinten. Sie hatte eine Zwei in Mathe, ich eine Fünf. Kein guter Start. Aber bei einer gemeinsamen Gruppenarbeit hat es gefunkt. Wir haben uns richtig gut verstanden und haben beide über dieselben grottigen Antiwitze gelacht. Um uns herum haben sich noch drei weitere Mädels geschart. Zu fünft machen wir öfter mal Partys unsicher und haben schon unseren Ruf als Geisteskranke weg. Mit ihnen wegzugehen macht richtig Spaß. Leider ist das in der letzten Zeit nicht mehr so häufig vorgekommen, weil die vier jetzt alle den Schulabschluss haben und ausgiebig ihr Abi feiern, während ich ein bisschen traurig bin, weil ich so blöd bin, die 13. zu wiederholen, um einen besseren Schnitt zu kriegen. Die Abipartys kann ich mir da echt nicht geben. Hoffentlich ist die Partydurststrecke bald vorbei.

Die Musik ist zu laut, es kommt nicht genug Luft in den Club, ich schwitze mir mein Make-up vom Gesicht. Es ist großartig. Gegen Ende des Abends bin ich kein aufgeregter Floh mehr, der durch die Gegend hüpft und Freude verteilt. Ich bin eher eine vollgesoffene Hummel, die ihren Körper nicht mehr richtig koordinieren kann. Gemeinsam mit Lena wanke ich durch die Menge. Als sie kotzt, halte ich ihr die dunklen Haare und tätschle ihr den Rücken. Auf der Toilettentür ist ein Poster angebracht, das einen daran erinnert, stets verantwortungsvoll mit Alkohol umzugehen. Ups, denke ich mir und kichere. Ich selbst muss mich zum Glück nicht übergeben.

Der Heimweg ist sehr interessant, denn wir müssen die volltrunkene Lena heimbringen, die noch mehr wankt als Dennis und ich, obwohl wir beide auch ziemlich gut dabei sind. Auf dem Weg übergibt sie sich noch dreimal und beginnt zu weinen. Ich wische ihre Tränen mit einem zerfledderten Taschentuch ab und streichle ihr beruhigend über den Kopf.

»Ich trinke nie wieder Alkohol!«, wimmert sie. Klar, solche Abende hat jeder von uns schon hinter sich.

Als Dennis und ich endlich alleine sind, greife ich nach seiner Hand und lächle ihn an. Er zieht mich zu sich, schlingt einen dünnen Arm um mich und drückt mir einen Kuss aufs Haar. Er riecht nach Rauch, Alkohol und starkem Parfüm

»Am Montag treffe ich mich auf einen Kaffee mit Nik, okay?«

Der Himmel ist ganz klar. Die Sterne sind deutlich zu sehen und funkeln um die Wette. Es ist zwar warm, aber ein frischer Wind weht durch die Straßen, Gassen und Unterführungen, die wir entlangschreiten.

»Klar. Ist in Ordnung. Solange du mir nicht wegläufst, kannst du machen, was du magst.« Während ich Dennis' herben Duft einatme, denke ich an Montag. Wieso stört es Dennis nicht, dass ich mich mit einem anderen Kerl treffe?

»Dennis, macht dir das mit Nik echt nichts aus?«

Er wirft mir einen Blick zu, bei dem mir ein bisschen heiß wird. Wenn Dennis überlegt, dann werden seine Augen dunkel, er kaut sich auf der Unterlippe herum und zieht die Augenbrauen zusammen. Das sieht echt sexy aus.

»Nein, ehrlich nicht. Wieso fragst du?«

»Ich möchte einfach nur sicher sein, dass ich dich damit in keine unangenehme Situation bringe.«

Wir befinden uns mittlerweile in einer Unterführung. Unsere Schritte hallen von den bunt bemalten Wänden wider, Neonröhren flackern, Blätter rascheln. Ohne Vorwarnung packt Dennis mich an den Schultern, drückt mich gegen eine der schmutzigen Wände und stemmt sich gegen mich. Die Wand ist kalt. Ich bekomme eine Gänsehaut und trete verhalten von einem Fuß auf den anderen. Dennis' Augen sind so blau, dass es mir für einen Moment die Sprache verschlägt. Genau diesen Moment nutzt er aus. Er drückt seine Lippen so fest auf meine, dass ich ein wenig Angst um meine Zähne bekomme. Seine Hände liegen an meinen Hüften, seine Stirn presst sich an meine, seine Nase zerquetscht meine Nase. Irgendwo tropft es. Ich höre Tropfen, die in eine Pfütze platschen. Dennis' Atem riecht nach Gin.

Mit hektischem Griff hebt er mein Kleid ein bisschen an, packt den Bund meiner Strumpfhose und schiebt sie so weit nach unten, dass er mit der Hand hineinfassen kann. Ich schnappe nach Luft und er verschließt meinen Mund schnell wieder mit seinem. Leicht unbeholfen, aber zielstrebig, schiebt er meinen Slip beiseite und fährt mit einem Finger über mein Schambein. Das alles kommt so unerwartet, dass ich meine Tasche vor Schreck fallen lasse. Sie landet in einem schmutzigen Haufen Blattlaub und versinkt fast darin. Ich fahre mit meinen Händen an seinen Beinen entlang und spüre die Erektion, die er in seiner Hose versteckt hält. Er grummelt und ich grinse. Soso, heute hat er also Abenteuerlust?

Als ich den Reißverschluss seiner Jeans öffnen möchte, packt er mich am Handgelenk und schiebt meine Hand weg. »Zu Hause«, raunt er und zieht mich mit sich. Ich kann mir gerade noch meine Handtasche schnappen, bevor ich von ihm entführt werde. Wir rennen beinahe. Mein Es klatscht vor Begeisterung und wundert sich über Dennis' Verhalten. So kennen wir ihn nur nach einem Auftritt. Eine angenehme Überraschung.

Vor seiner Haustür lässt er den Schlüssel mehrere Male fallen. Ich trete mir die Schuhe von den Füßen und stolpere rückwärts auf sein Bett. Dennis lässt seine Zunge in meinem Mund umherwandern und zieht an meinen Haaren. Wir sind so euphorisch, dass wir uns nicht mal vollkommen ausziehen. Er schiebt mein Kleid hoch, zieht mir die Strumpfhose aus und zieht sich selbst lediglich die Hose ein Stück runter, ehe er langsam einen Finger in mich schiebt, bemerkt, dass ich feucht bin, sich ein Kondom überzieht und dann eilig in mich stößt.

Ich halte mich an ihm fest, darauf bedacht, ihm nicht wehzutun, und schließe fest die Augen, stark auf meine Beckenbodenmuskulatur konzentriert. Erfreut stelle ich fest, dass ich ihn diesmal fühle. Ich fühle, wie er gegen mich stößt, aus mir herausgleitet, in mich drängt. Ja, denke ich. Gleich! Ich bin ganz kurz davor! Die Matratze gibt unter mir nach, die Federn quietschen. Los, Dennis, hau mich um, reiß mich von den Füßen. Lass das Meer rauschen. Lass mich Spanien schmecken.

Dennis stöhnt laut auf, bricht über mir zusammen und küsst meinen Hals. Trotz intensiver Untenrumanspannung fühle ich ihn nicht mehr. Langsam sinkt die Hoffnung und geht blubbernd unter. Ich fühle mich, als wäre mein Zug mir direkt vor der Nase weggefahren. Er ist an mir vorbeigerauscht und ich bin nicht aufgesprungen. Mein Es schnaubt; da hast du dir das Ticket wohl umsonst gekauft, Schätzchen.

Er zieht sich aus mir zurück und küsst mich vorsichtig.

»Schön«, murmelt er und schmiegt sich an mich. Ich lege meine Arme um ihn, küsse sein rotes Haar und schlafe ein.

Am nächsten Tag muss mein lieber Freund ausnahmsweise mal nicht zur Bandprobe. Völlig aus dem Häuschen verkündet er mir, dass er endlich Zeit für eine weitere Lieblingsbeschäftigung hat: Basketball. Für den Nachmittag hat er sich auch schon mit ein paar Kumpels verabredet, mit denen er bis spätabends spielt und dann ein wohlverdientes Bierchen kippt.

Auch nicht schlimm, dann kann ich mich wenigstens mental auf das morgige Treffen vorbereiten. Wir verabschieden uns mit einem langen Kuss und netten Worten. Dann lässt er mich allein mit meinen Schmetterlingen im Bauch, die beunruhigenderweise nicht von ihm dort platziert wurden.

*

»Wohnst du noch immer in dem alten Haus?«, fragt Nik. Mein Herz hat ein hysterisches Stakkato angenommen und jagt das Blut durch meinen Körper. Die Sonne malt ein Bild aus Licht und Schatten an meine Wand, meine Katze liegt schnurrend auf der Bettdecke. Seit einer halben Stunde telefoniere ich mit Nik, der sich in weiteren dreißig Minuten auf den Heimweg macht und noch mal die letzten Feinheiten ausdiskutieren will.

»Ja, immer noch der alte Bunker mit der löchrigen Fassade und den knarrenden Treppen, vor denen du als Kind solche Angst hattest.«

Er lacht leise. »Ach, es waren nicht die Treppen, die mir Angst gemacht haben. Es war die böse Hexe, die mich hinaufgeführt hat, in ihren hohen Turm.«

Was für ein Fiesling! »Sei froh, dass du nicht hier bist, sonst hätte ich dir eine verpasst! Was heißt hier Hexe? Ich war schon immer eine wunderschöne Prinzessin!«

»Rapunzel«, nuschelt er.

Ich grinse. Ja, Rapunzel. Das hat er früher öfter zu mir gesagt, weil mein Fenster so weit oben ist. Er wollte stets, dass ich mein Haar herunterlasse, aber die wuschelige blonde Mähne war leider nicht lang genug.

»Lass es uns so machen: In der Nähe ist doch das alte Stammcafé unserer Eltern. Steht das noch?«

Ich nicke, ehe ich merke, dass er mich gar nicht sieht. »Ja.«

»Klasse. Dann treffen wir uns morgen um zwei in dem Café. Und nimm bloß kein Geld mit! Du bist eingeladen.«

Mit klopfendem Herzen lege ich auf. Morgen um zwei sehe ich ihn wieder. Ob er wirklich so gut aussieht wie auf den Fotos? Ob er noch nach Sand riecht? Ob er den roten Power Ranger dabeihat?

*

Ich bin natürlich eine halbe Stunde zu früh dran. Egal, wenn ich schon da bin, dann kann ich mich auch setzen und mir einen Milchkaffee mit Baileys bestellen. Vorsichtshalber trinke ich mir ein klein wenig Mut an. Die Bedienung sieht niedlich aus, mit blonden Locken und Apfelbäckchen. Der Gretel-Typ. Hoffentlich steht Nik nicht auf den Gretel-Typ, sonst haben wir hier ein ganz großes Problem.

Das Café ist in Cremefarben gehalten, mit frischen Grüntönen hier und da. Die Fenster lassen viel Licht herein, das sich über den dunkelbraunen Holzboden ergießt. Ein kleiner Strauß gelber Tulpen steht auf dem Tisch. Es riecht nach Kaffee und Kuchen, nach einem Mix aus verschiedenen Parfums und warmem Holz. Tief einatmend schließe ich die Augen, ehe die Türglocke mich aus meiner Entspannung reißt. Ich schaue mich ein bisschen hektisch um, starre die anderen Gäste unhöflich an und beobachte einen Mann dabei, wie er Kuchen isst. Na ja, er versucht es, denn ihm fallen die Stücke immer wieder von der Gabel, weswegen er sich irgendwann verstohlen umschaut, die Gabel ablegt und den Kuchen mit der Hand isst. Ich finde ihn sympathisch und taufe ihn Hannes, weil er wie ein klassischer Hannes aussieht. Mitte vierzig, leicht ergraut, kleiner Bierbauch, weiche Backen und krumme Nase. Hannes sieht aus, als wäre er ein Teddybär mit lichtem, fettigem Haar. Er schlürft jetzt seinen Kaffee und ich sehe, dass er eine Aldi-Tüte dabeihat, aus der eine Bierflasche herauslugt. Wenn Nik Gretel will, brenne ich mit Hannes durch. Oder ich gehe nach Hause zu meinem Freund, was vielleicht die beste Lösung wäre.

Gretel stellt mir freundlich einen Milchkaffee mit Schuss und ein Wasser vor die Nase. 15 Minuten später habe ich den Kaffee getrunken und bestelle einen zweiten. Lieber auf Nummer sicher gehen und ein bisschen zu angetrunken sein als zu wenig. Als ich den zweiten Kaffee geleert habe, ist die Aufregung in meinem Magen betrunken und schläft den Schlaf des Gerechten. Hannes ist aufgestanden, hat Geld auf den Tisch geworfen und ist mit klirrender Tüte davongelaufen. Das enttäuscht mich ziemlich.

Ich merke, dass ich heute noch nichts gegessen habe, und bestelle einen Schokokuchen und noch einen Kaffee mit Schuss. Gerade, als ich es Hannes gleichtue und den Kuchen anhebe, um hineinzubeißen, bekomme ich ein komisches Gefühl, ein Zwicken im Nacken, und schaue auf. *Perfektes Timing*. Eilig lasse ich den Kuchen fallen und schließe meinen Mund. Oh.

Er hat sich echt verändert. Und es lag nicht an den Fotos oder der Kameraeinstellung; er sieht ehrlich so gut aus. Als wir Kinder waren, hatte er dunkelblonde Haare und war klein und zierlich. Vor mir steht ein großer, breitschultriger Kerl in dunkelgrüner Stoffjacke, abgewetzten Jeans, mit fast schwarzen Haaren und einem ernsten Gesichtsausdruck. Er hat komische Lippen. Die obere ist ein bisschen zu voll, schiebt sich ganz leicht über die untere. Er hat ein paar Bartstoppeln im Gesicht, ist braun gebrannt und hebt fragend die Augenbrauen, während er mich sucht. Hätte ich nicht die Fotos gesehen, hätte ich ihn spätestens jetzt erkannt, als er den Blick auf mich richtet. Das veranstaltet nämlich seltsame Sachen mit meinem Magen, lässt die Aufregung aufwachen und besoffen durch meine Bauchhöhle torkeln, ein bisschen kotzen und dann herumspringen. Mein Es schubst die Aufregung beiseite, um mit offenem Mund Nik anzustarren.

Wenn ich dachte, dass die Telefongespräche mich aus der Bahn geworfen haben, dann ist das hier die Hölle auf Erden und er ist der Teufel persönlich. Steht nicht irgendwo geschrieben, dass Luzifer der schönste aller Engel war, ehe er gefallen ist? Würde ja passen. Das ist verrückt, mir schießt sogar Röte in die Wangen und meine Ohrenspitzen laufen auch an. Mist! Wir haben noch kein Wort miteinander gesprochen, alles, was er macht, ist, mich anzuschauen und ein bisschen unsicher zu lächeln. Reiß dich zusammen, du altes Huhn! Das darf doch bitte nicht wahr sein!

Ich zwinge mich zu einem Lächeln. Sieht bestimmt grauenhaft aus. Er lässt sich nichts anmerken. Ganz langsam kommt er auf mich zu. Ich stehe auf. Er beugt sich vor und will mir zur Begrüßung die Hand geben, während ich versuche, ihn zu umarmen. Das endet in einem Desaster, er bohrt mir die Hand in den Bauch, knickt sich die Finger um und ich stoße mir die Stirn an seiner Schulter an. Erschrocken ziehen wir uns zurück, ich strecke die Hand aus, er setzt zur Umarmung an. Wie im Kino!

Ich muss lachen und reibe mir die angeschlagene Stirn. Er lacht auch, sehr leise und schüchtern. Als er mir die Hand schon wieder entgegenstreckt, schlage ich sie weg und breite die Arme aus. Wir umarmen uns und ich halte ihn einen Moment zu lange fest, rieche an ihm (er riecht superfrisch, als wäre er gerade einer antarktischen Quelle entsprungen, die komplett mit Minzwasser gefüllt ist – fast wie ein Hustenbonbon!) und fühle heimlich seine Muskeln. Ui, eben erkenne ich noch das Kind in ihm, das ich früher immer genervt habe, plötzlich befummle ich ihn. Das geht aber schnell!

Wir lösen uns voneinander und setzen uns. Für einen Moment schauen wir uns nur an und lächeln bekloppt. Daran, dass er an der Tischdecke herumfriemelt, bemerke ich, dass auch Nik nervös ist. Gretel kommt angewackelt und schwenkt ihre großen Brüste in seine Richtung. Mein Es steht mit einem zornigen Funkeln auf, bläst sich die roten Haare aus dem Gesicht und will mit einer Nadel die Luft aus Gretels Brüsten lassen. Mein Über-Ich hält es zurück und schüttelt den Kopf.

Moment. Irre ich mich oder schaut er tatsächlich nicht einmal für eine Sekunde hin? Sogar ich habe geglotzt, aber er schaut einfach auf die Karte, bestellt einen Himbeertee und lächelt mich dann wieder an. Ha! Gretel stakst unzufrieden und mit geschürzten Lippen davon.

»Himbeertee«, murmle ich. »Hast du früher schon gerne getrunken.«

»Stimmt. Und Kakao.« Er grinst.

»Aber du mochtest die Schokoklumpen nicht, die auf dem Kakao schwammen.«

»Und du hast sie mir immer aus der Tasse gelöffelt und sie gierig gegessen!«

Entsetzt schaue ich ihn an und habe das dringende Bedürfnis, ihn zu küssen. Abregen! Nik schaut mich von oben bis unten an. Früher hatte er moosgrüne Augen. Jetzt sind sie ein Mix aus Braun und Grün. Wie eine matschige Pfütze. Eine wundervolle matschige Pfütze mit Feenstaub und vielen Wundern am Grund.

»Du hast dich ziemlich verändert. Wären wir uns auf der Straße begegnet, ich hätte dich nicht mehr erkannt. Aber gut siehst du aus! Richtig gut!«, sagt er grinsend.

Speichel sammelt sich in meinem Mund. So viel davon, dass ich ihn am liebsten ausspucken würde. Krampfhaft trinke ich einen Schluck Wasser und bedanke mich. »Ja, na ja. Die Haare sind gefärbt und Schminke im Gesicht lässt einen auch anders aussehen.«

Er nimmt den Tee entgegen, würdigt Gretel erneut keines Blickes und schaut dann auf mein Stück Schokokuchen. »Mensch, so einen hätte ich mir auch bestellen sollen.« Er ruft Gretel zurück, die gar nicht mehr motiviert aussieht, und bestellt auch Schokokuchen.

Wir genießen gemeinsam und reden über die Vergangenheit. Am Telefon wollten wir uns kennenlernen, jetzt wollen wir in Erinnerungen schwelgen.

»Ja, ja, ich erinnere mich noch«, setzt er an und ich bin schon beim vierten Kaffee mit Schuss. »Ich glaube, dass wir vier waren, aber ich bin mir nicht zu hundert Prozent sicher. Auf jeden Fall hast du ein Springseil genommen, mich an einen Stuhl gefesselt, die Zimmertür zugemacht und die Kassette so laut laufen lassen, dass keiner meine Angstschreie hören konnte.«

Ich ahne Schreckliches. »Und dann?«

»Dann hast du mich geküsst und hast erst aufgehört, als ich Rotz und Wasser geheult habe.« Nik lacht sehr laut und ich laufe wieder rot an wie eine schüchterne Tomate.

»Ich mochte dich eben.« Und hatte schon damals keinen Anstand, war besessen davon, alles haben zu müssen, was mir gefiel, und hatte einen Kopf wie ein Amboss.

»Ist nicht schlimm. Wir waren ja noch Kinder. Heutzutage dürftest du mich gerne an Stühle fesseln. Um die Erinnerungen aufzufrischen und so.«

Na, das fängt doch echt schon mal richtig gut an! Wir reden weiter über Kindheitserinnerungen, die alle ziemlich ähnlich sind und ein ganz schön schlechtes Licht auf mein Kindheits-Ich werfen. Ich war superaufdringlich! Aber wir lachen viel und ich merke, wie ich mich langsam entspanne. Niks Wangen sind vom Lachen gerötet. Das steht ihm.

Ich denke kein einziges Mal an Dennis. Eigentlich sollte mich das stutzig machen. Macht es aber nicht. Ich denke nicht mal daran, an ihn zu denken. Die Menschen um uns herum verschwimmen zu einer einzigen breiigen Masse ohne Gesichter. Wir sind allein. Der Rest interessiert mich nicht. Mich interessieren lediglich die Worte, die über seine Lippen perlen und durch den Raum gleiten. Er ist schlau und humorvoll, scheiße in Mathe und gut in Deutsch und Englisch. Wie ich. Er vermisst Baden-Württemberg manchmal, aber nicht zu häufig. Die Menschen im Saarland sind gar nicht mal so übel, seiner Meinung nach. Ich könnte ihm noch den ganzen Tag zuhören.

Seine Haare sind mit etwas Gel gebändigt und glänzen in der Sonne. Sie sind bestimmt hart und unnachgiebig. Ob er sich täglich so zurechtmacht? Oder ob das hier was Besonderes ist? Plötzlich bin ich froh, dass ich mich für ein schlichtes, aber schickes Babydoll und eine enge, dunkle Jeans entschieden habe. Meine Kleidung sendet genauso verwirrende Signale aus wie seine. Ist das jetzt schick oder ist das Alltagskleidung? Wir sind strategisch auf einer Wellenlänge. Sein Shirt steht ein bisschen offen und ich frage mich, was er wohl darunter verbirgt. Immerhin hat er mir am Telefon erzählt, dass er Kraftsport treibt.

»Magst du noch hier sitzen, oder sollen wir noch was anderes unternehmen?«, reißt er mich aus meinen Gedanken. Ich schrecke auf und greife nach meinem Kaffee, um ihn zu leeren.

»Also, von mir aus können wir weiterziehen. Was hast du denn noch vor?«

»Ich würde dir gerne meine Wohnung zeigen.«

Meine Wangen werden knallrot. Das hat er jetzt nicht anzüglich gemeint. Er will einfach nur aus dieser steifen Atmosphäre raus und das Ganze etwas persönlicher gestalten.

»Klar! Immerhin sagt die Wohnung eines Menschen sehr viel über seine Persönlichkeit aus.«

Täusche ich mich oder wird er blass?

»Oje, dann will ich gar nicht wissen, was du aus meiner schließt.«

Er ruft Gretel an den Tisch, die mittlerweile richtig hochnäsig ist, und begleicht die Rechnung. Wir stehen gleichzeitig auf und schauen uns dabei unbeholfen an. Verwirre ich ihn so, wie er mich? Seine dunklen Augen sind dicht umrahmt von langen Wimpern. Sein Blick ruht unsicher auf mir, als er sich die Jacke überstreift. Er geht ein bisschen zu dicht neben mir, während wir uns auf den Weg zu seinem Auto machen. Ich fühle seine Körperwärme und rieche seinen frischen Duft. Mein Es reckt sich und nimmt den Duft genüsslich in sich auf. Sie leckt sich über die Lippen und seufzt.

Er gibt mir die Aufgabe, sein Auto zu erraten, und ich schaffe es auch auf Anhieb. Er fährt einen kleinen, schwarzen Audi, der perfekt zu ihm passt. Der Innenraum ist etwas schmutzig und unordentlich. Am Rückspiegel baumeln mehrere Duftbäume, deren Gerüche nicht wirklich zueinanderpassen, weswegen es ein bisschen so riecht, als hätte jemand in das Auto gekotzt und versucht, den Geruch mit Raumspray zu überdecken. Dennoch ist mir das Auto mit seinen dunklen Polstern und den vielen verstreuten Papieren auf Anhieb sympathisch.

»Ach, ich vermisse meinen Punto.«

Er parkt aus, ordnet sich in den Verkehr ein und wirft mir einen kurzen Seitenblick zu. »Wie?«

»Motorschaden und zu wenig Geld, um ihn beheben zu lassen. Deswegen steht er schon seit fast einem Jahr rum und ich vermisse ihn schrecklich.«

Er grinst breit und schüttelt den Kopf. »Frauen. Borg dir das Geld doch einfach oder such dir privat einen Mechaniker. Bei dem hübschen Lächeln dürftest du sicherlich einen überzeugen können. Vielleicht macht er es für die Hälfte, wenn du einen Rock trägst.«

Ich schlage ihm auf den Arm und tue mir dabei weh. Autsch! Der Kerl scheint wirklich trainiert zu sein! Meine Augen huschen andauernd zu seinen Händen. Sie sehen sehr rau aus. Wie sie sich wohl anfühlen? Ein wohliger Schauer schüttelt mich und ich bekomme

Gänsehaut. Die kleinen Härchen auf meinen Armen richten sich auf, in meinem Bauch kribbelt es. Ich fühle die rauen Handflächen auf mir, fühle, wie er mich fest und weich berührt.

Mit einem Kopfschütteln versuche ich, die Gedanken loszuwerden und mich wieder auf das Hier und Jetzt zu konzentrieren, auf den zähen Verkehr, auf die vielen Passanten, auf die Musik, die aus dem Radio dringt. Rammstein. Ich hebe eine Augenbraue und werfe ihm einen fragenden Blick zu. »Muss die Musik sein?«

Er grinst erneut und sein gesamtes Gesicht erhellt sich. Nik schaut zwar durchgehend ein bisschen schlecht gelaunt, aber wenn er lacht, geht die Sonne auf. Sein Gesicht verändert sich komplett. Es sieht zwar fast so aus, als ob Lächeln ihn schmerzen würde, doch gleichzeitig zaubert es ein Glitzern in seine Augen und Fältchen in sein Gesicht. Ich muss mit ihm grinsen und merke, dass meine Lippen spröde spannen und bald reißen, wenn ich weiterhin so strahle.

Ohne Umschweife strecke ich die Hand aus und drücke auf den Knopf, der das Radio abstellt. Nik streckt ebenfalls die Hand aus, um mich daran zu hindern, doch er kommt zu spät und streift lediglich meine Finger. Ein Stromschlag durchzuckt meine Hand und ich ziehe sie instinktiv weg. Was war das denn? Meine Hand kribbelt und ich betrachte ihn heimlich. Er scheint es nicht gemerkt zu haben. Vielleicht habe ich mir das auch nur eingebildet.

Vielleicht ist es auch dein schlechtes Gewissen oder deine gerechte Strafe, zischt mein Über-Ich und schaut mich streng an.

Hey! Ich tue ja nichts Verbotenes! Ich treffe mich hier lediglich mit einem alten Freund. Einem alten, sexy Freund, der mich jetzt zu sich nach Hause bringt.

Als wir ankommen, erschrecke ich mich. Er hatte die ganze Zeit eine Wohnung in meiner unmittelbaren Nähe? Zu Fuß ist sein Zuhause sicherlich bloß zwanzig Minuten entfernt! Jeden einzelnen Tag hätten wir uns treffen können. Na ja, zumindest theoretisch, denn er ist ja nicht immer zu Hause.

»Seit wann wohnst du wieder hier?«

Er ist mit zehn weggezogen und hat mich ganz allein mit der Glasmurmel zurückgelassen. Ich war untröstlich. Und dann ist er zurückgekommen, ohne mich darüber zu informieren?

»Vor circa drei Jahren.«

Vor drei Jahren? Wie kann es sein, dass er schon wieder drei Jahre im Ort wohnt, ohne mir Bescheid zu geben?

»Wieso sind wir uns nie begegnet? Und warum bist du wieder hierher zurückgekommen?«, frage ich verblüfft und folge ihm zur Eingangstür. Das Haus ist klein, rechteckig und weiß. Es ist halb so groß wie das Mehrfamilienhaus, in dem ich wohne. Die Tür gibt knarrend nach und ich blicke in einen engen, muffigen Hausflur. Es riecht feucht und schmutzig. Über dieser Geruchsschicht liegt der Duft von Putzmitteln. Spinnweben prangen in den Ecken. Die Heimat unzähliger dickleibiger Spinnen. Es fällt kaum Licht in den grauen Flur.

»Weiß nicht. Vielleicht wollte das Schicksal uns ja aus irgendeinem Grund gerade jetzt zusammenführen. Wer weiß. Und das mit dem Zurückkommen … Ich denke, dass ich hier die glücklichste Zeit meines Lebens verbracht habe und, wenn ich schon von zu Hause weg musste, wenigstens an einen Ort wollte, an dem ich mich mal wohlgefühlt habe.«

Dann hat das liebe Schicksal aber echt ein beschissenes Timing, denke ich mit Dennis im Hinterkopf. Wir hätten uns nur ein halbes Jahr zuvor neu entdecken müssen und ich hätte mich einfach mit Nik treffen können, ohne mich mit einem schlechten Gewissen herumzuschlagen.

»Hm, ja. Vielleicht.«

Wir steigen die Treppen empor. Jede einzelne Stufe knarrt und zetert. Nik dreht sich mit einem entschuldigenden Blick zu mir um.

»Aber mein Zuhause ist ein alter Bunker, ja?«, grinse ich. Er hebt die Schultern und zieht eine Schnute. Dabei sieht er so niedlich aus, dass ich ihm gleich verzeihe. Er wohnt ganz oben, die Treppen enden genau vor seiner Wohnungstür. Er zögert kurz, schaut mich unsicher an und steckt dann erst den Schlüssel ins Schloss. »Bedenke, dass ich schon jahrelang Single bin und den Großteil meiner Zeit gar nicht zu Hause verbringe.«

Als ich grinsend nicke, stößt er die Tür auf und lässt mich hinein. Als Erstes fällt mir auf, dass die Wohnung recht klein ist. Alle Wände sind weiß. Einige Bilder hängen an den sonst kahlen Wänden. Ich schaue ihn an und versichere mich, dass ich mir die gesamte Wohnung anschauen darf. Er nickt lediglich und macht eine ausladende Geste. »Schau dich um, ich warte im Wohnzimmer.«

Die Küche ist klein, doch sauber. Alles ist komplett weiß, bis auf den kleinen runden Bistrotisch in der Mitte des Raums und die Stühle darum. Die sind silbern. Das Bad ist schlicht, Badewanne, Toilette, Waschbecken, Spiegelschrank. Im Wohnzimmer befindet sich ein blaues Schlafsofa, ein breiter Glastisch, eine graublaue Wohnwand mit einem großen Fernsehgerät. Durch eine Trennwand ist ein weiteres Halbzimmer abgeteilt, in dem sich ein Schreibtisch, ein paar Stühle und mehrere Pflanzen befinden. Überraschenderweise entdecke ich hier sogar noch eine weitere Tür, die in ein kleines Schlafzimmer führt. Darin stehen ein gemachtes, blau bezogenes Bett, eine graue Kommode und ein weicher Sessel. Sehr spartanisch eingerichtet, aber alles ist äußerst sauber. Das hätte ich von einem Junggesellen nicht erwartet.

Zurück im Wohnzimmer, setze ich mich neben Nik auf das blaue Sofa. Es ist hart wie ein Brett und ich rutsche ein wenig hin und her. Vorsichtig strecke ich die Hand aus und streiche mit den Fingern über die Stacheln des kleinen Kaktus, der mittig auf dem Glastisch steht. Er sieht ziemlich vernachlässigt aus, die Erde ist ganz trocken.

»Die muss man nur alle paar Monate gießen, richtig?«, frage ich und fahre weiterhin behutsam über die Stacheln, die aussehen wie dünne Glasfäden mit spitzen Enden.

»Ja, muss man. Genauso wie die restlichen Pflanzen, die ich hier drin stehen habe. Andere Pflanzen würden bei mir kläglich sterben. Ich bin ja nur alle paar Monate mal da. Schlimmes Soldatenleben.«

»Nicht nur Pflanzen würden kläglich sterben. Beziehungen sicherlich auch, oder?«, schießt es aus mir heraus, ohne dass ich es beabsichtigt hätte. Sofort werden meine Wangen rot und auch er schaut ein bisschen verwirrt drein.

»Ich denke, dass es schwierig ist, eine richtige Beziehung zu führen, wenn man sich nur am Wochenende oder alle paar Monate mal sieht, ja. Aber bis jetzt habe ich das noch nie versucht.«

»Weshalb denn? Du bist ein gut aussehender junger Kerl. Auch noch ein Soldat. Die Frauen jagen dir doch sicherlich in Scharen nach.«

Irre ich mich, oder wirkt mein Lächeln aufgesetzt? Und seines auch?

»Hm, bis jetzt war noch nichts dabei, für das sich der Versuch gelohnt hätte.«

Er betont die Worte »bis jetzt« besonders und mein Über-Ich versetzt mir einen Stoß. »Also, ich könnte das nicht. Alleine bleiben, meine ich. Ich bin eher ein Beziehungsmensch«, sage ich auf ihr Drängen hin.

»Ja, am Telefon hattest du so etwas angedeutet. Wie hieß er noch gleich?«

»Dennis.«

»Dennis«, wiederholt er in höchst seltsamem Tonfall.

Am Telefon hatte ich ihm auch schon gesagt, dass ich vergeben bin, was er mit einem Schnauben und einem lang gezogenen »Aha« quittiert hatte. Seitdem hat er Dennis nie wieder erwähnt. Bis jetzt. In Gedanken versunken, fahre ich zu fest über den Kaktus. Ein Stachel bohrt sich durch meine Haut, bricht ab und steckt dann in meinem Zeigefinger fest. Autsch! Eilig ziehe ich den Finger zu mir, entferne den Stachel und schaue angewidert zu, wie ein kreisrunder Blutfleck sich zwischen meinen Rillen auf der Fingerkuppe bildet.

Um das Brennen und die leichte Blutung zu stoppen, nehme ich den Finger in den Mund und sauge vorsichtig daran.

Viel zu spät bemerke ich, dass Nik mich mit erweiterten Pupillen beobachtet. Seine Lippen sind leicht geöffnet und sein Blick ist verschleiert. Huch! Ich lasse hier unbeabsichtigt die Femme fatale raushängen. Mit einem leisen Plopp ziehe ich den Finger aus meinem Mund und schaue ihn entschuldigend an. »Hab nicht aufgepasst.«

»Hab ich gesehen«, erwidert er kehlig, ehe er sich räuspert und mir etwas zu trinken anbietet. »Ich habe Wasser, Kaffee und Wasser«, grinst er.

»Oh, dann hätte ich gerne ein Wasser. Hatte schon genug Kaffee, denke ich.«

Während er sich in der Küche zu schaffen macht, streiche ich mein Shirt glatt und lasse meinen Blick über die Bilder im Wohnzimmer schweifen. Es sind sogar persönliche Fotos dabei, auf denen er mit seiner Einheit eine Pyramide bildet oder in Reih und Glied steht. Auf den Bildern sieht er jung und unbefangen aus, hat ein dämliches Grinsen aufgesetzt und die Mütze zu tief ins Gesicht gezogen. Nik ist schon ein Augenschmaus. Aber das war er bereits, als wir zwei noch im Kindergarten waren und uns gegenseitig mit Dreck beworfen haben.

Er kommt mit zwei großen Gläsern und einer Wasserflasche zurück, stellt beides ab und schenkt zuerst mir ein. Verlegen nehme ich immer wieder kleine Schlucke. Nik legt den Kopf schief. »Und? Wie findest du meine Wohnung?«

»Kahl«, erwidere ich nüchtern.

Er tut schockiert. »Kahl? Ist das dein Ernst? Ich habe extra Bilder gekauft, bevor ich dich hier reingelassen habe! Normalerweise hing an den Wänden so ziemlich nichts! Und du findest es kahl?«

Mit einem breiten Grinsen nicke ich. »Jawohl, Sir!«

Er legt den Kopf schief. »Das geht absolut nicht. Ich will ja, dass es dir hier gefällt. Immerhin sollst du mich in Zukunft öfter besuchen kommen.«

Wärme verdrängt die Kohlensäure in meinem Magen und sickert dickflüssig durch meine Venen. »Dann müssen wir eben was daran ändern.«

Er wirft einen Blick auf seine Armbanduhr und packt mich am Handgelenk. »Los, wir fahren in den Baumarkt und holen ein paar Utensilien.«

»Aber«, stammle ich und lache. »Was willst du denn machen? Streichen? Dafür habe ich gar nicht die richtige Kleidung und …«

»Man kann ja auch tapezieren oder mehr Bilder holen. Jetzt wart's mal ab. Wir finden schon was, womit wir die Wohnung aufpeppen können, ohne dass Madame sich schmutzig macht.«

Mein Lachen wird lauter.

Vor dem Eingang steht ein Mitarbeiter des Baumarkts, der Flyer verteilt. Er strahlt uns an und hält uns bunt bedrucktes Papier entgegen. »Für das junge Glück!«, ruft er. Nik schaut ihn empört an. »Wir sind Geschwister!«

Mit einem Kopfschütteln betreten wir den Laden und lassen den Mitarbeiter mit hochrotem Kopf und betretenem Blick zurück. Gut gelaunt schlendern wir nebeneinanderher. Bei einer kleinen Vase mit Blumenmuster bleibe ich stehen und lächle ihn an. Er schüttelt den Kopf. »Nein. Wenn schon Deko, dann absolut männliche.«

Ich gehe weiter und entdecke silberne, runde Kerzen. Zwei davon wandern in den Tragekorb. Eine kleine schwarze Vase, eine schwarze Säule mit breiter Ablagefläche am oberen Ende, zwei dunkelbraune Schachteln, die aussehen wie eine kurze Bücherreihe, eine schwarze Uhr, ein silberner Mülleimer und zwei weiße, flauschige Kissen gesellen sich hinzu.

»Wie sieht's mit einem Wandtattoo für die Küche aus?« Er grummelt. »Guck mal, da gibt es Kaffeebohnen. Die würden zu deinen Bildern passen.« Er nickt geschlagen. Im Gegenzug darf er sich die Bordüre für das Wohnzimmer aussuchen. Nach ewigem Hin und Her nimmt er eine mit blau-silbernem Karomuster und legt sie schmunzelnd in den Korb.

»Zur Befestigung brauchen wir doch Leim, oder?«

Nik zuckt die Achseln und greift zum Alleskleber. »Damit dürfte sie halten.«

Das Anbringen der Bordüre ist schwerer als gedacht. Vor allem, da wir kein Metermaß haben und schätzen müssen. Ich schmiere den Kleber auf den jeweiligen Abschnitt und Nik streicht die Bordüre glatt. Es dauert ewig, bis wir die Verzierung angebracht und das gesamte Wohnzimmer umrandet haben. Von Nahem sieht es auch sehr gerade aus, aber als wir zurücktreten, um unser Kunstwerk zu bewundern, brechen wir beide in schallendes Gelächter aus. »Das ist absolut schief!«

»Das ist moderne Kunst!«, wendet er ein und tätschelt mir behutsam den Rücken. Mein Herz pocht und ich verstumme. Ein Kribbeln erfasst die Stelle, an der er mich angefasst hat. Puh, wie soll ich damit nur umgehen?

Das Wandtattoo in der Küche bringe ich an, während er die Kerzen und die anderen Dekoartikel in seine Wohnwand stellt und die Uhr über dem Fernseher anbringt. Wir begutachten gegenseitig unsere Werke und sind sehr stolz aufeinander. »Lass uns mit einem Bier anstoßen!«, schlägt er vor und ich nicke begeistert. Wir trinken Starkbier und kommen auf die Idee, uns Pizza zu bestellen, um das Bier geschmacklich zu unterstreichen. Als die Pizzen ankommen, dämmert es bereits.

»Der Tag verging wie im Flug«, stelle ich fest, bevor ich in meine Maispizza beiße. Er lächelt mich an und stößt gegen meinen Arm. »So hatte ich dich auch in Erinnerung. Immer am Lachen, kreativ und humorvoll.« Ich stoße zurück. »Und ich hatte dich ebenfalls in bester Erinnerung. Mir absolut hörig und unterwürfig.« Er rückt ein wenig beiseite und sein Bein streift meines.

Sein Lächeln wird von Stunde zu Stunde breiter und auch ich merke, dass meine Lippen bald den angedrohten Riss erleiden. Vorsichtshalber schmiere ich sie mit Pizzafett ein. Er beobachtet mich und beißt in seine Pizza. Seine Augen ruhen auf meinen

Lippen. Ich räuspere mich und schlucke den Kloß in meinem Hals.

»Wann willst du mich denn eigentlich das nächste Mal sehen?«, frage ich vorsichtig. Sag morgen, sag morgen, sag morgen! Nik schiebt sich den Rand der Pizza komplett in den Mund und kaut nachdenklich, während er seinen Hustenbonbongeruch verteilt und während seine Haut von innen heraus strahlt und seine Augen funkeln.

Nach einem kräftigen Schluck Starkbier schaut er mich entschlossen an. »Wenn Sie erlauben, meine Dame, dann würde ich Sie morgen Mittag erneut abholen.« Ich nicke grinsend. »Gerne. Hast du schon einen Plan für morgen?« Sein Lächeln zerreißt beinahe sein Gesicht. »Gehst du gerne schwimmen?«

*

Meine Mutter schüttelt den Kopf, als ich strahlend in der Tür stehe. »Ein richtig netter Kerl«, beginne ich mit meiner Schilderung des Tages. Am Ende meines Monologs stellt sie mir etwas zu trinken hin, um meiner rauen Kehle etwas Gutes zu tun. Ich nehme einen großen Schluck und schaue sie erwartungsvoll an.

»Hm, klingt wirklich sehr nett, Elena. Was sagt Dennis dazu?«

Auf dem Boden der Tatsachen anzukommen tut weh. Ich glaube, ich breche mir dabei fast das Bein.

»Dennis hat mir sein Einverständnis gegeben, Mama. Er hat auch nichts zu befürchten und ich weiß nicht, wieso du das jetzt so vorwurfsvoll gesagt hast.« Entrüstet stapfe ich in mein Zimmer.

Jessy reagiert besser auf meine Erzählungen: »Klasse! Den würde ich auch gerne mal kennenlernen. Und morgen geht ihr schwimmen?«

»Ja. Heute war es zwar noch recht kühl, doch morgen sollen es über dreißig Grad werden. Wird auch langsam mal Zeit, immerhin habe ich Sommerferien und keine Winterferien.«

Jessy kichert. »Hm, schwimmen gehen ist immer gut. Du könntest versuchen, ihm die Badehose aus Versehen runterzuziehen, und dir anschauen, ob er so gut bestückt ist, wie ich denke.«

Ich höre förmlich das Zwinkern. »Jessy, das muss doch nicht sein. Wir sind Freunde, das habe ich dir bereits gesagt. Man analysiert die Genitalien seiner Freunde nicht.«

»Man schläft auch nicht mit seinen Freunden, aber ich höre dir das Verlangen förmlich an, El.«

Mein Herz setzt einen Schlag aus, mein Magen kribbelt. »So ein Scheiß«, fluche ich und lege auf. Das muss ich mir echt von niemandem anhören.

Seufzend entscheide ich mich gegen die Kontaktaufnahme mit Dennis. Wahrscheinlich übt er gerade auf seiner Gitarre, steht mittig in seiner Garage, hat die Gitarre umgehängt, trägt ein Muskelshirt, das Licht ist aus, bloß ein kleiner Strahler ist auf ihn gerichtet. Das macht er gerne, denn es erinnert ihn an die Bühne, auf der er so gerne steht. Er spielt etwas Dramatisches, hat die Augen geschlossen und wiegt sich im Takt der Musik. In solchen Momenten bin ich immer ziemlich scharf auf ihn, wage es allerdings nicht, ihn zu unterbrechen. Stattdessen beobachte ich das Licht, wie es von seinem kupferroten Haar aufgefangen und in roten und goldenen Strähnen wieder ausgespuckt wird. Ich beobachte, wie seine helle Haut im Scheinwerferlicht glänzt wie Porzellan. Ich sehe dabei zu, wie seine schmalen Hüften sich im Takt wiegen, wie seine Hände zärtlich über die Saiten streichen, wie seine Augen sich hinter seinen geschlossenen Lidern bewegen.

Oft legt er die Gitarre weg, wenn er genug hat, schaut mich an, leckt sich über die vollen Lippen und schreitet langsam zu mir, greift nach meinem Gesicht und küsst mich so leidenschaftlich, dass sich mir die Kehle zuschnürt. Danach geht er direkt duschen, weil er vom ewigen Spielen ganz verschwitzt und ausgelaugt ist. Ich bleibe dann mit Sehnsucht im Bauch zurück und würde mich am liebsten auf ihn werfen, wenn er mit nassen Haaren neben mir auf der Matratze ruht. Aber ich weiß, dass er das nicht will. Er steckt dann mit seinem Kopf noch so in der Musik, dass er keine Lust hat, mit irgendetwas anderem irgendwo drinzustecken. Das ist frustrierend.

Mit einem tiefen Seufzen verdränge ich die Wärme aus meinem Magen. Wir sehen uns einfach zu selten, aber immer, wenn ich ihn darauf anspreche, sagt er, dass er es anders eben nicht handhaben kann und ich doch von Anfang an wusste, dass er Vollblutmusiker ist und deswegen der Großteil seiner Zeit genau dafür draufgeht.

Nach einer ausgiebigen TV-Session ist es immer noch zu früh, um schlafen zu gehen. Jessy kann ich allerdings nicht mehr belästigen und so frage ich eine Facebookgruppe, die ich mit meinen ehemaligen Mitschülerinnen Diana, Chrissy, Lena und Tine gegründet habe, ob irgendwer ein bisschen Zeit für mich hat. Nichts. Keine Antwort. Aber was erwarte ich auch? Es sind Sommerferien. Die werden sich ordentlich Alkohol hinter die Binde kippen und feiern. Erneut seufze ich tief und ausgiebig. So ein Mist. Notgedrungen drucke ich mir weitere Infoblätter für die Unis aus und beschäftige mich missmutig mit meiner Zukunft.

Oh Gott, das hätte ich beinahe vergessen! In zwei Tagen muss ich in die Schule, um in eine neue Klasse eingeteilt zu werden! Verdammt. Nun bin ich fast zwei Jahre älter als der Rest. Schrecklich. Sicherlich ist der Großteil der Menschen extrem zurückgeblieben und kindisch. Die meisten werden so 18 oder 19 sein. Wie soll ich das nur überleben? Schon in der vorigen Klasse war ich ein bisschen älter als die meisten, obwohl es sogar noch Ältere gab. Aber jetzt, zwei Stufen in Verzug, werde ich die Oma der Klasse sein. Na, hoffentlich sind die Leute wenigstens nicht mehr pubertär. Der Mathelehrer sollte es auch bitte hinbekommen, aus meiner Fünf eine Vier zu machen, sonst wiederhole ich die Klasse nämlich völlig umsonst.

Meine Mutter ärgert sich immer fast zu Tode, weil ich in allen Fächern sehr gut bis gut bin, aber in Mathe versage wie sonst kaum einer. Doch immerhin möchte ich nicht Mathe studieren, sondern Journalismus, und ich glaube kaum, dass ich dafür großartig Mathematik benötigen werde. Völlig genervt von der Tatsache, dass ich mitten in den Ferien in die Schule muss, ziehe ich mir die Decke über den Kopf.

Kapitel 4

Sommergefühle

Der Wecker reißt mich aus einem Traum, in dem ich mit heißem Fett von einer Pizza beträufelt und hart und unnachgiebig geküsst werde. Mittags steht Nik vor der Tür und tritt unsicher von einem Bein aufs andere. Ich habe wasserfeste Mascara und ein bisschen Lidschatten aufgelegt, mein kürzestes Sommerkleid mit einem süßen Blümchenmuster und leichte Sandalen aus dem Schrank gekramt. Das helle Haar habe ich mir hochgebunden.

Die Wettervorhersage hat recht behalten. Das unentschlossene, mal warme, mal kalte Wetter ist einer Hitze gewichen, die sich feucht unter die Kleider stiehlt und dafür sorgt, dass die kleinen Härchen im Nacken sich kräuseln. Die Sonne scheint unentwegt auf den dunklen Asphalt und es geht nicht mal das kleinste Lüftchen. Die deutsche Hitze macht mir definitiv zu schaffen.

»Es war eine hervorragende Idee, ins Schwimmbad zu gehen«, begrüße ich Nik und schließe ihn fest in meine Arme.

Im Hintergrund bezieht meine Mutter Stellung, um sich den jungen Mann, den sie nur als kleines Kind kennt, mal genauer anzusehen. Sie hat meinen kleinen Bruder Dani auf dem Arm, der genau die gleichen blauen Augen hat wie sie. Er schaut Nik neugierig an und zieht eine Schnute.

»Oh Gott, hast du dich verändert, Nik! Das ist ja nicht zu fassen! Natürlich sind fast zehn Jahre vergangen, aber das ist wirklich enorm. Du siehst ja richtig gut aus, Mensch.«

Nik streicht sich nervös durch sein dunkles Haar und lächelt beschämt. »Du hast dich kaum verändert.«

Genau das, was Mama hören will. Der Kerl ist ein echter Charmeur. Aber er hat recht. Mein Muttertier scheint es strikt zu ignorieren, dass ein Mensch nun mal altern muss. Ihre hellen Haare fallen ihr weich um das schmale, säuberlich geschminkte Gesicht, das sie an die Wangen von Klein-Dani schmiegt. Sie grinst spitzbübisch. »Ich weiß genau, was du vorhast, Nik. Über die Mutter an die Tochter kommen. Aber, glaub mir, so klappt das nicht. Wenn du meine Elena haben willst, dann musst du sie in Gold aufwiegen.

Merk dir das!« Sie zwinkert, dreht sich um und verschwindet in unser geräumiges Wohnzimmer. Eilig schnappe ich mir Nik und meine Badesachen und verschwinde mit ihm in die pralle Sommersonne.

*

Meine Zehen spielen mit nassem Gras. Grün und frisch. Ich schlürfe an einer Capri-Sonne und stecke die Nase in die heiße, feuchte Luft, um sie zu genießen, um die Kälte aus dem Sommer und aus meinem Kopf zu vertreiben. Die Sonne scheint mir heiß und entschlossen auf die blasse Haut. Sicherlich habe ich morgen einen Sonnenbrand und bereue, dass ich einen viel zu niedrigen Lichtschutzfaktor benutzt habe. Immer wieder schiele ich heimlich zu Nik rüber, der die Arme hinterm Kopf verschränkt und die Augen geschlossen hat. Er liegt ganz still auf seinem breiten Rücken und saugt die Sonne auf. Als wäre dieser Angeber nicht schon braun genug. Ich kann meine Augen kaum von ihm losreißen. Es ist, als wäre mein Blick an ihm festgenäht. Wie er die Sonne einsaugt, sauge ich seinen Anblick auf. Die Brust ist breit und glatt. Eine wahre Brust zum Ausweinen. Seine Arme sind muskeldick und stark. Die Tattoos, die in seine Haut geritzt und mit Tinte aufgefüllt wurden, sind verwaschen. Beide Arme sind fast vollständig davon bedeckt. Seine Haut ist braun und sieht sehr weich und gepflegt aus. Sie spannt sich glatt über seinen muskelgewellten Bauch, der an schmale Hüften angeschlossen ist, die in starke Beine übergehen. Oh Gott, ich glaube, ich sabbere bald. In meinem Hals bildet sich schon ein dicker, fetter Kloß. Und in meiner Badehose geschehen noch ganz andere Dinge. Die Sehnsucht liegt mir so schwer im Bauch, dass sie mir bestimmt bald aus dem Arsch fällt.

Wieso muss er nur eine Badehose tragen? Wieso geht kein starker Wind, sodass ich mich an ihm festhalten müsste? Dann könnte ich mich an seine dunkelblaue Badehose hängen, die ruhig etwas knapper ausfallen dürfte, und sie ihm von den Hüften ziehen. Ups, du hast da ja einen Penis drunter, das hab ich nicht gewusst! Wie unangenehm das jetzt doch ist. Warte, lass mich die Hose doch wieder hochziehen.

Mein Es schreit laut Ja. Mit einem tiefen Atemzug inhaliere ich Chlor, Gras, heiße Luft und Nik. Schweiß kitzelt sich einen Weg durch mein Gesicht und läuft mir in die Augen.

»Okay, genug«, rufe ich aus und erhebe mich. Ich habe absichtlich meinen vorteilhaftesten Bikini aus dem Schrank ausgegraben. Er ist grellpink und bringt beinahe schmerzhaft meine weiße Haut und mein blondes Haar zur Geltung. Außerdem pusht er das bisschen Brust, das ich besitze. So sieht es nicht nach Äpfelchen, sondern nach reifen, prallen Äpfeln aus.

»Ich muss ins Wasser. Es ist zu heiß.« Und damit meine ich dich, mein lieber Kindheitsfreund.

Nik öffnet vorsichtig ein Auge, dann beide, kneift sie allerdings gleich wieder zusammen, weil ich die Sonne im Rücken habe und er dagegen anblinzeln muss. »Dann geh doch«, grummelt er und sieht so aus, als wäre er ein Stein, der sich nie wieder vom Fleck bewegen will.

»Ach, Nik. Alleine macht das gar keinen Spaß.«

Er hebt im Liegen die Schultern, was dämlicher aussieht, als es klingt.

»Wenn du nicht schwimmen gehen magst, wieso wolltest du dann ins Schwimmbad?«

Irre ich mich oder tauchen kleine rote Fleckchen in seinem Gesicht auf? Er weicht meinem Blick aus und zuckt erneut die Achseln. Oh … oh! Wollte er etwa nur mit mir hierherkommen, um mich halb nackt zu sehen? Diese Erkenntnis blinkt allerdings nur ganz, ganz kurz in meinem Hinterkopf auf und verschwindet dann wieder.

»Spielverderber«, murmle ich und verschwinde in Richtung Becken.

Für ein paar Sekunden bleibe ich unter Wasser, um den Kopf frei zu bekommen und alle schändlichen Gedanken auszuwaschen … So eine Scheiße. Irgendwie geht mir das alles näher, als es sollte. Nik geht mir so unter die Haut wie ihm seine Tattoos. Ist das Dennis gegenüber noch fair? Ich meine, immerhin mache ich ja nichts. Es ist doch legitim, dass ich die Beziehung zu einer Person auffrischen will, der ich einst sehr nahe stand. Oder? Und ich kann nichts dafür, dass mein Herzlein sich noch daran erinnert, wie es war, verliebt in diesen Kerl zu sein. Ich war ein Kind. Es ist wahrscheinlich ein Anfall von Nostalgie, dass ich in seiner Anwesenheit ganz anders bin als sonst. Ich tauche auf.

Aber bin ich so anders? Bin ich nicht eher so, wie ich eigentlich bin und eigentlich auch bei Dennis sein will? Das bin ich. Ganz ungeschminkt und verfressen. Kann ich bei Nik so ehrlich ich sein, weil ich nicht das Bedürfnis habe, seinen Anforderungen an eine Freundin gerecht zu werden, weil ich nun mal nicht seine Freundin bin? Verwirrt tauche ich erneut unter, um meine Gedanken zu ersäufen.

Ich schwimme noch ein paar Bahnen und steige dann aus dem Becken, um zu unserem Platz zurückzuwatscheln. Niks Badetuch ist verlassen. Wahrscheinlich ist er auf der Toilette oder am Kiosk. Ich nutze die kleine Verschnaufpause, um unauffällig an seinem Handtuch zu schnuppern.

Etwas Nasses, Glitschiges reißt mich aus meinen Tagträumen. Es wirft sich auf mich, bleibt schwer auf meinem Rücken liegen und klammert sich an mir fest. Bei genauerem Hinfühlen spüre ich die starken Arme, die ich eben noch angestarrt und bewundert habe. Nik! Er war anscheinend doch im Wasser. Seine Haut ist eiskalt und Wassertropfen benetzen meinen frisch getrockneten Körper.

»Überraschung«, flüstert er in mein Ohr und rollt sich von mir herunter, über das Gras und landet auf seinem Handtuch. Mein Herz flattert aufgeregt. Wenn das so weitergeht, fliegt es mir noch aus der Brust. »Spinner«, herrsche ich ihn an. »Ich dachte, du hättest keine Lust zu schwimmen.«

»Ich habe es mir anders überlegt und wollte dich suchen, aber da warst du anscheinend schon wieder an deinem Platz.«

Ich vergrabe mein Gesicht in einem flauschigen Handtuch, das ich mir als Kissenersatz mitgenommen habe, und atme laut aus. »Wird heute nicht das letzte Mal gewesen sein, dass ich ins Wasser gehe.«

»Ach, ich weiß nicht. Ich bin kein Freibadfreund.«

»Du hast es selbst vorgeschlagen. Hör auf zu motzen. Und das nächste Mal können wir ja etwas machen, was du wirklich gut findest.«

»Wie wäre es mit morgen?«

»Hm, morgen muss ich erst in die Schule, um in eine neue Klasse eingeteilt zu werden, und danach bin ich zum Mittagessen bei Dennis eingeladen. Höchstens abends, wenn du mich denn drei Tage am Stück erträgst.«

Bei dem Namen meines Freundes verzieht er sein Gesicht kurz. Vielleicht habe ich mir das auch nur eingebildet. »Klar, morgen Abend klingt gut. Wenn du willst, können wir uns ein oder zwei Filme ausleihen und uns einen gemütlichen Abend machen.«

Den Rest des Tages verbringen wir damit, uns gegenseitig das Leben zur Hölle zu machen, uns ins Wasser zu stoßen, unser Hautkrebsrisiko zu erhöhen und über Gott und die Welt zu reden. Er erzählt mir von seinem ersten Kuss. Ich erzähle ihm von der ersten Fünf in Mathe. Er gesteht mir, dass er seinen Hund leider nicht Elena genannt hat, obwohl er es mir versprochen hatte. Ich gestehe ihm, dass ich das auch nie wirklich wollte. Wir reden über Traumberufe, Lieblingslieder und Hass-Menschen. Erst als die Durchsage gemacht wird, dass das Schwimmbad nun bald schließt, rollen wir unsere Badetücher zusammen und ziehen uns an. Das bedauere ich redlich. Aber er sieht auch mit Shirt und Badehose zum Anbeißen aus. Gegen acht sitze ich in seinem Auto, das noch immer leicht nach Kotze stinkt, und erhalte eine SMS von Dennis.

Wenn du magst, können wir später telefonieren.

Meine Augen wandern verstohlen zu Nik. Der bemerkt gar nicht, dass ich mein Handy in der Hand halte. Er ordnet sich in den Verkehr ein und streicht sich das Haar aus der Stirn.

Klar. So um neun?

Eher um zehn?

Ich schicke ein einfaches Nein als Antwort. Zehn ist mir zu spät. Um diese Uhrzeit möchte ich mich faul in mein Bett kuscheln und Mist in der Glotze schauen. Dann schreibe ich ihm noch etwas milder, dass wir uns morgen ohnehin zum Mittagessen sehen und dass ich gegen drei bei ihm bin. Darauf bekomme ich keine Antwort. Nun gut, dann nicht. Vielleicht habe ich ihn verärgert, vielleicht trinkt er gerade gemütlich ein Bier und hat deswegen keine Zeit, um ans Handy zu gehen.

Nun wirft Nik einen Blick zu mir rüber. »Ich freue mich heute schon auf morgen, Elena. Ich treffe mich richtig gerne mit dir.« Meine Wangen werden rot und ich schlucke den Jubelschrei, der mir aus der Kehle zu brechen droht.

»Geht mir auch nicht anders, Nik. Glaub mir.«

*

Der Konrektor schaut die Wiederholer, wie wir liebevoll genannt werden, streng an. Er hat ein teigiges Gesicht, spitz zulaufende Augenbrauen, eine dicke Hornbrille und einen strengen Mund. Herr Langenscheidt ist gleichermaßen beliebt und verhasst an dieser Schule. Er ist der liebe, nette Brummbär, wenn es um Vertretungsunterricht geht. Gleichzeitig ist er derjenige, der die schlechten Botschaften überbringen muss. Wie in diesem Fall.

»Ich gehe mal davon aus, dass Sie alle wissen, dass es das letzte Mal ist, dass Sie sich einen solchen Patzer erlauben dürfen. Wer von Ihnen freiwillig hier sitzt und wer heute gezwungenermaßen in mein Büro gefunden hat, das weiß ich nicht. Was ich weiß, ist, dass Sie nur noch diese eine Chance haben, Ihr Abitur erfolgreich zu absolvieren. Und das wollen Sie sicherlich alle, nicht wahr?«

Mein Stuhl knarrt zustimmend.

Bei mir stand schon vor den Prüfungen fest, dass ich die Klasse freiwillig wiederholen würde. Dennoch hatte ich beschlossen, dass ich die Klausuren mitschreibe, um einschätzen zu können, was auf mich zukommt. Ich wollte den Druck auf meinen Schultern und die Angst um mich herum fühlen, um mich beim nächsten Mal nicht mehr davon erschrecken zu lassen. Und ich denke, das hat funktioniert. Wenn ich vorher an die Klausuren gedacht habe, hat mir die Panik stets die Kehle zugeschnürt. Mittlerweile habe ich zwar noch etwas Angst, aber sehe das Ganze entspannter.

Da die Klassen Projekttage haben, dürfen wir gleich zu ihnen gehen und uns schon mal vorstellen. Das ist eigentlich gar nicht so schlecht. Als ich mich auf die Suche nach der 12b, bald 13b, mache, fällt mir auf, was für arme Schweine das doch sind. Heute ist es wieder so heiß wie gestern. Es ist fast unerträglich. Dennoch muss die gesamte Stufe hier in der Schule rumhocken und jede Klasse muss ihr Projekt vorstellen. Das ist ein wahrer Albtraum.

Ein dunkelhaariges Mädchen mit großen, mandelförmigen Augen steht hinter einem Tisch im Zimmer der 12b und schaut mich neugierig an. »Bist du Elena?«, fragt sie viel zu laut. Allerhand Blicke richten sich auf mich.

Ich nicke.

»Hey, ich heiße Lisa. Ich hab schon von einer Freundin, die mit dir beim Konrektor war, gehört, dass du zu uns in die Klasse kommst. Keine Angst, wir sind alle sehr nett.« Ihr Lächeln ist ansteckend und zeigt viele weiß strahlende Zähne.

Ich ziehe ganz langsam meinen linken Fuß über den grauen Linoleumboden. Das ist eine schlechte Angewohnheit von mir. Ich mag dieses Stottern, wenn meine Gummisohle über den Boden rutscht und hier und da hängen bleibt. Es steigt mein Bein empor und hallt in meiner Hüfte wider. Das Gefühl erinnert mich immer und überall an meine Schule. Linoleum und Gummi.

Lisa schaut mich ganz erwartungsvoll an. »Nett ist die kleine Schwester von Scheiße«, grinse ich.

Sie hebt die Schultern. »Sag ich doch. Aber ich muss dich vorwarnen: Wir haben keinen einzigen gut aussehenden Typen, außer Michael und der ist ein richtiger Pantoffelheld und Schürzenjäger.«

»Also ein Arschloch, wenn wir das Kind mal beim Namen nennen wollen«, komme ich ihr entgegen.

Sie lächelt verschwörerisch. »Du verstehst mich, meine Liebe.«

Lisa scheint befriedigt von dieser Antwort und hält mir eine Schüssel hin. Dampf steigt auf. Ein Eintopf? Ich nehme sie entgegen und beschließe, dass ich mich mit dieser Lisa in Zukunft gut verstehen werde.

*

Bei Dennis gibt es Pellkartoffeln mit Quark und Steak. Die Eltern erzählen von ihrer Arbeit, während ich mir nichts sehnlicher wünsche, als endlich mit meinem Freund alleine zu sein. Als wir endlich fertig sind, helfe ich mit dem Abwasch und geselle mich dann zu Dennis, der sich vor dem Abwasch gedrückt hat, in seine Garage. Er scheint aufgeräumt zu haben, denn ich erkenne den Schreibtisch endlich wieder. Ein Bild von uns beiden steht mittig darauf. Wir lächeln beide strahlend in die Kamera und halten uns gegenseitig im Arm. Wir tragen dicke Jacken, ich habe eine graue Mütze auf. Die Wintersonne blendet uns. Wir sehen glücklich aus. Ich erinnere mich noch sehr gut an diesen Tag. Es war alles noch so leicht. Ich hatte noch Sand in den Schuhen, vom Strand in Spanien. Ich hatte noch das Rauschen in den Ohren und das Meersalz auf den Lippen.

Entschlossen schreite ich auf Dennis zu und greife mir sein hübsches Gesicht, ziehe es zu mir herunter und drücke ihm einen dicken Schmatzer auf die vollen Lippen. Salz. Ich glaube, dass ich in seinem Mundwinkel noch das Salz schmecke. Ich glaube, dass ich die Saiten seiner Gitarre im Meereswind zittern höre. Meine Hände streichen durch sein dichtes, rotes Haar. Ich liebe rote Haare. Als Kind habe ich oft stundenlang geweint, weil ich keine roten Haare habe. Ich wollte sie mir mit Wasserfarben anmalen. Das hat natürlich nicht geklappt, weshalb die Tränen umso stärker flossen. Meine Lieblingszeichentrickfigur war Emily Erdbeer, weil die so schöne Haare hatte. Es war das Größte für mich, als ich das erste Mal durch Dennis' dichte Mähne fahren durfte. Am Meer in Spanien, als sein Haar verklebt war vom Salz und dem Sand, in dem wir den Tag über gelegen hatten. Meine Hände haben sich danach schmierig und körnig angefühlt, aber ich habe nicht genug davon bekommen. Immer und immer wieder habe ich die dicken Strähnen in meinen Fingern gedreht und gezwirbelt, bis er mich an den Schultern gepackt und geküsst hat. Es verwundert mich bis heute, weshalb er keine einzige Sommersprosse in seinem Gesicht hat. Selbst ich habe welche, aber der Rotschopf hat eine makellose Haut. Seine babyblauen Augen blitzen.

»An was denkst du? Du siehst so verträumt aus.«

»Ich denke an Spanien«, sage ich ganz leise und lasse meine Fingerspitze über seine Nase gleiten. Er küsst meine Finger und hält sie mit seiner dünnen Hand fest. »Du denkst oft an Spanien.«

»Es war schön.«

»Es war schön«, wiederholt er. Er streicht mir eine Strähne aus der Stirn und legt seine Stirn an meine. »Hattest du gestern einen schönen Tag?«

»Ja.«

»Du magst Nik sehr gerne.«

»Ich mochte ihn schon immer. Daran hat sich nichts geändert.«

Er nickt und löst sich von mir. »Erzähl mir von ihm. Er hört sich interessant an.«

»Das ist er«, erwidere ich und setze mich auf sein Bett. Der Bezug müsste gewechselt werden. »Nik ist Soldat. Eigentlich ist er gelernter Koch.« Dennis setzt sich im Schneidersitz neben mich und schaut mich gespannt an. »Er ist nicht viel älter als ich, nur wenige Monate. Er liebt Kraftsport und ist tätowiert. Er hat Humor, hat einen kleinen Kaktus und sein Auto riecht nach Erbrochenem. Wenn er lacht, sieht er aus, als hätte er ziemlich starke Schmerzen. Ich glaube, dass das Lachen ihm Schmerzen bereitet, weil er irgendwie immer finster aussehen möchte. Das gelingt ihm nie. In seinem Auto läuft meistens Rammstein, bis ich auf Radio umstelle und die Charts laufen lasse. Das stört ihn nicht mal. Ich denke, dass er meine Herrschsucht noch von früher gewohnt ist. Außerdem denke ich, dass er zum Bund gegangen ist, weil ich ihn dazu gebracht habe. Als wir noch Kinder waren, habe ich ihn so sehr daran gewöhnt, auf Befehle zu hören und im Matsch zu kriechen, dass er ohne diese Dinge gar nicht mehr leben konnte.«

Dennis schweigt und grinst. Er will das öfter. Kleinigkeiten von mir erzählt bekommen, so wie jetzt. Es fühlt sich an wie eine Erzähl- oder Geschichtenstunde mit Tante Elena. Er sagt mir dann oft, dass er mich gerne reden hört, weil ich so etwas Ruhiges an mir habe. Ich glaube, dass mir zuvor noch nie jemand gesagt hat, dass ich beruhigend wirken kann.

»Ich würde ihn gerne kennenlernen«, sagt Dennis aufrichtig. Wie ein kleines Kind.

»Erst mal müssen er und ich uns neu kennenlernen. Heute Abend wollen wir ein paar Filme ausleihen und Essen bestellen. Uns einen ruhigen Abend machen, viel reden. Das machen wir gern. Wir diskutieren über alles. Wenn wir irgendwann mal genug diskutiert haben und uns so gut kennen, dass es uns beiden für die nächste Zeit reicht, kann ich ihn gerne fragen.«

Mein Freund streckt sich und gibt mir einen Kuss auf die Nase. »Eine Weile lang wollte ich auch unbedingt Soldat werden. Aber ich glaube nicht, dass Gott das mit mir vorhatte. Schau dir meinen Körperbau an. Ich würde zerbrechen wie ein Zweig. Zum Glück war ich lange genug in der Schule. Und jetzt ist der Wehrdienst eh abgeschafft.«

Ich lege den Kopf schief. Dennis als Soldat? Das habe ich ja gar nicht gewusst. Er erzählt generell sehr selten von sich. »Was wolltest du als kleines Kind eigentlich werden?«

Sein spitzbübisches Grinsen lässt mich schmunzeln. »Rockstar. Und du?«

»Primaballerina.«

»Ausgerechnet du Trampel«, lacht er und kassiert einen Tritt.

*

»Horror oder Komödie?«, fragt Nik und hält mir zwei Filme hin.

»Nix davon«, erwidere ich und schmachte Leonardo DiCaprio auf der Hülle des Films *Titanic* an.

Nik schüttelt den Kopf und schaut sich weiter um. Die Videothek ist klein, trist eingerichtet und unübersichtlich. Hinter der Theke steht eine gelangweilte Brünette, die laut schmatzend Kaugummi kaut und sich die Haare dreht. Zufällig entdecke ich die Erwachsenenabteilung und schlendere locker hinüber. Hauptsächlich Männer sind in diesem Teil zugange. Mit meinem weißen Rock und dem rosa Shirt sehe ich aus wie eine Drittklässlerin, die sich an einen dunklen, verbotenen Ort verirrt hat. Oh Gott, was ist das denn? Vor mir steht ein Porno im Regal, in dem es um Fäkalspielchen geht. Also, dass ich ausgerechnet den als Erstes finden muss!

Eine Hand legt sich auf meine Schulter und drückt leicht zu. Erschrocken drehe ich mich um und erblicke Nik. »Erschreck mich doch nicht so!«

»Entschuldigung.« Auf seinem Gesicht ist die pure Belustigung abgezeichnet. »Ist es okay, wenn ich dich um Hilfe bitte, oder möchtest du gerade nicht gestört werden?« Er nickt in Richtung Filmregal und zieht die Augenbrauen hoch.

»Ich wollte nur mal schauen, was es hier so alles gibt.« Das Blut schießt mir in beide Wangen, die Ohren und das Dekolleté.

»So so. Das ist ja eine ganz neue Seite an dir, Elena. Stehst du auf solche Filmchen?« Eine anzügliche Note hat sich in seine Stimme geschlichen. Ich denke an die Pornos auf Dennis' Rechner. Die Pornos, die ich mir neugierig angeschaut habe. Meine Ohren werden noch heißer, aber dieses Spielchen können auch zwei spielen, Mister.

»Kommt drauf an, ob ich danach alleine schlafen muss oder nicht.«

»Welche Variante ist dir denn lieber?«

»Gar keine. Ich will danach nicht unbedingt schlafen.«

Ein ergrauter Herr steht neben uns und starrt uns unverhohlen an. Sein rissiger Mund ist leicht geöffnet und sein Jackett ist falsch zugeknöpft. Klasse. Mit einem Räuspern und dem heißesten Satz Ohren, den ich jemals hatte, husche ich aus dem Pornoabteil und greife mir einen Horrorfilm mit Megan Fox sowie eine Liebeskomödie mit Channing Tatum, um sowohl für ihn als auch für mich etwas zum Anhimmeln parat zu haben. Er geht grinsend an die Theke und kriegt sich vor Freude über dieses Erlebnis kaum noch ein.

Es dauert keine drei weiteren Tage, da will Nik, dass wir uns mal so richtig miteinander betrinken, was natürlich einschließt, dass ich bei ihm übernachte. Das kann er gerne haben! Ich hole mir das Okay von Dennis, der findet, dass ich einfach angezogen bleiben soll und dann klappt das schon. Es kommt mir immer merkwürdiger vor, dass Dennis kaum Interesse daran zu haben scheint, dass ich mittlerweile neunzig Prozent meiner Zeit mit einem Kerl verbringe, den er nicht mal kennt. Ist er denn nicht eifersüchtig? Vertraut er mir einfach?

Mit gepackter Tasche steige ich in Niks Audi und schaue ihn herausfordernd an. »Los geht das Besäufnis!«

Er hat einiges vorbereitet. Gin, Wodka, Starkbier, Jacky, Cola, Fanta. Das sieht nach einer starken Party zu zweit aus.

»Willst du noch jemanden einladen oder sollen wir das alles alleine in uns reinschütten?«

Nik schubst mich leicht und stemmt dann die Hände in die Hüften. »Glaubst du wirklich, dass ich dieses einmalige Erlebnis mit einer weiteren Person teilen möchte, Elena? Da hast du dich stark geschnitten. Du musst dich mit mir zufriedengeben.«

Wir trinken einfach viel zu viel. Ich habe eine kurze Pyjamahose mit Bärchenmuster und dem dazu passenden Shirt an. Nik trägt eine Jogginghose und ein Muskelshirt. Wahre Kampftrinkeroutfits. Nik sieht verboten heiß aus. Im Moment kippen wir Melonenwodka, weil uns das Starkbier auf Dauer zu lasch war. Wir hören Nirvana, Nik raucht. Normalerweise raucht er wenig. Ich sehe ihn sehr selten dabei. Seit wir trinken, raucht er wie ein Schlot. Die Rauchschwaden schwirren um meinen Kopf, der ohnehin schon im Nebel steht.

»Kurt Cobain ist heiß«, sagt er zwischen zwei Gläsern. »Wenn ich eine Frau wäre, wäre ich wahrscheinlich hoffnungslos in ihn verliebt.«

Ich lache laut. Das kann ich mir gut vorstellen. »Ich habe auch eine Schwäche für Musiker.«

Niks Züge werden finster. »Dennis ist Musiker, nicht wahr?«

»Ja, das ist er. Er ist Gitarrist in einer Band. Sie nennen sich die Supremes. Die Band ist grottenschlecht. Der Sänger ist kacke und die Sängerin ist eine Schlampe. Ihre Absätze sind höher als ihr IQ. Billiges Flittchen.«

Wodkamund tut Wahrheit kund. Niks Augenbrauen kleben ihm fast am Haaransatz. »Huch, hatten die zwei was miteinander, weil du so aggressiv auf sie reagierst?« Und dann heißt es immer, Kerle stünden in Liebesangelegenheiten auf dem Schlauch.

»Jawohl. Und das kleine Miststück rennt ihm immer noch nach. Und er? Was macht er? Es nicht raffen. Das ist doch immer dasselbe mit euch Männern. Man stelle sich mal vor, die Situation wäre andersrum und mir würde ein Kerl hinterherrennen. Denkst du nicht, dass Dennis ausrasten würde?«

Nik hebt die breiten Schultern und senkt den Blick. »Keine Ahnung«, nuschelt er und schenkt mir diesmal ein großes Glas Jacky Cola ein.

»Aber das Beste ist, dass ich nicht mal kontrollieren und auskundschaften kann, was da genau läuft. Ich sehe meinen Freund ja nur zwei-, dreimal in der Woche, obwohl er nur fünf verkackte Minuten Fahrzeit entfernt wohnt. Sieht er es ein, mal zu mir zu fahren, um mich überraschend zu besuchen? Nein! Natüüürlich nicht!«

Nik legt tröstend den Arm um mich. »Ich sag dir was, Elena. Wenn ich dein Freund wäre, würde es mir nicht reichen, dich nur zwei- oder dreimal in der Woche zu sehen. Ich würde dich täglich sehen wollen, weil du einfach verdammt hübsch anzuschauen bist und man schöne Dinge gerne oft und lange anschaut. Das ist einfach so. Und ich würde auch sicherlich nicht mit einem dummen Flittchen abhängen wollen, wenn ich die Möglichkeit hätte, bei dir zu sein. In diesem Sinne: Prost auf Dennis' Dummheit!«

Ohne über den tieferen Sinn dieser Worte nachzudenken, hebe ich das Glas und stoße mit ihm an. »Prost!«

Der Alkohol meldet sich zu Wort und ich muss dringend mal die Toilette aufsuchen. Als Nik mein Outfit das erste Mal richtig zur Kenntnis nimmt, lässt er sich auf seiner Couch nach hinten fallen und brummt: »Ist das dein Ernst? Was machst du nur mit mir?« Ich lache und verstehe nicht recht, was ihn so aufregt. Habe ich etwas falsch gemacht? Lacht er über meine Hose? Er ruft mir hinterher: »Ehrlich, Elena, deine Bärchenhose bringt mich um!«

Auf der Toilette muss ich mich am Waschbecken festhalten, um nicht seitlich vom Pott zu kippen. Hui, früher habe ich aber mehr vertragen. Vielleicht habe ich einfach zu wenig gegessen.

Wir trinken, bis mir so schwindelig ist, dass ich kaum aufstehen kann. Nik erzählt mir davon, dass er noch nie ein Mädchen kennengelernt hat, mit dem er es länger als zwei Monate ausgehalten hat. Sie waren nicht schön genug, nicht schlau genug, nicht witzig genug, einfach nicht genug.

»Ich bin ein Beziehungsmensch. Ich kann mir gar nicht vorstellen, ohne Partner zu leben«, sage ich und hebe das Glas an die

Lippen. Oh Gott, wenn das so weitergeht, muss ich seine Toilette vollreihern. Wenn ich damit fertig bin, kann er den Schuppen vergessen. Deshalb schlucke ich den Mix aus Galle und Alkohol, der mir in der Kehle aufsteigt, und spüle mit frischem Hochprozentigem nach.

Die Musik geht mir auf die Nerven. Kurt Cobain schreit mir hysterisch ins Ohr und ich würde ihm am liebsten einen zweiten Kopfschuss verpassen.

»Können wir die Musik ausmachen?«

Nik steht wortlos auf, wankt zur Anlage und stellt sie aus. Aha, er ist also auch randvoll!

»Ich denke, wir sollten jetzt ins Bett gehen, Elena. Ich sage dir, ich kotze, wenn wir weitertrinken.«

Mit einem Nicken erhebe ich mich und lasse mir von ihm helfen. Der Raum schwankt und ich halte mich an Niks Armen fest. »Du riechst nach Hustenbonbons und Sonne«, platze ich heraus und lächle.

Er erwidert mein Lächeln. »Und du riechst wie eine Blume, schöne Elena. Und jetzt bringe ich dich ins Bett.«

Er legt seine Arme um mich und führt mich durch die Tür ins Schlafzimmer. Dort angekommen, schlägt er die Decke zurück und verpasst mir einen Stoß, sodass ich lachend umfalle. Er deckt mich zu, als wäre ich ein kleines Kind. Dann beugt er sich über mich. Sein Shirt streift meine Nase. Seine Lippen drücken sich gegen meine Stirn. Haut an Haut. Sein Mund ruht ein bisschen zu lange auf mir. Für mich ist es zu kurz. Er könnte meine Stirn stundenlang küssen.

Mitten in der Nacht wache ich auf, weil ich das Gefühl habe, alles erbrechen zu müssen, was ich in den letzten Wochen zu mir genommen habe. Ich stehe auf, halte mich an der hellen Kommode fest und versuche, meinen Kreislauf in den Griff zu bekommen. Sobald sich um mich herum nichts mehr allzu sehr dreht, schreite ich auf die Tür zu. So leise wie möglich drücke ich die Türklinke herunter und schleiche katzengleich über das Laminat. Dass ich mir dabei fast den Zeh an Niks Topfpflanze breche, ist ein kleines Missgeschick, das jedem unterlaufen könnte. Es ist recht dunkel, aber dank der beiden großen Fenster, kann ich Nik für einen Moment beim Schlafen zusehen. Er hat alle viere von sich gestreckt und liegt auf dem Rücken. Sein Mund steht ein Stück auf und er atmet viel zu laut. Wahrscheinlich, weil sein Kopf weit im Nacken liegt, da das Kissen zu hart ist. Die Decke ist schräg von ihm heruntergerutscht und sein Shirt hängt auf Halbmast. Ich sehe ein Stück weiche Haut und entspannte Bauchmuskeln. Sein Haar ist etwas zu lang und steht entsetzt von seinem Kopf ab. Mein Es würde sich am liebsten zu ihm legen und sich an ihn schmiegen. Bevor meine Blase platzt und mein Magen sich an Ort und Stelle hebt, nehme ich einen hastigen Schluck Cola und husche ins Bad.

Mit einem letzten Blick auf den volltrunkenen Schläfer schließe ich danach wieder die Tür zum Schlafzimmer und werfe mich in die Kissen. Die Wände sind dünn und ich höre ihm beim Atmen zu. Ich höre ihm beim Schlafen zu, bis ich selbst im Schwarz versinke.

Kapitel 5

Wechselbad

Die Nacht darauf schlafe ich bei Dennis. Ich bin mit meinen Gedanken bei Nik und kann mich auf nichts anderes mehr konzentrieren. Dennis' Begrüßung ist intensiver ausgefallen als sonst. Er hat mich innig geküsst, zärtlich gestreichelt und warm angelächelt. Das ist eigentlich gar nicht sein Stil, serviert er mich doch sonst immer mit einem flüchtigen Kuss und einem schelmischen Grinsen ab. Er hat die komplette Garage aufgeräumt.

»Du hast doch letztens zu mir gesagt, die Garage sähe aus wie eine Müllhalde. Das habe ich mir zu Herzen genommen. Ich will ja nicht, dass die kleine Elfe im Dreck schlafen muss.« Mit einem Kuss auf die Nasenspitze wirft er mich aufs Bett und legt die Arme um mich.

Wir schauen unsere Lieblingsshow, quatschen über die vergangenen Tage und stopfen uns mit Chips voll. Ein fauler Abend ganz nach meinem Geschmack. Danach höre ich mir ein kurzes Stück seiner Band an. An dem Lied hat er selbst mitgeschrieben. Er hat das Ganze mit seinem Handy aufgenommen und so kann ich die Probe genauestens nachvollziehen. Sein Blick ruht angestrengt auf mir. Das Lied ist gar nicht mal so übel. Es ist ein Liebeslied.

»Ich habe mich von deinen Küssen inspirieren lassen«, zwinkert er.

Fast schon verzweifelt stürze ich mich nach diesem rührenden Geständnis auf ihn, küsse ihn zu hart und dränge mich gegen ihn. Seine Hände wandern über meinen Körper, er streift mir sorgfältig die Kleidung ab und schiebt einen Finger in mich, ehe er sich selbst auszieht. Flink helfe ich ihm dabei und nehme ein Kondom aus dem Nachttisch neben seinem Bett. Ich reiße die Packung auf, rolle das Kondom über seinen Penis und schlinge die Hand darum. Während wir uns küssen, drücke ich mehrere Male fest zu, sodass Dennis gegen meinen Mund stöhnt und mich ungeduldig unter sich drängt. Er küsst so gut, dass wir kein weiteres Vorspiel benötigen.

Als Dennis in mich gleitet, denke ich an Niks Lippen auf meiner Stirn. Als er stöhnt, denke ich an Niks Lachen. Ich schüttle mehrmals den Kopf, um wieder klar zu werden, aber es zeigt nicht die erhoffte Wirkung. Meine Kehle schnürt sich zu und mir steigen Tränen in die Augen. Nein, das ist falsch. Ich darf nicht an ihn denken. Nicht hier, nicht jetzt, nicht mal ganz kurz.

Dennis stößt immer wieder zu, drückt sich immer fester gegen mich. Ich bin gar nicht da. Ich bin ein paar Kilometer weiter, schwebe über einem weißen, rechteckigen Haus mit einem muffigen Flur und knarrenden Treppen. Automatisch halte ich mich an Dennis fest, seufze mechanisch, küsse seine Haut, doch schmecke ihn nicht. Es ist unfair, ich weiß. Nicht nur ihm, sondern allen Beteiligten gegenüber.

Es ist garantiert nur eine Phase. Bestimmt legt sich das wieder. Ich bin nur ein bisschen verwirrt. Dennis küsst mich und richtet sich auf. Er lehnt sich nach hinten, schiebt meine Oberschenkel über seine Knie und stößt fest zu. Entschlossen, diesmal wenigstens zu kommen, lasse ich meine Hand zu meiner Klitoris wandern und massiere sie im Takt seiner Stöße. Eigentlich fasse ich mich beim Sex nicht gerne selbst an. Aber ich habe bereits gemerkt, dass ihn dieses kleine Detail heiß macht und ihn fester in mich drängen lässt. Meine Brustwarzen richten sich auf und eine Gänsehaut zieht sich über meine Beine. Es dauert nicht lange, bis wir beide kommen und Dennis sich erschöpft neben mich legt. Er streift das Kondom ab, wickelt es in ein Papiertuch und entsorgt es in dem kleinen Mülleimer neben seinem Bett. Die Tränen, die ich bis jetzt unterdrücken konnte, kämpfen sich nach oben und rollen mir dick über die Wangen. Dennis erschrickt.

»Nein, oh nein! Habe ich dir wehgetan? Hab ich etwas falsch gemacht? Oh, Mist, Elena.« Hastig schüttle ich den Kopf und schluchze ein bisschen. »Weswegen heulst du denn dann?« Ich schüttle erneut den Kopf und hebe die Schultern. Das Irre ist, dass ich tatsächlich nicht genau weiß, weshalb ich weine. Es ist einfach zu viel.

Dennis ist noch verwirrter als ich und schaut völlig verstört drein. Er hat mich noch nie heulen sehen. Hilflos setzt er sich auf seinem Bett ganz nach hinten, lehnt sich an die Wand und zieht mich in seine Arme. Er macht »Scht« und sagt mir die ganze Zeit, dass ja alles gut ist. Wir wissen beide nicht, wovon er spricht. Irgendwann lassen die Tränen nach. Dennoch wiegt er mich, bis ich einschlafe.

*

Am Montag bin ich wieder bei Nik. Mir fällt auf, dass die Zeit ohne ihn sich wie eine Durststrecke anfühlt, und nur er hat das erlösende Wasser. Nur er löscht diesen Durst. Ich würde am liebsten jeden Tag mit ihm verbringen. Nicht nur fast jeden. Dieses Gefühl lasse ich ihn in einer leidenschaftlichen Begrüßungsumarmung spüren. Er schaut irritiert, freut sich aber über meine gute Laune.

Als ich spätabends aus seinem Fenster sehe, erkenne ich die Burg aus dem Nachbarort. Sie sitzt in dunklen Bergen, umhüllt von dichtem Hain und finsteren Schatten. Die Burg selbst ist in orangefarbenes Licht getaucht. Es wirkt gespenstisch und wenn man nicht weiß, dass die Burg auf einem Berg steht, sieht es fast so aus, als schwebe sie in der Luft.

»Wie weit ist es eigentlich bis zur Burg?«, frage ich halb in Gedanken. Nik tritt hinter mich. So nahe, dass ich seine Körperwärme fühle. Es ist fast eine Berührung. Seine Nähe verschafft mir eine ungewollte Gänsehaut.

»Circa 15 Minuten mit dem Auto. Wieso?«

»Ach, ich war nur neugierig. Sie ist schön, findest du nicht?«

Ich mag unheimliche Orte. Sie strahlen eine düstere Schönheit aus. Und diese Burg ist garantiert unheimlich. Sie ist mehrere Jahrhunderte alt und ein Teil der Mauern ist bereits eingefallen. Ein hoher Turm ragt in den dunklen Himmel, küsst die Wolken, verliert bereits seinen Kopf.

»Möchtest du hinfahren? Es gibt einen Aussichtsplatz, von dem aus man die ganzen Nachbarorte und die Autobahn überblicken kann. Und wir haben eine klare Nacht. Lass uns ein paar Bierchen holen und hochfahren, okay?«

Ich strahle. »Das klingt wunderbar!«

Wir düsen zum Supermarkt um die Ecke. Vorsorglich habe ich eine dünne Weste eingepackt, abends wird es noch immer recht kühl. Nik hat seine Lederjacke immer im Auto liegen. Stets auf den Notfall vorbereitet. Wir besorgen uns Kirschmischbier und ein paar Chips und machen uns auf den Weg. Im Radio läuft Musik aus den Charts. Laternen sausen an uns vorbei. Ihre Lichter strahlen ins Auto, beleuchten uns für ein paar Millisekunden und sind dann wieder verschwunden. Im Moment riecht es in Niks Audi nach Kirschkotze, passend zum Bier. Er hat ein neues Duftbäumchen gekauft. Sein Blick ist konzentriert auf die Straße gerichtet. Ich lasse das Fenster runter. Meine Haare wehen im Wind und peitschen mir ums Gesicht.

Um zu unserem Zielort zu gelangen, müssen wir einen Berg hinauffahren, dessen Fahrbahn sich um ihn herum windet und lediglich durch einen dünnen Maschendrahtzaun abgesichert ist. Nik fährt zu schnell. Es ist ein Kick, der durch meinen gesamten Körper rauscht. Schneller! Als hätte er mich gehört, zieht er das Tempo an und wir rasen durch die Nacht wie Verrückte. Die Beleuchtung ist verschwunden, nur noch seine Scheinwerfer spenden uns Licht. Es wird immer kälter, je höher wir kommen. Die Härchen an meinen Armen richten sich auf. Was für ein gutes Gefühl! Ich drehe die Musik lauter und reiße die Augen weit auf, um keine Sekunde zu verpassen. Wieso fährt er nicht immer so?

Wir sind viel zu schnell da. Vor der Aussichtsplattform ist ein großer Parkplatz, der uns an der Burg vorbeiführt. Die orangefarbenen Strahler sind die einzige Lichtquelle. Der Himmel ist zwar klar, doch heute ist er mondleer. Es ist verdammt kalt. Gute Entscheidung, die Weste mitzunehmen. Nik streift sich die Lederjacke über und nimmt das Bier und die Chips. Er schließt das Auto ab und schaut mich erwartungsvoll an. »Los geht's.«

Kieselsteine knirschen unter unseren Schritten. Grillen zirpen. Wir sind nicht auf der Spitze des Bergs. Über uns befindet sich noch Wald. Genau wie um uns herum und unter uns. Es raschelt im Dickicht und ich schlucke einen Kloß hinunter. Zum Glück habe ich einen Soldaten bei mir. Der wird schon wissen, wie man Verbrecher und Ungeheuer abwehrt.

Er geht ein bisschen voraus und bleibt vor der Burg stehen, um an das große Tor zu klopfen. In der Stille der Nacht ist das Geräusch überlaut. Es hallt in den hohen, spröden Mauern wider, wird von ihnen ausgespuckt und in den lebendigen, doch schlafenden Wald geworfen. Ein Schauder durchfährt mich. Man soll keine schlafenden Hunde oder Geister wecken, nicht wahr?

»Komm, Nik. Lass uns weitergehen. Ich finde es ziemlich unheimlich.« Sein Grinsen ist irgendwie nervig. Als hätte er mir absichtlich Angst eingejagt und genösse nun, was er angestellt hat. Mit einem Achselzucken kommt er zu mir, bietet mir den Arm an und ich hänge mich bei ihm ein.

Stumm schreiten wir einen kleinen Hügel hinab und begeben uns zu der Aussichtsplattform. Sie ist stabil, mit dicken Gittern umrandet. Eine Parkbank steht am Rande und ein Fernglas ist im Boden verankert. Unter uns ist nichts als Dunkelheit, die aus jeder Pore des Waldes sickert. Erst mehrere Hundert Meter weiter fängt die Autobahn an, neben der sich die Zugstrecke windet. Dahinter fängt mein Wohnort an und funkelt künstlich. Er ist nicht der einzige Ort, den man erspähen kann. Von hier aus kann man sogar die Stadt sehen, in der ich zur Schule gehe. Es ist wunderschön, dieser Kontrast zwischen Dunkelheit und funkelnden Lichtern.

Nik setzt sich neben mich auf die Bank, öffnet mit einem lauten Plopp erst mein, dann sein Bier und stößt mit mir an. »Auf uns.«

»Auf uns«, erwidere ich und bin ganz geplättet von der Aussicht. »Ich war noch nie hier.«

Nik legt den Kopf schief. »Ich auch nicht. Aber es ist schön, nicht wahr?«

Ich nicke und nuckle an meinem Bier. Es macht Spaß, besondere Dinge mit Nik zu machen. Mit Dennis mache ich selten etwas Besonderes. Ich strecke mich und nehme alles in mich auf. Das Zirpen, die rauschende und berauschende Stille, Niks Atmung, mein pochendes Herz. Es ist der perfekte Moment. Der perfekte Abend. Ich bin glücklich.

»Kannst du mir ein bisschen von Dennis erzählen?«, fragt Nik so leise, dass ich ihn fast nicht hören kann.

Ein Schmunzeln verzieht meinen Mund. »Er wollte vor Kurzem auch von dir erzählt bekommen.« Er horcht interessiert auf. »Hm, was kann ich dir über ihn erzählen? Er ist Vollblutmusiker, groß, dünn, rothaarig. Er wohnt in der Garage seiner Eltern und behauptet ständig, sie sei der größte Palast, der je gebaut wurde, dabei muffelt sie und ist eng und dunkel. Er … er hat selten Zeit für mich. Aber das habe ich dir ja schon gesagt. Wir sehen uns so gut wie nie. Meistens wissen wir gar nicht, was der andere gerade treibt.«

»Ihr braucht eben euren Freiraum«, sagt Nik rau.

»Nein, das stimmt nicht. Ich brauche keinen Freiraum. Fast keinen, zumindest. Wenn ich in einer Beziehung bin, dann will ich so ziemlich alles über meinen Partner wissen. Ich will ihn so gut kennen wie mich selbst. Ist das krank?«

»Nein.« Wir schweigen für einen Moment. »Also bist du in deiner Beziehung nicht glücklich?«

Die Frage trifft mich wie ein Schlag. Bin ich glücklich in meiner Beziehung? Rein aus Protest würde ich am liebsten Ja schreien und die Arme vor der Brust verschränken. Aber es ist Nik, der mich fragt. Er verdient eine ehrliche Antwort. Und um ihm diese geben zu können, muss ich die Frage erst mal für mich selbst beantworten. Ich krame also Erinnerungen aus meinem Gedächtnis, versuche, Dinge zu finden, die mich glücklich machen, Situationen, in denen Dennis und ich Spaß hatten. Es gibt ein paar, ja. Aber es gibt mindestens genauso viele Momente, in denen ich daheim saß und weinte, weil Dennis keine Zeit für mich hatte. Ich habe bei ihm oft das Gefühl, lediglich an zweiter, dritter, vierter Stelle zu stehen. Das ist ja in Ordnung, und manche Beziehungen, die genauso geführt werden wie unsere, halten Jahre, Jahrzehnte. Kann ich mir diese Beziehung weit in der Zukunft vorstellen? Um ganz ehrlich und fair zu sein, habe ich mit Dennis nicht weit vorausgeplant, und als ich es versucht habe und ihn zum Zusammenziehen überreden wollte, hat er abgeblockt. Vielleicht war es nach einem halben Jahr noch zu früh? Aber warum habe ich es mir dann so sehr gewünscht und er war strikt dagegen? Wieso stehen wir an so verschiedenen Punkten im Leben? Füllt er alle Lücken, die meine Persönlichkeit aufweist? Ergänzen wir uns?

»Ich denke, dass man in einer Beziehung auch glücklicher sein kann. Ich liebe ihn, glaube ich. Aber wir sind uns, denke ich, nicht nah genug«, folgere ich und schaue Nik fragend an. Ein zufriedener Ausdruck legt sich auf sein Gesicht wie eine Maske. Meine Antwort befriedigt ihn. Er findet es gut, dass ich unglücklich bin. Ist er ein heimlicher Sadist? »Wieso grinst du so dämlich vor dich hin?«, frage ich aggressiv. Ich mag es nicht, wenn Leute von meinem Leid zu profitieren scheinen.

Entschuldigend hebt er die Hände. »Nein, nein! So war das nicht gemeint! Ich … ach, vergiss es. Entschuldige, ich will natürlich nicht, dass es dir schlecht geht. Lass uns über was anderes reden. Sag mir lieber, ob du vorhast, irgendwann mal aus diesem Kaff zu verschwinden.«

Jetzt bin ich dran, den Kopf schief zu legen. Aus diesem Kaff? Ich mag mein Zuhause. Ich mag die Leute in dem kleinen Ort. Besonders gern mag ich sie, weil ich den Großteil nicht kenne. Von hier aus bin ich schnell mit dem Zug in der Stadt, ich kenne mich bestens aus. Es ist mein Zuhause, hier bin ich aufgewachsen. Ich sehe es nicht als Kaff an, dem ich entkommen muss. »Ich denke nicht, nein. Ich meine, wenn mein künftiger Job es mir abverlangt, dann vielleicht schon. Aber eigentlich würde ich gerne hierbleiben. Es ist doch ganz gemütlich, oder? Und, um den Spieß mal umzudrehen: Wieso bist du überhaupt fortgegangen?«

Das scheint ein Thema zu sein, das ihm nicht wirklich passt. Sein Mund wirkt plötzlich verkniffen, seine strahlenden Augen sind trüb. »Ich hatte nur noch Pech. Im Privatleben, im Beruf. Deshalb wollte ich fliehen. Es hat mir nicht gereicht, einfach nur aus der Stadt zu gehen, ich wollte alles verlassen, was mich bedrückt hat.« Er öffnet ein weiteres Bier. »Aber ich habe es nicht geschafft, mich komplett von allem zu lösen, weshalb ich lediglich ins benachbarte Bundesland gezogen bin. Dennoch war es weit genug weg, um nicht jeden Tag nach Hause fahren zu können. Das hat mir als Abstand schon gereicht.« Sein Blick ist ernst. Es gefällt ihm nicht, darüber zu sprechen, also werde ich ihn in Ruhe lassen.

»Vermisst du es?«

»Ich habe doch gerade gesagt ...«

»Nein, ich meine, vermisst du es denn nicht, eine Beziehung zu führen? Als Soldat ist das doch so schwierig.«

Er schüttelt lachend den Kopf. »Nein, ich bin kein Beziehungsmensch, Elena. War ich noch nie und werde ich wahrscheinlich auch nie sein. Ich habe gedacht, dass wir dieses Thema schon mal besprochen haben.« Mein Herz krampft sich auf unnatürliche Art zusammen. Es tut weh und ich schlucke Bier. Was hat mein Herz denn? Wieso wehrt es sich so gegen seine Aussage?

Wir trinken jeweils noch ein Bier und genießen die Aussicht. Es dauert eine halbe Stunde, bis wir wieder sprechen.

»Mir ist selten ein Mensch begegnet, der so verschlossen ist wie du, Nik. Wir reden und reden und ich habe das Gefühl, viel über dich zu wissen, aber irgendwie weiß ich trotzdem nichts Genaues.«

Nik grinst. »So geht es mir auch mit dir, Elfchen. Ich will alles über dich wissen.«

Elfchen. So nennt meine Mutter mich. So hat er mich als Kind immer genannt. Zum Glück ist es so dunkel, dass meine roten Wangen nicht sonderlich auffallen. Ein frischer Wind kommt auf und Nik hebt die Augenbrauen.

»Es kühlt noch mehr ab. Komm, ich will nicht, dass du meinetwegen noch krank wirst. Lass mich dich nach Hause bringen.«

Wir erheben uns, entsorgen die Flaschen und machen uns auf den Rückweg. Wir fahren so schnell zurück, wie wir gekommen sind. Meiner Meinung nach hätte er diesmal etwas langsamer fahren können. Ich hätte gerne noch mehr Zeit mit meinem mysteriösen Nik verbracht.

»Morgen kann ich nicht«, sagt er gequält. »Einer meiner Kumpels hat Geburtstag und ich kann meinen Freunden nicht schon wieder absagen.«

Ich horche auf. Schon wieder? Er hat mir gar nicht gesagt, dass er seinen Freunden meinetwegen abgesagt hat.

»Oh, natürlich! Das verstehe ich vollkommen. Und, hör mal, wenn du manchmal keine Zeit für mich hast, dann kannst du mir das ruhig sagen. Ich habe auch noch andere Freunde als dich, Schuhmann. Ich bin nicht auf dich angewiesen.«

Er erwidert mein Lächeln nicht. »Ich habe einfach nur das Gefühl, dass die Zeit, in der wir uns nicht gesehen haben, vergeudete Zeit war. Ich möchte diese vergeudete Zeit aufholen. Das ist alles.«

Betrübt nicke ich. »Wäre ich als Teenie-Narr nur nicht so faul gewesen und ab und zu in den Zug gestiegen.«

Er grinst. »Ich hatte einen Motorroller. Er war blau lackiert und ziemlich cool. Damit hätte ich dich beeindruckt.«

Ich lache. »Oh, ja. Du verwegener Motorrollerfahrer. Ich wäre ganz wild auf dich gewesen, wenn du mich mit diesem Teil abgeholt hättest. Wahrscheinlich hätte ich mir mit 16 allein wegen diesem Roller ein Kind von dir machen lassen und wir wären jetzt Herr und Frau Schuhmann.«

Seine Augen funkeln belustigt. »Welch romantische Vorstellung.« Ich setze zum Aussteigen an, als er mich zurückhält. »Was machst du morgen?«

»Ach, ich denke, dass ich morgen Abend mal ein bisschen feiern gehen werde.«

»Wollen wir schreiben, wenn es uns zu langweilig wird?« Hoffnung liegt in seinem Blick.

»Natürlich wollen wir das!« In einem spontanen Anflug von Zuneigung werfe ich mich ihm um den Hals, drücke ihn fest an mich und atme seinen Duft ein. »Wir lesen uns morgen.«

Er wartet, bis ich die Tür aufgeschlossen habe, und fährt dann mit brüllendem Motor davon.

Zu Hause schreibe ich, mitten in der Nacht, lediglich zwei Worte an unsere Mädelsgruppe: *Morgen Party?* Danach lege ich mich in mein Bett und starre an meine weiße Decke. Ein Blick auf die Uhr weist mich darauf hin, dass ich langsam mal schlafen sollte. Meine Katze ist damit einverstanden, rollt sich am Fußende meines Bettes zusammen und versinkt mit mir gemeinsam im Land der Träume.

Am nächsten Morgen erhalte ich in der Facebookgruppe die Antwort, die ich brauche: ein kollektives Ja. Meine Freundinnen sind absolut leicht rumzukriegen.

*

»Wie ist er?«, zwinkert Tine. »Sieht er wirklich so gut aus?«, fragt Diana. »Ist er gut gebaut?«, grinst Lena. »Was meint eigentlich Dennis dazu?« Chrissy wirkt ernst. Spielverderberin.

Okay, ein Haufen Fragen, die ich wie aus der Pistole geschossen beantworte: »Supernett und witzig. Ja, sieht er. Ja, ist er. Ich bin ein erwachsener Mensch und kann tun und lassen, was ich will. Dennis vertraut mir.«

Allesamt nehmen sie zufrieden einen Schluck Sekt. Na, dem kann ich nichts entgegensetzen. Ich schütte mir den gesamten Inhalt des Glases in den Mund und fühle mich gleich viel besser.

»Wir wollen als private Abschlussfahrt einen Malle-Urlaub machen. Kommst du mit?«, wechselt Tine das Thema und gönnt sich noch ein Glas Sekt.

Mir rutscht der Magen in die Kniekehlen und katapultiert sich ruckartig wieder nach oben. Autsch! Die Abschlussfahrt. In solchen Momenten bereue ich es tierisch, dass ich nicht einfach mein Abi gemacht habe. Geschlagen schüttle ich den Kopf. »Nee, lass mal. Immerhin hab ich kein Abi gemacht, also steht mir eine Abschlussfahrt nicht zu. Zudem müsste ich meine Eltern nach Geld fragen, weil ich noch keinen Nebenjob gefunden habe, und die würden sich garantiert fragen, ob ich einen Schuss hab. Keinen Abschluss, aber eine Abschlussfahrt. Nie im Leben.«

Die vier schauen niedergeschlagen. Nein, Moment. Diana grinst, bekommt einen Stoß von Tine und schaut dann auch betrübt. Hier stimmt doch was nicht! Chrissy wischt mir den misstrauischen Gedanken mit einem Ouzo aus dem Kopf und legt Musik auf. Was habe ich die Mädels doch vermisst! In der Schule waren wir ein eingespieltes Team, auf jeder Party anzutreffen, in jedem Klassenzimmer zusammensitzend, lachend durch die Flure laufend. Seit Beginn der Prüfungen hat das Verhältnis sich verändert. Sie haben gebüffelt wie Wahnsinnige, während ich um meine Ehrenrunde wusste und nur kurz in die Bücher geschaut und danach mit anderen Freunden gefeiert habe. Dafür sind sie nach den Prüfungen vor Freude und Erleichterung jeden Abend tanzen gegangen, während ich oft deprimiert zu Hause saß. Unsere eingeschworene Gruppe fehlt mir. Im Moment fehlen mir viel zu viele Menschen. Erwachsen zu werden macht definitiv keinen Spaß. Meistens.

Unterwegs zur Disco werden wir permanent angestarrt. Nicht etwa, weil wir die schönsten Wesen sind, die die Erde je erblickt hat. Nein, weil wir die Lautesten sind. Wir unterhalten uns, als wäre niemand anderes da. Wir lachen, als hinge unser Leben davon ab. Wir singen Lieder von den Spice Girls. Wir sind einfach glücklich und aufgedreht. Es tut gut, sich endlich mal wieder fallen zu lassen. Seit Jessy weggezogen ist, habe ich andauernd Sehnsucht nach unseren Mädelsabenden. Aber mit diesen vier Chaotinnen lässt es sich ertragen.

In der Disco schießen wir als Erstes in Richtung Damentoilette, um das Make-up aufzufrischen und den angestauten Alkohol wieder loszuwerden. Danach können wir uns dank der Lautstärke kaum tiefsinnig unterhalten und beurteilen deshalb, was wir so um uns herum sehen. Ich lasse meinen Blick nur ganz kurz über die Männer schweifen, bleibe aber bei keinem hängen. Bloß eine Person erregt meine Aufmerksamkeit: eine große, schlanke Frau mit prallen Silikonmöpsen und pinkfarbener Mähne. Was für ein Paradiesvogel! Meine Freundinnen sind allesamt Single, weswegen sie selbstverständlich mit ihren Blicken häufiger an Männern haften bleiben als an Frauen. Tine entdeckt einen gut aussehenden Sportlertypen, der sich locker an die Theke lehnt und sie mit Blicken auszieht. Sie grinst. »Das ist der Fang für heute Abend.«

»Leg dich nicht fest«, entgegnet Diana. »Die Nacht ist noch jung.«

Im Laufe der Zeit füllt sich der Club. Tines Flirt verfolgt uns permanent. »Das hält ja kein Mensch aus!«, ruft Diana, packt sie am Arm und schleift sie zu dem Kerl. Es stellt sich heraus, dass er Carsten heißt, Sport studiert und Tine ziemlich dringend näher kennenlernen möchte. Tine ist einverstanden und stellt ihm ihren Mund vor. Wow, das ging ganz schön schnell.

Wir restlichen vier tanzen und singen unsere Lieblingssongs mit. Wir sind die Art von Mädchen, die jeder kennt: Ein Lied läuft an, vorzugsweise eines von den Backstreet Boys oder Cindy Lauper, wir schauen uns an, schreien ganz laut: »Unser Sooong!«, was gar nicht sein kann, denn wenn es *unser* Song wäre, hätten wir höchstwahrscheinlich alle ausgesorgt, ziehen uns gegenseitig wie Bekloppte auf die Tanzfläche, singen und tanzen und schreien den ganzen Laden zusammen. Mittlerweile spielt der DJ nur noch »unsere Sooongs«, denn wenn wir angetrunken sind, ist jeder Song unser Song. Tine kommt zwischendurch immer mal wieder angewackelt, tanzt mit uns und verschwindet dann wieder, um weiterzuknutschen.

Heute trinken wir nicht allzu viel. Eigentlich trinken wir in Discos selten zu viel. Ich persönlich mag an einem Ort, an dem ich nicht mal zehn Prozent der Anwesenden kenne, nicht unbedingt die Kontrolle verlieren. Ich steh absolut nicht darauf, die Kontrolle zu verlieren. Ich hasse es sogar, wenn ich vor meinem Partner einschlafe, weil dann ja die Möglichkeit besteht, dass er mich beobachtet, während ich nicht weiß, was ich tue.

Einmal wurden mir in einer Disco K.-o.-Tropfen in mein Getränk geschüttet. Das war ein wahrer Albtraum. Ich vermute bis heute, dass es eine Person war, die ich kenne. Eine jahrelange Freundin. Wir kannten uns seit der Grundschule. Natürlich darf man solche Sachen nicht zu voreilig behaupten, aber es ist sehr plausibel. Sie war die einzige Person, die außer mir an meinem Glas war. Ich hatte es den ganzen Abend in der Hand, und zwar direkt an meinem Körper. Ich habe es nur aus der Hand gegeben, um sie daraus trinken zu lassen. Wir haben keinen Kontakt mehr, aber ich vermute, dass sie eifersüchtig auf mich war. Seit diesem Abend achte ich noch sorgsamer auf mein Glas und habe schreckliche Angst, ein weiteres Mal so neben mir zu stehen. Ich habe mich vollkommen aufgeschmissen und verloren gefühlt. Zum Glück waren noch andere Bekannte da, die mir geholfen haben. Zu Hause habe ich die Nacht über die Kloschüssel gebeugt verbracht.

Lena rutscht auf dem Podest, auf dem wir tanzen, aus und hält sich an mir fest. Ich ziehe sie wieder nach oben und grinse sie an. »Achtung, Madame. Alkohol fördert den Gleichgewichtssinn nicht gerade!« Es ist ein schöner Abend. Wir schwitzen uns fast zu Tode und tanzen uns die Seele aus dem Leib. Als das Wasser bereits in meinen Ballerinas steht, hüpfe ich vom Podest und zwänge mich durch die Menge. Ein freier Tisch bietet mir die perfekte Gelegenheit, um meine müden Beine auszuruhen. Ich ziehe mein Handy aus der Tasche.

Oh mein Gott. Eine Stripperin. Das ist wirklich deren Ernst. Voll die Vogelscheuche.

Niks SMS bringt mich zum Schmunzeln. Der Geburtstag seines Kumpels scheint ihm nicht sonderlich zu gefallen.

Augen immer auf die Titten richten. Grinsend erwarte ich seine Antwort.

Nein danke. Silikonmöpse sind nicht so meine Sache. Ich mag's natürlich und handlich. ;)

Oh! War das etwa eine Anmache? Ich finde keine passende Antwort und stecke deshalb das Handy einfach weg und atme tief durch. Tine setzt sich neben mich. Ihr Lippenstift ist verschmiert, um den Mund herum ist die Haut gerötet. Ihre Augen funkeln belustigt und ihre Lippen sind zu einem Lächeln verzogen. Es ist ein Uhr und ich bin schon hundemüde. Wir unterhalten uns ein bisschen. Sie bewundert die Stabilität meiner Beziehung.

»Keiner meiner Exfreunde hätte es geduldet, wenn ich mich regelmäßig mit einem anderen Kerl getroffen hätte. Du siehst ihn ja häufiger, als du deinen eigenen Freund siehst!«

Ich hebe die Schultern.

»Sei mal ganz ehrlich: Läuft da was? Du kannst es mir sagen, ich bin auch nicht erschüttert, oder so. Immerhin bist du ein erwachsener Mensch und …«

»Tine, meine Liebe, da läuft nix. Ich meine, es lief mal was, aber da waren wir Kinder. Ja, ich war unheimlich in ihn verliebt und habe ihm jahrelang nachgetrauert, aber mittlerweile sind wir einfach nur gute Freunde.«

Sie hebt spöttisch eine Augenbraue, sagt jedoch nichts. Dafür mag ich sie. Wir verstehen uns. Wenn sie sieht, dass ich ein Thema nicht bereden will, hält sie sofort die Klappe. Sie ist eine der wenigen Personen, mit denen ich mich wortlos verständigen kann, weswegen ich ihr auch gerade einen warnenden Blick zuwerfe, den sie mit einem verständnisvollen Lächeln quittiert.

Vor dem Schlafengehen lade ich ein paar Bilder hoch, die ich in der Disco aufgenommen habe, schreibe ein paar Kommentare über den jeweiligen Gesichtsausdruck darunter und sage sowohl

Dennis als auch Nik Bescheid, dass ich gut zu Hause angekommen bin. Dennis antwortet nach zehn Minuten mit einem *Okay, gut*, während Nik sich ein bisschen mehr Zeit lässt. Eine halbe Stunde, um genau zu sein. Die Antwort macht mir auch klar wieso.

War'n richtig guter Abend, nachdem die Nacktschnecke sich verzogen hat. Hoffe, du hattest genauso viel Spaß wie ich, schöne Elena. Kussi und so.

Er ist voll. Ich bin auch völlig im Eimer und schlafe innerhalb weniger Minuten ein.

Die folgenden zwei Tage bin ich bei Dennis. Am Freitag hat er einen Auftritt, zu dem ich ihn, wie ich es versprochen habe, begleite. Die Band spielt in einer kleinen Bar. Sie ist fast so stickig wie unsere Stammbar, unterscheidet sich lediglich durch die Bühne von ihr. Wenn man das Ding überhaupt Bühne nennen kann. Eigentlich ist es nur eine kleine Erhöhung aus Holz, auf die die Supremes wahrscheinlich gerade so passen. Kleine, bunte Lichter sind darüber angebracht, die die Erhebung unzureichend ausleuchten. Eine Nebelmaschine steht am Rande und spuckt die leere Bühne mit milchigem Nebel voll. Mit dem schlechten Licht und dem wenigen Platz ist das Ganze ein richtiges Chaos. Ich trinke eine Cola, weil ich der Meinung bin, dass ich in den letzten Wochen schon genug getrunken habe. Wenn das so weitergeht, macht Nik mich noch zur Alkoholikerin.

Um mich herum sind viele typische Studenten. Sie tragen legere, teure Kleidung, stylishe Frisuren, wenig Make-up und die Nase ziemlich weit oben. Hach, wie schön es wäre, wenn ich doch auch endlich eine von ihnen sein dürfte. *Nächstes Jahr bist du das*, tröstet mich mein Über-Ich. Ich seufze sehnsüchtig und verlasse mich ganz auf die Frau in meinem Kopf.

Der Auftritt ist schon zehn Minuten im Verzug, was völlig normal ist. Das ist nicht das erste Mal, dass ich auf die schlechte Musik von meinem Freund warten muss. Als die Band endlich auf die winzige Bühne darf, ist sie eine halbe Stunde zu spät, erntet dafür aber noch geringfügigen Applaus. Vor der Bühne versammeln sich einige, um die Musiker genauer betrachten zu können. Die meisten der männlichen Zuschauer werden sich so nah an die Bühne gestellt haben, weil Laura mal wieder einen ihrer breiten Gürtel als Rock verkauft. Man muss einfach nur nahe vor der Bühne stehen und den Kopf in den Nacken legen und schon sieht man ihr Höschen.

Sie beginnt mit einer hohen Note und die Nebelmaschinen spucken vor Schreck einen Schwall süßlich riechenden Nebel aus. Vielleicht sollte ich mir doch Alkohol bestellen, um ihr Gejaule zu ertragen. Dennis trägt sein Lieblingsshirt. Auf ihm ist ein Küken abgebildet, das besorgt ein Spiegelei fragt, ob bei ihm alles okay ist. Ich muss jedes Mal lachen, wenn er es anhat. Seine roten Haare sind zerzaust und seine Augen sind geschlossen. Er sieht gut aus in seinen engen Jeans und den grellgrünen Chucks. Ein hübscher Junge. Mein hübscher Junge. Mir schießt schmerzlich durch den Kopf, dass Nik wohl eher ein junger Mann ist als ein hübsches Bübchen. Der Auftritt verläuft reibungslos. Niemand stolpert über ein Kabel, keiner verspielt sich. Sieben Lieder werden von den Zuschauern, unter denen sich auch einige eingefleischte Fans befinden, beklatscht und bejubelt. Laura wirft ihr Haar nach hinten und verbeugt sich theatralisch, wodurch die Band hinter ihr tiefe Einblicke gewinnt. Benny jubelt und starrt ihr dreist auf den entblößten Arsch. Nach dem Auftritt gesellen sich die vier Supremes zu mir an den Tisch. Sie sind ganz aufgekratzt und widerlich verschwitzt. Dennis streichelt mir unaufhörlich über dasselbe Stückchen Hand und reibt mir damit fast die Haut ab. Aber ich halte ihn fest.

Als wir zu ihm nach Hause kommen, läuft es anders als sonst nach Auftritten. Er geht duschen, wirft sich auf das Bett, drückt mich fest an sich und ist innerhalb weniger Minuten völlig weg. Das kann doch nicht sein Ernst sein! Eigentlich schlafen wir nach einem Auftritt immer, wirklich immer miteinander, weil das Adrenalin ihn aufkratzt. Hat er denn nicht gemerkt, dass ich ihm schon den ganzen Abend Zeichen gegeben habe? Ich habe meine Hand zu weit in seinen Schoß wandern lassen, habe an einem Strohhalm gesaugt und ihm dabei fest in die Augen geschaut, habe ständig sein Ohr geküsst und ihm durch die Haare gestreichelt. Selbst Benny hat schon beschämt weggeschaut. Wie konnte er das nicht merken?

Vielleicht ist es ihm egal, flüstert mein Es mit fieser Stimme. *Vielleicht ist er genauso hinter Laura her wie du hinter Nik. Vielleicht ist es Zeit, sich einzugestehen, dass die Beziehung genauso eingeschlafen ist, wie er gerade.*

Ich haue dem gemeinen Miststück einen Knüppel über den Schädel, dränge mich an Dennis und schließe fest die Augen.

Da ist nichts eingeschlafen. Da ist noch das Salz, da ist noch das Meer. Da ist noch alles. Ich muss es nur wiederfinden.

Kapitel 6

Feuerwerk

»Du bist ein gottverdammter Soldat! Wie kannst du dir da in einem Riesenrad in die Hosen scheißen?«, lache ich laut und wackle noch ein bisschen mit der Gondel hin und her. Es ist Montagabend, 21:13 Uhr. In zwei Minuten beginnt das Eröffnungsfeuerwerk der Sommerkirmes. Ich habe zwei Stunden gebraucht, um Nik davon zu überzeugen, dass es doch eine großartige Idee ist, zusammen auf dem Volksfest die Stände leer zu futtern, sich in eine Riesenradgondel zu setzen und von dort aus das Feuerwerk zu bestaunen. Er hat sich mit Händen und Füßen gewehrt. Zunächst habe ich nicht genau verstanden wieso. Dann ist es mir aufgefallen. Nik hasst Menschen. Als wir durch die Massen spaziert sind, ich bei ihm eingehängt, er mit vor der Brust verschränkten Armen, ist er jedem Menschen geflissentlich ausgewichen und hat Berührungen vermieden. Er hat die Leute angewidert angeschaut und immer wieder »Scheiße« gemurmelt, wenn er von einem Passanten gestreift wurde. Nik denkt anscheinend, dass die Menschheit aus Ungeziefer besteht. Mit wenigen Ausnahmen, denn ich darf ihn immerhin anfassen.

Als mit mehreren Lautsprechern das Feuerwerk angekündigt wurde, habe ich meine Minischokodonuts allesamt in drei Sekunden aufgefuttert und ihn erwartungsvoll angeschaut. Seine Reaktion war zum Schießen. Er hat gestottert, entrüstet die Hände gehoben und den Kopf geschüttelt. Es hat zehn Minuten gedauert, ihn davon zu überzeugen, dass er heute Nacht garantiert nicht sterben wird, wenn er sich mit mir in eine lichterkettengerahmte Gondel setzt, die zehn Meter über dem Boden hängt. Ein 21-jähriger Soldat, der sich vor Menschen und einem Riesenrad fürchtet.

Und nun sitzen wir hier. Oder, in Niks Fall, kauern. Er sitzt nicht neben mir, weil er Angst hat, dass es das Gondelgleichgewicht stören würde, was dazu führen könnte, dass wir abstürzen und, natürlich, sterben. Klar. Stattdessen sitzt er mir gegenüber, hält sich an der Stange fest, die in der Mitte der Gondel befestigt ist, und schaut sich panisch um. Ich grinse ihn unentwegt an und ignoriere seine finsteren Blicke. Als er mir einen besonders hasserfüllten Blick zuwirft, fällt mir ein, dass ich einen Fotoapparat dabeihabe. Ich zücke ihn, strecke ihm die Zunge raus und halte seine Angstattacke für die Nachwelt fest. Das scheint ihm nicht sonderlich zu gefallen, denn er quittiert mein Handeln mit einer obszönen Geste.

»Leck mich«, faucht er.

»Geht das nicht andersherum?«, zwinkere ich.

Er legt den Kopf schief. »Jetzt wird es interessant. Ja, es geht andersherum. Magst du es testen?«

Huch! Was war das denn? »Du willst nur von deiner Angst ablenken. Hör auf, so obszön zu sein, du Lustmolch.«

Er leckt sich über die Lippen und scheint für einen Moment seine Panikattacke zu vergessen. Als es laut knallt und der Himmel hell aufleuchtet, zuckt er erschrocken zusammen und schnappt laut nach Luft.

»Schisser!«, lache ich.

Nik schaut dem Feuerwerk verkniffen zu, während ich es staunend betrachte. Bunte Lichter blitzen am dunklen Sommerhimmel auf, lassen die Sterne für einen Moment verblassen, zerbrechen in Tausende Funken und erlöschen dann im Flug zurück zur Erde. Die Menschen bleiben stehen, werfen die Köpfe in den Nacken, lassen die Münder offen stehen und kommentieren die Lichterkunstwerke mit lauten »Ohs« und »Ahs«. Das Riesenrad dreht sich nicht mehr, sodass wir in Ruhe den Ausblick genießen können. Ein Stück entfernt glitzern die Lichter der Stadt. Die Stände leuchten am Boden, die Sterne glitzern am Himmel. Ein kühler Wind bläst mir die Haarsträhnen aus dem Gesicht, die sich aus meinem geflochtenen Zopf gelöst haben.

Eine warme Hand schiebt sich über meine Finger, löst sie von der Mittelstange und hält meine kühle Hand ganz fest. Mein Herz schreckt aus seinem Rhythmus hoch, blinzelt ein paar Mal verwirrt und beginnt dann, hysterisch das Blut durch meinen Körper zu pumpen. Ich muss an unser letztes gemeinsames Feuerwerk denken. Wir waren acht, haben Händchen gehalten. Ich habe mich an ihn gedrängt, weil die Lautstärke mich eingeschüchtert hat. Besorgt hat er mir einen Kuss auf die Stirn gedrückt und mich fest an sich gezogen. Nik hebt die Brauen, rutscht zu mir rüber, ohne sich auch nur ein winziges bisschen zu erheben, drückt mir einen Kuss auf die Stirn und zieht mich fest an sich. Er kann sich also auch noch erinnern.

Seine nackten Arme berühren meine Haut. Ein Schauer spaziert mir das Rückgrat hinunter. Es ist schön, so nah bei ihm zu sitzen, seinen schweren Arm auf meinen Schultern liegen zu haben, den bunten Himmel zu betrachten. Leider geht das Feuerwerk nur circa fünf Minuten. Das Rad beginnt viel zu früh, sich wieder zu drehen. Wir drehen noch zwei Runden, in denen mir allerhand durch den Kopf schießt. Gefällt mir Nik zu sehr? Ist das alles hier Dennis gegenüber nicht doch ein wenig unfair? Ich drehe mich um mich selbst, komme mit meinen Überlegungen nicht vom Fleck.

Nik hilft mir beim Aufstehen. Während der Handrücken ganz zart ist, fühlt man an den Handflächen, dass er ein Arbeiter ist, ein Mensch, der die Dinge gerne in die Hand nimmt, ohne vorher groß drum herum geredet zu haben. Dennis' Hände sind weich. Meine auch. Ist es wichtiger, einen Partner zu haben, der einen ergänzt, oder soll er einem ähnlich sein? Ich weiß es nicht, um ehrlich zu sein. Ich weiß nur, dass Niks Hände sich gerade um meine Hüften schlingen, um mir aus der Gondel zu helfen. Seine Finger drücken sich in das weiche Gewebe meiner Hüfte, er hebt mich ein Stück hoch und trägt mich praktisch hinaus.

Ich schlucke hart und stopfe meinem Es einen Wattebausch in die große Klappe, weil es sonst alle und jeden darüber informiert, wie toll es Nik findet. Es stellt sich schon den ganzen Abend vor, wie es wäre, unter ihm zu liegen, auf ihm zu sitzen, vor ihm zu knien. Es will ihn. Mit Haut und Haaren. Selbst mein Über-Ich ist still und schaut ihn an. Heute verhalten die zwei sich merkwürdig. Sie schauen sich andauernd an, als hätten sie einen Plan ausgeheckt.

Hm. Sie sind mir schon unheimlich, wenn sie sich nicht verstehen. Aber wenn sie sich auch noch einig sind, habe ich fast schon Angst vor ihnen. Irgendetwas ist faul.

Nik bietet mir seinen Arm dar, ich hänge mich ein und wir schreiten ein weiteres Mal über die Kirmes. Als wir an einer Schießbude vorbeikommen, bleibe ich abrupt stehen und bestaune einen riesigen Plüschfrosch mit großem Maul und rosa Zunge. Nik blickt von dem Frosch zu mir und wieder zum Frosch, schüttelt mich ab und tritt wortlos an das kleine Häuschen heran. Er hebt die Hand, um zehn Schüsse zu symbolisieren. Für fünf Euro darf er sein Glück versuchen. Von den zehn Schüssen müssen allerdings sechs Stück genau sitzen. Er wirft mir einen Blick über seine breite Schulter zu, zwinkert und legt das Gewehr an. Er zielt genau, braucht ewig und schießt daneben. Ein kurzer Fluch geht über seinen schönen Mund. Seufzend lädt er nach. Der Budenbesitzer grinst siegessicher. Die haben so ihre Tricks und Kniffe, um ultimative Abräumer zu vermeiden. Nik scheint keine Gefahr darzustellen.

Tja, da hätte sich Herr Budenbesitzer lieber nicht zu früh freuen sollen, denn die folgenden sechs Schüsse sitzen genau. Mein Begleiter stellt sich grinsend aufrecht hin, zeigt stumm auf den Frosch und zwinkert dem Besitzer zu. »Soldat«, sagt er schlicht. Der Budenbesitzer runzelt die Stirn, überreicht ihm das Plüschtier und entlässt den stolzen Gewinner. Dieser schreitet außer sich vor Freude auf mich zu. »Ha! Hast du sein Gesicht gesehen?«

Ich nicke grinsend. Freudestrahlend nehme ich Frosch, wie ich ihn kreativ nenne, entgegen und drücke ihn an mich. Er riecht nach Fabrik und Popcorn. »Danke dir. Das war eine beeindruckende Leistung, du Vorzeigesoldat.«

»Im Schießen bin ich richtig gut«, brüstet er sich und hält an einem weiteren Stand, um mir gebrannte Mandeln zu kaufen, die ich offensichtlich genauso sehnsüchtig angeschaut habe wie Frosch. Ich schlinge sie noch auf der Kirmes hinunter, obwohl ich sie mir eigentlich für zu Hause aufheben wollte.

Im Auto wird Frosch auf der Rückbank angeschnallt. Wir wollen ja nicht, dass ihm etwas geschieht. Bei Nik angekommen, werfen wir uns auf seine harte, blaue Couch und schalten das TV-Gerät an. Er bereitet uns ein paar Fertiggerichte zu. Ganz der gelernte Koch. Bestimmt hat das Singleleben seine Kochkünste verschluckt. Mit heiß dampfenden Plastikbechern betritt er das Wohnzimmer, stellt die Becher auf seinen Glastisch, setzt sich neben mich und beginnt schweigend zu essen. Fürsorglich werfe ich eine sahnige Nudel in den Blumentopf auf dem Tisch, um den Kaktus nicht auszuschließen. Seit ich ihn regelmäßig füttere und ihn heimlich mit Bier und Milch gieße, trägt er eine dichte, pinkfarbene Blütenkrone. Ich bin felsenfest davon überzeugt, dass meine intensive Pflege sein Aufblühen und Aufleben verursacht hat.

Nach dem Essen lege ich meinen Kopf an Niks Schulter und atme seinen wunderbaren Duft ein. Es hat nicht einmal drei Wochen gedauert, ihm näherzukommen als den meisten anderen Menschen. Wehmütig denke ich daran, dass er am Montag zurück in die Kaserne muss und dass ihm nur zwei weitere Wochenenden bleiben, um sich von allen, auch von mir, zu verabschieden. Dann muss er diesen Auslandseinsatz hinter sich bringen, über den er mir nicht mehr erzählen darf, als dass er ein halbes Jahr dauert. Ein halbes Jahr. Das ist verdammt viel Zeit. Ich will ihn nicht verlieren, ich habe ihn doch gerade erst wiedergefunden. Oder eher er mich.

»Wie bist du eigentlich auf den Gedanken gekommen, dich nach all der Zeit wieder bei mir zu melden?«, frage ich geradeheraus.

Niks Schultern spannen sich an. »Das ist eine gute Frage. Es gab kein bestimmtes Erlebnis, keinen Auslöser. Ich weiß noch, dass ich gerade mein Bett gemacht und einen Kameraden beleidigt habe und urplötzlich mitten in der Bewegung innehielt. Und da warst du. Ein schemenhaftes, kleines Mädchen mit welligen Haaren, gütigen Augen und einem frechen Mundwerk. Du bist mir einfach nicht mehr aus dem Kopf gegangen. Ich musste an dich denken, als ich schießen sollte, als ich schwimmen sollte. Ich dachte sogar an dich, als ich die Toilette gesäubert habe, und das ist weiß Gott kein Ort für ein kleines Mädchen. Selbst dann nicht, wenn das kleine Mädchen bloß ein Hirngespinst ist. Eines Abends wollte ich wissen, was aus dem kleinen Mädchen geworden ist. Ich habe dich bei Facebook gesucht und dich an deinem Bild erkannt, obwohl du dich ordentlich verändert hast. Der Rest ist Geschichte.« Er lehnt seinen Kopf kurz an meinen, der immer noch auf seiner Schulter ruht.

»Hast du die ganzen Jahre zuvor kein einziges Mal an mich gedacht?« Nik wird ganz ruhig. Er scheint in eine Art Schockstarre gefallen zu sein. Es gibt eine Ziegenrasse, die, wenn man sie nur genug erschreckt, steif wird und umfällt. Nik müsste nur noch umfallen. Sein Schweigen trifft mich. Das ist lächerlich. Selbstverständlich hat er nicht an mich gedacht. Man kann von Menschen nicht verlangen, ihr gesamtes Leben lang in der Vergangenheit zu schwelgen. Er musste seine Pubertät hinter sich bringen, sich die ersten Sackhaare rasieren, zum ersten Mal vögeln. Er hatte was anders zu tun, als an ein kleines Mädchen zu denken, das ihn immer schikaniert hat. Da ist es doch bereits erfreulich, dass er sich überhaupt irgendwann von sich aus an mich erinnert hat. »Kein Problem. Ich hab auch nur alle paar Monate mal einen Gedanken an dich vergeudet.«

Er wackelt hin und her, sodass auch ich durchgeschüttelt werde. »Hey, was heißt hier vergeudet?«

Wir albern noch ein wenig herum, bis ich merke, dass mir die Augen zufallen. Ich erhebe mich und nehme Frosch mit ins Schlafzimmer, um Nik ganz alleine im Wohnzimmer zurückzulassen. Die Wände sind wirklich nicht sonderlich dick in dieser Wohnung. Jedes Mal, wenn ich dort übernachte, höre ich Nik atmen. Er schnarcht nicht, er schnauft einfach nur sehr laut. Meistens höre ich ihm eine knappe Stunde dabei zu, stelle mir vor, wie er auf der Couch liegt, die Arme und Beine von sich gestreckt, das Gesicht in den Stoff gedrückt, schwer atmend, schwer träumend. Diese Vorstellung beruhigt mich immer, wenn ich in seinem Bett liege.

Heute Nacht höre ich ihn nicht laut atmen. Er ist noch wach. Vielleicht muss er die Ereignisse des Tages verarbeiten? Der Jahrmarkt war für einen so menschenscheuen Kerl vielleicht doch ein wenig zu viel. Der Mond scheint blass auf die Tür und meine Hände riechen noch nach gebrannten Mandeln. Ich lächle vor mich hin, kuschle mich tiefer in die Kissen, drücke Frosch an mich und schreibe Dennis noch schnell eine Gute-Nacht-SMS, damit er nicht allzu beleidigt ist.

Im Wohnzimmer knackt und knarrt es. Der alte Boden gibt unter Nik nach. Zu meiner Verwunderung geht die Tür auf und anstelle dieser wird Nik in Mondlicht getaucht. Man sieht selbst in dem blassen Licht, dass er braun gebrannt ist.

»Bist du noch wach?«, fragt er leise.

»Ich schlafe mit offenen Augen«, erwidere ich und lache grunzend. Er schüttelt den Kopf, kommt rein und bleibt mitten im Zimmer stehen.

»Ich kann heute nicht schlafen.«

Meinen Blick auf ihn gerichtet, setze ich mich auf und tätschle die Stelle neben mir. »Setz dich zu mir. Ich quassle dich müde.« Mit einem dicken, fetten Grinsen im Gesicht kommt er zu mir und lässt die Matratze gequält aufstöhnen. Ich sehe viel von seiner Haut, weil er nur Boxershorts und Tanktop trägt. Seine Haare sind durcheinander, sein Gesicht schüchtern verzogen, knittrige Abdrücke des Kissens bedecken seine Haut. Er sieht schön aus.

Komisch, ich finde sogar sein buschiges Beinhaar irgendwie sexy. Er folgt meinem Blick und fährt sich über die Beine. »Meinst du, ich sollte mir bunte Perlen einflechten?«

Ganz ernst schaue ich ihn an und unterdrücke mein Lachen. »Schon. Würde einiges hermachen.«

Seine dunklen Augen wandern von meinem Gesicht zu meinem durchsichtigen Shirt und ich erinnere mich mit hochrotem Kopf daran, dass ich nichts drunter trage. Eilig ziehe ich die Decke ein Stück höher. »Entschuldige«, nuschelt er. »Ich habe gestarrt.«

Mit einer wegwerfenden Geste lenke ich ab: »Kein Problem. Ich hab ja auch dein wundervolles Beinhaar bewundert.«

Wir lachen und erzeugen dadurch eine Spannung, die meinen Bauch kribbeln lässt. Plötzlich wird mir bewusst, dass ich in Niks Bett liege, mit ihm daneben, dass wir uns anschauen und komplett alleine sind. Beide relativ unbekleidet. Mein Herz pocht laut und schlägt mir bis zum Hals. Ich schlucke viel zu hart. Nik sieht mich auf einmal ganz komisch an. Nichts mehr von dem menschenscheuen Kerl zu erkennen.

»Ähm«, fange ich an.

Ohne Vorwarnung stürzt er nach vorne, kniet sich genau neben mich, wirft meine Decke beiseite und nimmt mein Gesicht in seine Hände. Ich weiß nicht, was gerade passiert. Ich weiß nur, dass er mir ganz tief in die Augen sieht, dass ich jede Pore und jeden Pickel in seinem Gesicht sehe, die Bartstoppeln erkenne. Ich will mit den Fingern über die Stoppeln fahren, um zu sehen, ob sie kratzen. Natürlich werden sie kratzen, wenn ich sie berühre. Aber ich will es *fühlen*.

»Ähm«, bringe ich erneut raus.

Niks Hände liegen warm in meinem Gesicht. »Ohne einen Gutenachtkuss kann ich nicht einschlafen.« Der Schelm sitzt ihm im Nacken, zaubert ihm ein feuchtes Glänzen in die Augen und ein spitzbübisches Lächeln auf die Lippen. Ich kann gar nicht anders als zurücklächeln.

»Wieso hast du bislang immer ohne schlafen können?«

»Schlaftabletten.«

»Dann musst du davon ernsthaft abhängig sein!«

»Ja, ich habe ein ganz schlimmes Suchtproblem!«

Mein Grinsen schmerzt schon fast, so breit ist es. »Was ist heute los? Wieso nimmst du keine?«

Sein Gesicht rückt ein bisschen näher an meins. Ich fühle seinen Atem an meinen Lippen, als er spricht. »Hab keine mehr.«

»Schwerwiegendes Problem.«

Zwischen uns passt kaum noch ein Blatt Papier.

»Nicht, wenn du mir hilfst.« Sein Atem riecht nach Mundwasser. Also war das hier geplant! Das lässt mein Herz nur noch schneller schlagen.

»Als Kind wärst du in so einer Situation weggerannt.«

»Jetzt nicht mehr«, flüstert er gegen meinen Mund. Unsere Lippen berühren sich gerade so und ich vermute, dass ich mittlerweile einen Kolibri in der Brust habe. Das fühlt sich an wie Achterbahn fahren. Nur viel schöner. Bevor mich der Mut verlässt und ohne an Dennis zu denken, drücke ich meine Lippen fest gegen seine. Was soll der Geiz? Es ist Nik.

Seine Lippen sind sehr weich und er küsst ganz zart. Das finde ich lustig, weil er aussieht wie ein verschlossener, harter Kerl. Weil er Rammstein hört und zu schnell Auto fährt, weil er gerne harte Sachen trinkt und ein Soldat ist. Der Kuss kommt mir ein bisschen surreal vor. Ich verstehe nicht ganz, was da passiert. Ich verstehe aber, dass er mir mit einer Hand durch mein Haar fährt, es mir hinter die Ohren streicht, meine Wange streichelt. Das ist die Gelegenheit, ihm über die Stoppeln zu streichen! Sie sind so rau, wie ich es mir gedacht habe. Aber die Haut darunter ist unheimlich weich, was ich schon wieder witzig finde. Er fühlt sich an, als wäre er ein reifer, praller Pfirsich mit zarter Haut. Nik bemerkt mein Lächeln und lächelt gegen meinen Mund zurück, unterbricht den Kuss und zieht mich an sich, hält mich fest. Er atmet schnell.

»Meinst du, das hat jetzt geholfen?«

Er lacht. »Ich bin mir sogar sicher. Das war echt nett von dir, Elena. Danke.«

Mein SMS-Klingelton ist der Titelsong der Glücksbärchis und ertönt erschreckend laut. Aha, da ist also die Antwort auf meine SMS an Dennis. Hat der Kerl einen Sensor im Arsch?

»Dennis«, murmle ich. Nik versteht, rutscht an den Rand der Matratze und steht auf. Mit einem sehr zufriedenen Gesichtsausdruck stellt er sich in den Türrahmen. Im Mondlicht sehe ich gerötete Flecken auf seiner braunen Haut.

»Schlaf gut, Prinzessin.«

»Du auch. Gute Nacht.«

Sobald die Tür geschlossen ist, höre ich ihn noch etwas sagen: »Du schmeckst nach gebrannten Mandeln.«

Ich fasse nach meinem Handy, um mich mit dem geschriebenen Meisterwerk meines Freundes abzulenken.

*Hahaha, ja Ela, dir auch gute Nacht. *Kuss Kuss Kuss Kuss**

Er ist voll und höchstwahrscheinlich schon wieder mit Laura unterwegs. Ich glaube, er hatte erwähnt, dass er mit der Band feiern will. Na, klasse. Nicht mal meinen Namen hat er richtig geschrieben. Mit einem tiefen Seufzer lege ich das Handy beiseite, werfe mich in die Kissen und ziehe mir die Decke über den Kopf. Immer und immer wieder fahre ich mit dem Daumen über meine Lippen. Wir haben uns geküsst. Mein Es ist betäubt von dem frischen Geschmack von Niks Lippen. Mein Über-Ich wankt ebenfalls leicht. Dabei schaut sie mich vorwurfsvoll an. Ist ein Kuss schon Betrug?

Verwirrt und ohne den leisesten Schimmer, was ich da eigentlich tue, erhebe ich mich, schleiche ins Wohnzimmer und will Nik ein zweites Mal beim Schlafen zusehen. Entgegen meinen Erwartungen liegt er nicht auf der Couch, sondern steht am Fenster. Das Licht ist aus. Die Straßenlaternen strahlen durch das Fenster und werfen Niks Schatten an die gegenüberliegende Wand. Etwas tief in mir gewinnt die Oberhand über meinen Verstand. Vermutlich ist es mein Es. Mein Körper wird von ihm gesteuert, als wäre es eine Selbstverständlichkeit. Ich hebe einen Fuß, ziehe ihn über das helle Laminat und lasse ihn stottern. Nackte Füße und Laminat sorgen für denselben Effekt wie Gummisohlen und Linoleumboden. Mal wieder beruhigt das Gefühl mich. Niks Schultern zucken. Natürlich hat er mich gehört, dreht sich allerdings nicht um. Entschlossen überwinde ich die Distanz zwischen uns und tue es einfach: Meine Lippen treffen auf seinen Rücken. Sanft streiche ich mit meinen

Lippen über seine Schulterblätter, erkunde die Muskeln, die Knochen, die Haut, die kleinen, feinen Härchen. Ich puste meinen Atem gegen ihn und auf seinen Armen bildet sich eine Gänsehaut, die ich ebenfalls mit den Lippen nachfahre.

»Damit hätte ich jetzt nicht gerechnet«, murmelt er und legt den Kopf in den Nacken, als ich seine Hand küsse. »Ich dachte, dass diesmal *du* wegrennst.«

»Ich bin noch nie vor dir weggerannt, Nik.« Langsam drehe ich seine Hand um, küsse die raue Fläche, fahre die Rillen mit der Zunge nach. Als ich nach oben schaue, sind seine Augen nicht mehr matschpfützenbraun, sondern dunkelbraun. Sein Blick ist verschleiert, sein Mund ist leicht geöffnet. Wenn sein Mund offen steht, erkennt man noch mehr, dass die Oberlippe zu voll für die schmale Unterlippe ist. Ich kann an nichts anderes mehr denken als an seinen Mund. Daran, wie sehr ich ihn küssen möchte, verschlingen möchte. Behutsam lehne ich mich vor, hebe mein Gesicht und beiße ihm in die volle Oberlippe. Er schließt die Augen und atmet hörbar aus. Ich drücke meinen Mund auf seinen, teile seine Lippen, schiebe meine dazwischen und halte mich an ihm fest. Seine Zunge streift ganz kurz meine, ehe sie sich schüchtern zurückzieht.

Der Kuss wird inniger, heftiger. Nik vergräbt seine Hände in meinen Haaren und ich meine in seinen. Wir ziehen aneinander, halten einander. Wir fallen auf die Couch. Ich habe nicht einmal mitbekommen, dass wir gelaufen sind. Hat er mich getragen? Ich weiß es nicht. Ich liege unter ihm, schaue zu ihm hoch, in dieses wunderschöne, kantige, stopplige, vertraut-fremde Gesicht. Mit der rechten Hand stützt Nik sich ab, während seine linke über mein durchsichtiges Shirt streicht, meine rechte Brustwarze umkreist, bis sie hart wird, und dann fest zukneift. Mir fallen fast die Augen aus dem Kopf, so gut fühlt sich das an. Fast automatisch recke ich ihm mein Becken entgegen und fühle die Beule in seiner Hose. Mein Herz hämmert mir gegen den Brustkorb, als ich meine

Hand hebe und ihm über die festen Brustmuskeln streiche, die sich unter meiner Berührung anspannen. Ich ziehe ihn zu mir herab, um ihn zu küssen. Gleichzeitig schiebt er die linke Hand in meinen Hosenbund, streicht mir über das Schambein und beginnt, über meiner Unterhose, meine Klitoris zu streicheln. Beinahe schreie ich auf.

Urplötzlich taucht ein geliebtes Gesicht vor mir auf. Babyblaue Augen, ein Schmollmund, Stupsnase, rote Haarsträhnen in der Stirn. Dennis. Mist! Ich stoße Nik von mir, der erschrocken seine Hand aus meiner Hose zieht. Die Beule in seiner Hose verschwindet. Verdattert schaut er mich an. Er sieht so komisch aus, dass ich fast anfange zu lachen. »Was?«, fragt er atemlos.

Ich stehe auf und renne fast, um Abstand zwischen uns zu bekommen. Ich traue mir selbst nicht mehr in seiner Nähe. Ich habe mich nicht unter Kontrolle. Mein Freund wartet zu Hause. Nicht ahnend, dass seine ach so tolle Freundin sich von einem anderen küssen und befummeln lässt.

»Das geht nicht, Nik.«

»Was geht nicht?«

Ich wedle mit den Händen zwischen uns hin und her. »Das.«

Wie ein Kind verschränkt er die Arme vor der Brust. Ich erwische mich dabei, wie ich gaffe, und schüttle eilig den Kopf.

»Du bist auf mich zugekommen. Du hast meinen Rücken geküsst.«

Das darf doch wohl nicht wahr sein! Jetzt gibt er mir die Schuld dafür? »Ich habe nur weitergemacht, nachdem du dich ins Schlafzimmer gestürzt und mich geküsst hast!«

»Du hast das Bett neben dir getätschelt und mich eingeladen. Trotz dieses durchsichtigen Oberteils, das du da trägst.« Seine Hand macht eine vage Bewegung in meine Richtung. Verlegen tue ich es ihm gleich und kreuze die Arme vor der Brust.

»Ich finde das scheiße. Denk doch mal an Dennis!«, fahre ich ihn an.

»Ich? Ich soll an Dennis denken? Ich dachte, es wäre dein Freund und nicht meiner. Wobei ich mir da nicht mehr so sicher bin. Du hast ihn ja ganz offensichtlich vergessen, oder warum lagen wir eben miteinander auf der Couch und ich hatte schon fast meine Finger in dir?«

Mein Gesicht wird so heiß, dass ich darauf Kekse backen könnte. »Na, klasse! Das musstest du jetzt so sagen, oder was?«

Er fährt sich mit beiden Händen durch die Haare und schnaubt verzweifelt. »Elena, das bringt doch nix. Wieso streiten wir?«

»Weil du mich ganz offensichtlich sexuell belästigt hast.«

Er hebt die Augenbrauen und deutet ein Lächeln an.

»Ja, schau nicht so. Du hast mich belästigt. Ich verstehe nicht, wie man sich dazu aufgefordert fühlen kann, die primären Geschlechtsmerkmale einer Person zu betatschen, nur weil besagte Person deinen Rücken küsst. Und es waren ja nicht mal Küsse. Ich habe dich lediglich mit meinen Lippen gestreichelt.«

Ach, das ist doch Quatsch. Ich hätte es bei dem Kuss im Schlafzimmer belassen und die Situation ignorieren und vergessen können. Was habe ich stattdessen gemacht? Ich bin ihm sofort nachgejagt und habe ihn angemacht. Das war unvernünftig und er hat recht, ich bin schuld an dem darauffolgenden Szenario.

»Okay, gut. Vielleicht hatte ich Teilschuld«, gebe ich zu. Seine Mundwinkel heben sich und ich kann nicht anders, als sein Lächeln zu erwidern.

»Das alles hat doch keinen Sinn.«

Ich verstehe nicht. »Was hat keinen Sinn?«

»Na, das hier. Das ganze Verstecken und so tun als ob. Wir können unsere Gefühle füreinander nicht abstreiten.«

Woah! Gefühle? Was für Gefühle?

»Von welchen Gefühlen redest du da, Nik?«

Sein Gesichtsausdruck wechselt mehrere Male hintereinander: Ungläubigkeit, Verwirrung, Erkenntnis, Trauer, Freude, Gefasstheit. Es sieht aus, als hätte er gerade etwas in meiner Aussage erkannt, was ihn Mut fassen lässt, weiterzureden. »Gut, dann reden wir nicht über unsere Gefühle, sondern über meine Gefühle. Ich, Elena Stark, habe von Anfang an gemerkt, schon am Telefon, dass zwischen uns eine Schwingung ist, die einfach passt. Zwischen uns gibt es eine Chemie, die für eine so große Spannung sorgt, dass mir davon fast schwindelig wird.«

Ich muss mir eingestehen, dass sich zwischen uns tatsächlich eine Spannung aufgebaut hat, die nicht abzustreiten ist. Es knistert, pocht, poltert, zischt, wenn wir alleine sind. Was wir eigentlich immer sind. Beim ersten Telefonat war es nur ein kleines, lauwarmes Flimmern, aber mittlerweile ist es zu einem knisternden Buschfeuer angewachsen. Deswegen fragen meine Freundinnen mich ständig, ob vielleicht doch was zwischen uns läuft. Deswegen bin ich aus dem Schlafzimmer gehetzt und habe mir eine Kostprobe von ihm gestohlen.

»Du hast es auch gefühlt«, sagt er nüchtern. Bei den nächsten Worten spricht er so leise, dass ich konzentriert hinhören muss, um seine Worte nicht in meinem rauschenden Blut untergehen zu lassen. »El, ich muss jetzt ehrlich mit dir sein, sonst platzt mir der Kopf. Ich … ich habe gemerkt, dass ich ein bisschen mehr für dich empfinde, als ein guter Freund das tun sollte.«

Oh nein, bitte sag es nicht. Sag mir um meinetwillen nicht, was du für mich empfindest! Aber er muss es noch nicht einmal aussprechen. In seinen Augen liegt eine wohlige, feste, warme Entschlossenheit, die meine Knie weich werden lässt.

»Elena, ich habe mich in dich verliebt. Noch bevor wir uns das erste Mal wiedergesehen haben, wusste ich, dass ich etwas für dich empfinde. Du bist schön, schlau, lustig. Im Grunde bist du eine treue Seele und ich merke, wie sehr dich unsere Situation belastet. Deswegen möchte ich dich jetzt nicht überfordern. Ich verlange keine Antwort oder Reaktion von dir. Zumindest im Moment nicht. Alles, was ich will, ist, dass du dich jetzt ins Schlafzimmer begibst, dich hinlegst und über das nachdenkst, was ich dir gerade gesagt habe. Ich möchte, dass du mir zumindest eine theoretische Chance einräumst.«

Mit wackligen Knien und ohne einen weiteren Blick in Richtung Nik verschwinde ich ins Schlafzimmer, schließe die Tür von innen ab und werfe mich aufs Bett. Mir schwirrt der Kopf, mir dröhnt das Hirn, mir platzt das Herz. Das ist nicht wahr. Das ist ein schlechter Scherz oder ein verworrener Traum.

Das ist das, was du schon die ganze Zeit willst, flüstert mein Es, diese kleine Schlampe. Mein Über-Ich runzelt die Stirn. Selbst sie weiß mit dieser Situation nichts anzufangen. Nik und ich. Ich und Nik. Passt das besser als Dennis und ich? Fühlt sich das richtig an? Habe ich ihm Hoffnungen gemacht? Ja, ja. Das habe ich definitiv. Ich weiß gar nicht, was ich jetzt machen soll. Wir haben uns geküsst, wir haben uns angetatscht. Soll ich es Dennis sagen oder würde ihn das nur unnötig verletzen? Ich denke, dass ich es für mich behalten werde, denn geschehen ist geschehen und ich bin mir sicher, dass es nicht noch mal vorkommen wird. Ich meine, schon bald ist Nik für ein halbes Jahr im Ausland. In dieser Zeit werden wir uns sicherlich auseinanderleben. Nik ist nicht in mich verliebt. Ich bin wahrscheinlich nur sein erster weiblicher Kumpel. Nicht mehr und nicht weniger. Und ich habe mich eben nur vom Moment mitreißen lassen, das ist alles. Ja. Das klingt doch vernünftig. Gleich morgen früh müssen wir das besprechen. Ich muss ihm sagen, dass er seine Gefühle irgendwie verwechselt.

Es dauert ewig, bis ich endlich einschlafe.

Am nächsten Morgen begebe ich mich seufzend ins Wohnzimmer. Nik schaut nicht auf. Er weicht meinem Blick aus. Selbst als ich mich neben ihn setze, starrt er noch die Bordüre an, die wir bei unserem ersten Treffen angebracht haben. Das erste Treffen. Es scheint so lange her, obwohl es erst vor zwei Wochen war.

»Ich habe nachgedacht«, sage ich leise. Er schaut mich nicht an. »Das ist nicht böse gemeint, aber ich glaube, dass du da irgendwas verwechselst und …«

Nik fährt hoch. Mir ist nicht aufgefallen, dass er wie ein Bogen gespannt dasaß und nur darauf gewartet hat, sich zu erheben und von mir wegzukommen. Er ist voll bekleidet. Ich will gar nicht wissen, wie viele Stunden er schon hier gesessen und auf mich gewartet hat. Sein Haar ist nicht gemacht. Es sieht aus, als wäre er sich andauernd mit den Händen hindurchgefahren.

»Nein, das sehe ich nicht ein. Das lasse ich mir jetzt nicht sagen. Ich verwechsle gar nichts. Ich hab es mir schon gedacht, dass du mir jetzt auf die Tour kommst. Langsam kenne ich dich echt gut, Elena. Wenn ich mich so irre, weshalb rast mein Herz, wenn ich dich sehe? Weshalb sehe ich, wenn du sprichst, nur deinen Mund und will ihn so dringend küssen, dass meine Lippen prickeln? Ich bin kein Beziehungsmensch, ich will keine Freundin, aber ich will dich. Und mir ist egal, als was. Nur eine einzige Sache sollst du nicht sein: ein Kumpel. Was willst du, Elena? Was?«

Er ist so laut geworden, dass ich mir die Ohren zuhalten will. Er meint es ernst. Ich bekomme Panik. Was soll ich dazu sagen? Ich habe einen Freund. Aber mit Nik ist alles so viel leichter. Es ist ganz leicht, sich in ihn zu verlieben. Ich bin mir einfach nicht sicher. Ich denke an Dennis, unsere erste Begegnung. Ich erinnere mich an den Geburtstag unseres gemeinsamen Kumpels. Wie er auf dem Bobbycar den Hügel hinuntergerast ist und wie ich ihm betrunken zugejubelt habe. Unser erster Kuss. Das Meer. Die Lieder, die er für mich komponiert hat. Aber vor mir steht Nik. Dieser wundervolle, facettenreiche Typ, den ich mit vier kennengelernt habe. Den ich als Kind zu feuchten Küssen gezwungen habe. Den ich in den Sandkasten gestoßen und vergraben habe. Er ist nicht mal aufgestanden und hat sich gewehrt. Es ist Nik.

»Ich … ich kann das nicht. Ich habe einen Freund. Er ist so ein lieber Kerl, Nik. Möglicherweise ist er nicht der beste Freund, den man sich vorstellen kann, aber ich liebe ihn.«

»Und mich nicht?«

»Ich liebe Dennis.«

»Und mich? Liebst du mich?« Er kommt auf mich zu und schaut mir fest in die Augen. »Elfchen, liebst du mich?«

Ich senke den Blick. Ich weiß es nicht. Wie soll ich das beurteilen? Mein Es schreit Ja. Es brüllt ihn an, zieht an seinen Haaren, beißt in seinen Hals, küsst ihn. Er bemerkt es natürlich nicht, denn das alles vollzieht sich in meinem Kopf. Mein Es ist ihm also hörig, aber ist es auch der Rest von mir?

Ich hebe die Schultern. »Wahrscheinlich«, bringe ich so leise heraus, dass selbst ich es kaum höre. Nik lehnt sich nach hinten. Mit dieser Antwort hat er anscheinend nicht gerechnet. Verwirrung zeichnet sich in seinem schönen Gesicht ab.

»Wahrscheinlich?« Seine Lippen verziehen sich sehr langsam zu einem breiten Grinsen. »Das ist kein Nein.« Er stemmt die Hände in die Hüften und strahlt. Wie kann er nur so glücklich sein, wenn ich am Boden zerstört bin? Seine starken Arme schlingen sich um mich und bewahren mich davor, zu zerbrechen. Wir bleiben eine Weile so stehen, Arm in Arm, ehe ich ihn sanft von mir weg schiebe und ihm in die braungrünen Augen schaue.

»Das ist zu viel, Nik. Bis vor Kurzem war ich in einer stinknormalen Beziehung und habe nichts Böses geahnt. Und dann kommst du und stellst mein Leben auf den Kopf. Ich muss darüber nachdenken. Gib mir bitte Zeit, okay?«

Er schaut resigniert, nickt allerdings. Ohne Einwände fährt er Frosch und mich nach Hause.

*

Mama findet, dass ich Nik zumindest mal eine Chance geben soll. »Ich mag Dennis. Aber wie oft sitzt du wegen ihm daheim und bist traurig, weil er mal wieder keine Zeit für dich hat? Das ist keine Seltenheit und das weißt du.«

Jessy sagt später am Telefon ungefähr dasselbe: »Dennis ist ein Kind. Nik ist zwar auch noch nicht richtig erwachsen, aber schon viel weiter als Dennis. Und außerdem hat Johnny Depp mal gesagt, dass man sich, wenn man sich in einen Zweiten verliebt, ebendiesen Zweiten nehmen soll. Denn, wenn man den Ersten wirklich lieben würde, würde es den Zweiten nicht geben. Und das stimmt. Wenn du Dennis so sehr liebst, weshalb ist in deinem Herzen noch Platz für Nik?«

Mein Herz wirft die Fäuste in die Luft und schreit: *Recht hat sie!* Aber mein Hirn verpasst ihm einen Dämpfer. Ich kann ja auch Mutter und Vater unabhängig voneinander lieben. Das hat nichts damit zu tun, dass ich einen von beiden weniger liebe und deswegen auch Platz für den anderen ist. Das ist Unsinn.

»Hör mal, du musst Abstand gewinnen und über euch nachdenken. Konzentrier dich auf die Schule, hol in Mathe auf, sieh die beiden eine Weile nicht. Dennis siehst du eh erst am Wochenende wieder, oder? Und Nik, den kannst du dann am Wochenende darauf sehen. Du musst mit dir selbst ins Reine kommen, bevor du Entscheidungen triffst. Du willst sicherlich keinen von beiden einfach so verlieren und es dann später bereuen. Nimm dir Zeit.«

Das klingt gut.

Meine Woche verläuft recht trostlos. Manchmal schreibe ich einer der vier Chaotinnen oder telefoniere mit Jessy, die allerdings meistens für ihr Studium lernen muss. Mama gibt mir immer wieder Ratschläge, wenn ich mich bei ihr ausweine, aber die bringen mir nicht viel, denn ich weiß ja selbst nicht, was ich will. So kommt es, dass ich so ziemlich jeden Tag mit meiner kleinen, 13-jährigen Schwester Sarah verbringe. Wir schauen gemeinsam TV, gehen shoppen und manchmal übernachtet sie sogar bei mir. Sie knirscht im Schlaf mit den Zähnen und tritt um sich. Das nehme ich in Kauf. So bin ich nicht allein und kann sogar die Beziehung zu meiner Schwester verbessern.

Nik ruft oft an. Meistens nehme ich ab und rede kurz mit ihm. Was er die Woche über so gemacht hat, wie es ihm geht. Wie es mir geht. Er wartet auf ein Geständnis meinerseits, aber ich kann ihm keines machen. Wir legen immer viel zu früh auf und reden zu wenig. Das tut weh, aber es geht nicht anders. Am Wochenende holt Dennis mich ab. Er scheint nicht bemerkt zu haben, dass ich diesmal genauso wenig Zeit für ihn hatte wie er für mich.

»Wie stellst du dir eigentlich die Zukunft vor?«, frage ich und schiebe mir ein paar Chips in den Mund.

»Ich will später mal irgendwas mit Medien machen«, sagt er. »Und nebenberuflich plane ich weiterhin die Karriere mit meiner Band. Wahrscheinlich verdiene ich damit recht gut. Dann kann ich mir ein Reihenhaus oder eine große Eigentumswohnung leisten.«

»Du wirst wohl weder im Reihenhaus noch in der Eigentumswohnung viel Zeit verbringen. Das klingt nach viel Arbeit.«

Er hebt die Schultern. »Aber Familie wäre für mich schon drin. Wenn ich denn irgendwann mal eine Frau finde, die eine mit mir gründen will«, lacht er.

Autsch, das war ein Schlag unter die Gürtellinie! »Denkst du denn, dass wir nicht zusammenbleiben?«

»Was?« Er schaut mich ganz verdattert an.

»Du hast gerade gesagt, dass du anzweifelst, jemals eine Frau zu finden, die eine Familie mit dir gründen will.«

Seine Augen verengen sich unsicher. »Na, wir sind doch noch so jung. Es ist relativ unwahrscheinlich, dass wir ineinander den Partner gefunden haben, mit dem wir den Rest unseres Lebens verbringen wollen. Oder siehst du das anders?«

Zack, Schlag in die Fresse.

»Nein, ich … ich sehe es nicht anders. Du hast recht. Es wäre absolut unvernünftig, sich jetzt schon fürs komplette Leben zu binden.« Meine Stimme zittert ein wenig, aber Dennis merkt es anscheinend nicht. Er nickt zufrieden, weil ich ihm recht gegeben habe, und stopft sich noch mehr Chips in den Mund. Mein Handy klingelt. Ein Anruf mit unterdrückter Nummer.

»Hey.« Nik. Der Kerl hat ein Timing, nicht zu fassen! Er meldet sich in den ungünstigsten Momenten, taucht auf, wenn kein

Mensch ihn braucht, und denkt, dass ich sofort alles für ihn stehen und liegen lasse und ihm nachrenne. Dass ich mich in ihn verliebe, mein bisheriges Leben vergesse und nur noch für ihn da bin. »Hey, hör mal, ich bin bei Dennis.« Den Namen meines Freundes betone ich besonders scharf, damit er merkt, dass der Zeitpunkt gerade ungünstig ist und dass er auflegen soll.

Nik scheint zu verstehen. Die Worte klingen abgehackt, hart: »Klar, entschuldige, dass ich unterbreche, was auch immer ihr gerade treibt. Ich wollte nur wissen, ob du dich bereits für mich entschieden hast?«

Selbstsicheres Arschloch. »Nein.«

»Nein, was?«, seine Stimme schwankt zwischen Belustigung und Unsicherheit. »Nein, du hast dich noch nicht entschieden, oder nein, du willst mich nicht.«

Er ist dreist. Er wagt sich zu weit vor. Ich habe ihn doch mit meiner Stimme und meiner Betonung gewarnt, oder? Ich habe ihm klargemacht, dass er mich jetzt nicht nerven soll. Er weiß, dass ich Abstand brauche. Dennoch ist er so frech, mich anzurufen, wenn ich bei meinem Freund bin, und mich in die Enge zu treiben. Das ist unerhört! »Letzteres«, brumme ich schlecht gelaunt.

Schweigen. Ich höre den Fernseher am anderen Ende der Leitung. Es folgt ein kurzes »Ah«. Dann legt er auf. Verwirrt schaue ich das Handy an und frage mich, was ich da eigentlich gerade gemacht habe. Ich denke, ich habe meinen besten Freund vergrault. Aber, Moment. Er ist nicht mein bester Freund. Er ist ein junger, gut aussehender Kerl, der sich für mich interessiert und der mich für sich gewinnen will. Und ich habe ihm einen Schlag vor die Stirn verpasst.

Ich ignoriere Dennis' konfuse und fragende Blicke, werfe mich in die Kissen und ziehe mir die Decke über den Kopf. Mein Leben ist gerade echt ein Chaos.

*

Am Sonntag ruft Nik noch mal an. »Darf ich dich abholen?« Eine halbe Stunde später sitze ich in seinem Auto. Es ist früh. Halb elf. Er musste mich so früh holen, weil er um fünf wieder in die Kaserne muss und dann die komplette Woche dort ist. Vorher wollte er noch einmal mit mir reden. Gut, ich auch mit ihm. Gestern Abend ist mir klar geworden, dass er mir zu viel bedeutet, um ihn zu vergraulen. Aber ich muss ehrlich mit ihm sein.

Bei ihm zu Hause stellt er mir einen Kaffee und ein Glas Wasser vor die Nase, setzt sich neben mich und schaut mich an. »Elena, ich …«

»Nein, Moment. Lass mich zuerst. Pass auf, Nik. Das wird jetzt eine etwas längere Ansprache. Ich denke, dass wir wirklich eine Art Chemie zwischen uns haben. Ich denke auch, dass ich etwas für dich übrig habe, um ehrlich zu sein. Du siehst gut aus, du bist aufmerksam, du gibst dir Mühe und ich finde dich richtig interessant. Aber, und das ist auch nicht außer Acht zu lassen, ich habe einen Freund. Und das schon seit einem halben Jahr. Dich sehe ich erst seit drei Wochen wieder. Und wir sehen uns noch genau vier Mal, bevor du für ein halbes Jahr verschwindest. Ich weiß nicht einmal, wohin du gehst. Können wir da überhaupt Kontakt halten?«

Er nickt.

»Können wir regelmäßig schreiben, telefonieren, skypen?«

Sein Blick huscht zu meinem Mund, über meine Nase, zurück zu meinem Mund und dann wieder zu meinen Augen. »Nein, nicht regelmäßig. Manchmal. Einmal in der Woche, vermute ich.«

»Siehst du? Das ist schwierig. Solche Umstände wären selbst für ein Paar, das bereits seit mehreren Jahren zusammenlebt, ein Problem. Durch solche räumlichen Trennungen auf Zeit sind schon einige Beziehungen in die Brüche gegangen. Und dann sollen ausgerechnet wir es schaffen? Du und ich, zwei Menschen, die sich erst seit drei Wochen kennen?«

»Nein, wir kennen uns so ziemlich ein Leben lang.«

»Das stimmt nicht. In der Zeit, in der wir uns nicht gesehen haben, haben wir uns weiterentwickelt, sind erwachsen geworden und haben uns verändert. Das ist doch ganz normal. Wir kennen uns kaum. Dass wir uns als Kinder nahe waren, das zählt nicht wirklich. Das ist eher ein fieser Zufall. Weißt du, wie schnell man sich wieder auseinanderlebt, Nik? Wenn du dann zurückkommst, bist du mir fremd und ich dir auch. Dann müssen wir uns wieder von vorne kennenlernen, wenn wir das überhaupt wollen.«

»Es sind nur sechs Monate, Elena!« Er wirft die Arme in die Luft.

Ich schüttle leicht den Kopf. »Das ist eine lange Zeit.«

Er steht auf und läuft in seiner Wohnung auf und ab. Er fährt sich mit der Hand über seine rauen Bartstoppeln und schaut mich immer wieder fragend an.

»Wenn du so weitermachst, gräbst du dich noch zum Nachbarn durch.« Er beachtet mich nicht.

Plötzlich macht er einen Satz nach vorne, sodass ich erschrocken nach hinten ausweiche und den Mund öffne. Er nutzt die Gelegenheit, legt seine Hände an meine Ohren, sodass ich das Blut durch meinen Kopf rauschen höre, schaut mir eindringlich auf den Mund und leckt sich über die Lippen. »Ich werde dich jetzt küssen, Elfe, und du wirst mir sagen, was du dabei empfindest. Danach können wir die Details besprechen.«

Ich will ihn nicht küssen! Ich mag Dennis nicht erneut betrügen.

Sein Gesicht bewegt sich langsam auf mich zu, er öffnet die Lippen, schiebt sie vorsichtig über meine und schließt sie. Mein Herz jodelt mit meinem Es um die Wette. Sie feuern sich gegenseitig an und tanzen umher. Nik zieht seinen Mund schmatzend von meinem weg und beginnt dann von vorne. Er dreht meinen Kopf leicht zur Seite, leckt mir über die Unterlippe, fährt mit seiner Zunge über meine und verschließt dann wieder meine Lippen mit seinen. Gott, kann der küssen! Mein Magen schlägt einen Purzelbaum. Mein Kopf ist leer. Mein Hirn ist aus. Um mich herum ist überall Nik. Ganz leise und vorsichtig erwidere ich seine Küsse und seufze tief in meiner Kehle, sodass es fast wie ein Grunzen klingt. Er zieht mich auf die Füße und drängt seinen Körper gegen meinen, ich spüre jeden seiner Atemzüge an meiner Brust, fühle jeden seiner Seufzer vibrieren.

Diese Tatsache lässt mich wach werden. Ich stoße Nik von mir und schaue ihn mit schreckgeweiteten Augen an. »Nein! Was tust du mit mir? Wieso machst du das? Ich habe es dir doch gerade ausführlich erklärt! Ich will nicht mit dir zusammen sein. Nein, ich *kann* es nicht! Hörst du mir denn nicht zu?« Ein Knoten im Hals lässt mich verstummen. Ich mache auf dem Absatz kehrt und stürme aus der Tür. Er setzt mir nicht nach. Wir sind in keinem Hollywoodfilm.

Die folgenden Tage sitze ich vor meinem Telefon, meinem Handy, vor dem Briefkasten. Nichts rührt sich. Nik meldet sich nicht. Gerade ist mir alles egal. Wenn ich einpinkeln würde und die ganze Nachbarschaft würde auf mich zeigen, dann würde ich eben die Hose auswringen. Mir ist alles gleich. Ich dusche auch nicht. Schon drei Tage habe ich nicht geduscht. Dennis holt mich wahrscheinlich eh erst am Freitag ab. Bis dahin muss ich mir nicht mal die Zähne putzen. Meine Schwester meint, sie würde ja gerne bei mir schlafen, aber so wie ich rieche, mag sie das Risiko dann doch nicht eingehen. Vielleicht holt sie sich ja noch was. Läuse oder Ausschlag, oder so.

Ich esse zu viel. Ich stopfe alles in mich hinein. Eis, Kekse, Käse, Schokolade, Chips. Meine Katze sollte aufpassen, dass sie nicht auch noch dran ist. Jetzt werde ich auch noch fett. Fett und depressiv. Nik meldet sich immer noch nicht. Er macht es mir zudem sehr schwer, ihn zu stalken. Auf Facebook hat er keine neuen Meldungen hinterlassen, keine Fotos hochgeladen, nichts.

Das Wochenende bei Dennis ist öde. Im Moment, zum Beispiel, krault er mich zwischen den Schulterblättern, während er mit der anderen Hand Noten in ein Notensystem einträgt. Bewundernd schaue ich ihm über mein Buch hinweg dabei zu. Er kreiert einen neuen Song, während seine linke Hand kreisende Bewegungen macht. Ich kann nicht mal meinen Namen schreiben, wenn ich mit dem Fuß kreise. Er bemerkt meinen Blick und grinst mich an. »Der Song wird gigantisch. Darf ich ihn dir vorspielen?«

Erfreut nicke ich. Ich mag es, wenn er mir vorspielt. Er hängt sich die Gitarre um, stellt sich in die Mitte der Garage und stimmt eine melancholische Melodie an, die mir die Tränen in die Augen treibt.

»Laura wird den Text dazu einfach rocken, ich sag's dir. Das ist genau ihre Tonlage!«

Mein Gesicht fällt runter. »Ach, welche Tonlage hat Laura denn? Beschissen? Oder gibt es die gar nicht?«

Er wirft mir einen bösen Blick zu. »Ich hab schon bemerkt, dass deine Laune nicht gerade die beste ist, aber lass es nicht an mir oder an Laura aus. Sie ist nicht mal da, um sich zu verteidigen.«

Ehe das alles ausartet, schnappe ich entsetzt und frustriert nach Luft, hebe mein Buch an und tue so, als würde ich lesen. Während ich die Buchstaben anstarre, höre ich Dennis dabei zu, wie er das Lied zu Ende spielt. Es ist schön. Mit einem guten Sänger wäre es sicherlich ein Hit. Er hat Talent. Das habe ich schon lange nicht mehr gedacht. Das habe ich irgendwie vergessen.

kapitel 7

und wenn du gehst

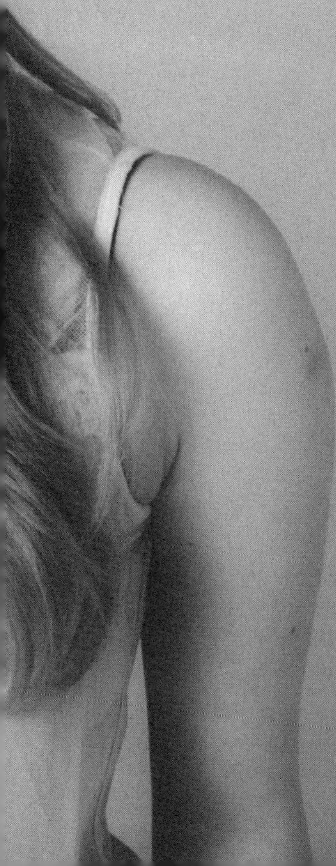

Am Montag hat Nik sein Profilbild aktualisiert. Er scheint am Wochenende ausgegangen zu sein, ohne sich bei mir zu melden. Sein Haar ist frisch geschnitten und mit Gel gezähmt. Er ist rasiert und garantiert voll. Ein weiblicher Arm ist um seine breiten Schultern geschlungen, aber die Person, die an dem Arm dranhängt, wurde im Nachhinein abgeschnitten, sodass nur er auf dem Bild zu sehen ist. Eifersucht sticht mir in die Brust und treibt mir die Röte ins Gesicht. Ah. Er hat sich nicht bei mir gemeldet, aber hat mit anderen geflirtet? Er hat gefeiert, während ich ... Nein, ich habe kein Recht darauf, eifersüchtig zu sein. Ich war bei meinem Freund. Ich war bei Dennis. Nik darf feiern gehen, flirten, Frauen treffen. Es ist sein gutes Recht. Ich muss mich damit abfinden, immerhin habe ich ihm am Telefon gesagt, dass das zwischen uns nichts wird. Ich kann nicht eifersüchtig und aggressiv sein, wenn ich mir das alles selbst vermasselt habe.

Die Woche vergeht wie im Flug und Samstagabend liege ich in meinem Bett und starre Löcher in die Decke. Eine Woche, dann muss ich wieder in die Schule, muss mich den neuen Klassenkameraden stellen und so tun, als wäre ich der Schule noch nicht entwachsen. Obwohl sie mir die Luft zum Atmen nimmt, mir zu eng sitzt, sich anfühlt wie ein zu kleiner Schuh, den ich endlich abstreifen will. Ich bereue es immer mehr, dass ich die Mathefünf nicht einfach in Kauf genommen und meinen Abschluss hingelegt habe. Jetzt werde ich schon bald 21 und drücke noch immer die Schulbank.

Nik hat mir damals immer als Übungsobjekt für meinen Traumberuf zur Verfügung stehen müssen. Wir haben so getan, als wäre er der rote Power Ranger und ich würde ihn für meine Zeitschrift interviewen. Stundenlang ging das so, bis er keine Lust mehr hatte und ich ihn entrüstet und leicht aggressiv an einen Stuhl gefesselt und weiter interviewt habe. Während ich so meinen Gedanken nachhänge, entdecke ich einen kleinen schwarzen Punkt an der weißen Zimmerdecke. Der Punkt rast über die Decke, schießt über die Wand und lässt mich ihn als Käfer erkennen. Was ist das denn? Ein Kartoffelkäfer? Ein Maikäfer? Er ist riesig, schwarz, hat einen dicken Panzer und hastet zielstrebig auf mich zu. Lass es bitte keine Kakerlake sein. Ängstlich springe ich auf und hüpfe in die hinterste Ecke meines Zimmers. Es krabbelt unter mein Bett und scheint sich dort einzunisten, denn es taucht nicht mehr auf. Mein Handy schreckt mich auf und ich hebe eilig ab, ehe es meine gesamte Familie weckt.

»Rapunzel, Rapunzel, lass dein Haar herunter.« Nik. Vollgesoffen.

»Hi. Sag mal, hast du gesoffen?«

»Könnte sein. Bist du noch wach?« Clevere Frage. Er klingt hoffnungsvoll.

Bin ich noch wach? »Ja.«

»Kannst du runterkommen?«

Ich werfe einen hektischen Blick in den Spiegel. Ich trage keine Schminke, habe meinen Pyjama an. »Okay. Gib mir zehn Minuten.« Wie von der Tarantel gestochen rase ich durch mein Zimmer, lege Mascara auf, schlüpfe in einen Rock, ziehe mir Schuhe und ein T-Shirt an. Es ist spät, ich sollte meine Weste mitnehmen, damit ich nicht friere. Ich weiß ja nicht, was er mit mir vorhat. Ich hinterlasse meinen Eltern eine Nachricht, falls einer der beiden aufwachen und ein leeres Bett vorfinden sollte. Sie sollen sich keine unnötigen Sorgen um mich machen.

Er steht grinsend vor der Haustür, eine Hand in der Hosentasche, die andere um ein Dosenbier gelegt. Seine Augen sind glasig, sein Bart ist ausgeartet, seine Beine stehen zu weit auseinander. »Prinzessin«, sagt er und verneigt sich. Als ich einen Schritt auf ihn zu mache, schlingt er die Arme um mich und drückt mich so fest an sich, dass ich nicht mehr richtig atmen kann. »Ich habe dich vermisst.«

Was ist denn mit dem los? »Ich dich auch, Nik. Schön, dich zu sehen. Besonders, da du übermorgen abfliegst.«

Er hebt die Arme. »Du bist so klug, Elena. Ehrlich. Deswegen liebe ich dich. Weil du einfach schlau und schön bist.«

Liebe. Er hat es gesagt. Nikolas Schuhmann ist in mich verliebt. Ein Kribbeln stiehlt sich in meinen Magen und tobt dort herum.

Er legt den Arm um mich, dreht sich mit mir und bleibt dann lachend stehen. »Lass uns ein bisschen spazieren gehen. Reden.« Stumm laufen wir los. Er trinkt ein paar Schlucke Bier, die seine Worte herb riechen lassen. »Ich habe nachgedacht, Elena. Ich denke, dass du Angst hast.«

»Angst?«

Es ist sehr dunkel, für eine Sommernacht. Vielleicht trüben aber auch nur meine finsteren Gedanken meine Augen und lassen alles dunkel erscheinen. Der Boden ist feucht. Vorhin hat ein Sommerregen die Schwüle durchbrochen und uns alle mit etwas Abkühlung gesegnet. Unsere Schritte hallen nass auf dem Kopfsteinpflaster. Es ist still. Die Welt schläft und Nik redet herb und laut. »Du hast Angst, weil du auch in mich verliebt bist. Du hast Angst, weil ich dich überrumpelt habe. Du hast Angst, weil ich dein Leben auf den Kopf stelle. Du hast Angst, weil du dich von Dennis lösen musst und du noch keine feste Beziehung eingehen willst. Dennis bedeutet Unabhängigkeit ohne Alleinsein. Während ich, zumindest ein halbes Jahr lang, Alleinsein ohne Unabhängigkeit bedeute und das willst du nicht.«

Mein Kopf schwirrt. Was? »Da hast du dir aber viele Gedanken gemacht.« Wir laufen ganz langsam. Die Stille wird ab und zu durch ein Schlürfen von Nik unterbrochen. Stimmt das, was der Betrunkene neben mir gesagt hat? Ist Dennis die Alternative zu einer richtigen Beziehung? Kann ich mit ihm zusammen und dennoch frei sein? Habe ich das Gefühl, dass ich Nik zwar will, er mir allerdings die Freiheit raubt? *Na, wir sind doch noch so jung. Es ist relativ unwahrscheinlich, dass wir ineinander den Partner gefunden haben, mit dem wir den Rest unseres Lebens verbringen wollen. Oder siehst du das anders?*, hallen mir Dennis' Worte durch den Kopf. Sie haben mir wehgetan. Würden mir solche Worte wehtun, wenn ich es mit ihm nicht ernst meine? Vielleicht haben die Worte bloß meinen Stolz verletzt. Ich weiß es nicht.

Nik lenkt mich zielsicher in den Wald. Dort wird er mich jetzt garantiert vergewaltigen und umbringen, nicht unbedingt in dieser Reihenfolge. Mit einem misstrauischen Blick beobachte ich ihn. Seine langen Wimpern kleben zusammen, als hätte er sich oft hintereinander die Augen gerieben und Tränenflüssigkeit verteilt, die beim Trocknen eine zähflüssige Konsistenz annimmt und alles verklebt. Im Wald ist es noch viel kühler und ich schlinge meine Weste enger um mich. Nik ist zielsicher. Er scheint sich auszukennen. Der Boden knirscht unter uns. Wir kommen an eine Lichtung, die vom Mondlicht erhellt ist und verdächtig nach Horrorfilm aussieht.

Plötzlich frage ich mich, wieso ich mit einem stark angetrunkenen Kerl in einen stockdusteren Wald marschiere, ohne Zähneklappern und Knieschlottern zu bekommen. Schon im nächsten Moment setzt beides ein. Es ist jedoch nicht Nik, der mir Angst macht. Diesem Vollidioten vertraue ich blind. Es ist eher die Vorstellung, dass jede Sekunde ein psychopathischer Axtmörder aus den Büschen stürzen und uns töten könnte. Bei dem Gedanken springe ich ein Stück nach vorne und schaue mich um. Hinter mich, links, rechts, angestrengt geradeaus. Kein Axtmörder, nur raschelndes Viehzeug und dicke Äste. Ein Stück hinter der Lichtung kommt es wieder dicke. Die Bäume schlucken das Licht, die Tiere huschen davon, sobald sie uns hören. Wir stehen vor einer Kreuzung, deren vier sandige Wege nicht allzu vertrauenswürdig aussehen. Mir fehlt ein Schild, das vier Richtungen kennzeichnet: »Sicherer Tod«, »Garantierte Qualen«, »Wo ist dein Gott jetzt?«, »Haha, du hast hier keinen Handyempfang«.

Ich schlucke laut und versuche mich auf das zu konzentrieren, was Nik sagt. Schon seit mindestens fünf Minuten habe ich kein Wort mehr verstanden, habe seine Stimme als monotones Summen wahrgenommen. Er erzählt von Frauen und dass sie ihn ständig ansprechen, seit er intensiver trainiert. Er weiß nicht, ob er das gut oder schlecht findet, weil er damit ja nur die Oberflächlichen anzieht. Ist aber auch egal, weil er eh nichts Festes will, wenn er mich nicht haben kann. Neben uns schreit eine Eule und ich ärgere mich darüber, dass er von anderen Frauen redet, wenn wir uns doch eigentlich über uns unterhalten wollten – uns verabschieden wollten.

Ich schnappe mir die Bierdose, die er in der Hand hält. Sie ist noch fast voll und ich beschließe, dass ich sie behalten werde. Grinsend holt er eine weitere Dose aus seiner Hosentasche. Wir stoßen an und trinken. Das Bier ist lauwarm und ich bin mir fast sicher, dass ich eine Fliege schmecke, die sich in die Dose verirrt hat. Ist mir egal! Er redet von Frauen – ich brauche Bier!

Der Boden unter uns wird wieder weicher, ich stolpere über Wurzeln und trinke schneller, um die Angst zu bekämpfen. Nik bemerkt nicht, dass ich von dem Thema richtig angekotzt bin.

»Letztens hat mich so ein blondes Barbiewesen angesprochen«, beginnt er. »Die war wirklich dämlich. Mehr Titten als Hirn, aber wenigstens Titten.«

War sie diejenige auf dem Foto bei Facebook? Sein Grinsen erkenne ich sogar im Dunklen und ich frage mich, seit wann er so ein sexistisches Arschloch ist. Vorher hat er nie solche Bemerkungen gemacht. Nicht mal, wenn wir getrunken haben. Er denkt bestimmt, dass wir uns jetzt ein halbes Jahr nicht sehen und er noch mal richtig die Sau rauslassen kann.

»Sie hat nicht mal geredet, sondern mich sofort angefasst. Meine Arme, die Brust, den Bauch. Es ging schnell, dann war sie auch in der Hose. Zum Glück hat sie nicht weit weg gewohnt. Aber eins sag ich dir: Es dauert ewig, sich roten Lippenstift vom Schwanz zu schrubben.«

Ich verschlucke mich an meinem Bier und werfe ihm einen finsteren Blick zu. Mein Magen und mein Herz zucken zusammen und ich würde gerne weinen, ich alte Heulsuse. Das tut weh.

»Kann ich nicht mitreden, hab ja keinen.« Meine Stimme klingt hart, die Worte abgehackt, grob.

Er lacht. »Du klingst ganz schön zickig, Elena. Ich will nicht, dass du mal als bittere, alte Jungfer endest. Reiß dich zusammen!«

»Klar, ich sollte lieber eine Barbienutte werden, die fremden Kerlen einen bläst. Du hast recht.«

Das lässt ihn die Stirn runzeln. Verdutzt bleibt er stehen. »Höre ich da Eifersucht?«

»Weiß ich nicht. Hörst du?« Auch ich stehe mittlerweile. Ein Axtmörder käme mir gerade ziemlich recht. Nik ist bestimmt langsamer als ich, so voll wie der ist. Ich würde garantiert überleben und er seine gerechte Strafe erhalten.

Er trinkt, beobachtet mich und setzt dann ruckartig die Dose ab. »Ja, höre ich. Und es ärgert mich, weil du nicht das Recht dazu hast, eifersüchtig zu sein.«

»Weiß ich.«

Aber erzähl das mal meinem idiotischen Ding, das sich Hirn nennt und die Worte einfach ungefiltert aus meinem Mund wirft.

»Du hast einen Freund, ich bin Single. Du hast mir klargemacht, dass du mich nicht willst, egal, wie ich es drehe und wende. Im Grunde darf ich ficken, wen ich will. Ich darf alles aufreißen, was gut blasen kann, selbst wenn es ein Hund ist. Du hast absolut kein Mitspracherecht.«

»Weiß ich auch. Und sag nicht ›ficken‹.« Mein Herz tobt und ich ertränke es in Bier. Jedes Wort von ihm tut irgendwie weh. Da hilft auch die klasse Nachtwaldluft nix.

»Trotzdem warst du grad eifersüchtig.«

Ich nicke und mache ein Hm-Geräusch.

»Aber wieso? Es war doch von Anfang an klar, dass ich nicht wie ein Mönch lebe und mich ewig von dir hinhalten lasse!«

Ewig? Ewig! Ich habe ein Nein ins Telefon geflüstert und am nächsten Wochenende zieht er los und lässt sich am Ding rumlutschen?

»Ja! Aber es ändert nichts daran, dass ich es scheiße finde! Ich will nicht, dass du dich durch mich dazu gezwungen fühlst, wie ein Mönch zu leben, aber ich will auch nicht, dass du Sex hast! Entschuldigung, dass ich so herumzicke, ich kann eben nicht anders.« Es ist bestimmt nicht sehr überzeugend, wenn man eine Entschuldigung mit geballten Fäusten brüllt.

Er stellt sein Bier auf den unebenen Boden und kommt zu mir. Ich lasse meine Blechdose fallen. Nik nimmt mich in den Arm und seufzt. »Mensch, das ist doch scheiße. Was machen wir hier? Wir sind Freunde und ich bin bald ewig weg und wir sollten genießen, dass wir uns noch sehen, aber wir streiten uns! Tut mir leid, dass ich das mit Bea erwähnt habe und dass ich dich angeschrien hab.«

»Bea ist ein total bescheuerter Name!«

Sein Lachen klingt eher wie ein Knurren und vibriert in seiner Brust und seinem Bauch. Ich fühle das Vibrieren gegen meinen eigenen Körper und merke plötzlich, wie die Stimmung umschlägt. Ich bekomme schon wieder Zähneklappern und Knieschlottern, diesmal allerdings nicht angstbegründet. Ein warmes Kribbeln zieht sich durch mein Inneres und mein Herz bekommt einen Tritt verpasst, stolpert, sprintet. Hektisch versuche ich, meinen Atem zu bezähmen, ihm nicht wie eine Verrückte gegen den Hals zu atmen.

Kurz vermute ich, dass Wind aufgekommen ist, der ein paar meiner Strähnen zerzaust. Dann fällt mir auf, dass es Niks Atem ist. Okay, das ist völlig normal. Wenn Freunde sich umarmen, dann atmen sie komisch. Vielleicht fühlen wir uns unterbewusst schrecklich unwohl und verhalten uns deshalb seltsam. Das würde auch die kleinen Küsse erklären, die er auf mein Haar und meine Stirn platziert. Er versucht krampfhaft, gegen diese Beklommenheit und das unangenehme Gefühl anzukämpfen. Selbstverständlich ist nur das der Grund, weshalb sein Mund gegen meine Schläfe gepresst ist und er die Hand an meiner Hüfte hat.

Mein Herz schlägt mir bis zum Hals, als er meine Wange küsst, mich ein bisschen nach hinten schiebt und keinen Moment zögert, bevor er mir einen tollpatschigen, leicht groben Kuss auf die Lippen drückt. Er stolpert über eine Wurzel und wir fangen uns gegenseitig auf. Kurz schaut er sich um, dann schiebt er mich rückwärts weiter in den Wald, zwischen Gebüsch und Baumstämme. Ein harter

Stamm und raue Rinde drücken sich gegen meine Wirbelsäule, kratzen die Haut auf, die durch das knappe Shirt und die dünne Weste nicht geschützt ist. Bevor ich darüber nachdenken kann, was wir eigentlich machen, küsst er mich wieder. Ohne Zunge. Das ist mir schon beim ersten und zweiten Kuss aufgefallen. Manchmal leckt er mir über die Lippen, möchte aber keine Erwiderung. Na ja, gut. Damit kann ich leben.

Ich höre eine Eule aufdringlich und in kurzen Abständen rufen. Die kühle Nachtluft erfasst meine Beine und macht mir überaus deutlich bewusst, dass ich einen Rock trage. Nicht nur die Nachtluft hat das bemerkt. Nik streicht mir vom einen zum anderen Oberschenkel, hört nicht auf, mich zu küssen, und bietet mir demnach keine Möglichkeit, ihm zu widersprechen. Im Grunde will ich das auch gar nicht. Es dauert nicht lange, bis er keine Lust mehr hat, nur meine Beine zu streicheln. Er fährt mit warmen Fingern unter den Rock und befühlt meine Unterwäsche. Zum Glück habe ich heute nicht die mit den Zeichentrickfiguren an. Ich schnappe nach Luft. Er nutzt die Gelegenheit und zieht meine Unterlippe zwischen seine Zähne. So, jetzt reicht es mir! Er hat genug gefummelt! Ich mach mit!

Eilig, bevor mich der Mut verlässt, lege ich eine Hand auf seinen festen Bauch, die andere auf die Wölbung zwischen seinen Beinen. Sein Penis ist hart und zuckt unruhig. Ich kann nicht anders, als seine Hose zu öffnen und meine Hand hineingleiten zu lassen. Diesen Bereich habe ich definitiv unterschätzt. Der liebe Soldat trägt also eine ganz schön große Knarre mit sich herum. Rasiert ist er auch noch, dass sein Prachtstück ja zur Geltung kommt. Ich grinse.

Als ich beginne, meine Hand zu bewegen, über seine Haut zu streichen und dadurch Wärme zu erzeugen, seufzt er gegen meinen Mund und macht sich von mir los. Ich denke, dass ich zu weit gegangen bin, werde aber eines Besseren belehrt. Er kniet im Dreck und schiebt mir schnell den Rock hoch. Seine Lippen sind fast schon heiß auf meiner ausgekühlten Haut.

»Du solltest dich für mich entscheiden«, murmelt er gegen meinen Unterbauch. Er schiebt meine schwarze Unterwäsche zur Seite und fährt mit seiner Zunge genau mittig zwischen meinen Schamlippen auf und ab. Ich greife in sein dichtes Haar und drücke ihn gegen mich, atme keuchend. Er weiß, wo er mit der Zunge entlangfahren muss und wo er knabbern muss, wann er den Finger ganz leicht in mich zu schieben, mich zu streicheln hat, wann er pausieren sollte. Er saugt an meinem Kitzler und ich reiße ihm das Haar fast mit den Wurzeln aus der Kopfhaut. Ich falle beinahe um, als er mir direkt in den Venushügel beißt. Kurz bleibt er noch auf den Knien und küsst meinen Bauch, stützt mich, bis ich mich gefangen habe, und stellt sich dann wieder hin.

Mit einem Funkeln in den Augen dreht er mich um, presst mich vorsichtig gegen den Baumstamm und zieht seine Hose herunter. Spätestens jetzt habe ich meine Angst vor verrückten Axtmördern gänzlich abgelegt. Nik macht kein großes Trara, reibt sich nur einmal kurz an mir, drückt seine Schwanzspitze zweimal neckend zwischen meine Beine und stößt dann fast schon zu fest in mich. Es tut beinahe weh, aber auch wirklich nur beinahe. Meine Wange knallt gegen den Baum und ich kratze mir die empfindliche Haut auf. Ich komme auf die glorreiche Idee, mich mit den Händen abzustützen und mit zu wippen, aber das muss ich gar nicht. Er hat meine Hüfte mit einer Hand im Griff und stößt immer schneller und fester zu.

Ist es pervers, dass ich gerade jetzt daran denken muss, dass ich ihn als Kind immer gepackt und irgendwo gegengedrückt habe, um ihn küssen zu können? Meistens ist er mir entkommen, weil ich schon damals ein ganz schöner Tollpatsch war. Aber ab und an ließ er mich nah genug an sich herankommen, sodass ich ihm einen schmierigen, schmatzenden Kuss auf den dünnen Kindermund pressen konnte. Niemals hätte ich auch nur ahnen können, dass ich irgendwann mit diesem kleinen, süßen Junge heißen, verbotenen Sex im Wald haben würde. Mitten in der Nacht, ungeschützt, schnell, hart, von Tieren beäugt.

Er reißt mich aus meinen Gedanken. Mit der freien Hand schiebt er mein Shirt hoch und umfasst meine Brust. Kurz schäme ich mich leicht, weil sie bestimmt nicht seiner gewohnten Größe entspricht, aber ich komme ganz schnell auf andere Gedanken, als er den Rhythmus ändert. Schnell rein, langsam raus. Er lässt mir kleine Verschnaufpausen zwischen den einzelnen Stößen, die mein Es damit verbringt, immer und immer wieder seinen Namen zu schreien.

Von hinten komme ich selten. Diesmal schon. Vielleicht liegt es daran, dass er genau die richtige Größe hat, genau weiß, wann er mir leicht in die Brust zwicken oder meinen Nacken küssen muss. Vielleicht hatte ich aber auch schon viel zu lange keinen guten Sex mehr. Eigentlich bin ich sonst auch ziemlich leise, was man dieses Mal nicht gerade behaupten kann. Meine Stimme dröhnt laut in den dunklen Wald. Meine Wangen werden rot und ich stelle beschämt fest, dass die Nachtvögel mir empört antworten.

Bis er kommt, macht er absolut kein Geräusch, aber als er es tut, seufzt er laut auf. Es klingt fast, als hätte er Schmerzen. Dann lehnt er sich gegen mich, küsst sehr langsam meinen Nacken und schwitzt mich voll. Auf meinen Armen wölbt sich die Haut zu einer Gänsehaut. Ich schwitze auch. So kalt ist die Nacht gar nicht mehr, finde ich.

Mein Herz trommelt mir gegen den Brustkorb, hinter meinen Augen surrt es und ich sehe irgendwie wie durch einen Nebel. Es kommt mir fast so vor, als wäre das alles nur ein verdammt guter Traum gewesen. Wie konnte das passieren? Wieso ist es nicht schon früher passiert? Wieso fühle ich mich, als stünde ich in Flammen? Ich drehe mich um und schaue ihn ein bisschen geschockt an.

Er hebt die Schultern auf eine Art und Weise, wie ich es sonst immer tue, und ich drücke ihm einen Kuss auf die Nase. Er hält mich, zieht den Rock wieder runter, ordnet unsere Kleidung und nimmt meine Hand. Obwohl wir eben mitten im Wald Sex hatten, was bei Weitem intimer ist, lässt das Händchenhalten Schmetterlinge durch meinen Magen tanzen. Ich ignoriere sogar, dass es zwischen meinen Beinen ziemlich nass ist, was ich eigentlich unangenehm finde. Sperma ist für mich immer so eine Sache. Ich bin da nicht dran gewöhnt. Dennis vögelt prinzipiell nur mit Gummi, obwohl man dem Partner ja wohl vertrauen darf, wenn man eine Weile zusammen ist.

Auf dem Rückweg reden wir wenig. Unsere Finger umkreisen einander und wir laufen Arm an Arm, Hüfte an Hüfte. Es ist wunderbar. Ich weiß nur noch nicht, wie ich das Dennis erklären soll.

Nik bringt mich bis zur Tür und streichelt unbeholfen meine Wange. »Ich werde dich sehr vermissen, Elfe. Das kannst du mir glauben.« Ich halte seine Hand fest und drücke sie gegen meine Wange. Wie soll ich ihn jetzt noch gehen lassen können? Nachdem mein Es seinen Namen so laut geschrien hat, dass ich ihn nie wieder aus meinem Gehörgang bekommen werde. Er küsst meine Stirn, küsst meine Wange, küsst unsere verschlungenen Finger, meinen Mund. Er hält mich fest und ich atme ihn ein. Ihn, den Kerl, der versucht, mich einem anderen zu stehlen. Versucht? Ich denke, er ist gerade dabei. Aber er geht fort. Für sechs Monate. Wenn er wieder da ist, schreibe ich mein Abi. Wenn er wieder da ist, schicke ich die Bewerbungen los. Wenn er wieder da ist, führe ich ein anderes Leben, während seines stehen geblieben ist und auf ihn wartet.

Nik atmet tief ein. Er stößt die Luft durch den Mund aus und saugt sie gierig durch die Nase ein. »Ich kann nicht gehen«, flüstert er.

»Nein, das kannst du nicht.« Der Abschied fällt wortkarg aus. Wir küssen einander nur immer und immer wieder. Jetzt, da wir miteinander geschlafen haben, ist ein Knoten geplatzt und wir können nicht aufhören, uns zu berühren.

»Elena, hör mir zu. Ich sehe, wie verwirrt du bist, wie zerrissen. Ich möchte dich auch nicht bedrängen oder nerven. So kurz bevor ich dich ein halbes Jahr nicht mehr sehe, möchte ich dich nicht auch noch unter Druck setzen. Du musst mir nur eines versprechen:

Mach dir bitte Gedanken über uns. Überleg dir bitte, was du in meinen Armen empfunden hast, ob du mich nicht vielleicht doch liebst. Bitte?« Sein Blick ist völlig verzweifelt. Er schaut mich so intensiv an, dass ich den Blick bis in den Magen spüre, wo er rumort und das Bier gluckern lässt.

»Ich verspreche es, ich denke darüber nach. Ich nutze die Zeit.«

»Gut. Entscheide dich. Ich kann nicht weiter mit dir befreundet bleiben. Ich brauche mehr. Er oder ich, Elena.« Nik drückt mir einen festen, fast schon schmerzhaften Kuss auf den Mund, drückt mich fest an sich. Wir inhalieren einander und lassen uns nicht los. Bleib da! Aber er bleibt nicht. Er schaut mich sehnsüchtig an. Meine Augen brennen, mein Herz kotzt, mein Hirn rebelliert. Bleib bei mir, Nik. Bitte.

Er dreht sich um und trottet davon, einen kleinen Hügel hoch, auf die Hauptstraße, nach links. Bis er aus meinem Sichtfeld verschwindet. Immer wieder wirft er kleine Blicke über die Schulter, die meine Knie weich werden lassen. Es tut weh. Es fühlt sich an wie ein Schlag in den Magen, der mir alle Luft aus den Lungen presst. Ich habe ihn doch gerade erst wiedergefunden. Wieso muss ich ihn jetzt schon wieder verlieren? Das ist nicht fair! Ich habe eine Scheißwut auf die Bundeswehr, die mir Nik vor der Nase wegschnappt, einsackt und ins Ausland verfrachtet. Empört stapfe ich die Treppen empor, trample in mein Zimmer und höre ein lautes Knacken. Ich habe den Käfer zertrampelt. Widerlich anzusehen. Ziemlich schleimig und eklig. Aber wenigstens kann ich mich jetzt ins Bett legen und schlafen. Oder heulen. Ich denke eher heulen. Doch die Tränen, die mir in den Augen brennen, kommen einfach nicht. Nicht einmal meine Tränen machen, was ich will.

Am nächsten Tag macht Mama mir mein Lieblingsessen und ist superfreundlich zu mir. »Morgen fährt er, oder?«

»Ja, heute Abend fährt er in die Kaserne, morgen fliegen sie los. Er darf mir keine Post schicken. Nur E-Mails über deren Server, weil sie die unter Kontrolle haben. Das ist richtig scheiße.«

»Und dann geht auch noch in einer Woche die Schule wieder los, was du sicherlich genauso scheiße findest.« Sie streichelt mir liebevoll über den Kopf und gibt mir Kartoffeln auf den Teller, während mein Vater alles misstrauisch beobachtet.

»Du trauerst einem andern nach, obwohl dein Freund zu Hause hockt. Das sollte dich zum Nachdenken veranlassen, Elena. Dringend.«

Stimmt, Papa. Stimmt.

Dennis will heute eigentlich vorbeikommen, doch ich sage ab. Es geht mir einfach zu schlecht. Ich kann keinen Besuch empfangen, wenn Nik morgen abfliegt. Die folgende Woche vergeht wie im Flug. In der ersten Woche darf Nik sich nicht melden. Dennoch sitze ich täglich vor dem Telefon und meinem Laptop, um sie zu beschwören.

Am Wochenende vor Schulbeginn übernachte ich bei Dennis. Mein Traum ist wunderbar. Ich bin wieder mit Nik auf dem Riesenrad. Feuerwerkskörper explodieren über uns und kotzen Herzchen aus Licht. Es riecht nach gebrannten Mandeln und Zuckerwatte, Popcorn und Schokolade. Nik schaut mir mit seinen braungrünen Augen in meine grünen und spitzt die Lippen zum Kuss, schlingt die Arme um mich, küsst mich und hält mich fest. Ich versinke in ihm und er versinkt in mir. Wir sind eins. Ich erwache mitten in der Nacht. Grundlos. Niks Arme liegen noch um meinen Körper. Ich kuschle mich an ihn. Hat er abgenommen? Ich fühle keine Muskeln, ich fühle Knochen. Er riecht nicht nach Nik, er riecht nach teurem, starkem Parfum. Ein Blick nach unten verrät mir auch warum. Um mich herum liegen keine braunen, starken, tätowierten Arme. Es sind helle, dünne Arme mit Babyhaut und rotblonden Härchen. Es ist nicht Nik. Nik ist ja gar nicht mehr da. Er ist jetzt weg. Er ist auch nicht mein Freund. Er ist einfach nur weg. Ich will ihn wiederhaben. Die Tränen, auf die ich vor einer knappen Woche gewartet habe, schießen mir in die Augen und fließen über meine Wangen. Ich schluchze und zittere unkontrolliert und wecke damit Dennis.

Er reibt sich die hellen Augen, fährt sich verschlafen durch das rote Haar und nimmt mich erschrocken in den Arm. »Hey, ist alles in Ordnung? Hast du schlecht geträumt?«

Nein, ich hatte einen wunderschönen Traum. Die Realität lässt mich weinen, aber das kann ich dir nicht verraten. Stattdessen schüttle ich den Kopf, vergrabe mein Gesicht in seiner Brust, sauge seinen Duft ein und wünsche mir, er würde nach Hustenbonbons riechen.

Kapitel 8

Schwerenöter

Montagmorgen. Es nieselt. Schon seit gestern Nacht hat der Himmel die Schleusen einen Spalt geöffnet, sodass der leichte Regen jedem den Spaß verderben kann. Wie schade. Dennoch ist es drückend warm, schwül, fast tropisch. Auf dem Weg in die Schule begegnet mir kein einziger Mensch, der gut gelaunt aussieht. Es ist ein richtiger Arschlochtag. Gestern habe ich mit Jessy telefoniert, die mir nur andauernd gesagt hat, dass es vielleicht besser ist, so wie es ist. Vielleicht erzähle ich ihr heute oder morgen mal, dass wir miteinander geschlafen haben. Nein, nicht miteinander geschlafen. Wir haben uns einen Fick im Wald gegönnt. Ein rauer Moment mit Dosenbier und kalten Arschbacken. Auweia, heute ist meine Laune echt mies.

Die Schule ragt nach einer ewigen Zugfahrt grau, trist, groß und unsympathisch über mir auf. Sie starrt mich hämisch an. *Noch ein Jahr in meiner Gesellschaft, Fräulein Stark*, flüstert sie mir zu und grinst. Die anderen Schüler sehen genauso angepisst aus wie ich. Die Flügeltüren empfangen mich wie offene Arme aus Glas und verschlucken mich dann wie ein gigantisches Maul. Mit hängenden Schultern steige ich die Treppen empor und schleife mich in das oberste Stockwerk. Vor der Klassenzimmertür bleibe ich stehen und fahre geistesabwesend mit meinem Ballerinaschuh über den Boden. Mein Fuß stottert und das Gefühl zieht sich bis in meine Hüften. Das Schulgefühl.

Die Klasse ist bereits gefüllt. Brillenträger, Milchgesichter, Bärtige, Aufgemotzte, Tussis, Mauerblümchen. Alles vertreten. Zu meiner Freude erkenne ich Lisa, die in der hintersten Reihe sitzt und einen Klassenkameraden gerade wüst beschimpft. Mit der werde ich sicherlich gut klarkommen. Ich betrete das Zimmer. Alle Augen richten sich auf mich. Lisa entdeckt mich und zieht mich zu sich. Sie schlägt mir auf den Arm. »Hi, na? Magst du dich zu mir setzen? Ich hab dir einen Platz freigehalten. Extra ganz hinten. Weiß doch, wie ihr Wiederholer tickt.«

Ihr Wiederholer? Wie ihr tickt? Ich frage nicht nach, sondern lächle sie an und setze mich neben sie. Von hier aus habe ich die

Tafel gut im Blick, doch die Lehrer sehen mich nicht, außer ich melde mich. Lisa ist eine Göttin.

Die Klassenlehrerin stellt sich vor. Frau Mayer. Sie ist etwas älter, dürr und trägt eine dicke Brille auf der Nase. Ich ordne sie als »nett« ein. Das ist gut, denn sie unterrichtet Geschichte und Gemeinschaftskunde und sollte mir besser sympathisch sein, damit ich auch zuhöre. Sie begrüßt mich freundlich und beginnt dann, Organisatorisches zu besprechen. Lisa schreibt mir durchgehend Zettel. *Heute werden wir in Relikurse und Biokurse eingeteilt. Wenn du mit Michael in eine Klasse kommst, ignorier ihn.*

»Ich hab dir doch schon gesagt, dass ich vergeben bin«, flüstere ich zurück. Außerdem brauche ich nicht noch einen Kerl in meinem Leben. Ich bin gerade zu sehr damit beschäftigt, einem Kerl nachzutrauern und mir über die Gefühle für den anderen klar zu werden. Trotzdem bin ich langsam ziemlich neugierig auf diesen Michael. Was ist denn nur so gefährlich an ihm? Schleppt er die Frauen ab und hängt ihnen Geschlechtskrankheiten an? Oder ist Lisa einfach nur scharf auf ihn und möchte eine potenzielle Konkurrentin von Anfang an aus dem Weg haben?

Als der Zimmerwechsel nach der Kurseinteilung stattfindet, bin ich schon ganz gespannt darauf, ob dieser ominöse Michael mit mir im Kurs ist. Und tatsächlich. Unter den Namen, die zur Kontrolle aufgerufen werden, befindet sich auch ein Michael. Er ist groß, dunkelblond, hat ganz dunkle Augen. Ja, ein hübscher Kerl, aber er sieht nicht so verwegen aus, wie er beschrieben wird. Außerdem sieht er nicht annähernd so gut aus wie Dennis oder Nik. Der Relilehrer ruft mich auf und fordert mich dazu auf, mich vorzustellen. Mist. Wie in der Grundschule. Ich erhebe mich, lehne mich gegen den Tisch und atme tief ein. »Elena Stark, einundzwanzig, Wiederholerin. Ich möchte meine Mathefünf ausbessern.« Damit setze ich mich wieder.

Er sieht mich ein bisschen enttäuscht an. »Mehr gibt es über dich nicht zu sagen?«

»Nee. Ich lese gerne und trinke für mein Leben gern Starkbier und Jacky-Cola, aber das gehört sicherlich nicht hierher.« Seine Augen beginnen zu strahlen und er lacht schallend. »Sehr gut. Na, dann schauen wir mal, ob wir im Unterricht auch deinen Geschmack treffen, Elena.«

Michael sitzt eine Reihe vor mir und wirft mir einen belustigten Blick zu. Aha. Und schon seine Aufmerksamkeit erregt, das geht aber schnell. Wobei, wenn er tatsächlich hinter jedem Rock her ist, dann ist es sicherlich normal, dass er mich bereits bemerkt hat. Als ich Lisa erzähle, dass Michael in meinem Relikurs ist, rastet sie fast aus. »Scheiße, und ich hab Ethik!« Ihr Gesicht verzieht sich zu einer traurigen Maske. Wusste ich es doch! Sie ist scharf auf ihn und will nicht, dass ich ihr im Weg stehe. Da gibt es nichts zu befürchten. Er ist nicht einmal mein Typ.

*

Am Freitagabend zerrt Dennis mich in unsere Lieblingsbar. Ich habe eigentlich gar keine Lust und möchte viel lieber sehnsüchtig das Telefon anstarren, bis Nik sich meldet. Aber das kann noch eine ganze Weile dauern. Er hat mich vorgewarnt, dass gerade zu Beginn der Kontakt ein bisschen sporadisch ausfallen könnte. Zwei Wochen sind dennoch zu viel des Guten.

Die Bar ist wie immer überfüllt und stickig. Dennis und ich schwirren aus und laufen in komplett unterschiedliche Richtungen, um unsere Freunde und Bekannten zu treffen. Diesmal steht Tine an der Bar und bestellt sich gerade einen Shot. »Oho!«, ruft sie. »Da ist ja das Schulmädchen! Und, wie war die erste Schulwoche?« Ich nehme ihr den Shot aus der Hand, Tequila, trinke, schüttle mich, ziehe eine Grimasse und gebe ihr das Glas zurück. »So gut?«, lacht sie.

»Ist eben Schule. Wir haben einen Kerl in der Stufe, der würde dir richtig gut gefallen. Michael. Groß, dunkelblond, gut gebaut.

Eine Klassenkameradin warnt mich ständig vor ihm. Er scheint ein richtiger Aufreißer zu sein. Genau dein Typ.«

Tine grinst. »Dann sollte ich dich vielleicht mal besuchen kommen, was? Hast du denn Unterricht mit ihm?«

»Reli.« Ich bestelle ein Astra Rotlicht und lasse meine Augen über bekannte Gesichter schweifen.

»Wie geht es dir sonst so? Immerhin ist dein geliebter Nik jetzt …« Mit einer Handbewegung bringe ich sie zum Schweigen. Ganz, ganz schlechtes Thema. Sie nickt bloß.

Eilig kippe ich ein Bier und bestelle mir ein weiteres. Abschalten. Tine macht mit. Unaufgefordert hält sie mit mir Schritt und bestellt genau das, was ich mir auch bestelle. Es dauert eine Stunde, bis wir die Songs in der Bar mitsingen und philosophieren. »Das Leben ist ein unberechenbarer Hafen. Man weiß nie, wann man ausläuft. Außer man nimmt die Pille.« Ihr Witz ist so schlecht, dass ich laut lachen muss. Tine ist super.

Wir bestellen uns gerade einen Cocktail, da tippt mich jemand an der Schulter an. Michael. Oh. Den habe ich hier ja noch nie gesehen. Tine dreht sich zu mir. Ihr Mund öffnet sich mit einem leisen Plopp. »Das ist Michael«, stelle ich ihn vor. »Und das hier ist Tine.«

Sie reicht ihm die Hand, die er lächelnd ergreift. Sein Blick haftet an mir. »Hey. Du heißt Elena, richtig?« Nicken. »Ich habe dich erst nicht erkannt, aber als du dir Jacky-Cola und Starkbier einverleibt hast, wusste ich wieder, wer du bist.« Ein Lächeln huscht über sein Gesicht.

»Aha, okay. Hallo. Hat mich gefreut.« Ein bisschen kühl und viel zu schnell drehe ich mich wieder um. Was will der von mir? Wir haben zuvor noch kein einziges Wort miteinander geredet und ich habe auch keine große Lust, das zu ändern. Er anscheinend schon, denn er stellt sich neben mich, bestellt zwei Getränke und schiebt eins zu mir rüber.

»Ich habe dich schon öfter hier gesehen, glaube ich.«

»Ich dich nicht, obwohl ich ziemlich oft mit meinem Freund hier bin.« Um das mal klargestellt zu haben.

»Meine Freundin geht nicht oft mit mir aus. Wir sind meistens getrennt unterwegs.«

Ah, Freundin. Vielleicht will er mich gar nicht anmachen, sondern sich bloß freundlich mit der Neuen unterhalten. Tine reißt die Augen auf und schiebt den Kopf nach vorne. Ich soll offensichtlich nicht so unfreundlich sein und mich ein bisschen mit ihm unterhalten.

»Komisch. Es verwundert mich, dass du eine Freundin hast.«

Er verschluckt sich an seinem Getränk. »Wieso das denn?«

»Mir wurde erzählt, dass du ein wahrer Schürzenjäger bist. Irgendwie passt das doch nicht zusammen, oder?«

»Ach, weißt du, meine Freundin und ich, wir haben uns ziemlich auseinandergelebt. Jetzt muss es sich nur noch in unseren Köpfen festsetzen und schon sind wir wieder frei. Außerdem ist Treue nicht alles.«

Ha! Die Gerüchte stimmen. »Na, ich finde Treue wichtig.«

Nik schießt mir ins Hirn. Wie er mich küsst, an einen Baumstamm drückt, wie er mich …

»Das kann ja jeder handhaben, wie er will. Wir sind alles freie Menschen, nicht wahr?« Ein Zwinkern schleicht sich in sein linkes Auge. »Aber jetzt mal ganz im Ernst: Vielleicht kann man sich in Zukunft öfter mal unterhalten.«

Mit einem weiteren Zwinkern verabschiedet er sich. Na, toll. Mein schlechtes Gewissen drückt mir gerade den Hals zu und würgt mich hysterisch. Mit einem großen Schluck Alkohol spüle ich es weg und ersäufe es. Hör auf, denk nicht dran. Das war ein Ausrutscher. Glaube ich.

Tine wedelt sich Luft zu. »Huch, der ist richtig heiß! Wieso habe ich nicht wiederholt, Mensch?«

»Er ist ein Arschloch. Hast du nicht gehört, wie er über seine Freundin geredet hat? Er betrügt sie, weil er sich seiner Gefühle nicht sicher ist. So eine lahme Ausrede …« Mein Herz krampft sich zusammen.

»Ach, er hat doch recht, Elena! Wir sind erwachsene Menschen und können tun und lassen, was wir wollen. Außerdem ist es seine Sache, ob er fremdgeht oder nicht. Mit mir dürfte er seine Freundin ruhig mal betrügen.«

Ich grinse, obwohl es in meinem Inneren tobt. »Tine, lass uns heute alles in Bier und Whiskey ersäufen und morgen unsere Probleme auskotzen!«

Sie hebt das Glas und lacht. »Das klingt ja so was von gut!«

*

»Mach mir keine Vorwürfe!«, schnauze ich Dennis an, der mich mit aller Kraft stützt und versucht zu verhindern, dass ich ein weiteres Mal ins Gebüsch falle. Meine Knie sind schon aufgeschrammt und ich habe Zweige im Haar. »Ich mach dir keine Vorwürfe. Ich habe dich lediglich gefragt, weshalb du dich so abgeschossen hast. Geht es dir nicht gut?« Mein Magen schlägt einen Salto und wackelt dann von links nach rechts, was den Alkohol darin so zum Schwanken bringt, dass ich mich schnell nach links lehne, um Dennis nicht anzukotzen. Nebel hat sich wie ein Schleier vor meine Augen gelegt. Tine wurde von ihrem Vater abgeholt. Sie hat die halbe Bar vollgekotzt, während ich gackernd gelacht habe. Das hab ich jetzt davon. Dennis hält mir die Haare und schaut sich besorgt um. Wie peinlich. Ich wische mir den Mund mit dem Handrücken ab und wanke dann mit Dennis' Hilfe weiter. Am liebsten würde ich meine Schuhe ausziehen und das warme Kopfsteinpflaster an meinen Sohlen fühlen.

»Michael hat mich heute angesprochen.«

»Michael?«, fragt er verwirrt.

»Ein Typ aus meiner Religionsklasse. Ist ein Schwerenöter, der seine Freundin betrügt. Voll das Arschloch. Aber ich denk, ich mag ihn.« Dennis lacht.

Man darf niemanden betrügen, das verletzt die Menschen doch nur. Wieso habe ich es dann getan? Ich fange an zu weinen und merke, wie sich mein Magen erneut hebt. Weinend erbreche ich mich ins Gebüsch. Das ist so erniedrigend. Dennis hält mir erneut die Haare und tätschelt meinen Rücken, wodurch mir noch schlechter wird. Es ist grauenhaft. »Bring mich schnell heim, Dennis. Bitte«, weine ich erbärmlich.

Sein Bett schwankt. Er hat sich absichtlich so weit weg wie möglich gelegt. Wenn mir schlecht ist, ertrage ich den Geruch anderer Menschen nicht. Ich mag keine körperliche Nähe, wenn jeden Moment eine Fontäne aus Halbverdautem aus mir geschossen kommen könnte. Mit dem Weinen habe ich nicht aufgehört. Es ist zu viel. Viel zu viel. Dennis weiß nicht, was er machen soll. Er könnte auch gar nichts ausrichten. Es steht nicht in seiner Macht, mir meinen Wunsch zu erfüllen, und das ist alles so unfair, dass ich es ihm ohnehin niemals anvertrauen würde. Ich will Nik zurück.

*

Es ist scheiße ohne dich. Morgens begegnet mir kein mürrisches Wesen mit zerzausten Haaren, keiner schimpft mit mir, weil ich Rammstein höre. Es gibt niemanden, der sich auf die Art und Weise mit mir betrinkt, wie du es machst. Niemand jagt mir entsetzliche Angst ein, ohne auch nur ein Wort zu sagen. Ich vermisse dich, Elena. Ich kann es nicht erwarten, endlich wieder nach Hause zu kommen und dich sagen zu hören, dass du dich für mich entschieden hast. Davon träume ich jede Nacht, wenn ich denn mal schlafen darf. Bis demnächst. Nik.

Ich muss schon wieder fast weinen, während ich seine Facebooknachricht lese. Frosch geht es auch nicht gut, seit Nik nicht mehr da ist. Das schreibe ich ihm auch. Auf die Sache, dass ich mich für ihn entscheide, kann ich gerade nicht eingehen. Heute Morgen hat Dennis mich nach Hause gefahren, mich geküsst, obwohl ich noch immer nach Alkohol stinke, und mir gesagt, dass er mich liebt. Ich habe es leise erwidert, weil man Sachen, deren man sich nicht sicher ist, nicht laut sagen kann. Er war die ganze Nacht für mich da, obwohl es tierisch eklig für ihn gewesen sein muss. Er hat sich rührend um mich gekümmert und ich schreibe einem anderen, dass ich ihn so sehr vermisse, dass ich jeden Abend weinen könnte und es auch schon einige Male getan habe. Er antwortet sofort und eröffnet einen Chat.

Nik: *Nicht weinen.*

Elena: *Leichter gesagt als getan. Stell dir mal vor, du wärst in meiner Situation.* ;)

Nik: *Klar, einen wie mich würde ich auch schmerzlich vermissen.*

Elena: *Depp.*

Nik: *Hast du dich schon entschieden?*

Elena: *Ja. Ich will Frosch. Ich hatte noch nie einen wie ihn im Bett.*

Nik: *Im Bett vielleicht nicht, im Wald sicherlich schon.*

Mein Gesicht brennt heiß. Oh, schnell, hol ihn aus dieser sexuellen Schiene raus.

Elena: *Ich hab gestern die halbe Nacht gekotzt.*

Nik: *Süß. Wieso denn? Voll?*

Elena: *Ja. Ich hab dich so vermisst, dass ich mir die Birne betäuben wollte. Hat nicht geklappt.*

Nik: *Tut mir leid.*

Elena: *Ist nicht deine Schuld.*

Nik: *Doch, ich hätte mich ein halbes Jahr früher melden sollen.*

Elena: *Ja.*

Das hättest du, Nik. Definitiv. Aber das kann man jetzt nicht mehr ändern. Es ist so und es wird auch noch eine Weile so bleiben. Ich kann Dennis nicht gehen lassen, auch wenn es mittlerweile wohl besser wäre. Ein Teil meines Herzens klammert sich noch an ihn und beharrt auf die Zeit in Spanien.

Nik: *Du, ich muss zurück an die Arbeit. Ich vermisse dich. Bis bald.*

Elena: *Ich vermisse dich auch.*

Nik ist offline. Mein Es setzt sich in das hinterste Eck meines Verstandes und schreibt traurige Gedichte. Das ist doch schrecklich. Das ist kein Zustand. Ich vermisse ihn so sehr, dass es wehtut. Es klingt bescheuert, ist aber wahr. Meine Brust zieht sich zusammen, mein Magen rumort und mein Hirn flimmert. Wie soll ich das jemals überwinden? Wie soll ich es vor Dennis verstecken?

Den folgenden Monat halten wir den Kontakt. Nichts Regelmäßiges, wir verpassen uns andauernd, aber wir können einmal die Woche schreiben oder telefonieren. Ich informiere ihn über meine erste Mathearbeit, die ich mit einer funkelnden, schillernden, glorreichen Vier hinter mich gebracht habe. Nik ist so stolz auf mich, dass er schnieft, der Schauspieler. Er sagt, dass er der Einzige ohne Sonnenbrand ist.

»Aha, bei euch ist es also warm!«

»Ja, und mehr darf ich nicht verraten, also denk gar nicht dran, okay?«

Enttäuscht ziehe ich eine Schnute und lenke das Thema auf ungefährlichere Pfade, wie Michael, der sich in Reli einfach neben mich gesetzt hat und sich anscheinend nie wieder wegbewegen will. Er schreibt mir Briefe, kritzelt meine Blöcke voll und grinst mich stets breit an. Mittlerweile mag ich ihn. Er ist sehr intelligent und lässt mich Matheaufgaben abschreiben. Wir sind zwar in unterschiedlichen Klassen, haben aber dieselbe Mathelehrerin. Im Gegenzug helfe ich ihm in Deutsch. Nik findet, dass Michael mich anmacht.

»Nein. Inzwischen nicht mehr. Am Anfang schon, aber das hat sich gelegt. Ich denke, er hat verstanden, dass ich vergeben und verliebt bin.«

Vergeben und verliebt. Es ist raus. Bitte deute es richtig, bitte erkenne, dass ich mit verliebt dich meine, denn das meine ich anscheinend. Zumindest, wenn ich auf mein Herz und mein Es höre, die es mir täglich quengelnd in den Gehörgang kreischen.

»Verliebt. Dieser glückliche Kerl. Vielleicht sollte ich ihn einfach erschießen, wenn ich wieder zurück bin.«

Mist, er hat es nicht verstanden. Es ihm direkt zu sagen, dazu bin ich noch nicht bereit. Das kann ich noch nicht über mich bringen. Ich muss das erst mal mit mir selbst ausmachen.

»Ich darf übrigens ab und an ein Handy mit mir führen. Sie kontrollieren zwar häufig und hören die meisten Gespräche ab, aber so können wir den Kontakt besser aufrechterhalten. Wenn du das möchtest.« Es sollte wohl eher eine Aussage sein, klingt allerdings nach einer etwas ängstlichen Frage.

»Natürlich! Oh, Nik! Du wirst dich vor Nachrichten gar nicht mehr retten können!«

Das heitert mich so auf, dass ich am nächsten Tag grinsend aufstehe und freudig in die Schule marschiere. Lisa wundert sich über meine gute Laune, weil ich sonst immer ihr Lieblingsgriesgram bin. »Was ist denn mit dir los? Hast du irgendwas geraucht?«

»Ja«, flöte ich und setze mich glücklich neben sie.

Sie erzählt mir in den schillerndsten Farben, dass sie das Wochenende mit einem Kerl verbracht hat, der ein bisschen aussieht wie Michael.

»Lisa, du gehst mir echt auf die Nerven mit Michi. Du weißt doch, dass ich mich gut mit ihm verstehe. Soll ich ihn wirklich nicht mal auf dich ansprechen? Vielleicht ist er ja schon die ganze Zeit unsterblich in dich verliebt und du musst es nur drauf ankommen lassen.«

Sie hebt eine Augenbraue. »Wie oft soll ich dir denn noch sagen, dass du das lassen sollst? Ich will ihn lieber aus der Ferne anhimmeln. Er ist ein hübscher Kerl, aber der Gute denkt nicht mit dem Kopf, sondern mit dem Schwanz und auf so was kann ich gut verzichten.«

Frauen.

Mr. Johnson betritt den Raum, über den sich plötzlich Stille legt. Unser Englischlehrer ist so ziemlich die einzige Person, die der Klasse Respekt einflößt. Es liegt nicht unbedingt an seinem Aussehen, welches eher weniger beeindruckend ist. Zunächst einmal muss er seine Haarpracht auf der Reise von England nach Deutschland verloren haben. Er beharrt darauf, dass er als junger Mann eine wallende Blondmähne besessen habe, von der nun leider durch unglückliche Zufälle nichts mehr übrig sei. Um seine Glatze scheint er sich nun allerdings besser zu kümmern als um sein verlorenes Haar. Sie glänzt immer. Liegt wahrscheinlich an den Schweißsturzbächen, die ihm vom und über den Kopf laufen, sich durch sein teigiges Gesicht arbeiten und auf seinen faltigen Hals ergießen. Sein Hals ist eh eine Sache für sich. Am Anfang dachte ich, er trüge einen fleischfarbenen Schal oder einen seltsam gearbeiteten Rollkragenpulli. Später stellte ich fest, dass es tatsächlich sein Hals selbst ist, der sich in faltigen Rollen auf seinen Schultern ausruht. Der Rest seines Körpers ist schlank, was seine großen Füße besonders ins Auge stechen lässt. Plump gesagt: Der Mann sieht einfach aus wie ein gigantischer Penis, der permanent Englischvokabeln ejakuliert. Das scheint uns Schülern unterbewusst Angst einzujagen und ordentlich Respekt einzuflößen.

»Quiet, please«, spuckt er unnötig in die Runde. Das ist sozusagen sein Lusttropfen, nach dem es nur noch so aus ihm herausströmt. Er unterlässt das Reden ganz selten. Meist füllt er in diesen raren Sprechpausen Flüssigkeit auf und spricht dann sofort weiter. Ich denke, dass er uns alle richtig gut auf die Uni und kommende Vorlesungen vorbereitet. Wir lauschen selbstverliebten Monologen und machen uns eifrig Notizen, in der Hoffnung, wenigstens Fetzen aufgreifen und etwas lernen zu können.

Doch oft genug habe ich einfach keinen Bock auf Monologe und führe deshalb via WhatsApp lieber Dialoge. In letzter Zeit ist Nik mein Lieblingsopfer. Ich nehme Sprachproben auf, mache Bilder, schicke ihm Gedichte und störe ihn damit eifrig bei der Arbeit. Sicherlich bereut er mittlerweile, dass er mir diese Form der Kommunikation erlaubt hat. Seine Antworten fallen kurz und knapp aus. Wahrscheinlich hat er keine Zeit.

Ganz selten schreibe ich auch Dennis, der eigentlich massig Zeit hat, doch er antwortet fast nie. Wenn er mich am Wochenende abholt, darauf haben sich unsere Treffen nämlich inzwischen beschränkt, lacht er dann über meine Bilder und Nachrichten. Wir haben keinen Sex mehr. Manchmal hole ich ihm einen runter und drehe mich anschließend um. Das stört ihn nicht. Hauptsache, ich fasse ihn an. Wenigstens ist er so freundlich und spritzt mich nicht an. Ich finde ihn immer noch wunderschön, das ist nicht das Problem. Ich mag es auch, dass er mir Lieder vorspielt und Küsse aufs Haar drückt. Aber er nimmt sich immer weniger Zeit für mich. Dadurch macht er mir die Entscheidung nicht gerade schwerer. Dennoch kann ich mir noch nicht vorstellen, ihn am Wochenende nicht zu sehen. Wir sind wohl beide ein wenig egoistisch.

»Elena?«

Oh, Scheiße, Mr. Johnson hat mich was gefragt. Lisa grinst mich breit an. Ich muss wohl oder übel in den sauren Apfel beißen und meine Unaufmerksamkeit gestehen. Ich schaue ihm in die dunklen, kleinen Augen und versuche, nicht seinen Vorhauthals anzustarren. »I'm sorry, Sir. I wasn't listening.«

»Well then, Lisa, could you help her out?«

Lisas Mund fällt auf und sie ringt nach Worten. Englisch ist nicht gerade ihr Lieblingsfach. Außerdem ist die gesamte Klasse so darauf trainiert, dass Mr. Johnson Selbstgespräche führt, dass sie durch seine plötzliche Frage in eine Art Schockstarre verfallen sind. Er seufzt und gibt die Hoffnung auf. »Und das ist der Grund für das schlechte Ergebnis der PISA-Studie. Okay, let's move on.« Er dreht sich um, marschiert auf und ab und verfällt wieder in den Erzählermodus. Puh, geschafft.

Gähnend verlasse ich den Klassenraum, als Mr. Johnson endlich sein letztes Wort abgespritzt hat. Zu Hause erwarten mich vier junge Frauen, die nervös und grinsend auf meinem Bett sitzen. Meine Mutter hebt die Schultern und schaut mich entschuldigend an. »Ich dachte, dass du dich freuen würdest.«

Chrissy macht den Mund als Erste auf, während Diana Frosch an sich drückt und mit dem Mund formt, dass er jetzt ihr gehört.

»Okay, El. Pass auf. Du weißt, dass wir nach Malle fliegen wollen. In den kommenden Ferien. Richtig?«

Ich nicke. Malle. Da wollte ich eigentlich mit. Hat sich jetzt für mich erledigt. »Ja, und ich bestehe immer noch darauf, dass ihr mir ein paar Muscheln und Sand mitbringt.«

Chrissy grinst. »Weißt du, ich finde, dass du das selbst machen kannst.«

Tine springt auf. »Wir warten auf dich! Es ist doch unfair, wenn wir nach Mallorca fliegen und du nicht dabei bist! Was wären wir denn dann für ein Fünfergespann?« Auch Lena nickt eifrig.

Sie warten? »Wie?«

»Wir sind uns sicher, dass du deinen Abschluss grandios machen wirst und dafür eine Belohnung brauchst. Also warten wir einfach, bis du fertig bist, und fliegen dann alle zusammen.« Chrissy strahlt wie ein Honigkuchenpferd.

»Aber das Geld? Wie soll ich all das Geld aufbringen?«

Diana räumt meine Bedenken aus. »Wir haben mit deiner Mutter gesprochen. Wenn du den Abschluss packst, bezahlt sie dir den Urlaub.«

Ich bin schockiert. Mein Hirn ist wie betäubt. Ich darf mit? Sie haben die ganze Zeit auf mich gewartet und ihre eigene Reise verschoben? Ich stoße einen kurzen Freudenschrei aus und weiß dann gar nicht, wen ich als Erstes umarmen soll. Natürlich renne ich auch zu meiner Mama raus, Papa ist arbeiten, sonst müsste ich ihn auch knutschen. Das ist großartig! Ich freue mich riesig!

Zurück in meinem Zimmer, packen meine Freundinnen Prospekte aus, rufen Internetseiten auf und zeigen mir, welches Hotel sie im Auge haben, wo sie feiern gehen wollen, was für Kleidung wir benötigen. Tine und Diana wollen gleich morgen alles buchen. Das ist so überraschend, dass ich zu allem einfach nur Ja sage und grinse.

Kapitel 9

Dear Nik

Die Schule läuft immer besser. Ich bekomme hauptsächlich Einsen und Zweien. Nur Mathe beschert mir immer wieder eine Vier, aber damit komme ich klar. Mehr wollte ich nicht. Das Lernen in den Ferien hat sich gelohnt. Auch Michi und ich verstehen uns immer besser. Manchmal treffen wir uns am Wochenende in der Bar. Dennis und er haben sich bereits kennengelernt. Sie mögen sich recht gern, auch wenn Michi oft stichelt und behauptet, er würde mich eines Tages stehlen. Dennis und ich schlafen gar nicht mehr miteinander. Er beschwert sich nicht. Ich sitze gerade über meinen Matheaufgaben, da klingelt mein Handy. Nik!

»Hey, wie geht es dir? Was machst du? Ich habe dich vermisst. Wir haben lange nicht mehr gesprochen.«

Seine Antwort klingt niedergeschlagen. »Wir können die nächsten zwei Monate nicht mehr schreiben.«

»Dann telefonieren wir einfach.«

»Nein. Es … wir haben eine Art Auftrag reinbekommen, der uns einiges an Zeit und Aufmerksamkeit abverlangt, weswegen wir keinen Kontakt nach außen haben dürfen.«

Er ist erst zwei Monate weg und schon verlieren wir den Kontakt. »Oh«, mache ich enttäuscht. Mein Bleistift fällt mir aus der Hand und ich versuche, um den Kloß in meinem Hals herum zu schlucken. »Zwei Monate?«

»Hm.«

Kurz befürchte ich, dass er die Lust auf mich verloren hat und deswegen nach einer Ausrede sucht, um mich nicht mehr kontaktieren zu müssen, aber das will ich nicht glauben. »Zwei Monate sind ganz schön lang, findest du nicht?«

Er schweigt. Oh nein. Ich hatte recht mit meiner Befürchtung! Als er hier war, fand er es ganz interessant, sich mit mir abzugeben, aber jetzt, da er weit entfernt ist, verliert er das Interesse.

»Es tut weh, Elena. Dich so lange nicht zu sehen und dann auch noch nicht mit dir sprechen zu können. Und in der Zeit ist er bei dir. Ich sitze machtlos im Ausland fest und er kann die Gelegenheit nutzen und dich wieder ganz für sich gewinnen.«

Dennis. Er redet von Dennis. Und er weiß nicht, dass wir nicht mehr miteinander schlafen, dass ich ihn nur an den Wochenenden sehe, an denen ich mich betrinke, um Nik zu vergessen. Ich schlucke die Worte, die ich ihm so gerne an den Kopf werfen würde, und seufze stattdessen. »Ich werde dich schrecklich vermissen. Melde dich bitte, sobald es geht, wieder bei mir. Und pass auf dich auf. Renn in keinen Kugelhagel oder so. Das würde ich dir echt zutrauen.«

Er lacht. »Nein, das mache ich nicht. Glaub mir, ich passe auf mich auf, Elfe. Bis bald.«

Als er auflegt, drücke ich mein Gesicht in mein Matheheft und weine mir die Augen aus dem Kopf. Ich rotze das Papier voll und denke mir, dass ich die Aufgaben sowieso bei Michi abschreiben werde. Was soll dann die Mühe? Mama kommt rein und legt wortlos die Arme um mich. »Er darf zwei Monate nicht anrufen, schreiben, zeichnen. Zwei Monate, Mama.«

Sie brummt etwas, was ich nicht wirklich verstehe, greift meine Hand und zieht mich mit sich ins Wohnzimmer, wo sie mir eine halbe Stunde lang die Haare aus dem Gesicht streicht, bis ich mich endlich abgeregt habe. Vielleicht sollte ich ihr sagen, dass ich mit ihm geschlafen habe und dennoch mit Dennis zusammen bin. Vielleicht sollte ich ihr sagen, dass ich in meinem ganzen Leben noch nie so zerrissen war.

»Ihr seid die Königskinder«, unterbricht sie meinen Gedankenfluss. »Ihr seid schrecklich ineinander verliebt, aber euch steht allerhand im Weg. Kein Fluss oder See, wie in der Sage. Eher Menschen und sein Beruf. Ich hoffe nur, dass ihr das Ganze übersteht.« Sie lacht kurz, bis sie bemerkt, dass ich schon wieder weine. »Weißt du, als ich in deinem Alter war, nein, älter, da hatte ich dich schon. Wenn es mir schlecht ging, habe ich dich in den Arm genommen, gedrückt und gewartet, bis es mir für dich besser geht. Ich habe mich immer gut um dich gekümmert und geschaut, dass dir nie etwas zustößt. Und heute muss ich dasitzen und dich dabei beobachten, wie du leidest. Steh doch einfach zu deinen Gefühlen, Elfe. Sieh es doch endlich ein. Du liebst den Soldaten, nicht den Musiker.«

Ich schüttle den Kopf. »Den Musiker liebe ich auch.«

»Liebst du ihn genug?«

Liebe ich ihn genug? Ich weiß es nicht. Ich weiß nur, dass ich im Moment am liebsten für immer bei meiner Mama sitzen und mir Geschichten anhören mag.

*

Der erste Schnee fällt. Noch zwei Monate, dann kommt er zurück. Die zwei Monate, in denen er sich nicht melden durfte, sind vorüber. Dennoch habe ich nichts von ihm gehört. Er versickert langsam in meinem Unterbewusstsein. Ich denke seltener an ihn. Es tut weh, ihn zu vergessen. Manchmal wache ich nachts weinend auf, weil ich von ihm träume. Er küsst mich meistens und dreht sich dann um, geht zu einer anderen oder steigt in einen Flieger. Dennis hält mich am Wochenende nicht mehr in den Armen, wenn ich weinend erwache. Er zieht sich lediglich die Decke über den Kopf und schläft weiter. Vielleicht ahnt er es und mag sich nicht anhören, wie seine Freundin wegen eines angeblichen Kumpels weint.

Bald ist Weihnachten. Gestern war ich mit Sarah einkaufen. Unseren Eltern haben wir Schokolade und ein Küchenbild gekauft. Unser Bruder bekommt einen Spielzeug-Lkw und gegenseitig haben wir uns DVDs geholt, die wir selbst ausgesucht haben. Für Dennis habe ich eine Kette gekauft, deren Anhänger wie ein Plug aussieht. In einem kleinen Trödelladen habe ich auch das perfekte Geschenk für Nik gefunden. Ich habe es in rosa Geschenkpapier gewickelt und mit den anderen Geschenken unter meinem Bett versteckt. Das bekommt er, sobald er wieder hier ist.

Am Wochenende gehen Dennis und ich mit Michi einen trinken. Dennis und er geben sich einen nach dem anderen aus und ich schaue ihnen belustigt dabei zu, wie sie mittlerweile nicht mal mehr richtig reden können. Nach einem weiteren Long Island Iced Tea fragt Michi mich, ob ich mal kurz mit ihm vor die Tür gehe, Luft schnappen. Dennis nickt und lehnt sich in der Bank zurück. Dabei hat er doch morgen einen Auftritt.

Michi und ich bahnen uns einen Weg durch die betrunkene Menge, sehen bekannte Gesichter, grüßen und verschwinden nach draußen. Ich streife mir die Jacke über. Der Dezember ist schließlich nicht gerade bekannt dafür, kuschelig warm zu sein. Unsere Schritte knirschen im Schnee und ich rutsche auf einer gefrorenen Pfütze aus. Zum Glück hält Michi mich fest. Er reckt sich, atmet tief ein und hält sich die Stirn. Das ist nicht gut. Morgen wird er einen gigantischen Schädel haben. Seine dunklen Augen ruhen auf mir. »Zwischen euch läuft es auch nicht so gut, oder?«

Ich sehe zu ihm hoch, wofür ich den Kopf in den Nacken legen muss. »Wie? Zwischen wem?«

»Na, zwischen Dennis und dir. Ihr wirkt leicht unterkühlt.«

Tun wir das? In der letzten Zeit sind wir relativ gut miteinander ausgekommen. Okay, wir haben wirklich keinen Sex mehr. Aber das hat doch nichts zu heißen. Viele Paare verlieren den Spaß am Sex, wenn sie schon eine Weile zusammen sind. Und Dennis wird Michi sicherlich nicht davon berichtet haben. Dazu kennen sie sich nicht lange genug. Ich runzle die Stirn so sehr, dass es schon wehtut.

»Oh, habe ich was Falsches gesagt? Entschuldige. Vielleicht täuscht es auch einfach oder ich bin zu betrunken.«

»Inwiefern unterkühlt?«

»Ihr berührt euch kaum. Ich weiß, wie das ist, wenn man sich langsam auseinanderlebt. Das habe ich hinter mir. Es beginnt damit, dass im Bett Ebbe ist, dann berührt man sich weniger, sowohl in der Öffentlichkeit als auch unter vier Augen. Man hat nichts mehr zu bereden und erträgt es nicht, nur zu zweit wegzugehen. Und dann kommt einem eine dritte Person nur gelegen.« Er zeigt auf seine breite Brust.

Verdammt. Es sieht also so aus, als wären wir distanziert. Das muss ein Trugschluss sein. Wir fassen uns sicherlich nur nicht mehr so häufig an, weil durch den fehlenden Sex auch die Nähe zwischen uns fehlt. Michi kommt auf mich zu und nimmt mich in den Arm. Seine Haut ist kalt. Er friert. Ich versuche, seinen Geruch wahrzunehmen, aber ich rieche nichts. Er hält mich fest und legt sein Kinn auf meinem Scheitel ab. »Das wird schon wieder. Es ist garantiert nur ein Missverständnis. Und wenn es nicht wieder wird, dann bin ich immer für dich da.«

Ich drücke zurück. »Lass uns wieder reingehen.«

Dennis ist am Tisch eingeschlafen. Sein roter Schopf ruht auf seinen Armen. Er schnarcht, glaube ich. Vorsichtig pirsche ich mich an ihn heran und drücke ihm einen Kuss auf die Schläfe. »Komm schon, wach auf. Wir wollen heim. Michi ist schon ganz betrunken.«

Dennis hebt den Kopf, öffnet verschlafen die schweren Augenlider und mustert Michael und mich. »Wo wart ihr?«

»Draußen. Haben wir dir doch vorhin schon gesagt. Komm, ich helfe dir beim Aufstehen.«

Auf dem Weg nach draußen wird klar, dass Michi nicht ganz so voll ist wie mein Freund. Er begleitet uns zu Dennis, hilft mir, ihn in der Garage abzuladen, und nimmt mich zum Abschied noch mal in den Arm. »Wenn was ist, dann melde dich bei mir.«

Ich nicke. Wie wäre es, wenn wir über meine Probleme in der Liebe sprechen, Michael?

Während Dennis schläft, friere ich neben ihm. Er hat die Decke für sich beansprucht. Wecken mag ich ihn nicht. Ich bin froh, wenn er seinen Rausch ausschläft. Mein Handy klingelt. Eine SMS: *Bin wieder erreichbar. Gute Nacht. Nik.* Ich habe mir dich fast aus dem Kopf geschlagen und dann schreibst du mir. Das ist doch typisch.

*

Weihnachten kommt und geht wieder. Zwischen den Jahren lerne ich für die anstehenden Prüfungen. Bis zum 30. Dezember weiß ich gar nicht, dass ich überhaupt Silvester feiere. Eigentlich habe ich vor, bei meinen Eltern zu bleiben und mit ihnen gemütlich ins neue Jahr zu starten. Um acht Uhr abends entscheidet Dennis dann allerdings, dass wir gemeinsam auf Bennys Party gehen. Ich ringe mit mir. Eigentlich wollte ich an Silvester nicht mehr weggehen. Jedes Mal, wenn ich großartig ins neue Jahr gefeiert habe, bin ich enttäuscht worden oder habe mich geärgert. Man erwartet von den Silvesterfeiern immer so viel, dass man nur enttäuscht werden kann.

Bennys Partys sind aber meistens ziemlich gut. Seine Eltern haben einen Haufen Kohle, und er tut so, als wäre es allein seine. Außerdem mag ich Benny und es ist das erste Mal, dass Dennis und ich zusammen Silvester erleben. Ich willige also ein und überlege krampfhaft, was ich anziehen könnte. So spontan darf man eine Frau nun mal nicht einladen. Ansonsten plane ich meine Silvesteroutfits fast das ganze Jahr über. Jetzt habe ich nicht einmal 24 Stunden. Folglich stehe ich den gesamten nächsten Tag vorm Schrank und suche verzweifelt nach einem passenden Outfit.

Letztes Jahr habe ich in einem Räumungsverkauf ein wunderschönes Kleid erstanden, das ich bislang kein einziges Mal getragen habe. Es endet knapp über den Knien, besteht aus einem leichten dunkelblauen Stoff und ist tief ausgeschnitten. In das feine Material sind Silberfäden eingenäht. Im Schrank meiner Mutter finde ich passende silberfarbene Pumps, die ich mir, natürlich mit Erlaubnis, für die Nacht stibitze. Dazu rosa Lippenstift, geglättetes Haar und Smokey Eyes. Perfekt!

Dennis kommt pünktlich um acht. Er fährt mit seinem Wagen vor und staunt nicht schlecht, als er mich sieht. »Wow, du siehst umwerfend aus!«

Ich lächle ihn an. »Danke. Du bist auch nicht zu verachten.« Er trägt dunkle Jeans und ein weißes Hemd. Sein Haar ist sorgfältig zerzaust. Wir küssen uns vorsichtig, um meinen Lippenstift nicht zu verschmieren, und brausen dann los zu Benny.

Das Haus ist riesig. Es hat drei Stockwerke, die über eine große Freitreppe miteinander verbunden sind. Die Eingangshalle ist bereits gefüllt. Oh, wie viele Menschen hat er denn eingeladen? Benny begrüßt uns mit einem Zwinkern. »Hey, scharf seht ihr aus. Nehmt euch was zu trinken.« Wir gehorchen ihm. Ich schlürfe meinen Whiskey und schaue mich in der Menge um. Ich erkenne einige eingefleischte Fans der Supremes, Kumpels von Benny und Dennis, und sehe unbekannte, gut aussehende Damen, die Benny bestimmt nicht mal kennt und schlicht eingeladen hat, weil sie attraktiv sind.

»Ist Laura heute Abend auch da?«, frage ich ganz beiläufig.

Dennis zuckt zusammen und schaut mich genervt an. »Ja. Aber nicht zicken!«, warnt er mich eindringlich.

Ja ja, nicht zicken. Schon klar. »Ich bin ruhig, wenn sie ruhig ist.«

»Na, das wird ja ein Abend.«

Die erste Stunde sitzen wir nur da, trinken und reden. Dann entdecken wir beide einige Menschen, die wir unbedingt mal wieder sprechen wollten, verabschieden uns mit einem Kuss und springen in unterschiedliche Richtungen. Lena steckt in einem roten Kleid, das hervorragend zu ihren dunklen Haaren und der olivfarbenen Haut passt. Sie ist eine alte Bekannte von Benny, was so viel bedeutet wie: Sie waren miteinander in der Kiste. Sie quietscht, als sie mich sieht. »Oh, hi! Du hast mir gar nicht Bescheid gegeben, dass du auch kommst! Ich dachte, du bleibst bei deinen Eltern!«

Ihre Arme schließen sich fest um mich und ich muss grinsen. »Ja, das hatte ich auch vor. Dennis hat mich überredet. Das Ganze ist eher spontan.«

»Dann ist das eine angenehme Überraschung, Elena!« Sie stellt mich ihrer Freundin vor, die uns die ganze Zeit misstrauisch beäugt hat. »Das ist Tanja. Ich kenne sie noch von früher. Sie ist in deiner Stufe, wusstest du das?«

Aufmerksam schaue ich in ihr spitzes Gesicht mit der dünnen Nase und den schmalen Lippen. »Hey, entschuldige, aber ich habe dich echt noch nie gesehen. Ich bin ein kleiner Schussel.«

Sie lächelt falsch und schüttelt meine Hand. Huch, hab ich irgendetwas falsch gemacht?

»Ja, ist schon okay. Du bist nicht so leicht zu übersehen. Die ganze Stufe quatscht über dich.«

Was? Das ist mir neu? »Habe ich denn irgendwas falsch gemacht?« Ich kann mich nicht daran erinnern, auch nur ein einziges Mal etwas besonders Auffälliges getan zu haben. Ich war immer pünktlich, höflich, beleidigend, laut. Wie alle anderen eben.

Sie legt den schmalen Kopf schief und sieht dabei aus wie ein kleines, neugieriges Vögelchen. »Überhaupt nicht. Es ist nur immer etwas Besonderes, wenn ein weibliches Wesen mit Michael befreundet ist. Das ist alles.«

Aha. Mit einer Handbewegung wische ich ihren Kommentar weg. »Ach, pft. Der ist erstens absolut nicht mein Typ und zweitens bin ich in einer Beziehung. Ganz ruhig.«

Tanja hebt die Nase in die Luft und grummelt ungläubig. »Natürlich. Gut, ich muss dringend mal aufs Klo, oder irgendwas anderes. Wir sehen uns, okay?«

Lena und ich vertiefen uns in ein Gespräch über ihr Studium.

»Diese Umstellung von Schule auf Uni, die macht dich fertig, glaub mir. Mach dich mal auf was gefasst.«

»Du bist nicht die Erste, die mir das erzählt.«

»Die dir was erzählt?«, fragt eine bekannte Stimme. Selbst beim Sprechen klingt sie schief und falsch. Okay, sie darf sich auf denselben Partys aufhalten wie ich, aber warum muss sie mich ansprechen? Sah ich irgendwie so aus, als ob ich sie vermisst hätte? Ich verdrehe die Augen und drehe mich um.

»Hi, Laura.« Ihre grellblonden Haare sind elegant hochgesteckt. Ihr Kleid ist sehr kurz. Es besteht aus silbernen Pailletten und ist schulterfrei. »Süßes Top«, lächle ich sie an.

Sie legt den Kopf schief, um zu überlegen. »Ich gehe gar nicht erst auf deine Zickereien ein, Elena. Kannst du mir verraten, wo dein Freund ist?«

»Nein, Laura, das kann ich nicht. Ich wüsste auch nicht, weshalb es dich interessieren sollte.«

Sie spitzt ihren roten Schmollmund. »Ich möchte ein wenig ... *proben*, verstehst du?«

Ich gehe einen Schritt nach vorne, schaue zu ihr hoch und kneife die Augen zusammen. »Also gut, Laura. Ich wollte nicht zicken, aber ich lasse es nicht zu, dass du auf die irrwitzige Idee kommst, meinen Freund anmachen zu müssen, okay? Er hat kein Interesse und er wird auch keins entwickeln. Wenn er etwas wie dich will, dann geht er in den Puff.«

Sie reißt entsetzt die Augen auf. »Wieso soll er denn in den Puff, wenn er es von mir umsonst bekommt?«

Ich bin Pazifist. Aber ich finde, dass es einem ab und zu ganz gut tut, wenn man mal eine andere Richtung einschlägt und ... einschlägt. In diesem Sinne hebe ich die Hand zur Ohrfeige, werde aber von Lena festgehalten. »Mach dir die Hände nicht an ihr schmutzig, Elena. Sie ist es doch gar nicht wert.«

»Keine Angst, Lena«, schmunzelt sie kühl. »Elena ist es gewohnt, sich die Hände schmutzig zu machen. Wenn man den Freund nicht mehr ranlässt, dann muss man eben andere Mittel und Wege finden, nicht wahr?«

Alle Farbe weicht mir aus dem Gesicht. Sie dreht sich um und stolziert mit ihren hohen Stelzen davon. Hat er es ihr erzählt? Weiß sie tatsächlich, dass zwischen Dennis und mir nichts mehr läuft? Hat er mich verraten? Nein, das würde er nie tun. Vielleicht ... vielleicht hat er es Benny erzählt, was ich verstehe, sie kennen sich immerhin schon ewig und sind beste Freunde. Ich erzähle meinen Freundinnen auch immer alles. Und Benny hat es dann weitergetratscht. Ja. Leichenblass drehe ich mich zu Lena um und schaue sie schockiert an. »Diese miese Ratte!«

»Ach, nimm es dir nicht zu Herzen. Du weißt ja sicherlich, was zwischen dir und deinem Freund im Bett läuft. Da kann sie behaupten, was sie will.«

»Aber ich kann das nicht auf mir sitzen lassen. Gib mir das mal.«

Eilig nehme ich Lena das volle Glas Wodka Energy aus der Hand und haste der blonden Tussi nach. Sie ist nicht weit gekommen, ihre Schuhe sind noch höher als meine. Als ich direkt hinter ihr bin, tippe ich sie an, warte, bis sie sich umdreht, und schütte das volle Glas in ihr Gesicht. »So macht man sich die Hände schmutzig, du Bitch!«

Das klebrige Alkoholgemisch verklebt ihre Haarsträhnen, verschmiert ihre Mascara, spritzt ihr in Mund und Nase. Mit den Fäusten reibt sie sich die brennenden Augen und verteilt die Mascara noch großflächiger. Ihr Mund ist ungläubig geöffnet und sie verfällt in eine Schnappatmung, wie ich sie nur von Fischen oder Dennis kenne. Lena kommt hinter mir zum Stehen und ich drücke ihr dankend das Glas in die Hand. »Sehr nett, danke.«

Die anderen Gäste schauen dem Schauspiel lachend zu. Laura brüllt. »Ist das dein Ernst? Ich zahl's dir heim, du billige Nutte!«

Erschrocken ziehe ich den Kopf ein. »Autsch. Nicht so ordinär. Nur weil du aussiehst, als wärst du der Gosse entstiegen, musst du nicht auch noch so reden.« Bevor sie wieder sehen und auf mich losgehen kann, renne ich die Treppen in den ersten Stock hinauf. Lachend komme ich oben an und entdecke Benny vor einer Tür. Ist das nicht die Tür zu seinem Zimmer? Er unterhält sich gerade mit einem Freund und entdeckt mich grinsend.

»Hey. Du bist ja ganz rot. Was ist passiert?«

»Hab Laura ein Getränk verpasst. Sie hat etwas Ärgerliches über mich gesagt und ich finde, dass ich mir das von ihr nicht anhören muss. Wo ist Dennis?«

Bennys Augen funkeln. »Das hast du echt gut gemacht! Schade, dass ich es verpasst habe.«

»Ach, sie steht bestimmt noch kreischend vor der Treppe. Schau sie dir doch schnell mal an. Beeil dich, bevor sie weg ist.«

Er bricht in schallendes Gelächter aus. »Ja, ich glaube, das mache ich auch. Ach, und Dennis ist irgendwo hier. Viel Glück.«

Super. Das Stockwerk ist voller lachender, trinkender, knutschender Menschen. Wie soll ich meinen Freund da finden? Man hält es nicht für möglich, doch es gibt sogar mehrere Rothaarige auf dieser Feier. Ich schaue in jedes Zimmer, was ich besser nicht hätte tun sollen. Aus den meisten werde ich wieder rausgeworfen. Ich entdecke einige nackte Hintern, Brüste, zwei Dreier und einen … Einer. Zu guter Letzt stehe ich wieder an der Stelle, an der ich mit dem Suchen begonnen habe. Müde öffne ich die Tür zu Bennys Zimmer und erkenne einen Rotschopf auf dem Balkon. Dennis? Ja, eindeutig. Ich erkenne ihn an seinen giftgrünen Chucks. Nanu, was macht er denn ganz alleine da draußen? Ist er mal wieder theatralisch? Denkt er über einen Song nach?

Er tut nichts von alldem. Stattdessen leckt er einer Dunkelhaarigen gerade ausgiebig und sehr, sehr gründlich die Mundhöhle aus. Scheiße. Mein Magen rutscht mir in die Kniekehlen. Das darf nicht wahr sein. Darf ich vorstellen? Das ist Karma und es beißt mir gerade ordentlich in den Arsch. Mein Es möchte mit einem Messer auf ihn losgehen. Mein Über-Ich erklärt mir, dass ich auch nicht besser bin. Langsam und leise schleiche ich auf den Balkon zu und positioniere mich in der Tür, verschränke die Arme vor der Brust, beobachte. Draußen ist es stockduster. Das große Anwesen von Bennys Eltern ist hier und da mit Schnee bedeckt, der Rasen ist ordentlich gemäht. Einige der Gäste tollen im Garten umher. Es ist 22 Uhr. Die letzten zwei Stunden im alten Jahr.

Die Brünette ist hübsch. Zumindest denke ich das. Dennis' Kopf ist im Weg. Er wirkt euphorisch, hat seine Hände überall. Er macht sich an ihrem Kleid zu schaffen, bedeckt ihren Busen mit seinen Händen. Seine Hüften reiben gegen ihre. Sie ist an die Bande des Steinbalkons gelehnt und hat die Hände an seinem Arsch, um ihm den Rhythmus vorzugeben. Sie sind noch bekleidet. Ein waschechter Trockenfick. In aller Öffentlichkeit.

Ich verfalle in tosenden Applaus und krächze vor Freude: »Ein wahres Spektakel!« Die zwei springen auseinander, ertappt, beschämt. Dennis' Augen weiten sich. Er öffnet den rot verschmierten Mund. Ihr Lippenstift ist eindeutig nicht kussecht. Wollte er so vor mich treten? Mit roten Lippen, zerzausten Haaren, geilem Blick? Wollte er sie schnell durchvögeln, bevor er sich wieder zu mir setzt? Wollte er denselben Schwanz, den er ein paar Stunden zuvor in eine andere gesteckt hat, auch in mich stecken? Hoffentlich hätte er wenigstens ein Kondom benutzt. *Nicht so wie du und Nik*, spottet mein Über-Ich abfällig. Sie hat bestimmt recht, aber das kann ich im Moment nicht beurteilen. Ich muss aufpassen, dass ich die zwei nicht in die Tiefe stürze, sie auf dem Rasen verteile wie Dünger.

Die Brünette schaut mich verängstigt an und möchte weg, setzt zum Fliehen an. Sie ist gar nicht so schön, wie ich gedacht habe. Ihre Nase ist zu lang und ihre Lippen zu voll. »Oh, nein! Quatsch! Tu dir keinen Zwang an! Macht weiter. Es war wunderschön anzusehen.« Dennis kommt auf mich zu. Sein Reißverschluss ist geöffnet. Ich hebe die Hand und gebiete ihm Einhalt. »Nein. Um Gottes willen, komm mir jetzt bloß nicht zu nahe. Fremdgehen ist ja das eine, aber ich bin auf derselben Party und du stehst an einem ziemlich auffälligen Ort, Dennis. Bleib weg von mir. Guten Rutsch.«

Ich mag nicht mehr mit ihm reden, ich will das nicht klären. Er ist nicht mal einen Blick über die Schulter wert. Dennis ruft mir irgendetwas hinterher, aber ich höre es nicht. Ich stürze mich in die Garderobe, hole meine Jacke heraus und verabschiede mich von niemandem, will nur noch heim. Ich rufe meinen Papa an. Er nimmt beim dritten Klingeln ab. »Papa, hol mich bitte ganz schnell ab. Ich will nach Hause.«

Er fragt gar nicht erst nach, sondern lässt sich bloß die Adresse durchgeben. Zehn Minuten später sitze ich in seinem Auto und weine mir die Augen aus dem Kopf.

»Möchtest du drüber reden?«

»Wenn wir daheim sind, ja. Im Moment will ich nur noch zu Mama.«

Sarah freut sich tierisch, dass ich jetzt doch mitfeiere. Sie ignoriert die dicken Tränen, die mir die Wangen herunterlaufen, und dreht die Musik auf. Ich drücke ihr einen Kuss aufs Haar und setze mich zu meinem Muttertier in die Küche. »Er hat eine andere geküsst, Mama. Und sich an ihr gerieben.« Sie schaut mich bloß mit diesen himmelblauen Augen an, auf die ich so neidisch bin. Ich habe so viel von ihr, von meiner geliebten Mama. Wieso kann ich nicht auch diese Augen haben?

»Okay.«

»Er hat mich betrogen. An Silvester. Ich denke, ich muss sterben.« Wortlos stellt mein Papa mir ein Bier vor die Nase und tätschelt mir den Rücken, ehe er die Küche verlässt. Mama schaut mich noch immer an. »Was?«

»Nichts, ich denke nur an Nik. Weiß Dennis davon?«

Ich erschrecke. »Wovon?«

»Ach, komm schon. Da lief etwas und das weiß sogar deine verkalkte Mutter. Nicht, dass du das jetzt verdient hättest. Man bekämpft Feuer nicht mit Feuer. Aber du warst doch auch nicht ganz fair zu ihm, oder?«

Entrüstet schaue ich sie an. »Mama! Du müsstest jetzt eigentlich hinter mir stehen und mir sagen, dass er absolut scheiße ist und froh sein soll, wenn er jemals wieder so einen Fang macht!«

»Das stimmt ja auch, Elfchen, aber es stimmt auch, dass du ihm in nichts nachstehst. Du bist ihm sogar einen Schritt voraus und weißt von dem Betrug.«

Mein Bruder setzt sich neben mich und analysiert mein Kleid ganz genau. Er findet merkwürdig, dass es glitzert. »Voll hässlich«, sagt er und steht auf. Welch verständnisvolle Familie.

Aber meine Mama wäre nicht meine Mama, wenn sie nicht zehn Minuten später neben mir sitzen und mir das Köpfchen tätscheln würde. »Es wird schon wieder, Elena. Der Kerl merkt

schon noch, was er an dir hat. Er kommt wieder angekrochen.«
Welcher jetzt?

Wir schauen fern und hören Musik. Um null Uhr stoßen wir mit Sekt und Kinderpunsch an und gehen vor die Tür, um Feuerwerkskörper in die Luft zu jagen. Ich muss an Nik und das Riesenrad denken und beginne erneut zu weinen. Die Welt ist scheiße.

Frohes Neues!, steht in der SMS, die Nik mir um 00:13 Uhr schickt. Frohes Neues. Dennis hat mir nicht geschrieben und das ist auch gut so. Er soll sich nicht mehr melden. Mein Gewissen gibt mir andauernd Tritte in den Hintern und motzt mich an. Verdammtes Über-Ich. Kann sie nicht wenigstens einmal die Klappe halten? Am liebsten würde ich sie erwürgen. Nicht mal ich bin auf meiner Seite. War ihm die Heulsuse zu viel, die nachts geweint und ihm nicht gesagt hat wieso? Ich weiß es nicht. Ich habe keine Ahnung.

Zwei Tage lang leide ich wie ein Hund. Ich bewege mich nicht aus meinem Bett und nehme nur Anrufe von Jessy entgegen.

»Dennis hat mich betrogen.«

»Wichser.« Jessy ist mal wieder prächtig gelaunt. Ich kann es mir richtig gut vorstellen: Sie sitzt im Schneidersitz auf ihrem weißen Sofa, trägt einen hohen Pferdeschwanz und kneift die dunklen Augen zu engen Schlitzen zusammen. Sie hasst Gott und die Welt und lässt es auch gerne alle erfahren. Sie ist ein großartiger Mensch.

»Nein, das kannst du nicht sagen. Ich habe ihn auch betrogen.«

»Du bist meine Heldin! Mit wem? Wie sieht er aus? Habt ihr noch Kontakt? Wie war es? Geschieht dem kleinen Pisser ganz recht.«

Ich lache und vergesse für einen Moment meine Tränen. »Nik.«

Sie schnappt nach Luft. Wahrscheinlich fällt sie gerade von ihrem Sofa. Ich höre es sogar poltern. »Waaas? Nicht dein Ernst! Ich dachte, ihr wärt so dicke Homies und alles?! Alter Schwede, Elena! Ich bin ja richtig neidisch!«

Also schieße ich los und erzähle ihr alles. Ich berichte ihr von seinem Liebesgeständnis, das sie weniger interessant findet. Als ich zum heiklen Teil komme, wird sie ganz Ohr.

»Gegen den Baum? Du wurdest gegen einen Baum gebumst? Heiß, Elena. Das hätte ich dir nicht zugetraut. Und? Habt ihr noch Kontakt?«

»Einsatz, Jessy. Das weißt du doch.«

»Beantwortet nicht meine Frage.«

»Manchmal, vereinzelt. Es ist schwierig.«

Am Ende meiner Schilderungen ist sie dafür, dass ich zu Dennis fahre und mich mit ihm ausspreche. Immerhin sind wir quitt. Sie denkt, dass ich das mit Nik erst mal für mich behalten und Dennis über seinen Betrug aushorchen soll, ehe ich weitergehe. Und dann soll ich entscheiden, ob ich damit leben und Dennis zurücknehmen kann. »Wenn du gar nichts mehr für ihn übrig hättest, dann wärst du nicht so am Boden.« Das stimmt.

Am nächsten Tag rufe ich ihn an und frage, ob er Zeit für mich hat. Zwei Stunden später sitze ich auf dem Bett in seiner Garage und trinke eine Cola. Dennis sitzt auf seinem Schreibtischstuhl und schaut mich unsicher an. Seine Garage ist ganz aufgeräumt. Ich erkenne sie gar nicht wieder. Dennis' Augen sind glasig und seine Haare fallen ihm traurig in die Stirn. Es ist nicht leicht, vor einem jungen Kerl zu sitzen, der aussieht wie ein getretener Welpe. Es ist nicht leicht, zu wissen, dass ich ihm unrecht tue, wenn ich sauer auf ihn bin, weil er mir im Vergleich zu dem, was ich getan habe, nichts Schlimmes angetan hat. Aber ich schaffe es. Irgendwie kriege ich es hin, trotz all dieser Tatsachen ruhig und sachlich auf seinem Bett zu sitzen.

»Ich vermisse dich. Sehr.« Seine Stimme klingt geknickt.

»Ja. Ich vermisse dich auch. Aber …«

»Das war nichts!« Er springt fast vom Stuhl. »Das … Ich kann es erklären.«

Meine Augenbrauen schießen nach oben. »Erklären?«

»Ja.« Er betrachtet seine Hände. »Erklären. Aber nicht rechtfertigen. Hör zu, es ist so lange her. Wir … wir haben so lange nicht mehr miteinander geschlafen. Du warst die ganze Zeit so distanziert und hast nur noch gezickt. Wir haben kaum noch Zeit alleine verbracht, immer war Michi dabei, immer warst du betrunken oder ich. Wir waren schon eine Weile kein Paar mehr, Elena. Und dann war da Maike, die mich den ganzen Abend angemacht hat und …«

»Ich habe es gesehen, Dennis. Ich habe euch zugeschaut. Ich weiß, wie es weitergegangen ist.«

»Es war ja gar nix! Wir sind nicht weit gegangen. Nachdem du uns erwischt hast, bin ich auch heim. Ich habe Silvester in meiner Garage verbracht und aufgeräumt. Die letzten Tage habe ich den ganzen Laden hier geschrubbt, weil ich weiß, wie sehr dich das Chaos immer gestört hat. Ich wollte dir alles recht machen und ich will es auch immer noch. Du sollst wieder zu mir zurückkommen. Ich weiß, dass es ganz schön viel verlangt ist. Ich habe mich verhalten wie ein Arschloch und das hast du nicht verdient.«

Sag es ihm! Los, jetzt! Das ist die Gelegenheit. Sag es ihm und ihr seid quitt. Jetzt oder nie, Elena. Mein Über-Ich geht mir ganz schön auf den Wecker. Sie hat dennoch recht. Wir könnten bei null beginnen und einen neuen Anfang wagen. Aber können wir den nicht auch wagen, wenn ich ihm nichts verrate? Er bettelt doch gerade um mich, oder? Wenn ich ihn jetzt zurücknehme, dann starten wir ebenfalls bei null und ich muss ihm meine Schwäche nicht eingestehen. Wäre das nicht die bessere Lösung?

Ich schaue in Dennis' schönes, gequältes Gesicht. Zwischen uns ist so viel schiefgelaufen. Wir passen so wenig zusammen. Aber als er tief und zitternd einatmet, weiß ich, dass ich um uns kämpfen will. Mein Stolz klopft mir auf die Schulter, auf der ein Teufelchen erscheint. Es flüstert mir ins Ohr und rät mir, genau das zu tun. Ihn zurückzunehmen, für unsere Beziehung zu kämpfen, aber ihm nichts von meinen eigenen Sexkapaden zu verraten. Das Engelchen, das sich auf der anderen Schulter materialisieren will, wird angezündet und brennen gelassen. Engelchen haben hier nichts zu suchen. In diesem Raum sind sie definitiv fehl am Platz. Ich habe Dennis nachgetrauert, an den Tagen, an denen wir uns nicht gesehen haben. Ich habe ihn vermisst und hätte ihn gern zurück. Ich möchte es mit ihm versuchen, aber zu meinen Bedingungen.

»Gut, wir versuchen es.« Er ist der Junge mit den roten Haaren und der Gitarre. Der Kerl, der mir Lieder geschrieben hat. »Aber ich will erst mal meine Ruhe. Ich kann nicht sofort mit dir schlafen, nachdem du versucht hast, mich zu betrügen. Ich muss schauen, ob das alles noch einen Sinn hat. Lass uns einen Probelauf starten.«

Ich bin ein dreckiges Arschloch. Ich trete den Welpen, ohne dass er es merkt. Ich drücke ihn in einen Pissfleck, den er gar nicht verursacht hat. Ich bestrafe ihn für etwas, was gerechtfertigt war. Das hat er eigentlich nicht verdient. Aber ich kann nicht anders. Wir müssen es noch einmal versuchen und erst, wenn es dann nicht klappt, kann ich guten Gewissens sagen, dass wir unser Leben von nun an getrennt verbringen sollten. Ich darf nichts unversucht lassen, dafür war ich zu Beginn unserer Beziehung zu verliebt in ihn. Ich will nicht eines Tages aufwachen und denken, dass er vielleicht doch der Richtige gewesen wäre.

Sein Gesicht hellt sich auf und er strahlt. »Ja!« Er kommt auf mich zugestürzt, nimmt mich in die Arme und ich atme ihn tief ein. Sandelholz. Ja, ich glaube, in seinem Parfüm ist Sandelholz.

*

Der Raum ist viel zu voll, wenn es nach mir geht. Vierzig Leute sitzen hier drin und dann sag mir noch mal einer, dass während einer Prüfung Ruhe herrschen soll. Wie soll bei vierzig Leuten Ruhe herrschen? Schon allein das Atmen von vierzig Leuten geht einem auf den Zeiger. Der Saal platzt bald. Ich sitze neben Michael, der mich mit seinen dunklen Augen mustert und vorsichtig lächelt. Wir haben in den letzten Wochen zusammen Mathe gelernt, aber ich werde die Prüfung trotzdem verhauen. Er war sogar an meinem Geburtstag bei mir zu Hause und hat mir mit einigen Aufgaben geholfen, während Dennis Kuchen gefuttert und uns zugeschaut hat. Nach einer halben Stunde Wahrscheinlichkeitsrechnung rauchte mir der Kopf und die Türklingel bot mir eine willkommene Ablenkung. Ich rannte zur Tür, öffnete sie und fand einen Postboten vor, der gelangweilt Kaugummi kaute und mir ein Paket überreichte. »Elena Stark?«

»Ja?«

»Hier unterschreiben, bitte.« Ich unterschrieb auf einer gestrichelten Linie und nahm das Paket fester in die Hand. Klein und leicht. Stirnrunzelnd begab ich mich ins Wohnzimmer. Der Absender war mir nicht bekannt. Das Geschenk war also anonym. Unter all dem Papier, in das es gewickelt war, befand sich eine silberne Halskette, an der eine kleine silberne Elfe mit Diamantflügeln und Smaragdaugen baumelte. Sie musste ein Vermögen wert sein. Ein Zettel lag dabei. Eine unordentliche Handschrift.

Für die Elfe. Herzlichen Glückwunsch zum Geburtstag.

Und obwohl weder Absender noch Unterschrift auf dem Zettel standen, liegt er noch immer in meinem Schreibtisch. Ich trage die Kette täglich.

All das schwirrt mir durch den Kopf, während ich die Mathematikabiturprüfung vor mir liegen habe und verzweifle. Ach, scheiß auf den Kram! Ich werde Stripperin! Kurz überlege ich, ein Nacktbild von mir in die Mappe zu legen und eine Nachricht zu hinterlassen: *Wenn Sie männlich oder lesbisch sind, sollte das hier für eine gute Drei genügen. Wenn nicht, und wenn Sie Bestechungsversuche grundsätzlich ablehnen, ist all das hier eine Halluzination, ein schlechter Traum. Nichts davon ist wahr und Sie bilden es sich bloß ein.* Bei meinem Glück würde ich selbst mit Nacktbild eine Fünf kriegen. Komm schon, Stark, du kannst das!

Ich werfe einen weiteren Blick auf Michi, der aufsieht und mir zunickt. Ich krieg das hin! Plötzlich sind die Zahlen gar nicht mehr so unzusammenhängend, wie sie mir zu Beginn erschienen. Bei genauerer Betrachtung erkenne ich sogar die Muster, die wir in den Probeklausuren für das Lösen verschiedener Aufgaben rausgesucht haben. Ich grinse und mache mich ans Werk. Am Ende habe ich sogar ein akzeptables Gefühl. Im späteren Abgleich mit Michis Ergebnissen stehe ich recht gut da.

Deutsch ist für mich ein Leichtes. Englisch ist ebenfalls ein Klacks und auch Französisch ist machbar. Nachdem ich die Hauptfächer hinter mich gebracht habe, muss ich nur noch meine mündliche Prüfung in Reli überstehen. Und die erfolgt erst in zwei Monaten. Bis dahin bin ich frei! Es ist so ein großartiges Gefühl, dass ich am liebsten singen und tanzen will. Am Tag der letzten schriftlichen Prüfung versammeln sich alle Abiturienten und starten ein Massenbesäufnis. Wir machen einen Autokorso durch die Stadt und brüllen wie die Wahnsinnigen: Abi, Abi, Abi, Abituuur! Unsere Abishirts sind von einem meiner Klassenkameraden entworfen worden, der es richtig draufhat. Jeder trägt sein Shirt und kennzeichnet sich somit als berechtigten Säufer.

Von denen, die heute feiern, muss ein Großteil noch auf die mündliche Prüfung warten oder kann durch die Prüfungen rasseln, aber das interessiert gerade niemanden. Wir nerven die Stadtbesucher, schreien wildfremden Menschen mit Bierfahne ins Gesicht, trinken so viel, bis wir fast umfallen, und genießen jeden Moment davon. Nie wieder wird es so schön. Das Gefühl haut einen um. Und endlich bin ich auch dabei. Ich habe eine große Sonnenbrille im Gesicht, um meine empfindlichen Augen zu schützen, trage mein Haar offen und wild und besudele mich in regelmäßigen Abständen mit Alkohol. Irgendwann bin ich so voll, dass ich mir den dargebotenen Alkohol am liebsten nur noch ans Hemd gießen würde.

Am Nachmittag holt mein Papa mich von der Schule ab und staunt nicht schlecht, wie asozial sich die Bildungselite Deutschlands doch benehmen kann. »Wir können nix dafür, Papa. Das ist der Alkohol. Der verändert Menschen ganz übel.« Und auch Jessy freut sich mit mir. In zwei Tagen kommt sie mich besuchen, um mir persönlich zu gratulieren.

Zwei Tage. In zwei Tagen kommt auch Nik wieder. Oh Gott, ist das krass, wie schnell ein halbes Jahr vergeht. Ich kann mich noch gut daran erinnern, wie ich ihn verabschiedet und verrotzt und verweint geküsst habe. Und jetzt kommt er tatsächlich schon zurück. Wird er mir arg fremd sein? Wird er mich noch wollen? Werde ich ihn noch wollen?

Am Tag vor seiner Ankunft klärt er all diese Fragen selbst. »Ich bin wieder in Deutschland und würde dich morgen gerne sehen. Ist das okay für dich?«, fragt er in den Hörer.

Mein Herz setzt aus. In Deutschland. Wir haben denselben Boden unter den Füßen, atmen dieselbe Luft. Er ist wieder da. »Ja. Ja, das ist okay. Wann?«

»Gegen drei wäre ich bei dir. Passt dir das?«

»Das passt.« Ich hüpfe durch die Wohnung wie damals. Als er mir das erste Mal geschrieben hat. Als wir uns nicht mehr kannten und nicht wussten, ob wir uns noch mögen würden.

Jessy kommt am nächsten Tag um eins und möchte kurz vor drei wieder gehen, um uns nicht zu stören. Sie sieht gut aus, hat abgenommen und strahlt richtig. Wir halten uns viel zu lange im Arm und ich merke schon, dass sie diese Theatralik gar nicht gut findet. Räuspernd lasse ich sie los. »Gut siehst du aus«, grinse ich.

»Will ich auch hoffen.«

Ich tische ihr Kuchen und Tee auf, weil sie seit einem Jahr keinen Kaffee mehr trinkt. Der macht sie zu nervös. Sie sitzt schweigend am Tisch und stochert im Kuchen herum. Ihr Blick ist auf die Gabel gerichtet. Huch, was ist denn mit der los? »Jessy? Alles klar?« So kenne ich sie ja gar nicht. »Ist irgendwas passiert? Hast du ein Problem? Kann ich dir dabei helfen?«

Sie saugt scharf Luft ein und schüttelt den Kopf. »Okay, Elena. Ich sag dir jetzt was, aber du darfst nicht sauer auf mich sein, ja? Du darfst es mir nicht übel nehmen und darfst keine Fragen stellen.«

Unter ihrem besorgten Blick nicke ich verwirrt. Sie schnauft mehrere Male durch. Hat sie einen Menschen auf dem Gewissen?

»Ich habe jemanden kennengelernt. Er heißt Alex und ist ein bisschen älter als ich. Wir sind uns auf einer Party begegnet und haben uns gleich gut verstanden. Er ist richtig lustig, Elena. Er ist intelligent und studiert an meiner Uni. Zunächst waren wir nur gut miteinander befreundet, aber dann hat es einfach gefunkt und ich konnte nichts dagegen machen.«

Was ist denn los? Hat er Frau und Kinder? War er mal eine Frau?

»Vor wenigen Wochen ist dann etwas Schreckliches geschehen. Weißt du noch, wie ich mal zu dir gesagt habe, dass ich wie ein wunderschönes, elegantes, regenbogenkackendes Einhorn bin, das durch die Welt fliegt, frei und ungebunden?«

Ich schaue sie mit zusammengekniffenen Augen an. »Hast du mal wieder gekifft, bevor du hergekommen bist? Das hatten wir doch schon. Jedes Mal, wenn du kiffst, drehst du völlig ab. Ich mag das nicht.«

Jessy seufzt. »Ach, wenn es das nur wäre. Wir sind ein Paar, Elena. Ich bin in einer Beziehung.«

Mein Gesicht wird von einem Lächeln verzerrt. »Aber das ist doch super! Ich freue mich für dich!« Erfreut stecke ich mir Kuchen in den Mund und kaue begeistert.

Sie schaut mich böse an. »Super? SUPER? Ist das jetzt dein Ernst? Ich führe eine Beziehung. Und nicht nur irgendeine Beziehung. Es ist eine Schatz-Beziehung. Wir sind zu zwei namenlosen Individuen geworden, die sich gegenseitig Schatz nennen und sich verliebt anschauen. Das ist grauenhaft, Elena. Und weißt du, was das Schlimmste ist? Ich genieße jeden einzelnen Tag, den ich mit ihm verbringen darf! Er ist sogar vorübergehend zu mir gezogen, weil er einen Rohrbruch hatte. Findest du das nicht traurig?«

»Schon. Sind denn viele Habseligkeiten von ihm zerstört worden?«

»Das meine ich nicht! Ist mir doch egal, welche Dinge er verloren hat. Es ist viel schlimmer, dass ich ihn ohne großes Tamtam bei mir aufgenommen habe. Seine Zahnbürste steht in meinem Becher. Ich habe regelmäßig Sex … mit ein und demselben Typen. Das klingt wie ein Horrorfilm.«

Jessy muss immer maßlos übertreiben. Ich freue mich für sie. Anscheinend hat sie endlich jemanden gefunden, für den sie ihre Menschen- und Beziehungsphobie ablegen, auf den sie sich einlassen kann. Alex scheint ein großartiger Typ zu sein, sonst würde sie ihn nicht lieben. »Ich find's toll, Jessy. Und die Beziehung steht dir. Du siehst richtig gut aus, also hör auf zu motzen und bemitleide lieber deine arme beste Freundin, die schon wieder ganz durcheinander ist, weil Nik heute wiederkommt und ich ihm klarmachen muss, dass ich noch immer mit Dennis zusammen bin, obwohl er mir dieses grauenhafte Ultimatum gestellt hat. Los.«

Jetzt ist sie an der Reihe, sich Kuchen in den Mund zu schieben. »Hat er das mit dem Ultimatum ernst gemeint? Bist du dir da sicher?«

Ich nicke. »Absolut. Er hat zwischendurch sogar mal nachgefragt, wie es mit meinem Beziehungsstatus so aussieht. Ich will ihn nicht verlieren, Jessy, aber Dennis und ich haben uns gerade wieder zusammengerauft und das will ich genauso wenig verlieren.«

Sie nimmt einen großen Schluck Tee und blinzelt ein Dutzend Mal. »Sag es ihm einfach und warte ab. Wenn du ihm wirklich so viel bedeutest, wie er dir weismachen will, dann wird er vielleicht einige Zeit brauchen, aber er wird sicherlich wieder zu dir zurückkommen.«

Das ist so leicht gesagt. Um nicht weiterhin Trübsal zu blasen – ich kann meine eigene schlechte Laune schon nicht mehr ertragen –, frage ich sie weiter nach ihrem Alex aus.

»Ich weiß gar nicht, wie ich die kommenden eineinhalb Monate ohne ihn überleben soll«, gesteht sie angewidert. Ich grinse. Wenn das mal kein Kompliment aus ihrem Munde ist, dann weiß ich auch nicht. Als sie nicht mehr über Alex sprechen will, lenkt sie das Thema wieder auf mich. »Ich fasse es immer noch nicht, dass du Dennis tatsächlich zurückgenommen hast. Ich dachte, ihr würdet euch aussprechen und trennen.«

»Ich bin in ihn verliebt. Er ist der Musiker, den ich immer wollte. Und außerdem: Wir sind gleichauf. Ich habe ihn auch betrogen.«

»Aus Liebe, El. Nicht aus Geilheit. Das ist was anderes.«

»Ja, das ist schlimmer.«

Um zehn vor drei klingelt es an der Haustür und ich schaue erschrocken auf. Nik! Er ist zu früh! Das habe ich nicht erwartet! Sonst ist er meistens zu spät, aber vielleicht hat ihn der Einsatz verändert. Als ich ihm die Tür öffne und ihn betrachte, fühle ich mich in dem Gedanken bestätigt.

Sein Haar ist viel kürzer, die Haut dunkler und der Bart länger. Seine Gesichtszüge haben sich verändert, oder aber ich habe sie nicht mehr wirklich in Erinnerung und sie sahen die ganze Zeit so aus. Auf jeden Fall erscheinen sie mir härter. Sein Gesichtsausdruck ist grimmig. Dennoch kann ich nicht anders, als ihn in den Arm zu nehmen und so fest an mich zu drücken, dass ich mir selbst fast den Kiefer mit seinen Brustmuskeln breche. Er riecht noch immer nach Hustenbonbons. Daran haben auch das halbe Jahr und Ferne nichts geändert.

Es dauert eine Weile, aber letztendlich legt auch er die starken, tätowierten Arme um mich und drückt mich fest an sich. »Oh, ich habe dich so vermisst, Elena.«

Jessy räuspert sich hinter mir und ich löse mich von Nik. Mit Tränen in den Augen lächle ich sie an. »Jessy, das ist Nik. Nik, das ist Jessy.« Sie reicht ihm die Hand und lächelt ihn halbherzig an. Oh, oh, ich kenne diesen Blick. Sie will ihn gerade durchanalysieren und dann in eine ihrer Schubladen stecken. Nein, Madame, dieser Mensch passt in keine Schublade. Daran wirst du verzweifeln.

»Sehr erfreut«, raunt Nik und sieht mich unschlüssig an.

»Oh, ja. Jessy geht jetzt. Sie war nur kurz zu Besuch, weil sie gerade Semesterferien hat und wir uns so selten sehen, seit sie nicht mehr hier wohnt. Aber sie ist noch eineinhalb Monate da und kann jederzeit wieder vorbeikommen und …«

Jessy erträgt mein Gestammel nicht länger, nimmt mich schnell in den Arm und drückt mich zum Abschied. »Nicht so nervös«, flüstert sie mir ins Ohr und wirft mir einen ermutigenden Blick zu.

Ich geleite Nik in mein Zimmer und sehe ihm dabei zu, wie er sich auf mein pink bezogenes Bett setzt. »Ich habe dich sehr vermisst, Nik. Wirklich. Und es tut mir weh, dass wir zuletzt so wenig Kontakt hatten.«

Er nickt finster. »Ja. Man distanziert sich schnell, wenn man sich nicht sieht, was?« Seine Augen sind so anders. Sie sind viel weiter entfernt. Sein Blick ist unstet und seine Gedanken scheinen bei irgendetwas Wichtigem zu sein. Er wirkt ein wenig gehetzt. »Wie waren deine Prüfungen?«, fragt er und meint es nicht.

Ich verjage den Frosch aus meinem Hals. »Gut. An Mathe bin ich zunächst verzweifelt, aber Michi hat mir da echt rausgeholfen. Er ist ein wahres Mathegenie.«

»Michi?«, wiederholt er scharf.

Oh. »Ja, der Kerl aus meinem Relikurs. Weißt du nicht mehr? Er ist sehr nett und hat eigentlich eine Freundin. Sie machen gerade eine Beziehungspause, weil er sie … weil er sie betrogen hat.«

Niks Augen richten sich auf mich. »Mit wem?«

Traut er mir das wirklich zu? »Ich weiß es nicht. Das hat er mir nicht erzählt. Meistens haben wir keine sonderlich intimen Gespräche geführt, weil Dennis dabei war.«

Er verengt die Augen zu schmalen Schlitzen. »Dennis. Ich hätte nicht gedacht, dass ich den Namen so früh höre.«

»Ich hätte nicht gedacht, dass ich ihn so früh erwähnen muss.«

Es ist komisch zwischen uns. Von der üblichen Spannung, dem Knistern, dem Flimmern ist nichts mehr zu spüren. Da sind nur Aggressionen und eine Leere, die vorher nicht da waren. Das kenne ich gar nicht von uns. Wo ist die Lockerheit, die uns ausgemacht hat? Er entdeckt die Kette um meinen Hals und in seinen Augen flackert kurz etwas auf. Sie ist also wirklich von ihm. Das erinnert mich daran, dass auch ich noch eine Kleinigkeit für ihn habe. Mit einem Lächeln richte ich mich auf, knie mich vor das Bett und hole das rosa verpackte Geschenk hervor. Grinsend überreiche ich es ihm. »Frohe Weihnachten!«

Er ist sichtlich verwirrt, öffnet dennoch, was ich ihm in die Hand gedrückt habe. Strahlend bringt er mein Geschenk zum Vorschein und lacht. Er hält einen roten Power Ranger in seiner rauen Hand. Die Actionfigur kann auf Knopfdruck treten und boxen. Er hat mir bei einem Telefonat erzählt, dass er seine auf einem Flohmarkt verkauft hat und es schrecklich bereut. Und was wäre als Weihnachtsgeschenk passender gewesen als der rote Ranger? Nichts. Denn Nik und ich leben von der Nostalgie, und wie er gerade dasitzt, den Ranger in der Hand, strahlend und doch ängstlich, sehe ich ihn wieder als kleines Kind vor mir. Mit Topfschnitt und Kulleraugen. Mein Bauch kribbelt und mein Herz rast. Ah. Da ist sie ja, die altbekannte Wirkung, die Herr Schuhmann auf mich hat.

Freudig lehnt er sich nach vorne und schlingt die Arme um mich. O Gott, hat er mir gefehlt. Ich habe mir die ganze Zeit etwas vorgemacht. Ich bin kein bisschen über ihn hinweggekommen. Ich habe einen riesigen Fehler gemacht, indem ich noch immer mit Dennis zusammen bin. Wie kann ein Mensch nur so dumm sein?

»Ich hoffe sehr, Sie haben sich für mich entschieden, Fräulein Stark.«

Mir sinkt das Herz in die Hose und ich würde am liebsten im Erdboden versinken, so sehr schäme ich mich für mich selbst. »Nik …« Ich löse mich von ihm und gewinne Abstand, indem ich mich wieder auf meinen Schreibtischstuhl setze. »Oh, Nik. Es … es tut mir leid …«

Er schlägt die Hände über dem Kopf zusammen. »Nein, Elena! Tu mir das nicht an!«

»Warte!«, rufe ich aus. »Lass es mich erklären. Du warst weg und er war da.« Scheißanfang. »Nee, so ist das falsch. Hör zu, er hat mich betrogen. An Silvester hat er mit einer anderen rumgemacht, aber ich habe beschlossen, dass wir es noch einmal miteinander versuchen müssen, weil ich, wie du weißt, auch Mist gebaut habe und nicht das Recht dazu habe, sauer auf ihn zu sein. Deswegen haben wir einen zweiten Anlauf gestartet, von dem ich eben gemerkt habe, dass er schlicht und ergreifend unnötig war.«

Nik schaut mich behutsam an. Er denkt offensichtlich, ich habe den Verstand verloren. »Er hat dich betrogen?«

Ich nicke.

»Du hast eben gemerkt, dass du ihn nicht mehr willst?«

Erneutes Nicken.

»Aber ihr seid noch zusammen?«

»Ja, das sind wir. Aber ich mache sofort Schluss. Ich rufe ihn an und sage ihm, dass ich ihn nicht mehr will. Dass mir sein Betrug zu viel war. Ich finde einen Weg, ihn loszuwerden. Ich glaube, ich liebe ihn nicht mehr, Nik.«

Er sieht nicht sonderlich zufrieden aus und erhebt sich von meinem Bett und steckt den Ranger in seine Jackentasche. »Es tut mir leid, Elena, aber das geht nicht.« Sein Blick ist verschlossen. »Du erzählst mir, dass er dich betrogen hat und dass du dennoch mit ihm zusammen bist. Du sagst, dass du eine Ausrede finden und dich von ihm trennen willst. Wieso eine Ausrede? Sag ihm die Wahrheit! Sag ihm, dass du dich in mich verliebt hast und dass da was gelaufen ist. Oder nein, mach es nicht. Du weißt genau, was ich zu dir gesagt habe. Ich wollte, dass du dich während meines Auslandsaufenthalts für mich entscheidest, dich von ihm trennst und die Zeit dazu nutzt, dich wieder zu erholen, dass du, wenn ich zurückkomme, für mich bereit bist. Und was ist? Ich komme zurück und finde eine aufgelöste Elena vor, deren Freund sie betrogen hat. Nicht Exfreund, nein, Freund. Ich kann das nicht. Du bist untreu, unzuverlässig und feige. Mit so jemandem kann ich nicht zusammen sein. Es tut mir leid.«

»Das ist gemein, Nik! Das ist unfair! Wirf mir nicht an den Kopf, dass ich untreu bin, wenn du derjenige bist, mit dem ich untreu war!« Tränen steigen mir in die Augen. Wie kann er es wagen, so etwas zu mir zu sagen?

»Es ist aber die Wahrheit. Oh, ich vergaß.« Sein Blick ist kalt und hart. »Mit der Wahrheit kommst du nicht gut klar. Ich will das nicht mehr und ich kann das nicht mehr. Wir sollten den Kontakt für eine Weile auf Eis legen und dann weitersehen.«

»Du bist gerade erst wiedergekommen. Findest du nicht, dass wir uns noch ein paarmal …«

»Nicht wirklich. Ich finde es ganz und gar nicht. Lass uns … lass uns doch erst mal Fremde bleiben. Wir kennen uns ohnehin nicht so gut. Wir haben uns nur drei Wochen am Stück gesehen. Was sind schon drei Wochen?«

Tränen laufen mir inzwischen über die Wangen, doch er sieht sie nicht. Wahrscheinlich, weil er mir nicht ins Gesicht sieht, sondern direkt an mir vorbei. Mit eisigem Blick und versteinerter Miene verlässt er mein Zimmer. Als die Tür zuschlägt, sinke ich auf meinem Bett zusammen.

*

Die nächsten drei Wochenenden verbringe ich damit, Anlauf zu nehmen. Was ich zu Nik gesagt habe, hallt mir immer und immer wieder durch den Kopf. Ich habe ihm sofort angeboten, mich von Dennis zu trennen. Ich habe meinen Freund sofort verraten. Das würde ich nicht tun, wenn ich ihn wirklich lieben würde.

Wir sehen uns immer seltener, weil er sein Praktikum in der Werbeagentur angefangen hat. Das Praktikum, das ihm sein Vater organisiert hat. Wenn er dann mal Zeit für mich hat, schiebe ich meine Lippen über seine, spitze die Ohren und wackle mit den Zehen. Nichts. Ich versuche es oft. Fast schon zu oft. Dennis wird bereits misstrauisch. Erst läuft monatelang gar nichts und dann kann ich die Lippen nicht von ihm lassen. Manchmal streiche ich überraschend mit der Zunge über seinen Mund und schmecke ganz genau hin. Auch hier nichts. Es ist wie verhext. Nachts weine ich wieder. Beim ersten Mal hat Dennis noch Verständnis. Vielleicht hat er vergessen, dass ich damals wegen Nik geweint habe. Vielleicht hat er das nie verstanden. Auf jeden Fall überrascht ihn meine neuerliche Heulattacke und er windet besorgt die Arme um mich und streichelt mein Haar. Er schläft vor mir ein. In der zweiten Nacht realisiert er, dass es wieder diese Art von Heulerei ist, die immer und immer wiederkehrt und ihn fragend zurücklässt.

Die Träume kehren zurück. Ich spüre erneut Niks Küsse und schaue ihm dann dabei zu, wie er mich verlässt. Es ist zum Mäusemelken. Wann werde ich diesen Mist endlich los? Nik ist wie ein Magen-Darm-Virus. Oder wie Herpes. Immer dann, wenn man ihn am wenigsten braucht, taucht er auf. Und wenn man sich gerade mit ihm abgefunden hat, verschwindet er. Soll das jetzt ein Leben lang so gehen? Oder ist der Kontakt diesmal tatsächlich endgültig abgebrochen?

Am vierten Wochenende und am vorletzten Ferientag, bevor die Schule ein letztes Mal beginnt, will ich nicht bei Dennis schlafen. Ich will endlich ehrlich zu mir selbst und halb ehrlich zu ihm sein. Das haben wir beide verdient, auch, wenn ich Angst habe, allein zu bleiben. Ich rufe mir alle schlechten Erlebnisse in Erinnerung. Immerzu war ihm die Band und alles andere wichtiger. Ich bin nicht glücklich mit ihm. Er macht mich nicht glücklich. Obwohl ich es schon die ganze Zeit wusste und immer wieder darüber nachgedacht habe, ist es doch schwer, es endgültig zu verstehen. Ich denke daran, wie oft er mich unbeabsichtigt verletzt hat und dass es schlimmer ist, wenn man unbeabsichtigt verletzt wird, weil das bedeutet, dass der Partner einfach nicht zu einem passt.

Meine Eltern sind nicht da. Sie sind bei einer Theateraufführung meiner kleinen Schwester. Das ist wahrscheinlich der beste Moment. Meine Hand zittert kaum, als ich nach dem Hörer greife und Dennis' Nummer wähle. Er geht beim dritten Klingeln dran. »Yo?«

»Hey, ich bin es.«

»Hab ich mir schon gedacht. Was ist los?«

»Ich weiß, dass du später noch eine Probe hast … Kannst du vielleicht trotzdem für ein Stündchen vorbeikommen? Wir haben etwas zu bereden.«

Er zögert für ein paar Sekunden, stimmt dann allerdings zu. »Aber echt nur eine Stunde. Ich will nicht zu spät zur Probe kommen. Die Jungs köpfen mich.«

»Klar.«

Kapitel 10

Vom Loslassen

»Du hast gesagt, wir müssen reden.« Dennis' Worte klingen wie ein Vorwurf. Verständlich. Wenn ein Gespräch mit »Wir müssen reden« beginnt, dann ist der Partner entweder schwanger, todkrank oder will sich trennen. Genauso schlimm ist es, wenn man mit »Ich muss dir etwas sagen« anfängt. Meine Mutter hat Letzteres gesagt, als ich acht war. Danach hat sie mir ganz vorsichtig erklärt, dass meine Schildkröte gestorben ist. Ich weinte fast eine Woche lang.

Ich atme einmal ganz tief ein und aus, streiche Dennis die Haare nach hinten und stelle mich auf die Zehenspitzen, um ihn umarmen zu können. Erst versteift er sich, dann seufzt er und umschlingt mich mit seinen langen Armen, drückt mich an sich, aber eben nicht so leidenschaftlich wie ich. Und das ist genau der Knackpunkt. Das beweist mir, dass ich mich richtig entschieden habe, dass ich hier das Richtige tue. Ich gebe mehr und kriege weniger und das macht mich kaputt. Er drückt sein Gesicht an meines.

»Gehen wir in dein Zimmer, okay?«

»Meine Familie ist nicht da. Lass uns ins Wohnzimmer gehen. Magst du einen Kaffee?«

Dennis schüttelt den Kopf. Wir setzen uns auf das rostrote Sofa.

»Schade, dass ich nicht so oft zu Besuch bin. Ist nämlich wirklich schön hier.« Seine Stimme ist belegt.

»Ich bin grad auf der Suche nach einer eigenen Wohnung. Ich hab die Schnauze voll vom Hotel Mama«, erwidere ich.

»Irgendwann muss auch das kleine Elfchen groß werden, was?« Dennis lacht ein bisschen. Er zieht mal wieder die linke Seite der Oberlippe über die Zähne und schiebt die andere Seite irgendwie runter, sodass es aussieht, als würde Elvis nach einem schweren Schlaganfall seine Schnute ziehen wollen. Das spitzbübische Funkeln in den Augen bleibt aus.

»Und der kleine Dennis bleibt zu Hause wohnen, bis er alt und grau ist«, stichle ich.

Dazu sagt er nichts. Er wird zur Salzsäule. Seine Augen sind in die Ferne gerichtet, seine Gedanken schweben irgendwo, ganz weit weg. In meinem Kopf rauscht es. Ich muss es jetzt loswerden.

»Ich höre das Meer nicht mehr«, schießt es aus mir heraus.

»Hä?«

»Denkst du manchmal noch an Spanien?«, mache ich weiter.

»Oft, ja.« Seine Augen glänzen ein bisschen. »War schön dort.« Ein Grinsen huscht über sein Gesicht.

»Wir haben uns zum ersten Mal am Strand geküsst. Ich hatte warmen Sand zwischen den Zehen und das Meeresrauschen in den Ohren. Als wir nach Hause kamen, hat sich viel zwischen uns verändert. Irgendwie passt das halt nicht so bei uns. Du bist ein Musiker, der am liebsten seine Gitarre heiraten würde.«

»In Amerika geht das bestimmt. Da geht alles«, wirft er dazwischen.

»Und ich hab ganz klare Pläne für die Zukunft. Ziemlich bodenständige Pläne, wenn man das mal so betrachtet.«

»Karla Kolumna werden zu wollen ist nicht bodenständig. Außerdem hast du nicht mal einen Rollerführerschein und trägst keine Brille, also spinn nicht!«

»Guck! Das mein ich! Du erkennst einen vernünftigen Plan für die Zukunft nicht mal, wenn er dir ins Gesicht furzt! Du willst mit deiner absolut trashigen Band Karriere machen, dabei kann eure Frontfrau keinen geraden Ton singen und im Allgemeinen seid ihr sowieso nur schlechter Durchschnitt. Du hast keine Alternativen und willst auch keine. Früher, da hab ich in Momenten, in denen mir deine Planlosigkeit und dein Larifarigehabe aufgefallen sind, immer wieder den Strand vor mir gesehen, dich geküsst und mich im Sand und dem Wellenrauschen verloren. Aber ich fühle und höre nichts mehr. Ich schmecke kein Salz mehr auf deinen Lippen und ich muss Salz auf deinen Lippen schmecken, weil wir sonst nicht zusammenbleiben können.«

»Das ist jetzt einfach nur lächerlich, Elena. Ich hoffe, das weißt du. Das ist absolut kindisch. Klar, vielleicht ist es etwas vernünftiger, wenn man Journalistin werden und keine Rockstarkarriere hinlegen will, aber trotzdem ist beides gleich wahrscheinlich oder unwahrscheinlich, weil man für beides Talent braucht und Glück haben muss. Und wieso hast du mir eigentlich nie gesagt, dass du meine Pläne so scheiße und meine Band unterirdisch findest? Nur wegen unseres romantischen Urlaubs? Ich sag dir mal was: In Spanien, da wollte ich dich einfach nur flachlegen, dich als Urlaubsmatratze benutzen. Aber ich hab mich halt in dich verliebt, als du mir betrunken von Karla Kolumna und Benjamin Blümchen erzählt hast, weil ich dachte, dass du genauso abgehoben bist wie ich. Und außerdem hatte ich bei unserem ersten Kuss Schuhe an. Ich hab den Sand nicht mal gefühlt.«

Mir steigen Tränen in die Augen. »Du bist gar nicht verliebt in mich, weil das nicht in deinen Zeitplan passt. Da ist nur Musik, Musik, Musik! Und sonst gar nix. Wenn ich dich angerufen hab, dann hast du nur knappe zehn Minuten Zeit gehabt, weil du weiter proben musstest. Und wenn du mich mal abgeholt hast, hast du nur von deiner Band erzählt. Als ich gesagt habe, dass wir doch die Sache zwischen uns ernst angehen könnten, bist du ausgerastet und hast dich verkrochen. Und betrogen hast du mich auch, Dennis. Das geht einfach nicht mehr.«

Dennis schaut mich böse an. »Wie lange schlaft ihr eigentlich schon miteinander?«

Das erwischt mich wie ein Kübel Eiswasser. »Was?«

Dennis nickt. »Richtig verstanden. Wie lange habt ihr schon was am Laufen, Nik und du?«

»Wir haben nix am …« Ich muss an die Küsse in seiner Wohnung denken, dass ich nach Mandeln geschmeckt habe. Ich denke daran, dass er meine Hand halten wollte, wenn wir Filme geschaut haben. Ich denke an unseren unnachgiebigen, fast schon zornigen Sex im Wald und das Händchenhalten danach, an die Abschiedsküsse und den Streit. Ich laufe puterrot an und stottere ein bisschen.

»Weißt du, am Anfang hab ich mir wirklich keine Sorgen gemacht, dass da was sein könnte, weil du mir von jedem Treffen erzählt hast. Aber irgendwann ist mir dann doch aufgefallen, dass du ab einem gewissen Zeitpunkt fast jedes Mal geweint hast, wenn du bei mir geschlafen hast, und dann ist mir eingefallen, dass es in dem Zeitraum war, in dem er für ein halbes Jahr weg war. Und danach warst du dann so seltsam verschlossen und hast gar nicht mehr von Nik geredet. Wir hatten keinen Sex mehr und du wolltest auch nicht, dass ich dich anfasse. In letzter Zeit, du merkst es nicht einmal, bist du andauernd gereizt und lässt alles an mir aus. Ich bin doch nicht blöd, Mensch!«

Das schockt mich jetzt. Ich dachte die ganze Zeit, dass er nicht mal weiß, wer ich bin und wieso ich da bin. Jetzt erzählt er mir all diese Sachen, die beweisen, dass er doch auf mich geachtet hat. »Ich dachte nie, dass du blöd bist. Ich hab dich nur immer für desinteressiert gehalten ...«

»Ich dich auch. Du hast nie nach meiner Familie gefragt oder dich anderweitig über mich informiert. Du hast immer nur von dir erzählt und mich dann ganz stolz angeschaut und dich dabei so super hingestellt, du hast mir so sehr gezeigt, wie gut und talentiert und klasse du bist, dass ich den Mund nicht aufbekommen habe.«

Noch mehr schockierende Neuigkeiten. Das wirft mich fast um! Ich soll ein Egoarsch und total arrogant sein? Stimmt das? »Ich hab doch nur nie nachgefragt, weil du immer so verklemmt rübergekommen bist. Wenn ich was von mir erzählt hab, wollte ich danach, dass du auch was sagst, was vielleicht zu dem Thema passt oder so. Aber es hat so gewirkt, als wären deine Zähne miteinander verschmolzen und ließen dich kein einziges Wort sagen.«

Er steht auf. »Hallo, Fräulein Neunmalklug! Du warst meine erste richtige Freundin?! Woher soll ich denn wissen, wie das funktioniert? Du bist halt nicht mit Gebrauchsanweisung geliefert worden. Vielleicht solltest du mit deinem nächsten Freund drüber reden, was du willst und was nicht und wieso das alles und so Zeug.

Ich kenne kaum einen Menschen, der so viel redet wie du, aber dabei so wenig bewirkt. Die meisten deiner Worte sind zur Selbstbeweihräucherung oder zum Lächerlichmachen.«

Ich glaube, er hat recht. Ich bin nicht mal sauer, sondern mache nur »Hm«. Mittlerweile hat Dennis sich wieder gesetzt und ist jetzt auch mal dran mit dem Rotwerden. »Weißt du, Elena, ich war echt verliebt in dich. Aber da ist eben kein Kribbeln mehr, weil ich gemerkt hab, dass du wegen Nik so oft weinst, dass du sicher nie aufs Klo musst, aus Ermangelung an Körperflüssigkeiten. Und wenn man merkt, dass man eh schon verloren hat, dann kämpft man entweder wirkungslos weiter und macht sich zum Affen oder wartet ab, bis der andere das Kriegsende auch bemerkt hat. Ich mag dich unheimlich und ich weiß, dass wir gerade Schluss machen. Das wird mir richtig wehtun, sag ich dir. Aber es wird mir noch mehr wehtun, wenn wir zusammenbleiben und du in einen anderen Kerl verliebt bist.«

Ich habe auf einmal das Gefühl, dass Dennis mit mir Schluss macht, nicht ich mit ihm. Mir schießen schon wieder die Tränen in die Augen und diesmal fallen sie auch. Ich bin so eine widerliche Heulsuse, dass es schon fast verboten gehört, aber ich komme nicht dagegen an. »Du wirst aus dieser Garage erst mit dreißig ausziehen, was?«, frage ich weinend und höre Dennis' zittriger Antwort zu.

»Frühestens.«

Wir beide lachen kurz und unsicher.

»War schon irgendwie schön, oder?«, fragt er mich.

Ich stehe auf und wische mir ein bisschen Rotze unter der Nase weg. Dennis stellt sich vor mich und hilft mir mit seinem Ärmel. So Sachen findet er nie eklig.

»Meistens war es ziemlich scheiße«, antworte ich mit laufender Nase und gleichzeitig davonlaufendem Stolz. Ich benehme mich wie ein Kind.

»Ja, meistens. Aber es gibt auch noch selten und selten war es schön.«

Ich erinnere mich an das Schöne und weine noch stärker, weil ich weiß, dass Dennis in allen Punkten, die er mir an den Kopf geworfen hat, recht hat, ich allerdings mit meinen Punkten auch recht habe, und weil ich auf einmal weiß, wie hoffnungslos das zwischen uns war, weil wir viel zu unterschiedlich sind. Es ist wohl doch nicht so, dass Unterschiede sich anziehen, zumindest funktioniert es nicht auf Dauer. Das macht mir doppelt so viel Angst, da Nik auch ganz anders ist und mir nur in wenigen Dingen gleicht. Und dann haben er und ich uns auch noch gestritten und er wird wahrscheinlich eh nie wieder mit mir reden. Ich schlucke einen Kloß und fühle, wie meine Augen ganz dick werden.

Meine Nase läuft nicht mehr, sondern ist fest verstopft, und ich atme krächzend durch den Mund. Ich nehme Dennis erneut in den Arm. Wir drücken uns kurz und wünschen uns gegenseitig alles Gute, wollen befreundet bleiben und sind dann geschiedene Leute.

Ich rufe Jessy an und erzähle ihr von meinem Tag, worauf sie mich sofort in unsere Lieblingsbar einlädt. »Nimm kein Geld mit. Du hast heute genug auf dich genommen, da kann ich dich auch mit Cocktails dafür bezahlen, dass du endlich den Mut aufgebracht hast, mit Dennis zu brechen.«

Eine Stunde später sitze ich in unserer Lieblingsbar, die viel zu klein, eng, bedrückend, verraucht und stickig ist. Sie wird von blauen Neonröhren beleuchtet, deren Licht Muster in den Rauch wirft oder andersrum. Die Pailletten an Jessys Oberteil funkeln, blitzen und blenden mich. Ich sehe alles verschwommen, weil ich auf dem Weg hierher schon eine halbe Flasche Jacky-Cola getrunken habe. Wir schlürfen Erdbeerlikör und philosophieren.

»Als Kind, da wollte ich immer einen Feuerwehrmann heiraten, weil die wie die größten Helden rüberkommen. Ich hab überlegt, ob ich die Küche anzünden und die Feuerwehr rufen soll, damit mich ein großer, heldenhafter, rußverschmierter Feuerbekämpfer aus den Flammen retten und mich dann heiraten kann. So wie bei *Nathan der Weise*. Weißte noch? Da rettet der Tempelherr Recha aus dem

Feuer und die verliebt sich dann total in ihn. Soweit ich weiß, hat sie aber nicht ihre Küche angezündet.«

Während sie redet, denke ich mir, dass Jessy den Sinn von *Nathan der Weise* gar nicht verstanden hat.

»Aber irgendwann wurde ich älter und habe gelernt, dass Feuerwehrmänner gar nicht so super sind. Max war zum Beispiel einer und dessen Schlauch war noch kleiner als sein Verstand. Bin ja eine Nette und hab deswegen einen zweiten Versuch mit einem Feuerwehrmann gestartet, nur um wieder enttäuscht zu werden. Sascha wollte sich bis zur Hochzeit aufsparen.«

Jessy kippt ihren Likör runter und greift nach einem zweiten Glas. Wir haben vorsichtshalber gleich ein paar Gläser bestellt. Ich schlucke ebenfalls dickflüssigen Erdbeeralkohol und weiß nicht, was Jessy mir damit sagen will. Sie bemerkt meinen irritierten Blick und nimmt ihre Erklärpose ein. Rücken gebogen, Kopf nach vorne gelehnt, Arm auf dem Tisch abgestützt, Hand in meine Richtung haltend.

»Ich sag dir was: Kindheitsträume sind für'n Arsch. Du wolltest als Kind einen Musiker haben, hast dir einen geschnappt und wurdest damit richtig in den Arsch gefickt!«

Ich räuspere mich.

»Entschuldige. Wurdest damit richtig in den Po geliebt. Das sollte dir eine Lehre sein. Musiker sind Egoisten und selbstverliebt und gitarrenverliebt. Das war's. Du solltest lieber wieder mit Nik reden, der ist heiß.«

Der Rauch steigt anscheinend langsam in meinen Kopf, denn meine Gedanken schwirren umher, benebeln mich, lassen mich im Sitzen wanken. Ich denke, dass Jessy auch schon verschwommen sieht, denn sie steckt sich die Zigarette falsch herum in den Mund und merkt es erst in letzter Sekunde.

»Aber den hab ich verschreckt, denke ich.« Beim Likörkippen werfe ich den Kopf zu heftig nach hinten und mir wird ordentlich schwindelig. Hoffentlich muss ich später nicht kotzen. »Kannst du mir die Haare halten, wenn ich später noch kotzen muss? Fühlt sich nämlich so an.«

Jessy guckt mich verwirrt an. »Wieso das?«

»Na, weil ich schon ganz schön gebechert hab.« Stehen zwei oder drei Becher vor mir? Ach, verdammt. Wieso kenne ich meine Grenze nicht?

Sie winkt ab. »Nicht das. Das ist ja klar. Ich halt dir später auch die Haare, kein Problem. Aber ich meine, wieso hast du den verschreckt?«

Ich beiße mir auf die Unterlippe. Wieso habe ich ihn verschreckt? Lass es mich doch kurz und bündig zusammenfassen, ohne dass meine Unterlippe zu beben anfängt und dicke, fette Tränen sich in meinen Augen sammeln. »Das Ultimatum.«

»Was? Ach, du meinst, dass du dich zwischen ihm und Dennis entscheiden sollst? Aber das hast du doch! Ruf ihn an und sag ihm einfach, dass du Dennis für ihn abgeschossen hast.«

»Das klingt so einfach, aber ich trau mich nicht. Wir haben schon einen Monat nix voneinander gehört. Was, wenn er eine andere hat? Oder mich plötzlich kacke findet?«

»Elena, also, ich bin zwar voll, aber lass mich dir eins sagen: Der hat keine andere! Hast du eigentlich Augen im Kopf? Ich mein, ich bin ein Gefühlskrüppel, ein noch größerer als du. Aber sogar ich habe gesehen, wie verliebt der in dich ist! Und ich hab euch nur einmal miteinander gesehen!«

Ich seufze und taste vorsichtig nach meinem Handy. Nur zur Sicherheit. Das Surren in meinem Kopf wird stärker und ich schlucke ein paarmal. »Und jetzt?«

»Wenn du nicht ganz bescheuert bist, was ich hoffe, dann rufst du ihn sofort an. Im besten Fall ist er auch voll und ihr macht schon heute ein Treffen aus, um euch dann dramatisch in die Arme zu fallen.«

»Und im schlimmsten Fall?«

»Schläft er.«

»Und wenn er nicht drangeht?«

»Rufst du öfter an, versuchst es auch morgen und übermorgen. Irgendwann wird er schon abnehmen.«

Meine Knie werden weich und ich ziehe das Handy aus der Tasche, lege meine Finger auf das Display. Ich schlucke ein paarmal. Der Alkohol zwängt sich aus meinem Magen nach oben und versucht, mir durch die Kehle zu entschlüpfen. Es klingelt einmal, zweimal, dreimal. Er nimmt nicht ab. Ich lasse noch gefühlte tausendmal klingeln, doch das Ergebnis ändert sich nicht. »Das war ja ein ganz großer Erfolg, Jessy, danke. Das hat's echt gebracht!«

Sie hebt die Schultern und grinst. »Einen Versuch war es wert. Wenn er den Anruf sieht, ruft er sicherlich zurück. Männer warten nämlich auf ein Zeichen, wenn einer ihrer Versuche gescheitert ist. Sie wollen sich nicht zum Affen machen und einem ewig hinterherrennen. Vielleicht bist du jetzt dran. Vielleicht ist das das Zeichen, das dein Prinz braucht.«

Enttäuscht und gleichzeitig auch erleichtert stecke ich das Handy zurück in meine Tasche und kippe meinen letzten Likör, der all meine Gedanken durchwühlt, verdreht und miteinander mischt.

»Ich hoffe es.«

Kapitel 11

Neuanfang?

Der Raum ist gigantisch, weitläufig, doch durch die vielen Menschen und die stickige Luft wirkt er klein, eng, dicht. Es wird gemurmelt und gejubelt, gelacht, laut gesungen. Mein kleiner Bruder sitzt müde auf dem Schoß meiner Mutter, während meine kleine Schwester meine ehemaligen Schulkameraden begutachtet. Mein pfirsichfarbenes Kleid hängt ebenfalls müde an mir herab. Die Musik wird lauter und die ersten Leute gehen. Der Abend war grandios, besonders, weil es der letzte Abend in deren Gesellschaft war.

Meine Mutter hat mich so oft fotografiert, dass ich sicherlich morgen noch Blitze sehen werde. Die komplette Familie war auf dem Abiball und hat mit mir angegeben. Als ich einen Preis für eine herausragende Leistung im Fach Religion bekommen habe, hat Mama ein paar Tränchen verdrückt und meinen Vater angestupst, der dadurch die Kamera noch unsicherer hielt. Ich will gar nicht wissen, wie der Film aussieht, den er zu drehen versucht hat.

Nik hat mir nicht gratuliert. Ich ertrage das. Wenn man immer und immer wieder einstecken muss, ummantelt man sich mit einer dicken Hornhaut, die nur noch die wirklich starken Verletzungen durchlässt. Vor einer Woche habe ich die ersten Unibewerbungen verschickt. Auch ein paar Radiosender habe ich angeschrieben. Es kamen noch keine Absagen, was ich als positives Omen ansehe, obwohl das nach nur einer Woche eigentlich ganz normal ist.

Bevor meine Familie mich aus der stickigen Halle zieht, die die letzte Verbindung zur Schule darstellt, lasse ich meinen Blick umherschweifen. Das war's. Meine ehemaligen Schulkameraden bilden einen dicken, rhythmisch zuckenden Wust aus bunten Kleidern und schwarzen Anzügen mit bunten Hemden. Ich will nicht tanzen, ich will einen Burger. Ich will in die kühle Nässe. Draußen regnet es, während drinnen heiße Luftschwaden Schweiß auf jede Stirn treiben. Mama schlingt den Arm um mich und gibt mir einen Kuss auf die Stirn. »Endlich bist du frei. Um dich mit Uni und Job gleich erneut zu verpflichten.«

Ich nicke. »Aber wenigstens bin ich los, was ich loswerden wollte.« Sie zieht mich mit sich in die kühle Luft, in den Regen. »Können wir uns Burger holen? Das habe ich jetzt echt nötig!«

Das Buffet war zwar gigantisch, doch nicht einmal die Hälfte der aufgetischten Speisen war wirklich lecker. Und als ich dann etwas gefunden habe, was mir geschmeckt hat, hat die grottige Schulband mir auch noch jeglichen Restappetit verdorben.

Papa lacht und öffnet mir die Autotür. Die Autofahrt verläuft ruhig und ich zähle die Regentropfen auf meinem Kleid. Dani schläft ein, Sarah hört Musik mit ihrem iPod. Zu Hause angekommen, streichle ich die Katze und wundere mich darüber, dass mir der Abschied von den Menschen, mit denen ich immerhin ein sehr intensives Jahr verbracht habe, so leichtgefallen ist. Ich habe mich nicht einmal von jedem verabschiedet. Nur ganz wenige habe ich in die Arme geschlossen, habe nur wenigen die Hand gereicht und tröstliche oder optimistische Wünsche ausgesprochen.

Noch nie habe ich einen besseren Burger gegessen, noch nie bessere Cola getrunken. Sobald ich aufgegessen habe, schäle ich mich aus dem engen, kurzen Kleid, schlüpfe in ein bequemes Nachthemd und werfe mich in mein Bett. Wie gut das tut! Liegen, atmen, wissen, dass man nie wieder Sportunterricht oder Bio hat! Meine Noten sind richtig gut. Ein Mensch ist so viel besser, fitter, glücklicher, wenn seine Erwartungen sich erfüllen. Und wenn sie enttäuscht werden, dann ist man niedergeschlagen und wird sauer, will die Brücken zum unerfüllten Traum abreißen. Was ich ja schon am eigenen Leibe erlebt habe.

Mit einem Grunzen werfe ich mich zur Seite und denke über meinen letzten Versuch nach, Nik zu erreichen. Er hat seine Nummer gewechselt. Die, unter der ich ihn erreichen wollte, gibt es nicht mehr. Er hat eine neue Nummer und hat sie mir nicht geschickt. Wenn ich ihm auf Facebook schreibe, antwortet er nicht. Ich habe ihn angestupst und tagelang auf eine Reaktion gewartet. Eine Reaktion, die nie kam. Zugegeben, ich weiß, wo er wohnt.

Aber ich weiß nicht, ob er mittlerweile versetzt wurde. Nach dem Einsatz sollte er die Kaserne wechseln, weil seine geschlossen wird. Er wollte sich in meine Nähe versetzen lassen. Hat er das gemacht? Ist er jetzt täglich zu Hause und wartet, bis ich mich melde, wartet, bis ich bettle, ihn wieder anschauen und hören zu dürfen? Oder ist er jetzt in einer noch weiter entfernten Kaserne, um mich los zu sein? Kommt er an den Wochenenden heim? Ja, ich könnte seine Mutter anrufen oder ihr schreiben, sie fragen, ob sie mir Auskünfte gibt. Aber ich traue mich nicht. Ich bin ein Angsthase. Sollte ich mal meine Mutter fragen, ob das eine Erbkrankheit ist? Ich kann nicht die Einzige in der Familie sein, die so ein Riesenschisser ist, oder?

Ich fühle mich innerlich leer, wenn ich darüber nachdenke, was ich mit meinen Ferien anstellen soll. Drei Monate. Ich habe drei Monate Zeit, um nichts und wieder nichts zu tun. Was fange ich mit mir an? Gut, in einem Monat fliegen meine Freundinnen und ich nach Mallorca. Ich freue mich richtig. Ablenkung pur! Aber bis dahin muss ich mich beschäftigen.

Ich will gar nicht an meine letzten Sommerferien denken, die gefüllt waren von Aktivitäten, heimlichen Küssen und widersprüchlichen Gefühlen. Fast ein Jahr ist es her. Wie schnell die Zeit doch vergeht! Wie schnell ein Leben sich ändert! Vor einem Jahr haben wir uns wiedergefunden und jetzt habe ich nicht mal seine Nummer. Das ist wirklich traurig und bevor ich weiter darüber nachdenke, schaue ich im Internet nach Wohnungen in der Nähe, die nicht allzu teuer und nicht allzu groß sind. Wenn schon ein Neustart, dann ordentlich!

*

Manchmal, ganz unbewusst, leide ich schon, bevor etwas Schlimmes passiert. Ich habe am Tag vor dem Super-GAU ein Zwicken im Magen, Kopfschmerzen, bin schlecht gelaunt, unruhig, kann nicht schlafen. Ich stelle mich praktisch schon mal auf das schlechte Gefühl ein, das mich bald einholen und einhüllen wird. Durch diese nutzlose besondere Gabe denke ich bei jeder Magengrippe, dass am nächsten Tag die Welt untergeht, mein Hamster stirbt, obwohl ich gar keinen habe, oder mein Freund sich von mir trennt, obwohl ich den auch nicht habe.

Mein Handy klingelt also an einem Donnerstagabend. Ich schrecke auf, suche es in meinem Bett, weil ich es irgendwo unter all den Kissen und Decken verloren habe, und gehe nichts ahnend dran. Was mich gleich stutzig macht, ist, dass am anderen Ende der Leitung Melanie zu hören ist. Melanie und ich kennen uns seit der Grundschule. Wir sind nur locker miteinander befreundet, erzählen uns oberflächliche Geschichten aus unserem Leben. Es ist kaum eine Freundschaft, eher eine gute Bekanntschaft.

»Hallo, Elena. Wie geht es dir?«

»Hey, Melanie, äh?« Ich bin so verdutzt, dass ich nicht mal einen anständigen Satz auf die Reihe bekomme. »Was ist denn los?«

»Also, ich weiß nicht, wie ich anfangen soll. Vielleicht sage ich es geradeheraus. Ja, das wird das Beste sein. Du kennst doch …? Nee, halt, falsch. Ich weiß, dass du einen Kerl namens Nikolas kennst. Nik?«

O nein! Da haben die Magenschmerzen vom Vortag sich schon bestätigt. »Ja, kenne ich.«

»Weiß ich. Ich will nicht gemein sein, deswegen rufe ich nicht an, aber Chrissy hat mir gesagt, dass zwischen euch was läuft oder gelaufen ist, stimmt das?«

Perplex starre ich die Wand an, ehe ich antworte. Chrissy? Die Chrissy, mit der ich in den Urlaub fliege, hat Melanie gesagt, dass ich was mit Nik hätte? Spinnt die? So etwas habe ich vor meinen Freundinnen nie erwähnt. Zumindest nicht vor allen. Und wieso ist das so wichtig, dass Melanie mich an einem Donnerstagabend um neun anruft, anstatt mir zu schreiben?

»Kommt ganz drauf an, was du mir jetzt erzählen willst.«

Sie atmet hörbar aus. Wie theatralisch. Allmählich habe ich das Gefühl, sie genießt das Telefonat, kostet das Gespräch, meine Unsicherheit, ihre Inszenierung voll aus. »Nun, es fällt mir sehr schwer, aber ich muss es dir sagen, das schulde ich dir. Wir … wir haben miteinander geschlafen.«

Kapitel 12

Westen machen Leute

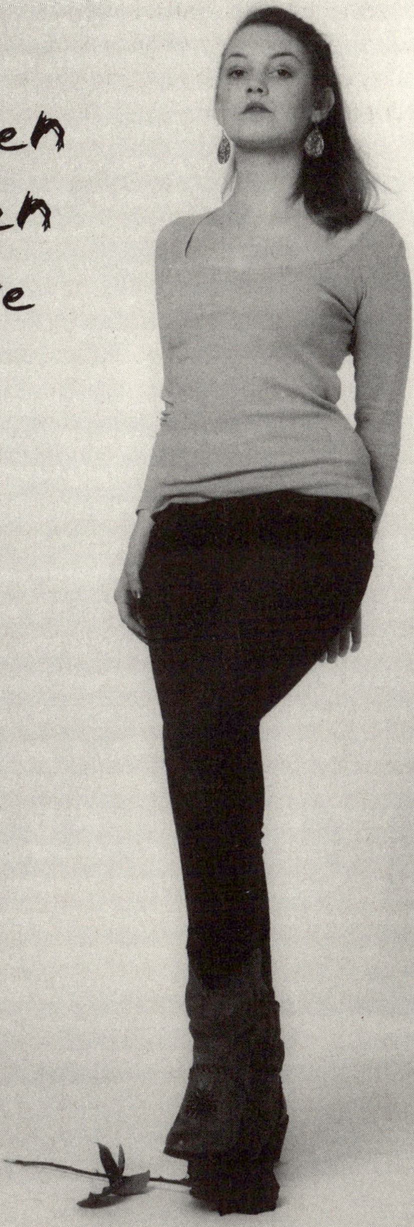

Am liebsten würde ich den Hörer fallen lassen. Nein, am liebsten würde ich ihn gegen die Wand werfen und schreien. Stattdessen atme ich ein und aus, kneife die Augen zusammen und balle eine Faust. »Ah, habt ihr das?«

»Ja«, säuselt sie. »Und es tut mir so leid! Das musst du mir glauben! Als ich Chrissy getroffen und sie gefragt habe, was es Neues gibt, hat sie mir von deiner Sandkastenliebe und deiner Trennung erzählt. Sei nicht böse auf sie, ich habe sie wirklich ausgequetscht, da ich dich schon so lange nicht mehr gesehen habe und dich echt mag. Glaubst du mir das?«

Ich gebe ein zustimmendes Geräusch von mir, was sie zum Weiterreden veranlasst.

»Sie hat mir Nik so deutlich und detailreich beschrieben, dass ich ihn sofort wiedererkannt habe und wusste, wen sie meint. Aber ich wusste echt erst ab diesem Zeitpunkt, dass er in Verbindung mit dir steht! Es tut mir leid! Wir haben uns in einer Bar kennengelernt, weißt du? Ich war so betrunken und er stand da mit zwei Freunden, hatte ein Bier in der Hand und …«

»Okay!«, unterbreche ich sie. Mittlerweile weiß sie doch, dass er in Verbindung mit mir steht, wie sie so schön gesagt hat. Muss sie es denn weitererzählen, wenn sie weiß, es verletzt mich? Womit sie kaum richtig liegt, ich meine, es trifft mich nicht wirklich, prallt total an meiner Hornhaut ab und alles. »Ist in Ordnung. Ich bin nicht sauer auf dich und du musst dich auch nicht entschuldigen. Das ist nicht nötig. Immerhin konntest du nicht ahnen, wer er ist. Und, um das klarzustellen, da läuft ja gar nix. Mach dir keinen Kopf«, sage ich bitter und beiße mir auf die Zunge, um endlich die Klappe zu halten und aufzulegen. »Du musst mir nur eines sagen: War es eine einmalige Sache oder wird das Ganze ernster werden?«

Sie lacht kurz auf. »Ernster? Mit ihm? Nein! Er ist doch nicht der Typ, der etwas Ernstes sucht! Ich meine, du kennst ihn. Das war nur Sex! Guter, harter Sex mit einem Kerl, den ich kaum kenne.«

Mein Magen steht ganz kurz davor, sich zu heben. Mein Kiefer zuckt und ich kann gerade so ein Zähneknirschen unterdrücken. »Nun gut, das hätten wir geklärt. Und falls du ihn demnächst sehen solltest, lutsch ihm doch einen von mir, hm?« Eilig lege ich auf. Dreck. Musste der letzte Satz sein? Mein Es klatscht in die Hände, immerhin hat es ihn auch gebildet und mir in den Mund gelegt. Ich fahre mir mit der rechten Hand durchs Haar, während die linke noch immer zur Faust geballt ist. Nik hat mit einer anderen Frau geschlafen.

Die ersten paar Minuten bin ich so wütend, dass ich am liebsten beide nebeneinanderstellen und mit einer Schrotflinte beseitigen würde. Die nächsten Minuten reiße ich mich zusammen und sehe ein, dass ich nicht wütend auf ihn sein kann. Ich hatte einen Freund, als wir uns einander genähert haben. Das hat er auch akzeptiert. Nicht lange, aber lange genug. Da kann ich auch darüber hinwegsehen, dass er etwas mit einer Bekannten hatte, richtig? Eigentlich müsste ich ihn machen lassen, was er will, und wenn genug Zeit verstrichen ist, wieder vor seiner Tür stehen und es noch mal bei ihm versuchen. Oder ich müsste ihn völlig in Ruhe lassen, nach allem, was geschehen ist.

Leider kann ich das nicht. In meinem Herzen tobt eine solche Enttäuschung, eine solche Wut, wenn ich mir vorstelle, wie sie ihn berührt, wo nicht einmal ich ihn berührt habe, weil ich nicht genug Schneid und Zeit gehabt habe. Ich beiße fest die Zähne aufeinander und tue, was ich mich vorher nicht getraut habe. Ich schnappe mir mein Handy und schreibe seiner Mutter, frage sie, ob sie mir Niks neue Nummer schicken könnte, weil ich sie verlegt hätte. Hoffentlich antwortet sie mir.

Ich kann die halbe Nacht nicht schlafen. Andauernd schwebt mir ein widerliches Bild vor Augen. Nik auf Melanie. Melanie auf Nik. Mir wird ganz schlecht. Ich verstehe das nicht. Ich bekomme es nicht in meinen Kopf, wie er erst um mich kämpfen und dann mit einer anderen schlafen kann. Und wieso muss es ausgerechnet

Melanie sein? Sie sieht absolut nicht gut aus. Das sage ich nicht nur, weil ich eingeschnappt bin, sondern weil sie wirklich schlicht und ergreifend hässlich ist! Hat er so geringe Ansprüche? Mochte er deswegen auch mich, weil ich genauso scheiße aussehe? Oder war sie nur ein unglücklicher Fehlgriff? Was geht nur in den Köpfen der Männer vor? Ich weiß nicht, was schlimmer ist: eine Hässliche wie Melanie oder ein Topmodel, das sich über Nik hermacht. Ich kann mich nicht entscheiden, was mich mehr verletzt. Und aus welchem Grund hat sie mich angerufen? Wollte sie tatsächlich nett sein und mir beichten, was geschehen ist, bevor ich es von jemand anders erzählt bekomme? Wollte sie helfen oder verletzen? Ach, das ist doch alles Scheiße!

Im einen Moment denkt man, man hat die Elefantenhornhaut schlechthin um sich gestülpt, kann absolut nicht mehr verletzt werden, und dann kommt so etwas und bohrt sich durch den meterdicken Schutz, trifft einen genau ins Herz. Endlich hatte ich Distanz zwischen ihm und mir gespürt, hatte geglaubt, eine Barriere zwischen uns geschoben zu haben, die mich vor ihm schützt, selbst wenn ich ab und an an ihn dachte. Und jetzt das. Ich merke nur nebenbei, wie sich Tränen in meinen Augen sammeln und wie ich mir die Nägel in die Handflächen bohre. In mir bricht ein wahres Chaos aus, das ich irgendwie bezähmen muss. Ich kann nicht schon wieder so leiden. Ich kann nicht erneut einem Menschen nachtrauern, den ich verpasst habe. Das ist manchmal so. Man kann einen Menschen so gern haben, wie man will. Das bringt einem nichts, wenn man sich verpasst, wenn der Schnittpunkt, den man gemeinsam hat, zu klein ist und einen nicht zusammenhält. Es hat nicht funktioniert und das ist auch okay. Es kann nicht immer funktionieren. Nicht mal, wenn die Geschichte so außergewöhnlich ist wie unsere. Das Leben ist kein Märchen und ich bin keine Prinzessin.

*

Mein Körper bebt und wird von einem Adrenalinstoß durchfahren, der mich aufweckt und mich zuckend zu mir finden lässt. Es ist bereits wieder hell. Auf meinem Handy befindet sich eine neue Nachricht. Niks Mutter hat mir geantwortet. Die SMS beinhaltet lediglich eine Handynummer und liebe Grüße. Mein Herz pocht. Ich habe die Nummer. Soll ich ihn gleich anrufen? Meine Uhr zeigt an, dass es noch früh am Morgen ist. Sehr früh. Gerade mal acht. Aber heute ist Freitag und nicht jeder hat frei, wie ich. Vielleicht schläft er noch oder ist schon arbeiten. Ich weiß nichts mehr über ihn. Ich gebe mir selbst einen Ruck und rufe einfach an. Es klingelt ein paarmal, doch niemand nimmt ab. Diesmal bin ich mir sicher, dass ich die richtige Nummer, aber den falschen Zeitpunkt erwischt habe. Hoffentlich ruft er mich dieses Mal zurück.

Als abends mein Handy klingelt, rechne ich nicht damit, dass er es ist. Ich habe den morgendlichen erfolglosen Anruf bei ihm verdrängt. Ich nehme ab und höre seine Stimme, die ein »Du hast angerufen« in den Hörer murmelt. Und mit einem Mal kommt die Wut wieder hoch, die ich gestern unterdrückt und in meinen Hinterkopf verbannt habe. Sie glüht heiß in meinem Magen und durchfährt all meine Glieder. »Ja, das habe ich, Nik. Aber erst nachdem deine Mutter mir deine neue Nummer gegeben hat. Wie kommst du eigentlich auf die Idee, mir deine Nummer vorzuenthalten? Ich meine, okay, du hast beschlossen, keinen Kontakt mehr zu mir zu haben. Aber das kann doch nicht wirklich dein Ernst sein, oder?« Ich klinge wie ein trotziges, aggressives Kind, das seinen Willen ausnahmsweise nicht durchsetzen konnte. Nik ist für ein paar Sekunden still und ich atme schwer in mein Handy.

»Also, Elena. Ich weiß nicht, was das jetzt soll. Du weißt genau, weshalb ich den Kontakt abgebrochen habe. Ich dachte, du verstehst das, immerhin bist du ja so schlau. Und dann ist es doch wohl selbstverständlich, dass du nicht die Erste bist, der ich meine neue Nummer sende, oder? Du wolltest mich nicht, aber willst weiterhin die Kontrolle über mich, oder wie?«

Ich hole tief Luft. »Ach, Nik. Wusstest du, dass ich Melanie kenne und dass sie ein Mensch ist, der allen gerne alles erzählt? Glaubst du wirklich, dass ich noch Kontakt zu dir will, nachdem du eine meiner Bekannten gevögelt hast? Es ist in Ordnung, wenn du Zeit brauchst, um alles zu verarbeiten, aber es ist nicht in Ordnung, wenn du eine meiner Freundinnen nagelst. Ich weiß, dass ich dazu eigentlich nichts sagen darf, weil ich selbst in einer Beziehung war, als das mit uns beiden angefangen hat, aber ich kann nicht anders! Ich kann diese Vorstellung von euch beiden zusammen nicht ertragen! Das ist zu viel!«

Empört und völlig in Rage lege ich auf. Für einen Moment erwarte ich, dass er mich zurückruft, wie Jessy es immer macht. Er ruft nicht zurück. Immerhin ist er nicht Jessy und ich habe ihn gerade zur Sau gemacht, weil sein Leben weitergeht, nachdem ich ihn abgeschossen habe. Ich halte das ewige Hin und Her, das eindeutig damit begonnen hat, dass ich mich nicht entscheiden konnte, keine Minute mehr aus. Die nächsten Tage sind schrecklich. Ich habe Stimmungsschwankungen, die mich selbst fast umhauen. Ich höre ganz laut Maria Mena und weine mir die Augen aus dem Kopf, schaue schnulzige Filme und weine mir die Augen aus dem Kopf, esse Schokolade, telefoniere mit Jessy und weine mir erneut die Augen aus dem Kopf, sodass ich zum Schluss knallrot und aufgeschwemmt bin.

Als ich zwei Tage später vor dem Spiegel stehe und feststelle, wie scheiße ich aussehe, versetzt mir das einen Schlag und beschert mir eine Mordswut auf mich und Nik. Das ist der entscheidende Punkt, der Depression in Aggression verwandelt und mich Paramore und Sugarcult hören und dazu hasserfüllt das Kissen boxen lässt. Dabei trinke ich gelegentlich ein bisschen Whiskey, um wieder herunterzufahren und meine Nerven zu beruhigen. Zum Glück hab ich eine dreimonatige Schul- und Berufspause, sonst würde ich zu nichts mehr kommen. Wäre all das vor meinem Abi passiert, hätte ich es entweder in den Sand gesetzt oder auf jede einzelne Klausur

»Männer sind beschissen und ich kann echt auf sie scheißen« geschrieben, was mir sicherlich keine super Zensuren verschafft hätte. Kurz darauf singe ich allerdings wieder Bon Jovis *Bed of Roses* und weine und rotze.

An Tagen wie diesen sagt Jessy mir immer, dass ich nur mal wieder durchgebürstet werden müsse und Männer die beste Medizin seien. »Ach, Elfe«, meinte sie letztens am Telefon. »Jetzt hat dich der geile Hengst eben abgeworfen, weil du ihm keine Zügel umgelegt und ihn nicht oft genug geritten hast – na und? Klar, Black Beauty ist für dich momentan das schönste Pferd auf dem Markt, aber doch nur, weil du den Markt gar nicht richtig betrachtest.«

»Ich will aber nur ihn«, schluchze ich an solchen Tagen zurück. Jessy legt dann meistens auf und empfiehlt mir vorher noch, ein oder drei Gläser zu trinken.

Nach der Trauer kommt dann wieder die Aggression, die mich auch heute, an diesem wundervollen Sonntag, in den Hörer schreien lässt: »Scheiß auf diesen Typen, der war eh ein Arschloch!«

Jessy stimmt mir halbherzig zu: »Klar. Die meisten Männer sind Arschlöcher, Elena. Der Trick beim Männerangeln ist, dass du dir zwar kein Nicht-Arschloch aussuchen kannst, dafür aber eins, das wenigstens scharf ist.«

»Nik ist schon scharf, oder?«

Jessy seufzt. »Ja, ziemlich.«

Ich atme tief ein und schluchze dann ungewollt. »Ist doch alles Kacke.«

Am Montag stehe ich mal wieder vor dem Spiegel und sehe mir mein mitgenommenes Gesicht an. Rote Flecken sind auf meinem Gesicht verteilt. Meine Augen sind geschwollen, meine Lippen trocken, mit Zahnabdrücken auf der Unterlippe, mein Kopf tut weh und ich bin mir sicher, dass das da zwischen meinen Augenbrauen eine Zornesfalte ist, die ich in meinem Alter eigentlich noch gar nicht haben sollte. Das und der Alkoholdunst, der aus jeder meiner Poren dringt, geben mir den Rest!

Ich schaue mir fest in die Augen, die rot und wässrig sind, mit lauter geplatzten Äderchen. Meine Lippen zittern ein bisschen, als ich Nik mental packe, ihn hochhebe, obwohl er zappelt und sich an meinen grauen Zellen festhält, ihn durch die Windungen meines Hirns zerre und in eine gigantische Holzkiste im hintersten Winkel meiner Gedanken stecke, auf der »Leck-mich-Box« steht.

Vorsichtig fühle ich in mich hinein, taste im Geiste mein Herz ab, das vor Kurzem noch scharfkantig und schmerzhaft zerrissen war, das ich jetzt allerdings dick in eine watteähnliche Substanz gewickelt vorfinde. Gut so. Eine Woche Weinen, Schreien und Treten hat sich doch gelohnt!

Jessy hat doch recht. Wir Frauen schauen uns, neben ein paar Pornos, Horrorfilmen, Komödien und *Magic Mike*, eben hauptsächlich Liebesschnulzen wie *An einem einzigen Tag* an, werden von vornherein durch Disney liebestechnisch manipuliert und erwarten im Erwachsenenalter dann, dass dieser ganze Mist uns auch mal widerfahren wird! Auf unserer Suche werden wir blind und taub und dumm, was die Männer freut. Die hocken nämlich da und schauen hauptsächlich Pornos, woher sie auch ihre Vorstellung von Liebe haben. Sie reiben sich die Hände an der Hose und freuen sich, dass wir Frauen auf der Suche nach dem Richtigen alles oben Genannte werden, weil sie uns dadurch ordentlich flachlegen können. Ein paar Mal sogar, wenn sie es richtig anstellen. Und wenn sie mit uns fertig sind, dann gehen sie.

Wenn wir zu viel Zeit brauchen, obwohl sie uns die absolute Liebe vortäuschen, dann knallen sie eben eine Freundin, um zu zeigen: Hier, das hast du davon. Den Schwanz hättest du haben können, Baby, aber du hast leider das Haltbarkeitsdatum für deine Schwanzerlaubnis übersehen.

Ich kämme mir die Haare und hole mir meine Schminke vor den Spiegel, stelle vorsichtig mein reguläres Aussehen wieder her und schaue mir noch mal genau in die, nun weniger geröteten, Augen. »Du *lebst* jetzt endlich, Elena!« Mein Spiegelbild spricht mir Mut zu. »Und die Liebe?«, frage ich mein Spiegelbild. Es schaut mich mürrisch an. Ja. Ja, ich erkenne schon, was es mir sagen will. Liebe kann mich mal!

*

Die Disco scheint zu vibrieren. Die Musik ist viel zu laut, verschwitzte Leiber reiben sich aneinander. Sie stecken in kurzen Kleidern und verbergen ihr wahres Gesicht unter einer dicken Schicht Schminke. Wie ich. Tine, Chrissy, Lena und Diana haben sich dazu bereit erklärt, mich heute in eine Disco zu begleiten, um Malle zu proben und mich abzulenken. Ich habe ihnen nicht genau erzählt, was zwischen Nik und mir vorgefallen ist. Ich habe nur erwähnt, dass er mit Melanie geschlafen hat, was Chrissy ohnehin schon wusste. Tine steht fast durchgängig an der Bar und bestellt einen Cocktail nach dem anderen. Die Hälfte davon drückt sie mir in die Hand und grinst jedes Mal vielsagend.

Ich richte mich auf, drücke die Schultern und Knie durch und recke das Kinn. Gut, ich reiße mich zusammen und habe heute Spaß. Denn ich meine ernst, was ich über die Liebe gesagt habe. Ich will Spaß, ich brauche Spaß, ich werde Spaß haben. Im Kreise meiner Freunde fällt es mir immer leicht, zu vergessen, dass es mir eigentlich schlecht geht. Außerdem habe ich genug Cocktails getrunken, um ein warmes Kribbeln in den Beinen zu fühlen, was es leicht macht, mich zu bewegen und zu tanzen.

Nach einer halben Stunde habe ich solchen Durst, dass es mich fast magisch an die Bar zieht. Ich denke, ich hatte genug süße Cocktails und brauche einen Jacky-Cola, um das alkoholische Niveau zu heben. Der Barkeeper lächelt mich freundlich an und stellt mir das Glas vor die Nase. Er kassiert nicht ab. Mein stundenlanges Make-up-Auftragen hat sich gelohnt!

Als ich den zweiten Drink bestelle, packt Diana mich am Arm und zieht mich in einen Raum, in dem Housemusik läuft. Wir sind nicht einmal eine Sekunde da und schon schreit sie: »Ah! Das ist mein absoluter Lieblingssong, o Gott!« Sie zieht mich auf die Tanzfläche, springt mehr, als zu tanzen, und jubelt den kompletten Song durch. Manchmal hat sie einen noch größeren Schaden als ich. Während ich darüber schmunzle, dass die anderen Tanzenden Diana belustigt beobachten, fällt mir ein Typ auf, der mich durchdringend anschaut. Er ist nicht sehr groß, aber ziemlich attraktiv. Ein wenig erinnert er mich an einen Engel. Offensichtlich hat er nicht sehr viel getrunken. Meinen Blick fängt er mit einem breiten, weißen Lächeln auf, das ihn viel jünger macht. Viel zu lange starre ich ihn an. Er winkt mir zu und bedeutet mir, dass ich näher kommen soll. Lachend schüttle ich den Kopf. Auch wenn er enorm gut aussieht, ich werde mich sicherlich nicht vom Erstbesten aufreißen lassen. Wir sind nicht mal eine Stunde hier und schon soll ich nachgeben? Ich denke nicht!

Diana dreht sich zu mir, schaut ihn an und pfeift. »Oh, ich denke, den solltest du mal kennenlernen!« Ihre rehbraunen Augen hängen an ihm. Sieht er so gut aus? Ich schaue ihn mir noch mal genauer an und stelle fest, dass er es tatsächlich tut. Ich werde Spaß haben. Sicheren Schrittes gehe ich auf den Fremden zu und bleibe nur wenige Zentimeter vor ihm stehen, um ihm die Hand zu reichen. »Elena«, schnauze ich taktvoll.

Er grinst breit und packt meine Hand. »Chris.«

»Du hast mich angestarrt.«

Chris lacht. Sein Lachen ist viel zu hell und irgendwie weiblich. »Ja, habe ich. Ist das denn verboten?«

Ich schüttle den Kopf. »Quatsch, ich freue mich. Du gefällst mir ziemlich gut, weißt du das?«

Während ich das sage, bemerke ich, dass es sich richtig scheiße anhört. Wäre ich ein Kerl und würde Frauen auf diese Weise anbaggern, würde ich sicherlich einige Körbe kassieren. Zum Glück bin ich eine Frau. Sobald eine Frau einen Mann anmacht, ist es egal, was sie sagt. Ich könnte »Manchmal esse ich gerne Popel und denke dabei an Männer wie dich« sagen und würde dennoch mehr als eine Nummer abstauben. Das liegt wahrscheinlich daran, dass Frauen Männer viel zu selten anmachen. Da ich ab heute eine neue Elena sein will, streife ich dieses stereotype Verhalten ab, als wäre es ein altmodischer Mantel, den ich bereits viel zu lange trage. An manchen Stellen hat er Löcher und ist rissig. Ohne Mantel fühle ich mich viel freier. Ich bin jetzt neu. Ich bin anders. Ich habe gelernt und habe mir aus den gesammelten Erfahrungen eine Weste genäht, die leichter als mein alter Mantel ist. Dank ihr habe ich mehr Bewegungsspielraum, bekomme Luft, kann tanzen, lachen, Männer anmachen. Ich kann das. Ich schaue nicht zurück. Chris ist der Erste, der mich in meiner neuen Weste sieht, und sie scheint ihm zu gefallen.

Er leckt sich über die Lippen, was ich an jedem anderen Tag widerlich fände, weil Speichelreste auf seinem Mund glitzern. »Das freut mich. Ich finde dich auch … ausziehend.«

Er hebt die Brauen, um stumm zu fragen, ob ich sein Wortspiel verstanden habe. Natürlich habe ich es verstanden. »Superlustig«, erwidere ich und schaue mir seinen Körper an.

»Magst du tanzen?« Er lispelt ein wenig. Das macht nichts. Ich will ihn nicht heiraten. Ich werfe einen Blick auf die Tanzfläche, voll von Leuten, die dicht an dicht tanzen. Eigentlich tanze ich in der Disco nicht mit Fremden. Aber das macht auch nichts. Ich packe seine Hand und ziehe ihn wortlos in das schwitzende Getümmel. Chris reibt sich an mir, fährt mit seinen Händen meinen Körper auf und ab. Das ist nicht meine Art. Ich hasse es eigentlich, wenn ich unaufgefordert von Menschen berührt werde, die mir nicht nahestehen. Heute vergesse ich das.

Er tanzt richtig gut, schlägt Wellen mit seinem Körper, die ich nicht mal mit meinem Haar schlagen kann. Er bewegt sich weich, fast seidig. Als er meine Brust streift, drehe ich mich um und verharre. Will ich das? Kann ich meine Erziehung und meine Einstellung über den Haufen werfen, um mich von einem Schönling betatschen zu lassen, nur, weil ich von meinem bisherigen Leben die

Schnauze voll habe? Er schiebt auf der Tanzfläche seine Hand unter meinen Rock, streift mein Höschen, fährt meine nackten Beine auf und ab. Eine harte Beule drängt sich gegen meinen Po.

Zwei Dinge geschehen gleichzeitig: Ich schieße nach vorne, um seiner Berührung auszuweichen, und mein Handy vibriert. *Nik!* Er ruft mich an. Mitten in der Nacht. Und ich hatte gerade eine fremde Hand am Höschen. Der perfekt falsche Zeitpunkt. Wie immer. Ohne mich umzudrehen, verlasse ich die Tanzfläche und suche ein ruhiges Plätzchen.

»Ja?« Meine Gedanken drehen sich im Kreis und kommen nicht zum Punkt. Wieso ruft er mich an? Waren wir nicht fertig miteinander? Sind wir nicht geschiedene Leute?

»Elfe«, sagt er ganz, ganz leise. Meine Weste aus Erlebnissen, die, die mich ab heute ausmachen soll, wirkt bei ihm nicht. Ich bin nackt. Ich trage nichts an mir. Keinen Schutz. Diese Tatsache lässt seine Stimme zu mir durchdringen, meinen Bauch kitzeln und mein Herz mit spitzen Fingern zwicken. Scheiße. Nein.

»Was willst du, Nik?«, frage ich so unfreundlich wie möglich und ersticke fast an meinen eigenen Worten. Er saugt scharf die Luft ein und ist dann erst mal ein paar Sekunden ruhig.

»Ich will dich nur hören. Mehr nicht. Einfach deine Stimme hören.« Er ist betrunken. Randvoll. Wenn er den Kopf neigt, schwappt der Alkohol sicher über.

»Na, also, du hast sie gehört. Können wir jetzt wieder auflegen?«

Ich glaube selbst gerade nicht, dass ich so unfreundlich zu ihm sein kann. Seit wann ist mir das möglich? Seit wann kann ich das? Es liegt wohl daran, dass ich meine Gefühle mit einem in Chloroform getränkten Lappen außer Gefecht gesetzt und in eine kleine Kammer eingesperrt habe.

»Du bist noch sauer. Warum bist du noch sauer?« Nein, ich höre mein Herz gerade nicht brechen. Ich höre nichts.

»Wieso ich noch sauer bin? Das fragst du mich? Du hast mit Melanie geschlafen. Mit einer Bekannten. Es gibt so viele Frauen auf der Welt, Nik. So viele Frauen, die nicht blind sind und sehen, was für Qualitäten in dir stecken. Du könntest so viele haben! Wieso ausgerechnet sie?«

»Ich wusste es nicht. Zufall. Wir wissen doch, dass das Schicksal ein Arschloch ist.«

»Ja, das wissen wir, aber … Ich kann das nicht vergessen, verstehst du?« Ich will meine Füße über den Boden stottern lassen, doch das hier ist kein Linoleum. »Ich kann nicht vergessen, dass sie dich berührt und betatscht hat. Und ich bin sauer auf dich, weil du dich so schnell über mich hinweggetröstet hast. Ich verstehe das nicht. Im einen Moment bin ich die Welt für dich und im nächsten bin ich nichts?«

Okay, dieses Argument zählt nicht, oder? Immerhin bin ich eben selbst solch einer Szene nur knapp entkommen. Ist es nicht unfair, jemanden schuldig zu sprechen und zu beschimpfen, der genau dasselbe getan hat wie man selbst? Kann ich wirklich noch auf ihn sauer sein? Mein Über-Ich schüttelt den Kopf. Sie findet, ich sollte ihm verzeihen, weil ich keinen Deut besser, sondern sogar noch schlimmer bin. Doch mein Es brüllt und kann es nicht ertragen, an ihn und eine andere zu denken. Ich habe zu Hause gesessen und auf ihn gewartet. Ich hatte keine Möglichkeit und keinen Mut, mich bei ihm zu melden, und er hat genagelt, was sich vor ihn geworfen hat.

»Ich habe dich ewig verfolgt, Elena!« Er ist zwar betrunken und vermisst mich, aber er ist nicht blöd und steht zu seiner Meinung. »Ich habe auf dich gewartet, obwohl du einen Freund hattest. Und als ich eingefordert habe, was mir zusteht, hast du es mir verweigert. Denkst du, ich warte ewig auf dich? Glaubst du, ich weiß nicht, wie ich aussehe? Bildest du dir wirklich ein, dass du die einzige schöne Frau auf der Welt bist, die mein Herz und meinen Schwanz berührt?«

Autsch.

»Ich habe angerufen, um deine Stimme zu hören. Trotz allem habe ich dich vermisst. Aber das ist zu viel. Weißt du noch, als du mich gefragt hast, ob wir kompatibel sind? Ganz am Anfang? Wir sind es nicht und waren es nie und alles andere haben wir uns nur eingebildet!«

»Fein! Klasse! Dann lassen wir es eben ganz! Dann scheiße ich auf dich, Nikolas. Ohne dich komme ich eh viel besser zurecht.«

Er legt auf. Für einen kurzen Moment überlege ich, ob ich ihn zurückrufen soll, nur um dann diejenige sein zu können, die auflegt. Wäre das kindisch? Bevor ich handeln kann, greifen meine Freundinnen mich auf und lotsen mich zur Garderobe. Sie haben nicht alles mitbekommen, aber was sie gehört haben, reicht aus.

Vorsichtig streife ich die Weste über, die mich ausmacht. Sie wärmt, sie schützt, sie ist da, wenn ich sie brauche. Der Schock, dass Nik angerufen hat, sitzt tief, doch ich kann ihn ertragen. Ich lerne, damit zu leben. Langsam kann ich es wirklich.

Kapitel 13

Davonfliegen

Die neue Elena gefällt mir viel besser!«, merkt Jessy am nächsten Tag am Telefon an. Ich liege noch in meinem Bett und rekle mich in den Laken. Heute Morgen bin ich mit einem zünftigen Kater aufgewacht und habe mir unverzüglich kalte Kompressen auf die dicken Augen gepackt. Die vier Chaotinnen haben mich gestern Abend nach Hause gebracht. Dass sie mich vor lauter Fürsorge nicht auch noch in den Schlaf gesungen haben, ist erstaunlich.

»Mir gefällt die neue Elena auch viel besser, Jessy. Ich hab das einfach nicht mehr verkraftet, dieses Gefühlschaos. Irgendwann muss man da raus, sonst wird man verrückt.«

»O ja! Du weißt, ich mag dich, aber du warst schon ganz kurz vorm Durchdrehen.«

»Ich weiß.«

»Ich hatte richtig Angst um dich. Du warst nur noch betrunken und depressiv. Das ist nicht normal. Du brauchst einen Sonnenschein, keinen Miesepeter.«

Jessy hat recht. Das passt nicht. Egal, wie wir es versuchen würden, wir würden uns gegenseitig nur aufreiben und uns an den Ecken des anderen wehtun. Elena Stark ist kein Beziehungsmensch mehr. Sie ist ein Lebemensch, wie er im Buche steht. Sie zelebriert ihr Leben. Ab jetzt!

Die nächsten Tage vergehen wie im Flug. Manchmal treffe ich mich mit einer meiner vier Freundinnen. Wir gehen Kaffee trinken, picknicken, ins Kino. Das mit dem Kino gefällt mir am meisten, weil ich zu den absoluten Kinofans gehöre. Ab und zu schaue ich Filme gerne zu Hause, aber wenn ich kann, gehe ich in ein Lichtspieltheater, watschele über den klebrigen Boden, esse süßes Popcorn oder salzig-käsige Nachos, trinke verwässerte Cola, fürchte mich davor, dass einer der Spuckpapierklumpen auf mich herunterstürzt, und ärgere mich über lachende und quatschende Besucher.

Und dann kommt der Tag der Abreise, auf den ich schon so lange gewartet habe. Endlich Abstand, endlich frei. Wir fahren mit dem Zug zum Flughafen. Mein Koffer ist so voll, dass ich andauernd befürchte, er könnte aufspringen und all meine Unterhosen in den Zug speien. Da bin ich nicht die Einzige. Auch meine Freundinnen haben viel zu viel Kleidung dabei. Das Freigepäck beträgt zwanzig Kilo, alles, was darüber hinaus geht, muss extra bezahlt werden. Und die Preise sind der reine Wucher, also beten wir die halbe Zugfahrt über, dass wir passgenau gepackt haben.

Diana schlürft einen Energydrink nach dem anderen und redet wie ein Wasserfall. »Ich habe vier Bikinis dabei, einfach, weil ich mich für keinen entscheiden konnte. Also, habe ich gedacht, nehm ich alle mit, um ganz sicherzugehen. Außerdem habe ich so viel Sonnencreme dabei, dass ich euch alle drei Wochen damit versorgen könnte. Ich bekomme superschnell Sonnenbrand und seit ich mal welchen in den Kniekehlen hatte, passe ich besonders auf. Das hat so dermaßen wehgetan, das glaubt ihr gar nicht! Ich wusste überhaupt nicht, dass man in den Kniekehlen Sonnenbrand bekommt. Wusstet ihr das?«

Tine lehnt sich zu ihr rüber und hält ihr den Mund zu. »Ich warne dich, Diana, wenn du nicht gleich still bist, dann haue ich dich mit meinem Koffer k.o.! Das hält man ja im Kopf nicht aus! Und gib mir diese Scheißenergydrinks, die drehen dich nur noch mehr auf!« Diana hält ihr Energysixpack fest umschlungen und drückt es sich an die Brust.

Lena schnarcht vor sich hin, Chrissy liest und ignoriert die Szene. Vor einer Stunde haben wir uns am Bahnhof getroffen, allesamt schwer bepackt und voller Vorfreude. Wir fahren seit einer halben Stunde, werden von dem lauten, roten Zug hin und her geruckelt, als befänden wir uns im Schleudergang der Waschmaschine. Der Zug ist voll und wir können froh sein, dass wir uns durchgequetscht und rechtzeitig fünf Sitzplätze ergattert haben. Um drei Uhr morgens eine Stunde im Ruckelzug zu stehen, ist nicht gerade der erste Punkt auf meiner Wunschliste.

Tine und Diana streiten noch wegen des Sixpacks, als der Zug in den Flughafen einrollt. Wir müssen sie unterbrechen und die beiden darauf aufmerksam machen, dass wir an dieser Haltestelle raus müssen oder leider unseren Flug verpassen. Missmutig raffen sie sich auf und packen ihre Sachen zusammen. Wir helfen uns gegenseitig dabei, unsere Koffer aus dem Gefährt zu hieven. Wenn ich das richtig einschätze, hat jede Einzelne von uns mehr als zwanzig Kilo eingepackt. Aber ich kann auch null schätzen. Ich bin froh, Gramm und Kilogramm voneinander unterscheiden zu können, und gut ist. Ich schleife meinen Koffer mit einem unangenehmen Quietschen über den Boden, das einige böse Blicke anzieht. Ich sehe die riesigen Flugzeuge, die starten, landen oder sich gerade in ihrer Ruhephase befinden. Ich kann es kaum erwarten, endlich meine Zehen in den Sand zu stecken und die Meeresluft einzuatmen.

Hunderte von Menschen befinden sich in der Halle, in der wir unser Gepäck abgeben müssen. Wo die wohl alle hinwollen? Wahrscheinlich in die unterschiedlichsten Ecken der Welt. Einige reisen nach Hause, andere machen Urlaub, müssen geschäftlich in ein anderes Land. Ob es auch welche gibt, die fliehen? Leute, die irgendetwas in Deutschland zurücklassen, was sie loswerden wollen? Nervige Lover, aufdringliche Eltern, Straftaten?

Wir stellen uns in einer langen Schlange an, die schnell schrumpft. Als unsere Koffer gewogen werden, beten wir alle zusammen. Wir schaffen es. Die Koffer wiegen zwischen 16 und 19 Kilo. Vom Check-in aus müssen wir durch die Kontrollen. Ich finde mich nicht zurecht. Müsste ich alleine fliegen, ich würde mein Gate nicht finden. Höchstwahrscheinlich würde ich mich verlaufen und verhungern, vielleicht ein paar Tage von den ausgespuckten Kaugummis und weggeworfenen Essensresten leben können, wer weiß. Doch in der Gruppe finden wir den Weg ziemlich schnell. Es folgt eine Leibesvisitation, die einen dazu bringt, sich wie ein Schwerverbrecher zu fühlen. Danach kauft Lena sich eine XXL-Packung Toblerone. Ich bekomme schon Zahnschmerzen vom Hinsehen.

Als wir uns am Gate einfinden, hat Lena schon genug Toblerone gegessen. Ihr ist schlecht.

»Oh, hoffentlich muss ich nicht kotzen. Ich kann mir nicht vorstellen, dass es angenehm ist, im Flieger zu kotzen.«

Diana lacht. »Ach, keine Angst, dann mach ich mit. Mir ist von den Energydrinks auch schlecht.«

»Welch Wunder«, murmelt Tine.

Wir müssen nicht lange warten, bis wir den Flieger besteigen dürfen. Sobald ich den Gang betreten habe, der direkt in das Innere des Fliegers führt, wird mir schlecht. Die Angst kitzelt mich jetzt nicht nur an den Fußsohlen, nein, sie tanzt Tango in meinem Magen. Keine Angst, Stark, flüstere ich mir zu. Das ist meine Abschlussfahrt. Das soll mich glücklich machen und nicht vor Angst zum Weinen bringen. Was ist schon so schlimm daran, in ein gigantisches Konstrukt aus Metall zu steigen, das mich quer durch die Lüfte befördern soll? Immerhin ist Metall dafür bekannt, dass es richtig leicht ist und extrem gut fliegt …

Chrissy scheint meine Panik zu wittern und greift nach meiner Hand. Sie lächelt mich mit ihren vollen Lippen und den Rehaugen aufmunternd an. »Keine Angst. Du wirst nicht an einem Flugzeugabsturz sterben. Höchstens an Leberzirrhose.« Ich schubse sie. »Ja, da hast du wohl recht.« Ich bin richtig froh, dass sie neben mir sitzt. Nach Nik und Jessy ist Chrissy die Person, mit der ich am längsten befreundet bin, und sie ist die Einzige der drei, die stets präsent ist. Zwei Stewardessen begrüßen uns freundlich. Chrissy geht voran und sucht unsere Plätze. Ich schaue mich unsicher um. Im Inneren sieht so ein Flieger nicht viel anders aus als ein Bus. Die Sitze sind bequem und ich darf sogar am Fenster sitzen, weil Chrissy ein richtig netter Mensch ist. Die drei anderen sitzen vor uns. Tine neben Diana, Lena neben einem Fremden, der sie permanent auf ihre große Toblerone anspricht, was man durchaus anders verstehen kann, wenn man mag. Wir mögen und lachen unsere Freundin ausgiebig aus. Diese wirft uns verzweifelte Blicke zu, die unser Amüsement noch verstärken.

Der Flieger setzt sich in Bewegung, rollt auf die Startbahn zu und wischt mir damit das Lachen aus dem Gesicht. Es geht los. Mist. Die blonde Stewardess beginnt damit, uns die Sicherheitsanweisungen näherzubringen. Der kleine Zusatz, dass an Bord auch alkoholische Getränke verkauft werden, lässt die Passagiere toben. Alle bis auf mich. Ich halte mir den Magen fest und kontrolliere mehrere Male den Sicherheitsgurt, der mich bei Turbulenzen und beim Aufprall auf den Boden aus Tausenden von Metern Höhe schützen soll. Das Flugzeug wird immer schneller. Meine Freundinnen beobachten mich ganz genau. »Öffne den Mund, dann hast du weniger Druck auf den Ohren«, schlägt Tine vor und schaut mich mütterlich an. Ich höre auf sie und öffne den Mund ganz leicht, was mich bestimmt vollkommen dämlich aussehen lässt. Doch das ist mir egal. Wenn es hilft, dann sehe ich auch kacke aus.

Ich bemerke es erst, als wir schon ein Stück abgehoben haben. Ich fliege! Nein, nicht ich. Der Metallkoloss. Und es sieht nicht so aus, als ob er gleich abstürzt! Noch nicht! Verdammt, jetzt denke ich an *Final Destination*. Schnell an was anderes denken. Was ziehe ich heute Abend an, wenn wir feiern gehen? »Mädels, wo wollen wir eigentlich als Erstes rein, heut Abend?« Diana meldet sich sofort: »Megarena! Ich will ganz unbedingt in die Megarena! Die soll richtig toll sein.«

*

Der Vorhang am Eingang der Megarena riecht nach Bier und Kotze. Die kräftige Frau, die die Gutscheine für T-Shirts und Freigetränke verteilt, sieht aus, als wäre sie ein Kerl. Und da ist sie nicht die Einzige. Mir sind heute schon einige begegnet, deren Geschlecht definitiv nicht einzuordnen war! Nach der Landung haben wir alle laut aufgestöhnt. Die spanische Hitze fühlt sich an wie eine zweite Hautschicht, die sich heiß und trocken an einen schmiegt. Ganz anders als die deutsche feuchte Hitze. Eine leichte Brise wehte uns entgegen, trug uns den Geruch von Sandstein und Meer in die Nasen. Das Urlaubsgefühl stellte sich unverzüglich ein. Wir suchten den Bus, der uns in unser Dreisternehotel bringen sollte, und fanden ihn auf Anhieb. Im Vergleich mit meinem restlichen Leben läuft der Urlaub bisher perfekt. Vollkommen reibungslos und glatt. Für ein Dreisternehotel ist es überragend. Das Buffet ist riesig, es schmeckt super und die Zimmer sind sauber. Wir haben uns in ein Dreier- und ein Zweierzimmer aufgeteilt. Ich habe mir Chrissy geschnappt, weil ich weiß, dass sie nachts sehr ruhig schläft, während die anderen alle ihre kleinen Macken haben, die mich vom Schlafen abhalten.

Am Abend haben wir uns in unsere kurzen Sommerkleider geworfen, kurz den hoteleigenen Pool inspiziert und sind dann schnurstracks Richtung Buffet gewatschelt. Wir waren überwältigt von der Auswahl. Beim Essen haben wir uns wie Klischeetouristen verhalten und Teller auf unserem Tisch gestapelt. Wir haben so viel gefuttert, dass keiner von uns sich noch richtig bewegen konnte. Dennoch tranken wir standesgemäß Sangria und motzten uns auf.

Im Moment frage ich mich allerdings, weshalb wir uns mit unseren Outfits überhaupt Mühe gegeben haben. Viele der Partywütigen sind in Shorts, Badelatschen oder Bikinis unterwegs. Die Jungs schreien auch die Mädels betrunken an, die nicht halb so aufgedonnert sind. Auf Malle ist eine Frau eine Frau, egal, ob sie Zeit in ihr Äußeres investiert oder nicht. Das lernen wir recht schnell. Was wir auch schnell lernen, ist, dass die Spanier lasche Drinks mischen und nur nach Aufforderung stärkere Getränke rausgeben.

Die Megarena ist voll von Leuten, die ausgelassen tanzen und fummeln. Die Nachrichten übertreiben mit ihren Berichten keineswegs. Jede von uns wird innerhalb der ersten Stunde ein Dutzend Mal angesprochen. Ich weiß, das ist erbärmlich, aber ich habe nicht vor, mir auf Malle jemanden aufzureißen. Ich bin hier, um mein

Abitur mit meinen Freundinnen zu feiern und um Deutschland für ein paar Tage zu entkommen. Nicht mehr, aber auch nicht weniger.

Wir trinken gerade unser viertes Glas, da wird Diana am Handgelenk gepackt und von uns weggezogen. Der Übeltäter ist ein hübscher Kerl mit dunklem Haar und blasser Haut. Wir schauen uns unsicher an, fangen dann aber an zu lachen, als wir sehen, wie Diana ausgelassen tanzt. »Das ist Malle!«, ruft Lena gegen die Musik an und gönnt sich einen Kurzen. Je voller die Megarena wird, desto mehr stinkt es nach Erbrochenem. Mallorcas Parfum.

Auch Chrissy wird recht bald von einem jungen Kerl mit sich gezogen und zum Tanzen gezwungen. Als ich sie fragend anschaue, hebt sie die Schultern und lacht. Der Abend verläuft wie erwartet. Wir geben uns ordentlich und sorgfältig die Kante und tanzen bis zum Umfallen. Mal mit Jungs, die sich uns unnachgiebig aufdrängen, mal miteinander. Die Stimmung ist entspannt, locker, lustig. So was kennt man aus deutschen Clubs nicht. Meistens ist die Stimmung dort eher angespannt, in irgendeinem Eck prügeln sich Kerle um eine Frau, die keinen der beiden will. Hier habe ich das bislang noch nicht gesehen. Es geht ums Feiern und ums Ausspannen. Mehr nicht. Das tut gut. Loslassen, ohne befürchten zu müssen, dass einem etwas Schreckliches geschieht.

Ausgepowert sind wir leider ziemlich schnell. Immerhin sind wir heute erst angekommen. Meine Füße schmerzen bereits nach vier Stunden, da fangen sie in Deutschland nicht einmal damit an. Auch der Rest will recht früh ins Hotel zurück, wo wir alle duschen und dann todmüde in unsere bequemen Betten fallen. Es gibt nichts Schöneres als ein Bett, wenn die Müdigkeit einen fast umbringt.

Der Wecker klingelt am nächsten Morgen um sieben, weil um acht das Frühstück ansteht. Chrissy ist kaum wachzukriegen. Ich rüttle an ihr und erhalte nur ein schwaches, ersticktes Grunzen der völligen Erschöpfung. Lachend suche ich meine Sachen zusammen und beginne eben mit dem Duschen, wenn sie nicht aufstehen will. Das Bad ist sehr sauber. Selbst der Duschvorhang, der in anderen

Hotels oftmals fast lebt, ist etwas, was ich freiwillig anfasse. Ich habe keine Angst, von ihm angegriffen und verschleppt zu werden. Das Geräusch des Föhns weckt meine Zimmergenossin auf. Sie schreckt aus dem Bett hoch und steht mit zerzaustem Haar vor mir. »Habe ich das Frühstück verpasst?«, ruft sie verschlafen aus. Mein Kopfschütteln lässt sie erleichtert ausatmen.

Nach dem Frühstück wollen wir an den Strand. Er ist nur circa fünf Minuten von unserem Hotel entfernt. Das ist erträglich. Wir sammeln unser Badezeug zusammen und machen uns gesättigt auf den Weg. So früh ist noch nicht allzu viel los, zumal auch noch nicht Hauptsaison ist. Es sitzen noch keine Betrunkenen im Sand, die pöbeln und aus Eimern saufen. Was mich sehr verwundert, ist die Tatsache, dass der Sand wirklich sauber ist. Keine Scherben, keine Flaschen, kein Papier, schlichtweg kein Müll. Ich möchte gar nicht darüber nachdenken, aus wie vielen Leuten das Reinigungsteam bestehen muss.

An Arbeit ist gerade ohnehin nicht zu denken. Ich liege auf meiner Matte, habe die Zehen im heißen Sand stecken, lasse mir Sonne auf den Bauch scheinen und atme ruhig und regelmäßig die salzige, frische Luft ein. Zugegeben, es ist nicht gerade still auf Mallorca, aber das muss es auch nicht sein. Ich will keinen Wellnessurlaub, sondern einen Partyurlaub mit Wellnesselementen. Das ist was ganz anderes. Wir reden nicht sehr viel, sondern hören lieber der lauten Musik zu, wie sie aus den Clubs plärrt. Wenn es uns zu heiß wird, erheben wir uns, gehen kurz schwimmen und brutzeln dann weiter in der mallorquinischen Sonne. Gegen Mittag machen wir uns auf die Suche nach etwas Essbarem. Drei sehr betrunkene, doch nette Engländer geben uns den Tipp, bei einer Pizzabude in der Nähe vorbeizuschauen. Die ist angeblich großartig. Wir lachen, weil alle drei Engländer so rot sind wie ein wunder Babypopo. Ein weiteres erfülltes Klischee: rote betrunkene Engländer.

Der nächste Programmpunkt ist: faul am Pool liegen, bis es Abendessen gibt. Der Pool ist groß und sauber. Um das blaue Nass herum stehen Dutzende Liegen, auf denen kein einziges Handtuch zum Reservieren platziert ist. Ich bin ganz stolz auf die deutschen Miturlauber! Ich schnappe mir eine Liege im Schatten, werfe mich drauf, decke mich mit einem Handtuch zu und schlafe eine Stunde lang. Geweckt werde ich durch lauten Gesang. Eine Männergruppe brüllt Chrissy an, die beschämt hinter ihrem Buch verschwindet. »Chrissy, schenk mir ein Foto, schenk mir ein Foto von dir!«, lautet der Lockruf der Männchen. Tine singt lauthals mit und Diana nimmt alles auf. Ich werfe ein Haargummi nach meiner Freundin. »Auf, stell dich nicht so an! Schenk ihnen ein Foto.« Wenn Blicke töten könnten, wäre ich auf der Stelle umgekippt. Sie schiebt die Sonnenbrille hoch, dreht sich von der grölenden Menge weg und liest weiter. Besungen zu werden ist wohl nicht das, was sie sich wünscht. Ich hebe die Schultern und schaue den Männerchor entschuldigend an.

Als wir den Poolbereich zum Abendessen verlassen, versuchen sie ihr Glück noch einmal, doch werden erneut brutal abgewiesen. »Mensch, Chrissy, du bist ja knallhart!«, lacht Lena und verpasst ihr einen spielerischen Schubs. »Bei so hässlichen Heinis muss man das auch sein!«, sagt sie bloß finster und wirft einen kurzen, grimmigen Blick nach hinten. Wir lachen laut und ziehen sie weiter, bevor sie noch umdreht und die Kerle aufmischt.

Den zweiten Abend verbringen wir im Bierkönig. Das Lokal platzt nahezu aus allen Nähten. Wir müssen drei Runden drehen, ehe wir einen freien Stehtisch finden. Schlagermusik dröhnt uns in den Ohren. Daran müssen wir uns wohl oder übel gewöhnen, denn diese Insel steht für den deutschen Schlager. »Also, eins muss man denen lassen: Das Bier ist gut!«, gebe ich mit biernassen Lippen zu und bekomme Bestätigung von einem glatzköpfigen Alten, der an mir vorbeiläuft.

Der restliche Urlaub unterscheidet sich kaum von den ersten beiden Tagen. Wir frühstücken, liegen bis mittags am Strand, dann gehen wir essen, liegen am Pool, essen, machen uns zurecht und gehen feiern. Ganz ehrlich? Es ist der perfekte Urlaub. Tine verschwindet immer mal wieder und taucht mit verdächtig geschwollenen Lippen auf. Die geschwollenen Lippen lassen auf Kussorgien schließen, die sie uns kein einziges Mal beichtet.

Der letzte Abend ist der beste. Obwohl wir schon mittags um zwei fliegen, was bedeutet, dass wir früh aufstehen müssen, beschließen wir, diesen Abend zum Abschuss zu nutzen. Um den Kreis zu schließen, besuchen wir die Megarena. Wir nehmen uns vor, sechzig Euro zu versaufen, was nicht viel klingt, aber für uns Mädels viel ist. Die Erste, die voll ist, bin ich. Und ich stehe auch dazu. Ich sehe mal wieder diffus und rede undeutlich. Das sind eindeutige Zeichen, dass ich so richtig betrunken bin. Lena folgt mir auf dem Fuße, nur Diana braucht mehr als die, für sie, läppischen sechzig Euro, um sich zu betrinken. Dafür ist sie auch diejenige, die von einem Mann angesprochen wird, der einer Unterwäschewerbung entsprungen zu sein scheint. Er hat strohblondes Haar, grasgrüne Augen und einen Körper zum Dahinschmelzen. Ich entdecke ihn als Erste, aber ich habe, komischerweise, kein Interesse und zeige auf ihn. Er beobachtet uns und redet mit seinen hässlichen Kumpels über unsere Mädelsrunde. Diana findet es frech, dass über uns gesprochen wird, ohne dass wir in die genaueren Ausführungen eingeweiht werden, und torkelt zu ihm rüber. Mr Superkörper scheint ihre freche Klappe nicht zu gefallen, denn er lässt sie nicht allzu lange plappern, ehe er sie im Nacken packt, zu sich zieht und so leidenschaftlich küsst, dass es sogar uns fast die Schuhe auszieht. Wir unterstützen unsere Freundin mit Jubelrufen und lautem Klatschen und Pfeifen. Diana hält sich an dem Typen fest, als wäre er ihr Rettungsanker. Sie windet sich um ihn wie eine Schlingpflanze und taucht nur ab und zu auf, um Luft zu holen. Na, die wird eine heiße Nacht haben!

Um ihr die Ruhe zu verschaffen, die sie benötigt, quetschen wir uns zu viert in ein Doppelbett. Ich schließe Tine in die Arme und schlafe ruck, zuck ein, nur um einige Male von Dianas Stöhnen, dem quietschenden Bett und lautem Gelächter aufzuwachen. Na, die haben aber Spaß! Lena nörgelt ein bisschen und klopft fest gegen die dünne Wand, hinter der Diana ihren Flirt vernascht. Die zwei reagieren auf das Klopfen prompt mit schallendem Lachen und lautem Seufzen. »Keine Chance, Lena. Die machen noch die ganze Nacht weiter«, prophezeit Chrissy und soll damit auch recht behalten. Diana wird lauter und lauter. Ich halte mir die Ohren zu und schließe die Augen, versuche ein weiteres Mal zu schlafen.

Ihr Stöhnen hallt in meinen Ohren wider … Bis es plötzlich zu meinen eigenen Lauten wird. Felsen stechen mir in den Rücken, Sand schluckt meine Füße. Ich rieche Salz, ich küsse Dennis. Sein rotes Haar ist feucht, schmierig vom Salzwasser. Er drückt seine weichen Lippen auf meine. Mir bleibt die Luft weg. Woher nimmt er nur diese Intensität? Seit wann ist er so bei der Sache?

Seine Hand reibt immer und immer wieder über meinen Unterbauch. Kreisende Bewegungen, die Stück für Stück tiefer wandern, Finger, die mir das feuchte Badehöschen von der klebrigen Haut ziehen und es zu Boden fallen lassen. Ich schnappe nach Luft, als Dennis mich noch fester gegen die Felsen drängt.

»Erinnerst du dich noch an unser erstes Mal? An die Betonwand in deinem Rücken, meine Hand in deinen Haaren?«, flüstert er gegen meinen Mund. Ich halte ihm mein Becken entgegen, will ihm sagen, dass er still sein und mich nehmen soll. Kein Wort verlässt meine Lippen. Dennoch scheint er zu verstehen, schiebt sich langsam in mich hinein, hält mich dabei fest an sich gedrückt, sodass ich über seine Schulter hinweg den Strand und das Meer sehen kann. Komisch. Obwohl es helllichter Tag ist, heiß und perfekt zum Schwimmen, ist keine Menschenseele hier.

Dennis stößt sachte zu, vorsichtig. Ich will ihn fester und diesmal bin ich dazu bereit, es selbst in die Hand zu nehmen. Ich will ihn gerade von mir stoßen, um ihn umzuwerfen und mich auf ihn zu setzen, da fällt mir sein Haar auf. Keine roten Strähnen, kein auffälliges Leuchten. Sein Haar ist dunkel … wie seine Haut, die von

Tattoos geschmückt wird und sich an meine schmiegt. Erschrocken ziehe ich mich ein wenig zurück und sehe Nik vor mir, der mich mit schweren Augen anblickt.

Sein Mund verzieht sich zu einem trägen Grinsen. »Hast du wirklich geglaubt, dass ich dich so einfach davonkommen lasse?«, flüstert er. Er stößt fest zu. So fest, dass er mich gegen die Felsen schlägt und dass ich entsetzt aufschreie. Wo kommt der denn her? Und wo ist Dennis?

Diese Fragen vergesse ich schnell. Er hebt mich auf seine Hüften und ich schlinge meine Beine um ihn, erwürge ihn fast im Klammergriff, um ihn an mich zu pressen, in ihm zu versinken, wie er gerade in mir. Nik, o Nik! Sein Geruch ist mir vertraut, seine Lippen schmecken nach Hustenbonbons und Sand. Endlich habe ich ihn zurück. Niks Penis ist so groß, wie ich ihn in Erinnerung hatte. Es tut fast schon ein bisschen weh, aber ich beschwere mich nicht. Ich verliere mich in seinen festen Stößen, lasse mich ganz von ihm davontragen.

Federleichte Küsse auf meinem Rücken lassen mich wieder zurückkehren. Was? Wie kann er mich denn tragen und gleichzeitig meinen Rücken küssen? Erstaunt erkenne ich die vermissten roten Strähnen, die sich von hinten auf meine Schulter legen. Nik lässt mich grinsend auf den weichen Sand sinken, der erneut meine Füße verschlingt. Mit gerunzelter Stirn blicke ich von dunklen in helle Augen, zwischen Nik und Dennis hin und her und weiß nicht, was ich mit dieser Situation anfangen soll. Das gibt eine Schlägerei! Ohne Hosen! Mist!

Sie schauen sich nicht an, haben nur Augen für mich. Anstatt sich gegenseitig die Nasen blutig zu schlagen, fängt Dennis an, mir vorsichtig die Schultern und die Brüste zu massieren, während Nik zuschaut und wissend lächelt. Ein Dreier. Eine Sache, die ich niemals in Erwägung gezogen hätte. Besonders nicht mit meinem Ex und meiner Sandkastenliebe. Bei Tageslicht am Strand auf Malle. Aber da stehen die beiden. Schön, vertraut, neu, anders. Sie sind so unterschiedlich, dass es einen wahnsinnig macht. Und einer massiert mich, während der andere mich küsst, mir dabei mit seinen Pfützenaugen tief in meine schaut und in kreisenden Bewegungen seinen Schritt an mir reibt. Was zum …?

Ohne Vorwarnung dreht Dennis mich zu sich herum und küsst mich, dass ich keine Luft mehr bekomme. Nik nutzt die Situation aus, fährt mit seinen großen Händen mein Rückgrat auf und ab und zieht mich mit sich zu Boden. Meine Lippen lösen sich mit einem Plopp von Dennis. Ich werde vorsichtig hinuntergezogen. Nik kann ich nicht sehen, aber ich fühle ihn. Er hält mich mit beiden Händen an meiner Hüfte. Ich fühle seine Spitze an mir, lasse ihn in mich gleiten und stöhne laut auf. Als ich mich bewegen will, drückt er seine Finger in mein weiches Gewebe. Okay. Stillhalten angesagt. Er übernimmt die Bewegungen.

Mir wird auch schnell klar, wieso. Dennis positioniert sich vor mir und schaut mich fragend an. Langsam macht das hier wirklich Spaß. Ich lache kurz auf, fasse nach seinem erigierten Penis und fange langsam an, seinen Schaft zu massieren, zu lecken, zu küssen. Er stöhnt auf, ich grinse und Nik belohnt mich mit einem harten Stoß. Ohne mein Grinsen zu verlieren, lege ich meine Lippen auf Dennis' Eichel und öffne meinen Mund Stück für Stück, um immer mehr von meinem Ex aufzunehmen. Nik erleichtert mir die Arbeit, indem er mich nach vorn stößt und mir damit die Bewegungen liefert, die Dennis und ich brauchen. Der rothaarige Musiker hält meine Haare fest im Griff, um mich zu dirigieren. Er dringt in meinen Mund, so tief ich es erlaube, so tief ich es kann. Ich bin zwischen den beiden gefangen, fühle mich aber kein bisschen ausgeliefert.

Die Wellen schlagen gegen Stein und Sand, rauschen in meinen Ohren. Meine Augen sind geschlossen. Ich will jetzt nichts sehen; nur fühlen. Nik findet den richtigen Rhythmus, wird schneller und schneller, atmet viel zu laut. Nicht nur er atmet immer lauter und schwerer. Dennis ergänzt Niks Stöße und reißt an meinen Haaren.

Ich komme mit einem dumpfen Schrei, der etwas erstickt klingt. Nur kurz darauf macht Nik seinen letzten Stoß und Dennis ergießt sich salzig in meinen Mund.

Ich wache auf, bevor sich einer der beiden aus mir zurückziehen kann. Meine Freundinnen schlafen noch. Sie können meine roten Wangen nicht sehen, hören nicht, wie ich schnaube, merken nicht, wie ich ungläubig den Kopf schüttle. Scheiße, was war das denn? Habe ich das gerade wirklich geträumt? Scheiß-Diana mit ihrem Scheiß-Stöhnen! Alles ihre Schuld! Mit meinem Gesicht fest in die Kissen gedrückt, versuche ich, das Bild von mir auf Nik mit Dennis in meinem Mund loszuwerden. Den Rest der Nacht kann ich nicht mehr einschlafen.

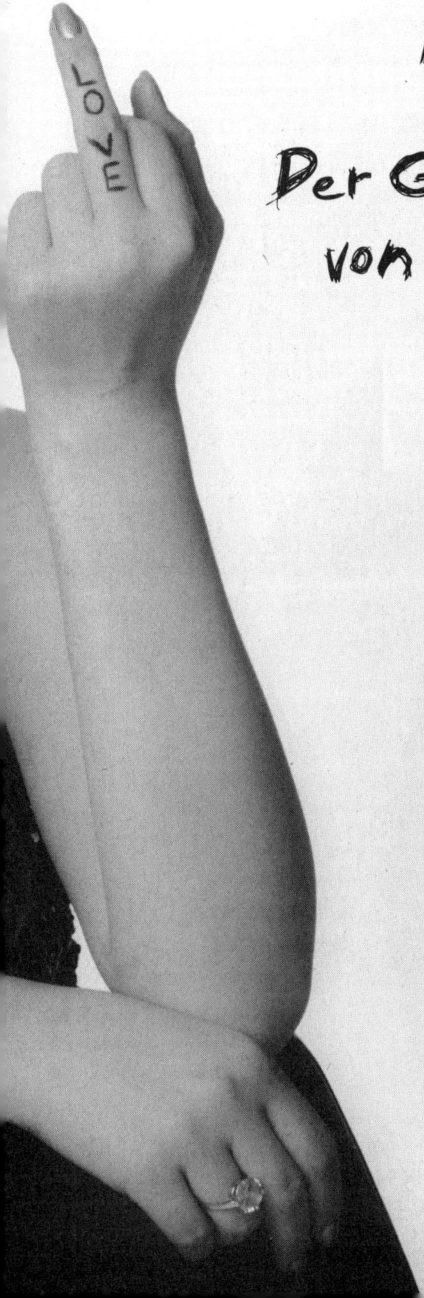

Kapitel 14

Der Geschmack von Freiheit

Die vier Tage sind viel zu schnell vergangen. Das ist immer so. Man plant etwas gefühlte zehn Jahre lang, freut sich gigantisch darauf und dann ist es innerhalb eines Wimpernschlags vorbei. Selbst der Rückflug kam mir kürzer vor. Eine richtige Frechheit ist das! Und obwohl nicht alle von uns so einen Spaß hatten wie Diana, sind wir braun und zufrieden. Als ich vor der Tür meiner Eltern stehe, in löchrigen Jeans und mit einem knallbunten Shirt aus Malle, fühle ich mich erschöpft, aber gut. Es fühlt sich an, als wäre ich gleichzeitig ewig und nur Sekunden weg gewesen. Meine Mutter öffnet mir die Tür und drückt mich so fest an sich, dass ich kaum mehr Luft bekomme.

»Oh, siehst du hübsch aus! So braun und entspannt! Der Urlaub hat dir richtig gutgetan, Elfe!« Mein Papa stimmt Mama euphorisch zu. Nur Sarah schüttelt den Kopf. »Die hat vom Saufen Ringe unter den Augen. Warum sieht das sonst niemand?« Ich werfe das Souvenir nach meiner Schwester, das ich ihr extra noch erstanden habe; eine Handyhülle, auf der in Kobaltblau »No ficki ficki« steht. Sie läuft rot an, kichert und lässt ihr Handy sofort in die Hülle ein. Papa zeigt drauf und nickt. »Merk dir das mal, bis du dreißig bist!«

Den folgenden Tag verschlafe ich komplett. Ich wache nicht ein einziges Mal auf und schlafe auch noch die Nacht durch. Erst der Morgen darauf schafft es, mich aus dem Schlaf zu reißen. Vielleicht ist es aber auch nicht der Morgen darauf, sondern meine Mutter, die aufgeregt einen braunen Umschlag vor meine Nase hält und zappelt. »Hier, guck mal. Post von deiner Traumuni! Wach auf und öffne den Umschlag, bevor ich ihn aus Neugierde selbst öffne.«

Ich verstehe erst mal nicht, was sie von mir will, nehme den Umschlag aber und setze mich auf. Ich habe bestialischen Mundgeruch, das schmecke ich. Meine Augen sind verklebt und ich muss ganz dringend aufs Klo und dann duschen. Doch der nervöse Blick meiner Mutter und ihr unruhiges Gezappel lassen auch mich ganz nervös werden. Inzwischen hat Mama sich ans Fußende meines Bettes gesetzt und wackelt mit dem Fuß. Das gesamte Bett vibriert.

Ich schicke, trotz der Tatsache, dass ich Atheistin bin, ein Stoßgebet gen Himmel und reiße dann den Umschlag auf. Mit zittrigen Händen und tauben Fingerkuppen ziehe ich das einzelne Blatt aus dem Umschlag und lese ganz langsam und vorsichtig den Text. »Mama, diese Vollidioten …« Ihr Gesicht erschlafft. Enttäuschung tritt ihr die Freude aus dem Gesicht. »Diese Volldeppen, Mama. Die haben mich doch tatsächlich angenommen!«

Sie springt auf. Mit einem Ruck zerrt mein Muttertier mich aus dem Bett und umarmt mich wieder wie ein Wrestler. Sie zieht mich ins Wohnzimmer, dass ich auch Papa und dem Rest der Familie die freudige Botschaft überbringen kann. Papa ist ganz aus dem Häuschen und will gleich einen Sekt köpfen, was ich dankend ablehne: »Das ist echt nett gemeint, aber ich habe in den letzten Tagen so viel Alkohol getrunken, dass ich nicht mal mehr an das Zeug denken kann, ohne zu würgen.« Mein Magen gluckert bestätigend und hält Mama und Papa gerade noch davon ab, in die Küche zu stürzen und mich mit Sekt abzuspritzen. Sie umarmen mich andauernd und rufen fast jeden an, den sie kennen, um Bericht zu erstatten. »Leute, ihr tut ja gerade so, als hätte ich den Nobelpreis gewonnen. Heilige Scheiße!«

Wenn ich studiere, habe ich noch einen bis eineinhalb Monate länger Ferien, weil die Vorlesungszeiten an dieser Uni recht merkwürdig sind. Das wäre ideal. So könnte ich in der Zwischenzeit nach einer geeigneten Wohnung suchen und einen Antrag auf BAföG losschicken, um dem Erwachsensein einen Schritt näher zu kommen. Es dauert nicht mal eine Woche, da segelt die nächste gute Nachricht ins Haus. Radio Mondsucht, der Sender, den meine Mutter vorgeschlagen hat, lädt mich zum Vorstellungsgespräch ein. Das ist in fünf Tagen. Jetzt, da sogar mein Nebenjob schon fast sicher ist, sollte ich Mama sagen, was ich vorhabe.

Ich koche einen starken Kaffee und hole Kuchen vom Bäcker. Mit viel Liebe und Geduld decke ich den Wohnzimmertisch und lotse meine Mama dann auf die Couch. Sie begutachtet den schön gedeckten Tisch und wird sofort misstrauisch. »Was hast du vor?« Die Frau kennt mich schlicht zu gut.

»Nur ein bisschen reden. Trink einen Kaffee und iss ein Stück Kuchen!« Behutsam nimmt sie Platz. Wieso kann sie nicht ein wenig naiver sein? »Also, Mama. Ich bin ja jetzt schon 21, das weißt du, ja?« Sie hebt das Kinn an und trinkt einen Schluck Kaffee, ohne zu antworten. »Das ist schon ganz schön alt und erwachsen. Es gibt Leute, die ziehen viel früher aus als ich. Die leben schon seit Jahren nicht mehr bei ihren Eltern.«

»Aha.«

»Deshalb ist es auch bestimmt nicht überraschend, wenn eine junge Frau sagt, dass sie langsam flügge werden will.«

Mama stellt die Tasse auf dem Tisch ab und stopft sich Himbeerrolle in den Mund, um wütend zu kauen und zu schlucken. »Elena, wenn du etwas sagen willst, dann sag es doch einfach und stell dich nicht an wie das Kind beim Scheißen. Du willst ausziehen. Das ist dein gutes Recht, du bist alt genug. Ich reiße dir schon nicht den Kopf ab.«

»Das überrascht mich.«

»Ja, das glaube ich dir. Ich kann dich nicht ewig einsperren, auch, wenn ich das sehr gern würde. Und wenn du findest, dass das der richtige Zeitpunkt ist, dann kann ich dir nicht widersprechen. Ich habe mir den Zeitpunkt auch selbst ausgesucht. Da war ich jünger als du.«

Meine Ohren klingeln, so perplex bin ich. Ich hatte Ärger erwartet, Trauer, Widerrede. Aber kein sofortiges Einverständnis und ein solches Einfühlungsvermögen! Ich weiß, dass meine Mama toll ist, aber dass sie mich so leicht gehen lässt, sobald ich an der Leine ziehe, das hätte ich nicht gedacht! Ich kaue den süßen Kuchen und merke, wie ich ein langsames Lächeln zustande bringe und meine Mutter damit anstecke.

»Möchtest du denn, dass wir zusammen Wohnungen besichtigen? Zwei Augenpaare sehen mehr als eins.«

Freudig nicke ich und stopfe mir ein größeres Stück Kuchen in den Mund. Es ist schön, wenn die Mutter einem einfach immer hilft. Es gibt kein besseres Gefühl, als die Unterstützung der Familie im Rücken zu haben.

*

Wohnungsbesitzer Nummer eins erlaubt uns, gleich am nächsten Tag vorbeizukommen und uns die sechzig Quadratmeter große Wohnung anzusehen. Warm würde sie lediglich vierhundert Euro kosten, was absolut im grünen Bereich liegt. Das könnte ich mir leisten. Der Vermieter übernimmt die Führung sogar persönlich, um gleich vor Ort alle Fragen beantworten zu können. Die Wohnung hat einen dunklen Parkettboden. Das Zimmer, das ich mir als Schlafzimmer aussuchen würde, ist groß genug, um Bett, Schrank und Nachttische unterzubringen und nicht zu vollgestopft zu wirken. Das eventuelle Wohnzimmer ist, wie die Küche, sehr geräumig und hell. Das Bad ist zwar recht klein, aber es gibt ein Fenster.

»Wenn Sie wollen, können Sie auch ein Haustier halten. Katze, ein kleiner Hund, alles kein Problem. Nur bitte nichts, was größer als kniehoch ist. Außer einen Freund, den dürfen Sie auch mitbringen, solang er stubenrein ist.«

Ich lache höflich über den Witz und schaue Mama fragend an. Was sagt sie dazu? Sie lächelt den Vermieter freundlich an und zieht mich am Arm zu sich: »Hör mal, ich finde die Wohnung gut, weiß aber nicht, ob du gleich beim ersten Objekt zusagen willst. Vielleicht möchtest du erst noch die anderen Wohnungen anschauen.«

Ich überlege kurz. »Aber das wäre doch total unnötig. Guck mal, ich würde nur fünf Minuten entfernt wohnen, die Wohnung liegt im ersten Stock, weshalb ich weder Angst haben muss, dass einer einsteigt, so wie im Erdgeschoss, noch viele Treppen laufen muss.«

Sie schaut mich schief an. »Du willst also sofort zustimmen?«

Ich nicke begeistert. »Wenn ich darf. Erst mal müssen wir ihm ja erklären, dass ich noch gar kein Geld habe und den Vertrag brauche, um den Antrag zu stellen.«

Mama winkt ab und dreht sich zum Vermieter. »Gut, von uns aus wäre das die richtige Wohnung. Einziges Problem: Meine Tochter braucht einen Mietvertrag, um BAföG beantragen zu können. Ist das okay für Sie? Sie ist Studentin und würde nebenher arbeiten gehen.«

»Ja, klar! Also, wenn Sie die Wohnung wollen, dann setze ich einen Vertrag auf.«

Ich unterdrücke einen leisen Freudenschrei. Meine eigene Wohnung!

Schon kurz darauf habe ich das Vorstellungsgespräch bei meinem Lieblingsradiosender. Ich überlege mir genau, was ich sagen will. Ich möchte mit einbringen, dass ich einfach das perfekte Radiogesicht habe! Ich ziehe einen knielangen Bleistiftrock mit einer verspielten Bluse an und versuche, so sauber und ordentlich auszusehen wie möglich. Ich will kompetent wirken, souverän. Papa fährt mich. Er sieht entschlossen aus. Wir sind ein zielstrebiges, entschlossenes Team, bereit zum Angriff!

Das Gebäude, in dem Radio Mondstrahl sitzt, ist klein. Es ist orange angestrichen, rechteckig und sieht eher wie ein Wohnhaus aus. Ich frage Papa vier Mal, ob er sich nicht in der Adresse geirrt hat. Aber wir sind richtig. Es hängt sogar ein Schild am Haus.

Ich muss zum Personalchef. Die Tür ist aus Metall mit einer dünnen, länglichen Glasplatte in der Mitte, durch die Herr Hobel, der Personalchef, mich sehen kann. Er lächelt mich an und winkt mich rein. Der Raum ist hell und bunt eingerichtet. Das nenne ich Radio! Herr Hobel kriegt sich kaum ein vor Höflichkeit. Er erhebt sich und setzt sich erst, als ich mich setze.

»Die junge Frau Stark«, flötet er und wirft einen langen Blick in meine Unterlagen. »So, ich sehe, dass Sie keinerlei Erfahrung mitbringen, aber das ist schon in Ordnung. Irgendwo muss man ja anfangen. Mit Erfahrung wird man schließlich nicht geboren, was?«

»Richtig! Das sehe ich ganz genauso wie Sie!«

Er lächelt mich an. Seine Schneidezähne stehen schief. »Na, also, dann verstehen wir uns doch. Wie wäre es, wenn Sie am Montag nächste Woche mal für einen Tag herkommen und zur Probe arbeiten? Ist das okay für Sie? Ich finde, dass das der einzige Weg ist, um zu schauen, ob der potenzielle neue Mitarbeiter ins Team passt. Es nützt ja alles Können nichts, wenn Sie sich nicht mit dem Rest der Leute verstehen!«

Ich nicke. »Richtig.«

»Also gut. Dann kommen Sie Montagmorgen um neun Uhr, da beginnen wir mit den Aufnahmen für die Show am frühen Abend. Nur wenige unserer Sendungen sind tatsächlich live.«

Ich tue so, als schließe ich meinen Mund ab und werfe den Schlüssel weit weg.

Herr Hobel grinst. »Und hören Sie auf, sich so zu kostümieren. Bei uns herrscht kein Zwang, sich fein zu kleiden. Wir sind beim Radio, nicht beim Fernsehen!«

Vollkommen glücklich hüpfe ich aus dem Gebäude und informiere meinen Vater darüber, wie gut das Gespräch lief. Er hebt den Daumen. »Na, also! Super Leistung!«

»Na ja, am Montag muss ich erst mal zur Probe arbeiten …«

»Und da wirst du sie vollends von dir überzeugen und sie werden dich einstellen. Warts nur ab. Ich hab ein Gespür für so was!«

Auch Mama ist absolut überzeugt von meinem Können und denkt, dass ich am Montag sofort eingestellt werde. Ich hoffe bloß, dass ich die beiden und auch mich nicht enttäusche.

Als Mama in meiner Familie verkündet, dass ich bald ausziehe, finden sich Unmengen an Möbeln, die ich haben kann. Das Einzige, was ich jetzt noch selbst zahlen muss, ist die Wandfarbe.

*

Am Montag schlüpfe ich in Jeans und T-Shirt und fahre mit der Bahn zum Probearbeiten. Ich bin pünktlich, und zwar auf die Sekunde genau. Herr Hobel ist begeistert. »Pünktlichkeit ist beim Radio sehr wichtig! Lassen Sie mich Ihnen zunächst die potenziellen Kollegen vorstellen.«

Die Radiomoderatoren sitzen gerade im Studio und nehmen die Sendungen für die Nacht auf. Es gibt vier Moderatoren, die immer jeweils zu zweit eine Sendung übernehmen. Das Autorenteam, das für das Skript zuständig ist, besteht aus zwei Leuten. Die Tonregie lerne ich nicht kennen, weil ich mit denen nie was zu tun haben werde. Herr Hobel sagt, diese Leute lassen sich äußerst selten mal blicken. Sie sind das lebende Mysterium dieses Senders. Das Kreativteam besteht aus drei Redakteuren, die sich neue Shows einfallen lassen und die Tracklisten zusammenstellen. Es gibt mehr Frauen als Männer, was beim Radio wohl nichts Außergewöhnliches ist. »Ich stelle zwar nach Qualität und Sympathie ein, aber manchmal würde ich einen Bewerber am liebsten nur annehmen, weil er männlich ist. Wir haben in der Radiobranche einen deutlichen Frauenüberhang. Nicht, dass mich das stört.«

Ich grinse. Der Kerl ist richtig nett. Als ich das Studio einmal komplett besichtigt habe, bleiben wir vor einem großen Schrank mit Flügeltüren stehen. Mittlerweile sind wir zum Du übergegangen; Herr Hobel heißt Klaus.

»Nun zum unangenehmen Teil. Das Erste, was du machen musst, ist, die Zeitungsartikel hier sortieren. Weißt du, wir berichten nicht einfach über etwas und tun es dann ab. Wir sammeln Artikel und Alternativberichte darüber, um eventuell anfallende Fragen beantworten zu können und stets glaubhaft zu bleiben. In der Berichterstattung ist kaum etwas wichtiger als die Glaubhaftigkeit! Was du hier siehst, sind Berichte aus dem vergangenen halben Jahr. Wir brauchen aber nicht mehr alle. Die Artikel, die älter als drei Monate sind, müsstest du aussortieren und entsorgen. Danach kannst du bitte Kaffee kochen und meine eingegangenen Mails checken, um

Einladungen zu Festivals und Veranstaltungen in einen Extraordner zu verschieben. Wenn du damit fertig bist, kommst du noch mal zu mir. Solltest du Fragen haben, stelle sie ruhig. Jeder Einzelne hier wird dir bereitwillig helfen. Wir haben alle so angefangen.«

Ich hole tief Luft. Die vielen Zeitschriften flößen mir Respekt ein. Damit werde ich stundenlang beschäftigt sein! Aber ich tue, wie befohlen, und hole Stapel für Stapel aus dem Schrank. Heute Abend werde ich Muskelkater haben. Am Anfang bin ich mit der Aufgabe unzufrieden, aber nach einer Weile macht es sogar Spaß. Ich entwickle eine Strategie beim Öffnen und Blättern und komme ziemlich schnell voran. Dennoch dauert es zwei Stunden, bis ich den Schrank komplett entrümpelt habe. Drei Müllsäcke habe ich voll gemacht und schleppe jeden einzelnen in den Hinterhof, um ihn auf einen Stapel zu werfen. Danach schleppe ich mich in die Küche und koche eine große Kanne Kaffee, von der ich mich selbst reichlich bediene. Nach dem Kaffeekochen gehe ich an den PC, den Klaus mir zugeteilt hat, und logge mich in seinen Account ein, um seine E-Mails nach Einladungen zu durchsuchen. Es dauert eine Stunde, bis ich diesen letzten Auftrag abgeschlossen habe und erneut zu Klaus gehe. Dieser schaut auf die Uhr, nickt zufrieden und gibt mir einen Stapel Papiere, den ich abtippen und an die Adressen versenden soll, die jeweils mit einem Post-it auf den Zetteln befestigt sind.

Als ich auf die Uhr schaue, ist es schon halb vier. Oh! Wie rasch hier die Zeit vergeht! Und ich habe nicht einmal die Mittagspause genutzt, die mir angeboten wurde! Am Ende des Arbeitstages, um vier Uhr, werde ich erneut in Klaus' Zimmer zitiert. Er schaut mich fröhlich und zufrieden an. »So, Elena. Ich finde, dass du die Arbeit heute richtig gut erledigt hast. Wenn du möchtest, kann ich dir einen Arbeitsvertrag aufsetzen und du kannst schon nächste Woche mit deinem Teilzeitjob bei uns anfangen. Du würdest von Montag bis Mittwoch und an jedem zweiten Samstag bei uns arbeiten. Jeweils von neun bis halb drei.«

Ich freue mich so, dass ich kein Wort rauskriege und einfach nur heftig nicke. Mein Nacken knackt sogar laut. Klaus hebt die Hände. »O Gott, bitte brich dir vor Freude nicht gleich das Genick! Es wäre wirklich schade um dich und unser junges Arbeitsverhältnis!«

Es dauert nicht lange, bis ich mich in meinen Job eingewöhnt habe. Jeden Tag muss ich am PC sitzen und die Nachrichten auf etwas untersuchen, was interessant für junge Hörer sein könnte. Das mache ich von neun bis elf. Dann sortiere ich eine Stunde Klaus' E-Mails, gehe in die Mittagspause und verbringe da 45 Minuten. Danach tippe ich Antworten auf Briefe ab, versende sie und schicke die Sendebestätigungen an den Chef, den ich bisher noch nicht persönlich kennengelernt habe. Zwischendurch koche ich immer mal wieder Kaffee oder helfe meinen Kollegen bei Kleinigkeiten. An Tagen, an denen nicht so viel zu tun ist, darf ich Interviews am PC zurechtschneiden oder auch mal selbst Interviewfragen formulieren. Das anstehende Interview mit dem Bürgermeister darf ich zum Beispiel ganz alleine aufsetzen. Klaus traut mir immer mehr zu und ich lerne von Tag zu Tag mehr über die Welt des Radios.

Meine BAföG-Bewilligung geht nach sechs Wochen ein. Zwei Wochen vor Unibeginn. Das Geld wird direkt überwiesen, sogar eine Nachzahlung für den vergangenen Monat steht mir zu. Davon kann ich die Wandfarbe für meine neue Wohnung bezahlen. Zusammen mit meinen Eltern streiche ich die Wände bunt und hänge alle Bilder auf, die ich finden kann, um mein neues Zuhause gemütlich zu gestalten. Mit meinem Onkel und meinem Cousin baue ich die Möbel auf und räume Schränke ein. Es dauert einen ganzen Tag. Um mich am Abend nicht allzu einsam zu fühlen, schalte ich das Fernsehgerät an. Mit dem Fernseher auf fast voller Lautstärke schleppe ich mich unter die Dusche. Umziehen ist anstrengend und ermüdend. Ich könnte im Stehen einschlafen.

Ha, denkste! Sobald ich in meinem Bett liege, der Fernseher ist natürlich noch an, bin ich wieder hellwach und nehme jedes

Geräusch überlaut wahr. Ich höre ein Knacken in der Wohnung unter mir, obwohl sie schon seit Wochen leer steht. Ich vermute Einbrecher oder Geister, die jeden Moment durch den Boden springen und mich holen könnten. Wieso muss ich immer in den unpassendsten Momenten an Horrorfilme denken? Ich erinnere mich an *Paranormal Activity*, an die Szene, in der die Protagonistin am Fuß aus dem Bett gezogen wird. Ängstlich ziehe ich meine Füße nahe an mich heran und verkrieche mich komplett unter der Decke. Dann sieht mich kein Geist, kein Einbrecher, kein Monster aus der Unterwelt. Und ich weiß, dass es all das gibt und dass all das nur darauf lauert, mich zu holen. Das habe ich schon als Kind befürchtet und auf ein Nachtlicht bestanden.

Es ist schon komisch, wie leer eine Wohnung sich anfühlen kann. Sie ist nicht groß und steht voll mit Möbeln, aber es kommt mir vor, als wäre sie unendlich weitläufig und komplett leer. Es ist einsam, alleine zu wohnen. Wieso bin ich noch mal auf die Idee gekommen, auszuziehen? Ach, ja. Ich wollte erwachsen und cool sein und jetzt liege ich bei eingeschaltetem Licht in meinem Bett und kauere mich zusammen, weil ich nicht von Monstern gefressen werden will, während im Nebenraum irgendein spanischer Sender läuft, um mir wenigstens menschliche Gesellschaft vorzugaukeln. Ich brauche ganz dringend auch einen Fernseher im Schlafzimmer. Am Ende beschweren die Nachbarn sich noch über mich und meine komischen Angewohnheiten. Das will ich ja nicht. Während ich so über meine Einsamkeit und Dummheit nachdenke, schlafe ich ein.

Am nächsten Morgen wache ich in Doppelbeleuchtung gebadet auf. Die Lampe strahlt mich an und konkurriert mit dem Sonnenlicht. Es ist so ungewohnt, aufzuwachen und nicht gleich meine rote Katze oder meine kleine Schwester zu sehen, die sich unerlaubt in meinem Zimmer rumdrücken. Es ist ganz komisch, das Schlafzimmer zu verlassen, in die Küche zu gehen und alleine zu sein. Normalerweise ist Mama immer vor mir wach und steht in der Küche, um sich Kaffee zu machen oder meinem kleinen Bruder ein

Brot zu schmieren. Ob ich mich jemals an diese Stille gewöhnen werde?

Aus meinem alten Zimmer fehlen noch zwei, drei Kleinigkeiten, aber die kann ich nach und nach holen, wenn ich meine Eltern besuche, was häufig vorkommen wird, weil ich nur fünf Minuten von ihnen entfernt wohne. Eigentlich ist es perfekt. Zur Haltestelle brauche ich auch nur wenige Minuten. Und von da aus kann ich mit dem Zug direkt zur Uni oder mit der Bahn zur Arbeit fahren.

O Gott, darüber habe ich noch gar nicht nachgedacht! Sobald ich meinen Uni-Stundenplan zusammengestellt habe, muss ich mit Klaus über die Arbeitszeiten reden. Ich werde die Zeiten anpassen müssen. Hoffentlich ist er offen dafür. Aber er weiß ja, dass mein Studium bald beginnt, und bis jetzt hat er noch nicht durchklingen lassen, dass er mich dann feuern wird.

Jessy ist total aus dem Häuschen. »Ich will dich ganz dringend mal besuchen kommen, Elena. Ich fasse es ja nicht, dass du wirklich langsam, aber sicher erwachsen wirst! Das ist der Oberhammer! Du musst die einzelnen Räume mal fotografieren und mir schicken!«

»Reg dich ab, Jessy, sonst verschluckst du dich noch an deiner eigenen Spucke, meine Liebe!«

»Apropos Liebe, Elena. Wie sieht es bei dir denn im Moment aus?«

Das ist eine gute Frage. »Mau. Absolute Flaute.«

»Übertreib nicht.«

»Nein, ehrlich. Momentan gibt es absolut keinen Mann in meinem Leben. Dennis ist praktisch nicht mehr existent. Er hat mir nicht mal meine Sachen gegeben und seine habe ich weggeworfen. Nicht einmal »Pärchen Stöhn« sorgt noch für aufregende Nächte. Hier höre ich sie nämlich nicht mehr. Der einzige Mann in meinem Leben ist Klaus, mein Chef.«

Meine beste Freundin macht Hm-Geräusche. Die macht sie normalerweise nur, wenn sie sich Sorgen um mich macht, weil ich mal wieder den falschen Kerl gewählt habe. »Den Vibrator hast du aber noch, oder?«

»O Gott, Jessy. Ja, den habe ich noch, aber ich brauche ihn nicht. Mir fehlt es an nichts. Mein Job macht mir Spaß, meine Wohnung ist toll, ich fange bald mit meinem Studium an. Das ist alles, was ich immer wollte. Jetzt muss ich nur noch meinen kleinen Punto reparieren lassen. Der steht nämlich schon seit fast zwei Jahren auf dem Abstellplatz.«

Sie seufzt. Selbst durch den Hörer fühle ich, dass sie besorgt ist.

»Jetzt reg dich doch mal ab, Jessica. Alles halb so wild. Mir geht es gut, glaub mir doch bitte. Ich komme klar.«

Sie setzt nicht einmal zur Antwort an, sondern legt mal wieder einfach auf, weil ihr die Richtung, die dieses Gespräch annimmt, ganz und gar nicht passt. Aber vielleicht hat sie recht. Vielleicht fehlt mir ja wirklich was. Vielleicht sollte ich mir kommenden Donnerstag eine meiner Freundinnen schnappen und mal wieder was trinken gehen. Das letzte Mal war auf Malle. Das ist jetzt auch schon ein paar Wochen her. Es tut mir bestimmt ganz gut, mal wieder was anderes zu hören und zu sehen.

*

Tine hat Zeit für mich. Donnerstagabend kommt sie mich besuchen, um in meinem neuen Zuhause mit mir vorzuglühen und danach die Stadt unsicher zu machen. Eine Bar, in der wir früher gerne waren, hat komplett renoviert und feiert heute Neueröffnung. Das klingt nach der perfekten Location.

Sie ist ganz begeistert von der Wohnung.

»Nachts kann ich mittlerweile sogar schlafen«, prahle ich.

Sie lacht. »Welch glorreiche Leistung! Du bist 21 und kannst nachts alleine schlafen!«

Ich schubse sie leicht an. »Wart du mal ab, wenn du alleine wohnst und nachts in deinem Bett liegst, in einer dunklen, zunächst fremden Wohnung. Du wirst noch an mich denken, meine Liebe.«

Sie grinst und schenkt sich ein Glas Sekt ein. Gestern habe ich extra noch Sektgläser gekauft. Immerhin erwarte ich jetzt, da alle Einzugsarbeiten abgeschlossen sind, öfter mal Besuch von Freunden und Familie. Die kann ich nicht aus Pappbechern trinken lassen. Ich meine, ich kann sie schon aus Pappbechern trinken lassen, aber es kommt doch viel reifer und geschmeidiger, wenn ich wunderschön geschliffene Sektgläser auf den Tisch stellen kann.

»Wann geht bei dir eigentlich die Uni los?«, fragt Tine.

»Am Montag ist der Infoabend, an dem wir ein bisschen aufgeklärt werden. Noch an dem Abend können wir unsere Kurse belegen und am Montag darauf geht es dann los. Ich bin mal gespannt, wie ich das mit der Arbeit handhabe. Da muss ich ja alles umstellen.«

Tine winkt ab. »Ach, das packst du schon. Dein Chef ist doch locker.«

Das stimmt. Klaus ist wirklich locker. Weil der Wetteransager im Moment krank ist, darf ich das immer machen. Mama stellt jeden Morgen den Sender ein, um ihrer Tochter, stolz wie Bolle, dabei zuzuhören, wie sie Regen und Hagel ankündigt.

Plötzlich fährt mir ein Schmerz durch den Magen, der mich fast zu Boden gehen lässt. Gleichzeitig bohrt sich ein starkes Stechen in meinen Kopf. Ich zucke ruckartig zusammen. So schnell wie die Schmerzen gekommen sind, verschwinden sie auch wieder. Tine hat es nicht einmal bemerkt. Zurück bleibt bloß ein beklemmendes Gefühl im Brustbereich. Komisch. Was war das denn? Hoffentlich bekomme ich heute Abend weder Migräne noch explosionsartigen Durchfall, immerhin will ich mir mal wieder ein bisschen Spaß gönnen. Na, lass das mal keine böse Vorahnung gewesen sein.

Unsere alte Lieblingsbar in der Innenstadt ist gerammelt voll. Wir sind glücklicherweise nur zu zweit und schaffen es daher gerade noch, einen Sitzplatz zu ergattern. Auch noch genau vor der Theke, wenn das kein glücklicher Zufall ist, dann weiß ich auch nicht! Die Theke ist mit Luftballons und Girlanden geschmückt und voller Menschen. Sie ist richtig verstopft. Mit allem Charme und beiden Ellbogen kämpfe ich mich durch. Eine kleine Tafel zeigt das Getränk des Abends an: Mojito. Hm, warum nicht? Er kostet heute nur die Hälfte, so viel wie ein Bier, was ich mir eigentlich geholt hätte. Aber ein bisschen Abwechslung ist was Schönes. Tine findet das übrigens auch. Grinsend und im Takt der Musik wippend trinken wir unseren Mojito.

Seit Neustem sind mein Es und mein Über-Ich nicht mehr so präsent. Sie halten sich mit ihrer Meinung eher im Hintergrund, benehmen sich mehr wie die Ladys, die sie nicht sind. Seit sie das tun, fühle ich mich weniger verrückt. Mein Blick schweift durch die Menschenmenge, teilt sie, versucht, Strukturen in dem Durcheinander zu erkennen.

Ein Kerl an der Theke erregt meine Aufmerksamkeit. Wahrscheinlich, weil er der Einzige ist, der in dem warmen Raum eine Lederjacke zu ausgewaschenen, teuren Jeans und Turnschuhen trägt. Die meisten Kerle hier drin tragen Chino-Hosen, in allen Farben und Formen. Darüber tragen sie dann Hollister-Shirts und Schals. Er nicht. Sein Haar ist dunkel, fast schwarz. Er hat einen Knackpo und ein ziemlich breites Kreuz. Egal, wie oft ich es versuche, ich kann meinen Blick nicht von ihm nehmen, er schnalzt immer wieder zu ihm zurück, als hingen meine Augen an einem Gummiband. Er ist mir merkwürdig vertraut. Ich kenne die Art, wie er sich bewegt, wie er die Füße zu weit nach außen stellt. Er wirkt unsicher. Fast so, als wolle er so wenig Aufmerksamkeit wie möglich auf sich ziehen. Obwohl ich ihn minutenlang beobachte, dreht er sich kein einziges Mal um. Er hält sein Gesicht stur in die andere Richtung gedreht. Was hat er nur an sich, dass ich ihn nicht ignorieren kann? Ich kenne doch noch nicht mal sein Gesicht.

Eine kleine Blondine kämpft sich zu ihm. Ihr Gang ist flott, zielstrebig. Sie weiß genau, wo sie hinwill. Bei dem Dunkelhaarigen angekommen, wird klar, dass sie gemeinsam hier sind. Sie legt ihm die Hand auf den Arm und er bedeckt diese kurz mit seiner. Sie lächelt ihn an, als wäre er die Sonne. Ihr wichtigster Bezugspunkt. Am liebsten würde ich aufstehen, ihn umdrehen und ihn mir ansehen. In meinem Bauch tobt es. Warum?

Als er sich endlich umdreht, begegnet er meinem Blick. Seine Augen weiten sich und er lässt die Hand der Blondine los. Auch er ist überrascht, mich hier zu sehen. Ich weiß nicht, ob es eine freudige oder eine schlechte Überraschung ist, aber das ist für den Moment egal, denn meine grünen Augen treffen auf Matschaugen. Auf Augen, die an eine Pfütze erinnern. Eine Pfütze, die mit Wundern und Feenstaub gefüllt ist. Und für einen Moment ist es wie früher. Für einen Moment ist alles wieder gut. Ich glaube noch an die Liebe. Ich denke, dass ich, indem wir zusammenkommen, einen Kreis schließe, den ich bereits im Kindergartenalter zu zeichnen begonnen habe. Ich denke, dass er mein Prinz auf einem weißen Pferd ist und dass das Pferd Regenbogen scheißt und mich in eine Welt befördern wird, die besser ist als alles, was ich je gekannt habe. Für einen ganz kurzen Augenblick sind nur wir beide da und starren uns fasziniert und verwundert an. Doch der Augenblick vergeht, so wie er bei uns beiden jedes Mal vergeht. Die Blondine küsst Nik auf die Wange und fragt ihn wohl, ob alles in Ordnung ist, denn er nickt und schiebt sie ein bisschen von sich. Mein Herz krampft sich zusammen und ich kann es gerade noch so vom Suizid abhalten.

»Verfickte Scheiße!«, stoße ich aus und stehe auf, werfe dabei fast meinen Mojito um. Tine guckt mich ganz erschrocken an, folgt meinem Blick und versteht. Sie handelt sofort, packt mich am Arm, wirft Nik einen hundertprozentigen Todesblick zu und stürzt mit mir aus der Bar. Draußen beginnt sie damit, Schimpfwörter auszustoßen, die mir unter anderen Umständen die Schamesröte ins Gesicht treiben würden. Sie flucht lauthals, stampft fest auf, wird ganz rot im Gesicht, vor lauter Ärger. Tine in einem solchen Zustand zu sehen ist eigentlich ganz lustig. Sie ist eine kleine, zarte Persönlichkeit, die in einen Tobsuchtsanfall geraten kann, der selbst die Klitschkos einschüchtern würde. Ich kichere.

»Warum lachst du?«, fragt sie wütend. Ich weiß, dass sie nicht sauer auf mich ist, aber dass sie sich so in Rage befördert hat, dass die Wut ihr aus allen Poren quillt.

»Ach, Tine. Du bist so eine gute Freundin, weißt du das?« Grinsend schließe ich sie in die Arme und ignoriere ihre gedämpften Protestschreie. »Mir macht das nichts. Das mit Nik. Wir sind halt weitergezogen, weißt du? Das ist doch ganz normal. Menschen sind eben so. Wenn die eine Sache nicht funktioniert, dann gehen sie eine andere an.«

In der Nacht liege ich wieder allein in meinem Bett und frage mich, ob Nik sie bei sich schlafen lässt. Ob sie gemeinsam in dem Bett liegen, in dem ich immer geschlafen habe, in dem ich den ersten Kuss von ihm erhalten habe. Es tut weh. Nik rüttelt an der Box im hintersten Eck meines Gehirns, in die ich ihn eingesperrt habe. Aber ich halte die Box fest und drücke den Deckel nieder. Diesmal lasse ich sein Aufbäumen nicht zu. Ich gehe an meine Schlafzimmerkommode, suche die Murmel raus, die er mir geschenkt hat, und halte sie ganz fest. So behalte ich dich in Erinnerung, Nik. So kannst du bleiben, ohne mir wehzutun.

*

Der erste Unitag verläuft schrecklich. Das Institut ist wunderschön, keine Frage! Alle Wände tragen Stuckverzierungen, die Räume sind sehr hell. Das ist auch nicht das Problem. Während alle anderen Studenten eilig über den Campus huschen, als wären sie die fleißigen Arbeiter in einem Bienenstock, fühle ich mich wie die dicke Hummel, die sich verirrt hat und träge durch die Waben fliegt. Ich finde nichts, ohne zwanzig Mal zu fragen, verlaufe mich dennoch ganz schön oft und bin so nervös, dass mein gesamtes

Gesicht knallrot ist. Aller Anfang ist schwer. Ja, das stimmt. Und dieser hier ist nicht nur schwer, er ist komplett zum Verzweifeln.

An den Tagen, an denen ich frei habe, arbeite ich weiterhin bei Radio Mondsucht, wo ich mittlerweile regelmäßig die Wetter- und Verkehrsdurchsagen übernehme. Mein Leben plätschert ruhig und gleichmäßig vor sich hin. Ich mutiere langsam, aber sicher zum Vorzeigemenschen. Das muss sogar Jessy zugeben, als sie zu Besuch bei mir zu Hause ist. Kritisch durchschreitet sie meine Wohnung, nimmt alles in sich auf und betrachtet jede Ecke ganz genau. Dass sie nicht die weißen Handschuhe auspackt und eine Staubkontrolle macht, ist alles. Zu guter Letzt setzt sie sich ins Wohnzimmer und seufzt geschlagen. »Die Wohnung ist toll. Da kann man echt nicht motzen.«

Ich balle die Faust zum Sieg und lade ihr eine Portion Kuchen auf den Teller. »Wie geht es Alex?«, frage ich neugierig und schenke uns beiden Kaffee ein.

Jessy zuckt die Achseln. »Gut, so weit. Ich denke, dass ich es mit ihm wirklich richtig ernst angehen will, El. Den will ich beim Altwerden beobachten, während ich selbst auch meine Zähne verliere und kleinen Kindern mit meiner hässlichen Handtasche drohe, wenn sie mein Grundstück betreten. Auch, wenn es meine eigenen Enkelkinder sind. Und, ja, ich denke über Kinder und Enkelkinder nach, was ich vorher nie getan habe.«

Mir fällt gleich der Kuchen aus dem Mund. Jessy und Kinder? »Wann willst du denn Kinder?«, frage ich so beiläufig wie möglich. An empfindliche Themen muss man sich bei Jessy vorsichtig herantasten. Sie stochert im Kuchen herum und fischt die kleinen Schokostückchen heraus, um sie einzeln zu essen. Das kann Jahre dauern.

»Ach, ich weiß nicht. Sobald ich mein Studium abgeschlossen habe, denke ich. Das dauert nicht mehr lange. Noch drei Jahre, vielleicht.«

Drei Jahre? Sie will in drei Jahren schon Kinder? Das ist ein ganz schöner Sprung. Das geht ganz schön schnell. Ist das normal? Geht

Erwachsenwerden in Schüben vonstatten? In letzter Zeit habe ich immer das Gefühl, etwas zu verpassen und am nächsten Morgen verändert aufzuwachen, ohne zu wissen wieso. Geht es nur mir so? Offensichtlich nicht, denn Jessy scheint auf dieselbe Weise zu »wachsen«. Schubweise. Heute: Ich will keine Kinder. Morgen: Doch, ich will Kinder und zwar schon bald.

Sollte ich Alex ein Dankschreiben schicken, weil er sie so völlig umgekrempelt hat? Oder war das gar nicht Alex, sondern sie selbst? Jessy verlässt kurz den Raum. Sie telefoniert mit Alex. Zumindest klingt es so. Ihre Stimme wird weich und sie benutzt das Wort »Schatz«, das ich noch nie von ihr gehört habe. Sie ist so zahm. Ein einziger Mensch hat ihr ganzes Verhalten verändert, sie auf den Kopf gestellt und zu Dingen getrieben, die sie von sich aus nie getan hätte. Und sie sieht es nicht als negativ an, sondern erkennt einen positiven Fortschritt. Es ist schon wunderlich, wie Liebe Menschen formen kann. Wenn man jemanden findet, der einen liebt, wie man ist, dann wird man besser.

Bin ich jetzt schlechter? Hat mich meine gescheiterte Liebe zu einem schlechteren Menschen gemacht? Nein, das glaube ich nicht. Ich muss an Nik denken, wie er mit der Blonden an der Theke stand. Händchen haltend. Er ist kein Beziehungsmensch, hat er gesagt. Hat er sich für sie geändert? Ist sie das, was Alex für Jessy ist? Die Murmel in meiner Hosentasche glüht. Ich trage sie immer bei mir. Als Talisman und als Ersatz.

Kapitel 15

Begegnungen

Mein Handy ist, seit ich Nik wieder in mein Leben gelassen habe, eine tickende Zeitbombe, die immer dann hochgeht, wenn ich es am wenigsten vermute. So weiß ich auch nicht, was ich mit dem gerade eingehenden Anruf machen soll. Die Nummer, die mein Display mir anzeigt, um mich vorzuwarnen, gehört eindeutig zu Dennis. Ich nehme nach langem Überlegen ab. Was kann er von mir wollen? »Jaaa?«

Er antwortet leicht verzögert. Es ist merkwürdig, nach all diesen Veränderungen seine Stimme zu hören. Ich habe das Gefühl, dass uns Welten trennen. »Hallo, Elena. Lange nichts mehr von dir gehört.« Hat er sich schon immer so jung angehört? Wie kann es sein, dass er klingt wie ein Dreijähriger?

»Ja, das stimmt. Kommt mir vor wie eine Ewigkeit, um ehrlich zu sein.«

Er atmet sehr laut am anderen Ende der Leitung. »Mir auch. Ich rufe eigentlich nur an, weil mir aufgefallen ist, dass ich noch ein paar Sachen von dir habe.«

»Ich weiß.«

»Ich habe mitbekommen, dass du umgezogen bist. Soll ich dir das Zeug zu deiner neuen Adresse bringen oder zur alten?« Er hört sich so unsicher an, ängstlich. Höre ich mich auch so an?

»Du kannst die Sachen gerne hier vorbeibringen, wenn du magst. Wann würdest du denn kommen? Morgen, am Wochenende?«

»Wenn es dir passen würde, dann würde ich am liebsten jetzt kommen und es schnell hinter mich bringen.« Wie ein Pflaster, kurz und schmerzlos. Ich bin ein Pflaster. Oh! Ich habe seine Sachen doch gar nicht mehr! Die habe ich weggeworfen. Scheiße!

»Ja, natürlich kannst du vorbeikommen. Warte, ich schick dir die Adresse in WhatsApp, dann hast du sie gleich schriftlich, okay?«

»Wäre praktisch. Bis dann.«

Ohne ein weiteres Wort abzuwarten, legt er auf. Er hat nicht nach seinem Zeug gefragt, was dafür spricht, dass er es vergessen hat, oder? Eilig sende ich ihm die Adresse und schaue mich in der

Wohnung um. Aufgeräumt? Ja. In den Spiegel schaue ich nicht. Ich weiß, wie ich aussehe. Ich komme gerade vom Arbeiten und hatte einen harten Tag, weil ich wieder Artikel und Berichte aussortieren musste. Mein Haar ist wild, meine Wangen sind gerötet, meine Kleidung ist dreckig. Ich sehe aus wie durchgeackert. Das kann mir aber egal sein. Dennis ist mein Exfreund. Wir müssen uns nicht mehr beeindrucken und ich habe auch nicht das Bedürfnis, es zu tun.

Es dauert keine zwanzig Minuten, da klingelt es an der Tür. Ich betätige den Türöffner und warte an der Wohnungstür auf ihn. Sein Haar ist viel länger als vorher. Es sieht fast so aus, als hätte er es sich nicht mehr schneiden lassen, seit wir uns voneinander getrennt haben. Er trägt keine Jeans mehr, sondern ist auch auf den Chino-Hosen-Zug aufgesprungen und kombiniert sie mit Muskelshirt und Jeanshemd. Er hält einen kleinen Umzugskarton in den Händen und schaut mich so unsicher an wie immer. Er erinnert mich an einen Dackel, der immer so schaut, als würde er gleich Ärger bekommen. Ich lächle höflich und nehme ihm den Karton ab, als er vor mir stehen bleibt. »Hallo, hast du gut hergefunden?«

Er nickt. »Ja, ist nicht weit weg von deinem alten Zuhause. An den Weg konnte ich mich noch erinnern.« Seine weißen Wangen laufen rot an, überschwemmen seine Sommersprossen mit Farbe.

Ich komme mir fies vor, wie ich ihn so im Treppenhaus stehen lasse, und erinnere mich daran, dass ich noch meine Weste trage. Die aus Erlebnissen und Erfahrungen. Sie macht einen neuen Menschen aus mir, habe ich behauptet. Und meine neue Persönlichkeit ist höflich. »Möchtest du reinkommen und was trinken?«

Etwas entrückt sieht er mich an. Nach einer kurzen Denkpause schüttelt er sich nickend das Haar ins Gesicht. »Okay, aber nicht so lang, ich hab noch …«

»Bandprobe«, vervollständige ich seinen Satz und lache.

Er grinst sein Elvis-Grinsen und schnaubt. »Das hast du dir gemerkt, was?«

»Es war ziemlich... präsent in unserer Beziehung. Das ist nicht leicht zu vergessen.« Er tapst an mir vorbei und ich nehme seinen Geruch wahr. Der Geruch hat sich verändert. Er benutzt neues Parfum. Es ist leichter, frischer. »Erste Tür links«, lotse ich ihn ins Wohnzimmer und hole ein Glas aus der Küche.

Stirnrunzelnd setze ich mich ihm gegenüber auf den Sessel und beobachte sein Händeringen. Ich schenke ihm Cola ein und gieße mir nach. »Also, erzähl mal, was machst du jetzt? Wohnst du noch in der Garage?«

Seine Schultern verspannen sich. Er hebt das Glas an den Mund und benetzt die Kehle, bevor er spricht. »Nee, seit einem Monat nicht mehr. Deswegen habe ich dir auch deine Sachen gebracht. Habe sie beim Entrümpeln gefunden.«

Er wohnt nicht mehr zu Hause? Dennis? Der Typ, der niemals von zu Hause weg wollte? »Wie kommt's?«, frage ich ehrlich interessiert. Das gehört in die Zeitung. Ich sollte es im Radio durchsagen!

Er zieht die schmalen Schultern hoch. »Sei mir bitte nicht böse. Ich bin nicht hier, um zu streiten.«

Meine Stirn bildet Runzeln. Wieso sollte ich sauer auf meinen Ex sein, wenn er von zu Hause auszieht?

»Ich bin mit meiner Freundin zusammengezogen«, nuschelt er kaum verständlich.

Ich gehe in Deckung, doch wider Erwarten trifft mich nicht der Schlag der Eifersucht oder Wut, weil er mit mir damals nicht zusammenziehen wollte, aber knapp ein Jahr später mit seiner neuen Freundin zusammenzieht. Es tut nicht weh. »Ach, Dennis! Ich finde es schön, dass du glücklich bist! Darf ich fragen, ob ich sie kenne?«

Er guckt mich ganz komisch an. »Wie? Weißt du das nicht?«

Ich schüttle den Kopf. »Woher denn?«

»Na, es ist facebooköffentlich.«

Facebooköffentllich. Man verpasst ja ganz schön was, wenn man nicht mehr regelmäßig im Internet rumhängt. »Ich hatte die vergangenen Monate nicht viel mit Facebook am Hut. Ich hatte viel zu tun.«

Sein Mund wird zur Schnute. Wieso denn? Was ist denn jetzt so schlimm daran? Hat er sich den Teufel geangelt oder …? Ah. Oh! Teufel, super Stichwort. Dann verstehe ich auch, wieso er so geduckt hier angewackelt kommt.

»Ich bin mit … mit Laura zusammen. Du erinnerst dich bestimmt noch an sie, was?«

Meine Hände ballen sich ganz automatisch zu Fäusten. Ich wünsche ihn mir nicht zurück, vermisse die Beziehung nicht. Aber es geht mir nahe, dass er sich eine Person angelt, die ihn während unserer Beziehung angemacht hat, die während unserer Beziehung den Grundstein für ihre gemeinsame Zukunft gelegt hat. Ich hätte damit gerechnet, dass er mit dem Mädchen zusammen ist, das er auf der Silvesterparty geküsst hat. Was mich auch schon geärgert hätte. Aber das? Das ist der Hammer. Ausgerechnet Laura, die mich schon damals immer getriezt und provoziert hat, behauptet hat, dass sie ihn mir irgendwann wegschnappt. Gut, sie hat ihn mir nicht weggeschnappt, aber irgendwie hat die Schlampe recht behalten. Er gehört jetzt ihr. »Ach«, entfährt es mir gereizt. »Das ist ja … schön für euch. Freut mich.« Der Blick eines getretenen Welpen hält mich diesmal nicht zurück. »Ich will auch keinen Streit. Glaub mir. Es bringt ja auch gar nichts mehr. Aber fing das mit euch beiden an, als wir noch zusammen waren? Nicht, dass ich das Recht dazu hätte, mich darüber zu beschweren. Du erinnerst dich ja sicher noch an Nik. Doch ich wüsste gern, ob sie mich ständig genervt und provoziert hat, weil du ihr die Berechtigung dafür erteilt hast.«

Sein Blick ist nun nicht mehr welpenartig, eher bösartig. »Elena, da war nichts. Das mit ihr und mir hat sich erst vor drei, vier Monaten entwickelt. Also deutlich nach uns. Nicht so wie das mit Nik und dir. Wo ist der eigentlich? Ich hatte erwartet, dass ihr euch sofort übereinander hermacht, nachdem du mich los warst.«

Früher ein Schlag in die Magengegend; heute ein leichtes Kratzen an der Oberfläche. »Nik und ich haben uns mehr oder weniger darauf geeinigt, getrennte Wege zu gehen.«

»Getrennte Wege? Ihr? Elena, verarsch mich doch bitte nicht. Ich habe es spät gemerkt, aber ich habe es gemerkt. Zwischen euch beiden hat es gefunkt. So sehr, wie es zwischen uns nicht hätte funken können. Wieso bist du nicht mit ihm zusammengezogen?«

Die Murmel in meiner Hosentasche wiegt plötzlich tausend Kilo. »Ich habe zu lange gezögert.«

Dennis schiebt den Kopf zurück, was Unverständnis symbolisieren soll. »Ach was? Er und ich, wir haben uns also gegenseitig das Spiel versaut? Ist das dein Ernst?«

»Wenn du es so betrachten willst ...«

Er hat es ziemlich genau getroffen, um ehrlich zu sein. Der Rotschopf ist zwar kindisch, aber nicht dumm. »Wie krass! Das ist völlig hirnrissig, findest du nicht? Wie im Film! Wir haben gegenseitig einen Cockblock gestartet. Abgefahren!«

Ich grinse. Es hat doch eine gewisse Komik, wenn man es so darstellt. »Und am Ende bin ich der Depp, der ganz alleine dasitzt.«

Dennis grinst und streicht sich die Frisur zurecht, die Laura bestimmt hat. Sie hat ihn an den Eiern. Lustig. Ich habe das nie übers Herz gebracht, aber Laura ist ein ganz anderes Kaliber als ich. Sie schafft es, den Welpen zu treten und weiterzustöckeln. Dennis hebt die Schultern und schaut sich in der Wohnung um. Er betrachtet die graue Couch, die grau-lila Wand, den lila Teppich, die weiße Wohnwand, lässt seinen Blick in den grasgrünen Flur und die beige gestrichene Küche mit der kirschroten Einbauküche wandern.

»Hast du die Möbel selbst gekauft?«

»Freundliche Spende der Familie.«

Er streckt sich und trinkt das Glas leer. »Wir haben nicht so schöne Möbel und die musste alle ich bezahlen, obwohl Laura mehr verdient als ich. Dafür ist das ganze Bad voll mit Schminke und

Weiberkram. Bah, ich weiß schon, wieso ich ursprünglich nicht ausziehen wollte.«

»Wie hat sie das denn eigentlich hinbekommen?«

Er wird erneut rot. »Sexy Unterwäsche und Sexverbot. Wenn du das kombinierst, hältst du die Macht in der Hand. Du bist viel netter. Ich glaube nicht, dass du so etwas jemals getan hättest.«

Zwei Dinge machen sich gleichzeitig über mich her: Ekel, weil ich mir die beiden nicht in solchen Situationen vorstellen mag, und Bewunderung für die Idee, die Laura hatte. Vielleicht sollte ich mir mal ein paar Tricks von ihr abschauen, um die Weltherrschaft an mich zu reißen.

»Du arbeitest jetzt beim Radio, habe ich gehört. Mama hört sich immer deine kurzen Ansagen an und ist superstolz auf dich.«

Ich lächle ihn an. »Ja, meine Mutter dreht auch immer fast durch, wenn sie mich hört. Zum Glück kommen die Durchsagen tagsüber, sodass sie auch jede einzelne mitbekommt, sonst würde sie ihren kompletten Tagesrhythmus ändern und nur noch nachts wachen, um mir zuhören zu können.«

Er steht auf und lacht. »Das glaube ich dir. Wenn meine Band ein wenig erfolgreicher wäre, wäre meine Mama bestimmt auch so stolz auf mich, dass sie auf jedes Konzert käme.« Trauer hängt in seiner Stimme, also läuft es immer noch schlecht mit den Supremes. Das ist keine große Überraschung, aber ich sage nichts dazu. Er verabschiedet mich mit einer kurzen Umarmung. Es fühlt sich so fremd an. Komisch. Man ist einem Menschen ewig nahe und schafft es trotzdem so schnell, sich zu entfremden. Ein bisschen traurig, nicht?

Ich schleppe die Kiste, in der doch mehr ist, als ich gedacht hätte, in mein Schlafzimmer und bedenke sie mit einem kritischen Blick. »Dich packe ich später aus. Mal schauen, was noch so alles in dir schlummert.«

Bei meinen Eltern gibt es heute Zigeunerschnitzel, was mich dazu veranlasst, sie zu besuchen. Papa ist noch nicht da, aber Mama hat das Essen schon eine Weile fertig. Nach dem fabulösen Essen, kommt meine kleine Schwester auf eine Idee. Man nimmt eine Porzellanschüssel, füllt sie mit Wasser, und legt die Finger in das Wasser. Dann träufelt man Nagellack hinein und fängt die Lackfäden im Wasser mit den Nägeln auf. Das soll netzartige Muster ergeben. Sie versucht eine halbe Stunde lang, etwas hinzubekommen, was ziemlich unmöglich scheint. Als alle Versuche misslingen, steht sie auf, schnaubt und verlässt den Raum. Ich werfe einen Blick in die einst weiße Schüssel und verdrehe die Augen. Was sie auf ihren Nägeln nicht geschafft hat, hat sie in die Schüssel gezaubert. Das weiße Porzellan schillert in allen Regenbogenfarben.

Ich stapfe ihr nach. »Hör mal, Sarah, du solltest die Schüssel mal sauber machen, bevor Mama das sieht. Ich glaube nicht, dass sie Lust hat, noch wochenlang Lack aus der Schüssel zu kratzen.«

Sie dreht sich weg und legt genervt den Kopf in den Nacken. »Wenn es dich so stört, dann mach du sie doch sauber. Du kannst das bestimmt eh besser als ich. Immerhin führst du einen eigenen Haushalt und alles.«

Genervt schrubbe ich das weiße Porzellan, um den bunten Nagellack zu entfernen. Ein recht schwieriges Unterfangen, denn die nasse Schüssel ist ziemlich schmierig und rutscht mir mehrere Male beinahe aus der Hand. Hinter mir höre ich Schritte, die ich sofort als die meiner kleinen Schwester ausmachen kann. Sarah tut gern so, als wäre sie die Erwachsene von uns beiden. Sie nimmt mir die Porzellanschüssel aus der Hand, ohne dass ich was dagegen unternehmen kann. Ich schaue sie noch mal wütend an. »Du solltest besser dafür sorgen, dass der Nagellack wieder abgeht, sonst gibt es ordentlich Ärger von Mama, Mensch!«

»Ja, ich hab's doch verstanden!«, motzt sie zurück und ich stampfe wutentbrannt in mein Exzimmer.

Gähnend sitze ich auf einem Sessel in dem Raum, in dem ich fast mein ganzes Leben verbracht habe. Bald wird hier alles anders aussehen. Ein Stück Leben, das verschwindet. Aber ich bin ja selbst schuld. Niemand hat mich zum Auszug gezwungen. Ich höre die Schüssel zerspringen, höre, wie meine kleine Schwester schreit, wie meine Mutter in die Küche rennt, »O mein Gott!« ruft.

Ich sitze plötzlich ganz aufrecht, starre in den Flur und weiß nicht, was da los ist. Mein kleiner Bruder weint, kommt Hilfe suchend zu mir gerannt. Ich packe ihn am Arm und sage, er soll sich setzen und Musik hören, bis ich ihn hole. In solchen Momenten vergessen kleine Kinder gerne, dass sie ansonsten keinen Respekt vor den großen Geschwistern haben. Er schaut mich voll blindem Vertrauen an und hält sich an der Decke fest, die über dem Sessel liegt, während ich ihm meine iPod-Kopfhörer in die Ohren stopfe.

Sofort danach renne ich in die Küche und sehe, wie meine Mutter meiner Schwester ein Handtuch um das Handgelenk bindet, es so fest drückt, dass meine Schwester kurz wimmert. Das Blut läuft ihr am Arm hinunter, durchdringt das Handtuch sehr schnell. Sarah schwankt leicht, Mama hält sie fest. Ab jetzt funktioniere ich nur noch, fühle mich wie im Traum.

»Was ist passiert?«, frage ich viel zu laut.

Mama sagt ganz ruhig und nüchtern, dass ich einen Krankenwagen rufen und Papa anrufen soll. Eilig suche ich mein Handy. Es dauert ewig, bis ich mich daran erinnere, dass es auf dem Wohnzimmertisch liegt. Ich schnappe es mir und höre Mama dann korrigieren, dass ich einfach nur Papa anrufen soll, der Schnitt sieht angeblich schlimmer aus, als er tatsächlich ist. Mein Vater geht gleich ans Handy. »Papa, Sarah hatte einen Unfall und blutet tierisch. Beeil dich! Es sieht richtig übel aus.«

In der Zwischenzeit gehe ich ans Waschbecken, wo das Unglück passiert ist. Das Blut ist fast bis hoch zur Decke gespritzt. Alles ist voll damit. Wie kann das Zeug nur so hoch spritzen? Was hat Sarah denn für einen Druck in den Venen? Ist das normal? Überall sind dicke Scherben. Eine ist ganz schmierig und dunkel. Muss wohl der Übeltäter sein.

Ich räume die Scherben weg, dass sich niemand in aller Eile und Hektik noch irgendetwas aufschneidet, wische den Boden, die Wände, einfach alles. Dann helfe ich Mama dabei, meine Schwester umzuziehen, hole einen Lappen und wickle den auch noch ums blutende Handgelenk.

»Ich spüre meine Hand nicht mehr«, sagt Sarah weinend.

»Das ist gut! Drück fester!«

Meinen Bruder hätte ich fast vergessen. Der hockt noch Musik hörend in meinem Zimmer. Ich nehme ihn auf den Arm und laufe zu Mama und Sarah. Dani heult kaum noch. Er klammert sich an mir fest wie ein Affe und drückt das Gesicht in meine Haare. Am liebsten würde ich auch wegsehen. Sarahs Hemd und ihr Arm sind fast komplett rot. Papa klingelt auf meinem Handy an und wir stürmen gemeinsam raus. Ich bemerke kaum, wie ich die Treppen hinunterrenne, das Handy in der Hosentasche, Dani an mich gedrückt, die freie Hand so fest das Geländer umklammernd, dass sie wehtut. Als Papa aus dem Auto steigt und das Trauerspiel sieht, wird er blass um die Nase und gelb um den Mund. Er packt uns alle ins Auto, düst los und fährt fast in die Straßenbahn.

»Wie ist das eigentlich passiert?«, spricht Papa aus, was ich mich frage. Sarah weint zu sehr und kann nicht antworten. Mama schon. »Ihr ist die Porzellanschüssel aus der Hand gerutscht und sie hat sich an einer Scherbe geschnitten. Direkt an der Daumenwurzel.«

Für mich dauert die Fahrt ewig und ich würde am liebsten jeden zusammenstauchen, der langsam vor uns durch die Gegend trottet. In der Notaufnahme kommen wir gleich dran. Mama geht mit Sarah ins Zimmer, in dem sie genäht wird. Bruderherz, Papa und ich sitzen im Wartezimmer.

»Ich weine ja!«, stelle ich erschrocken fest und mein Bruder erklärt mir, dass ich das schon die ganze Zeit mache, seit Sarah blutet.

»Das ist nicht die Hausschlagader! Keine Angst, Spatzi«, tröstet mich Dani.

Mein Kopf begreift endlich, was gerade passiert ist, nimmt auf und an, was er erlebt hat. Mein Magen wird zur geballten Faust und mir steigt die Übelkeit in Hals und Kopf. Ich wanke kurz vor die Tür, um frische Luft zu schnappen, und werde mitleidig von der Frau am Empfangsschalter angeschaut. Sie erkennt mich und weiß sofort, dass ich mit der blutenden Zwölfjährigen hier bin. »An der Hand blutet es eben sehr schnell und sehr stark. Das wird genäht und dann kommt die Kleine wieder in Ordnung.« Sie hat freundliche braune Augen und ich lächle ihr wacklig zu.

Plötzlich fällt mir ein weiteres Paar Augen ein und ich kann nicht anders. Das ist eine Notsituation, das hier ist dringend. Er wird mich schon unterstützen.

Niks Stimme sprüht nicht unbedingt vor Begeisterung, als er drangeht. Aber er nimmt ab und das ist schon mal die halbe Miete. »Hallo«, zittert meine Stimme in mein Handy.

Ich höre, wie er einmal tief einatmet und dann feststellt, dass etwas nicht stimmt. »Was ist passiert?«, fragt er besorgt und sofort schießen mir wieder Tränen in die Augen. Er fragt nicht *ob*, sondern *was* passiert ist, weil er mich kennt, weil er spürt, dass ich nicht unsicher, sondern ängstlich bin.

»Ich weiß, dass wir streiten und beide stur sind, aber meiner Schwester ist gerade etwas ganz Furchtbares passiert und ich brauche dich jetzt bitte einfach hier.« Ein bisschen erbärmlich fühle ich mich schon, aber ich brauche ihn wirklich. Sehr.

Das Besondere an Nik ist, dass er nicht herumdruckst, dass er mich nicht anschnauzt, sondern dass er mich einfach nur fragt, wo ich gerade bin, und mir sagt, dass er in zehn Minuten da ist. Beim Auflegen ziehe ich ausgiebig die Nase hoch und fühle mich jetzt schon ein kleines bisschen besser.

Nik ist wirklich zehn Minuten später da. Es gibt keine Zurückhaltung und kein Zögern; er kommt einfach auf mich zu und drückt mich fest an sich. Er legt sein Kinn auf meinem Scheitel ab, streichelt mein Haar und ist still. Es tut so gut, endlich von ihm umarmt zu werden, ihn zu riechen und kurz zu vergessen, was gerade passiert ist. Und mit ihm um mich herum und meiner kleinen Schwester beim Notdienst bricht alles über mir zusammen. Alles. Der Stress des ganzen vergangenen Jahres. Die Trennung, Niks Entscheidung, der Auszug, meine Versagensängste. Ich beginne schon wieder zu flennen und kann mich einfach nicht beherrschen. Ich weine sein Shirt ganz nass.

Als ich mich ein wenig beruhigt habe, lässt er sich die Situation erklären. Niedergeschlagen sage ich ihm auch, dass ich mich vielleicht ein klein wenig schuldig fühle. Ich bekomme einen Schlag auf den Hinterkopf und einen rügenden Blick. »Du hast ihr die Schüssel nicht aus der Hand geschlagen und sie dann mit der Scherbe geschnitten. Halt die Klappe und lass uns reingehen. Es fängt bestimmt gleich an zu regnen.«

Arm in Arm gehen wir ins Wartezimmer. Meine Stütze hilft mir enorm und ich zittere kaum noch, als Sarah und Mama nach weiteren fünf Minuten ins Zimmer kommen. Sarah sieht schrecklich aus. Ihr Shirt ist fleckig rot, ihr Gesicht ist dick angeschwollen, weil sie so sehr geweint hat. Wo sie keine hektischen Flecken hat, ist sie gelblich blass, durch den Blutverlust. Unter ihren blauen Augen liegen dunkle Schatten. Ihre Hand ist in einen blütenweißen Verband eingeschlagen, an dessen Rändern ein wenig Blut klebt. Mein Magen tobt schon wieder. Trotzdem stehe ich auf und nehme sie in den Arm, drücke sie, wie Nik mich gedrückt hat, und erzähle kurz, dass ich ihn als seelischen Beistand einbestellt habe.

Wie er es prophezeit hat, beginnt es zu regnen, als ich bei ihm ins Auto einsteige. Papa fährt voraus, wir hinterher.

»Ich kaufe euch jetzt noch schnell was beim McDonald's.« Niks Blick lässt kein Nein zu.

Er besorgt Essen für die gesamte Familie und lässt mich absolut keinen Cent dazulegen. Zu Hause bietet mein Vater ihm auch Geld an, doch er schaut nur vernichtend und schon ist die Geldbörse wieder verschwunden. Wir bedanken uns und beginnen zu essen.

Also, die anderen essen. Ich finde noch überall im Flur und in der Küche Blutstropfen, die ich dringend mit zittrigen Händen wegwischen muss. Ich denke, dass mich der Unfall ganz schön mitgenommen hat, kann aber nicht gegen meine Zwänge ankämpfen. Als der Boden blutfrei ist, hole ich noch den Sauger und will die restlichen Minischerben wegsaugen, aber Nik packt mich am Arm, zieht mich ins Wohnzimmer und setzt mich hin.

»Essen!«, befiehlt er und verschwindet in die Küche, um zu saugen. Er ist der Beste und ich weiß gerade wirklich nicht mehr, wie ich auf diesen Menschen sauer sein konnte. Solch ein Held hat es nicht verdient, dass jemand sauer auf ihn ist. Das sage ich Mama. Sie nickt bloß und dankt mir dann fürs Saubermachen.

Meine Schwester schaut mich böse an. »Musste ich mich jetzt tatsächlich verletzen, dass ihr Dummköpfe das einseht?«

Nach dem Essen ziehe ich Nik in mein Zimmer und schaue hoch in seine wunderschönen Schlammaugen. »Können wir uns morgen treffen? Irgendwie glaube ich, dass wir einiges zu bereden haben.«

Nik streicht mir eine Haarsträhne aus dem Gesicht. Er zögert nur eine Sekunde. »Klar. Unser Stammcafé?«

Glücklich nicke ich und wir verabschieden uns mit einer unbeholfenen Geste, die halb Umarmung, halb Händeschütteln ist. Ich schaue aus dem Fenster und beobachte ihn, wie er langsam wegfährt. Ich bleibe bei meiner Familie.

Am nächsten Morgen ist Sarah nicht mehr ganz so gelb und die schwarzen Augenringe sind fast verschwunden. Ich habe im Sender angerufen und gesagt, dass ich erst am Samstag kommen kann. Eine kurze Erläuterung und Klaus hat mir freigegeben. Der Schock sitzt tief. Der Arzt meinte, dass nur wenige Zentimeter bis zur Hauptschlagader gefehlt haben. Sarah hatte richtig viel Glück im Unglück.

Für das Treffen mit Nik gehe ich in meine Wohnung und motze mich richtig auf, mit knallengen Jeans, einem schicken schwarzen Babydoll mit vielen Rüschen und meinen schwarzen Lieblingschucks. Auf dem Weg zum Café schaue ich noch mal bei meinen Eltern und meinen Geschwistern vorbei. Zum Abschied umarme ich meine Familie und drücke jedem einen Kuss auf die Wange.

Natürlich bin ich zu früh. Ich setze mich an den Stammtisch, bestelle Milchkaffee mit Schuss und trinke gemütlich, überspiele meine schreckliche Nervosität. Meine Knie werden weich, als Nik zur Tür reinkommt. Er sieht super aus, trägt ausgewaschene Jeans und ein schwarzes Shirt. Er kommt zu mir, lächelt leise und setzt sich, wobei er seinen frischen Duft zu mir wabern lässt. »Hey.«

»Hey.« Meine Stimme klingt wie immer.

»Wie geht es Sarah?«, fragt er direkt und bestellt erst, als ich nicke und versichere, dass es ihr viel besser geht.

»Sie beschwert sich, weil wir aufdringlich und überfreundlich sind. Wir stopfen sie mit Süßkram und Schmerzmitteln voll, kämmen ihr die Haare, ich habe ihr Zöpfe geflochten, während sie geschlafen hat. Ganz normal halt!«

Er lacht und schüttelt den Kopf über mich. »Typisch. Wie steht es mit der Wunde?«

»Brennt und zwickt. Sie muss jetzt alle zwei Tage im Krankenhaus untersucht werden. Das nervt ziemlich, weil Papa sich nicht freinehmen kann und Mama, Sarah und ich immer mit der Bahn fahren müssen. Aber natürlich beschweren wir uns nicht. Wir sind ja heilfroh, dass es ihr gut geht.«

Nik legt den Kopf schief. »Ist dein Auto immer noch nicht fit?«

»Nee. Und ich glaube, das wird auch nichts mehr. Und falls doch, habe ich das Fahren wieder verlernt.«

»Ich habe die nächsten zwei Wochen Urlaub. Ich fahr euch.«

Mir verschlägt es vor Freude glatt die Sprache. Nicht nur, weil wir jetzt nicht mit der Bahn fahren müssen, auch weil ich jeden zweiten Tag Nik sehen werde. Eifrig bedanke ich mich. »Das ist superlieb von dir! Danke!«

Du bist ein größerer Held als Herkules, Thor, Ironman und Chuck Norris zusammen, denke ich mir, schlucke den Kommentar aber mit Milchkaffee.

»Quatsch. Ist doch ganz klar«, zwinkert er und nimmt ebenfalls einen Schluck aus seiner Tasse, die ihm mittlerweile vor die Nase gestellt wurde.

Nach kurzem Schweigen wechsle ich das Thema. »Du, hör mal, das mit dem dummen Streit und den ekligen Sprüchen, die ich dir an den Kopf geworfen habe, das tut mir leid. Sehr sogar. Ich finde es zwar immer noch dämlich, dass du Melanie flachgelegt hast, aber ich werde darüber hinwegkommen. Und außerdem hast du ja recht. Ich bin nicht deine Freundin und kann nicht bestimmen, mit wem du in die Kiste steigst. Ich weiß, dass wir zwei freie, erwachsene Menschen sind und tun und lassen können, was …«

»Halt die Klappe, alte Nervensäge. Du hast genauso recht, dass ich sie nicht hätte ficken müssen …«

»Sag nicht ficken.«

»Entschuldige. Ich hätte nicht mit ihr schlafen sollen.« Er nimmt noch einen Schluck Himbeertee und lässt den Zeigefinger über die weiße Tischdecke gleiten. »Wir sollten versuchen, uns wieder aneinander anzunähern. Ich vermisse dich immer noch unheimlich.«

Mein Herz rast auf einmal, in meinem Bauch kribbelt es enorm und ich kann fast nicht umhin zu glucksen. »Ja, das klingt richtig gut! Wirklich! Ich vermisse dich auch ganz widerlich.«

Plötzlich ist es fast so, wie es vorher war. Ich erzähle ihm von dem Mallorcaurlaub und meiner Wohnung. Seine Erzählungen weisen klare Lücken auf, er lässt seine Eroberungen wohl aus, aber das macht nichts. Ich ignoriere die beißende Eifersucht. Wenn er die Blonde nicht erwähnt, mit der ich ihn in der Bar gesehen habe, dann wird sie nicht wichtig sein. Das ist ein gutes Zeichen. Mehr will ich nicht. Ich will nicht, dass erneut einer von uns beiden vergeben ist, wenn wir uns annähern. Ein zweites Mal könnten ich es nicht ertragen.

Man merkt auch noch, dass wir einen großen Streit hinter uns haben. Egal, wie viele Witze wir machen, wie viel wir lachen und uns beleidigen, eine ganz dünne Eisschicht liegt noch zwischen uns. So schnell wird sie auch nicht schmelzen. Aber wir sind wieder Freunde und das ist schon mal ein guter Anfang.

Kapitel 16

Nach dem Regen

Es lässt sich freier atmen, wenn man einen Neuanfang startet. Man atmet geklärte Luft, reine Luft. Ich stehe morgens ganz anders auf. Es ist kein betrübter Schleier mehr in meinem Kopf, den ich unbemerkt mit mir herumtrage. Meine innere Haltung hat sich verändert. Beim Sender habe ich bisher immer nur mit Klaus gesprochen. Wieso? Weil er mein Chef ist und mir die Aufträge gibt. Klar, habe ich jedem geantwortet, wenn ich etwas gefragt wurde, aber mehr nicht. Von mir aus bin ich auf niemanden zugegangen. Das soll sich jetzt ändern! Ich muss offener werden!

Ich fange am besten gleich hier in der Uni damit an. Ich sitze gerade in einer Vorlesung und höre mal wieder nicht zu, weil ich mir die Infos, die ich brauche, auch aus unserem Internetforum ziehen kann. Meine Sitznachbarin malt Kringel und Herzchen auf ihren Block, eine Angewohnheit, die ich auch von mir kenne. Ich stoße sie vorsichtig mit dem Ellbogen an und zeige auf mein Blatt, was genauso aussieht wie ihres. Sie schaut mich mit weit aufgerissenen Augen an, lehnt mein Lächeln und meine Freundlichkeit komplett ab und rutscht sogar eins auf. Hallo? Bin ich so schrecklich? Ich habe heute Morgen geduscht, habe mir die Zähne geputzt, mich geschminkt. Ich stinke nicht und bin ganz freundlich. Ich fühle mich verarscht. Der Kerl, der eine Reihe hinter mir sitzt, lacht sich fast schlapp. Um mich bei ihm zu bedanken, knülle ich ein Blatt zusammen und werfe es ihm an die Stirn. Toll, da will man einmal nett sein und mit seinen Mitmenschen kommunizieren und dann kommt so was!

Zu Hause öffne ich meinen grünen Laptop und logge mich nach Tagen der Abstinenz bei Facebook ein. Unzählige Benachrichtigungen springen mir ins Auge. Privatnachrichten, Statusmeldungen, Anfragen, weshalb ich so lange nicht mehr online war. Ich scrolle runter, bis mir etwas Interessantes ins Auge springt. Ein Bild von Laura und Dennis. Ein Kussbild, natürlich. Sie drückt die pinkfarbenen Lippen auf seine, hat ihre langen Krallen in seinem Gesicht und zwirbelt mit einer Hand sein Haar. Er hält sie fest, als bekäme er ohne sie keine Luft, könne ohne sie nicht mehr leben.

Was mir vorher die Kotze den Hals hochgejagt hätte, sieht jetzt irgendwie … niedlich aus. Sie passen zusammen, die Tussi und der Möchtegernrocker. Das Konzept funktioniert. Es gibt unzählige Bilder von ihnen, wie sie auf der Bühne nebeneinanderstehen, sie reibt sich an ihm und seiner Gitarre, beide schmachten sich an. Zum ersten Mal erkenne ich, dass nicht nur Dennis Nik und mir im Weg stand, sondern auch ich den beiden. Ihr muss er nicht andauernd absagen. Sie sieht er bei den Proben. Sie teilen sich ein Hobby und ergänzen sich prima. Wie hat Dennis es so schön gesagt? Wir sind die Meister des Cockblocking!

Es ist vielleicht komisch, aber nun, da Nik mich wieder akzeptiert, will ich ihn Stück für Stück zurückholen. Ich habe mir die ganze Zeit eingeredet, dass ich ihn abgeschrieben habe, den Kontakt zu ihm nicht brauche. Aber das stimmt nicht. Ich brauche ihn. Ich brauche den Kontakt und muss ihn halten. Ob ich ihn am Wochenende einladen kann? Ob er kommt? Er hat doch gesagt, dass er jetzt mit mir befreundet sein will, und zu einer Freundschaft gehören auch Besuche. Dann wird er kommen. Dann muss er kommen!

Ach, ich habe Jessy noch gar nicht darüber informiert! Schnell schreibe ich ihr eine SMS, dass Nik und ich jetzt wieder in Kontakt miteinander stehen und Freunde sein wollen, weil das mit dem Zusammensein nicht geklappt hat. Die Antwort ist ernüchternd.

El, ihr könnt keine Freunde sein. Melde dich wieder, wenn ihr zusammen seid. Kann mir das nicht mehr mit ansehen.

*

Am Donnerstagabend rufe ich Nik an und frage, ob er morgen vorbeikommen und sich meine neue Wohnung anschauen mag.

»Ja, natürlich! Gibst du mir die Adresse durch? Ich bin bei meinen Eltern zum Kaffeetrinken eingeladen. Danach komme ich dann gleich zu dir. Könnten ja eventuell Pizza bestellen. Soll ich Starkbier mitbringen?«

Das kenne ich. Das haben wir am Anfang immer gemacht.

»Klingt gut. Ich sende dir die Adresse als SMS. Dann bis morgen Abend?«

»Bis morgen Abend.«

Ich lege mit rasendem Herzen auf. Er kommt hierher. Zu mir. Frosch sitzt inzwischen auf meinem Bett und schaut mich mit riesigen Glupschaugen an. Ich schnappe ihn mir, drücke ihn an mich und überlege mir schon mal, was ich anziehen kann und was ich bis morgen noch alles erledigen muss.

Am nächsten Tag werde ich nach der Uni zum Putzteufel. Ich wische Staub aus Ecken, in denen sich nicht einmal Staub befindet. Wird er heute hier schlafen? Früher habe ich immer bei ihm geschlafen, wenn wir einen Pizza-Bier-Abend veranstaltet haben. Ob er die alten Traditionen wieder neu aufleben lassen will?

Ich sitze nervös auf der Couch und höre der Uhr beim Ticken zu. Wann er kommen will, weiß ich nicht. Direkt nach dem Elternbesuch, das ist klar, aber wann genau? Um wie viel Uhr wird bei den Schuhmanns Kaffee getrunken? Wie lange dauert das? Gibt es danach noch ewige Tischgespräche? Es ist 17 Uhr. Ist das zu früh? Ich weiß es nicht und das macht mich verrückt. Ich zupfe an meiner Hose, kämme meine Haare viel zu oft durch, bessere meine Schminke ständig aus. Um halb sieben klingelt mein Handy. Eine SMS: *Ich zehn Minuten bin ich da. Nik*

Mein Herz rast. Genau zehn Minuten nach seiner SMS klingelt es an der Tür. Ich atme tief ein, haue mir leicht auf die Wangen, um ein bisschen Farbe ins Gesicht zu bekommen, und öffne die Tür mit einem breiten Lächeln. Er sieht so gut aus. Er trägt seine Lieblingslederjacke, helle Jeans, Turnschuhe. Seine Uniform. In der Rechten hält er eine große Tüte, die ziemlich schwer aussieht. Als er auf mich zukommt, um mich zu umarmen, klirrt es. Nach der Begrüßung schaut er sich ausgiebig um. »Hey, die Wohnung sieht ja richtig gut aus! Hast du das alles alleine gestrichen?«

»Quatsch. Das meiste hat Papa gemacht.«

Er lässt sich auf die Couch nieder. »Hätte ich mir denken können. Hier ist nirgends eine Bordüre.« Er grinst so breit, dass es ihm sicherlich gleich die Backen zerreißt. Mal wieder kann ich nicht anders, als mitzugrinsen. Ich halte ihm den Zettel für den Bestellservice entgegen und hole das Telefon. Als wir beide uns ausgesucht haben, was wir essen wollen, ruft Nik an und ich öffne das Bier. Starkbier. Das ruft Erinnerungen wach. Erinnerungen an Küsse, stundenlange Gespräche. Ich werde richtig nostalgisch.

»Und wie sieht es bei dir aus? Bist du schon versetzt worden?«

»Ja, schon lange. Ich kann jeden Abend heim und im eigenen Bett schlafen. Ein Luxus, von dem ich noch vor wenigen Monaten kaum zu träumen gewagt hätte. Ich liege im eigenen Bett, höre keine Furzgeräusche Dutzender Kameraden, kann essen, was ich will, am Wochenende mit meinen Freunden ausgehen, ohne, dass ich vorher stundenlang im Auto sitzen muss. Bin ziemlich froh, dass ich das so gemacht habe.«

Ich schlucke hart. »Ja, dass du öfter feiern gehst, habe ich mitbekommen. Ich hab dich doch gesehen, weißt du noch?«

Wieso musste ich das jetzt sagen? Hoffentlich sieht er das nicht als Zickerei oder Anspielung auf die Blonde an.

»Ich erinnere mich noch. Du hast mich angeschaut wie ein Mondkalb. Konntest kaum glauben, dass ich auch mal feiern gehe, richtig?«

Ich nicke. »So sieht es aus. Am Anfang hast du dich immer als menschenscheu ausgegeben, aber anscheinend bist du das gar nicht, Nikolas.«

Er lacht. »Doch, schon. Aber manchmal zieht es sogar einen Einzelgänger wie mich nach draußen. Glaube es oder lass es bleiben.«

Wir beginnen, über Dinge zu reden, die wir in der Zwischenzeit erlebt haben. Nik spricht endlich mal von seinem Einsatz. Ein paar Geschichten kenne ich schon, weil er mir damals ein bisschen was am Telefon erzählt hatte, aber vieles wusste ich noch nicht.

Der Pizzabote unterbricht unser Gespräch. Nik übernimmt die Rechnung und ignoriert meine Proteste. Wie immer. Nach dem vierten Starkbier fange ich an, ihn berühren zu wollen. Das ist nicht gut. Ich sollte ihn nicht berühren wollen. Das ist falsch. Es darf nicht wieder wie früher anfangen. Da hat es doch auch ein schlechtes Ende genommen, wieso sollte es jetzt anders sein? Als ich merke, dass ich zu anhänglich werden will, stehe ich auf und laufe eine Runde durch die Wohnung. Nik beobachtet mich. »Alles okay? Hast du Schmerzen, oder so?«

»Ich habe keine Schmerzen, oder so. Aber langsam werde ich müde. Meinst du, wir könnten schlafen gehen? Du kannst das Schlafzimmer haben, mir hast du es in deiner Wohnung auch immer überlassen.«

Widerwillig steht er auf. »Ich habe es hier eigentlich gemütlich gefunden, aber wenn du schlafen gehen willst, dann gehen wir schlafen. Versprich mir aber, dass wir morgen miteinander frühstücken!«

»Ja! Gut! Lass uns morgen miteinander frühstücken!«

Er grinst mich an und dreht sich zur Seite. »Wo ist das Schlafzimmer?«

»Warte, ich zeige es dir. Ich muss ohnehin noch meine Schlafklamotten und eine Decke für mich holen.«

Er folgt mir in mein Schlafzimmer und lacht, als er Frosch sieht. »Du hast ihn noch?«

»Natürlich habe ich ihn noch! Was denkst du von mir? Ich liebe ihn und Dinge, die ich liebe, lasse ich ungern los.«

Oh, das war komisch. Das kam falsch raus. So hätte ich das nicht sagen sollen. Er hält meinen Blick fest und bleibt ganz still stehen. Wir schauen uns an, in meinem blauen Schlafzimmer mit all den Kuscheltieren und kitschigen Möbeln. Es ist seltsam. Ich kenne den Blick, ich weiß, dass dieser Blick etwas zu bedeuten hat, aber ich kann ihn nicht mehr entziffern. Was will er mir sagen? Was will ich ihm sagen? Wir kommunizieren wortlos aneinander vorbei. Er ist derjenige, der den Bann bricht. »Ich, also ich denke, dass dein Bett sehr bequem ist. Darin lässt es sich sicherlich ähm richtig gut schlafen.«

Er ist genau so verhaltensgestört wie ich. Sehr gut. Ich nicke. »Darin schläft man richtig gut, ja. Aber auf der Couch auch, also, äh, nehme ich jetzt eine der zwei Decken und gehe ins Wohnzimmer. Wenn du etwas benötigst, dann melde dich einfach. Komm raus und sag es mir. Ich besorg's dir dann.«

Ich greife nach der Decke und erkenne erst an Niks Lachen, dass die Formulierung ungeschickt war. Mist. Eilig schlage ich die Tür hinter mir zu und werfe mich auf die Couch. Egal, wie fest ich die Decke über meinen Kopf ziehe, ich höre sein Lachen noch immer. Das werde ich sicherlich nie wieder los.

Ich kann nicht einschlafen. Zu wissen, dass er sich im Nebenraum befindet, in meinem Bett liegt, sich in den Laken wälzt, in denen ich mich immer wälze, lässt mich ganz kribbelig werden. Ich denke, dass wir die Rollen getauscht haben. Jetzt ist er derjenige, der aus einem Grund nicht mein Partner sein kann und will und ich bin die, die danach lechzt. Das ist nur fair und ich verstehe, wieso er es so handhabt. Ich glaube, das würde ich auch so machen. Ausgleichende Gerechtigkeit. Er wird sich so über mich geärgert haben, dass er außer Freundschaft nichts mehr zustande bekommt. Klar. Das ist okay. Aber ich höre, wie er sich im Bett dreht, wie meine Kissen rascheln, wie die Matratze unter seinem Gewicht quietscht. Ich schlinge die Decke nur noch fester um meinen Kopf, aber höre jeden Laut, den er von sich gibt, jedes Seufzen, jedes Schnarchen. Alles. Es ist unerträglich. Ist es ihm mit mir auch so ergangen?

Es tut weh. Es ist ein Entzug. Es ist ein Gift. Ich werfe mich auf die andere Seite und konzentriere mich wieder auf das Ticken meiner Uhr, bis ich in einen unruhigen Schlaf falle.

Nik weckt mich. Es ist so, als wäre mein Traum wahr geworden, und für einen Moment zweifle ich daran, dass er wirklich da ist. Als er sich gähnend streckt und Kissen nach mir wirft, wird mir allerdings klar, dass er wahrhaftig und tatsächlich vor mir steht. Er ist da. Aus Fleisch und Blut. Und es gibt keinen Zentimeter an diesem Körper, den ich nicht berühren will. Aber ich stehe auf, strecke ihm die Zunge raus und laufe in die Küche, als wäre nichts mit mir los.

»Weißt du was? Mir ist gestern eingefallen, dass ich doch eigentlich deine Schwester regelmäßig ins Krankenhaus fahren sollte. Was ist daraus eigentlich geworden?«

Ich betätige die Kaffeemaschine und mache Rührei. »Papa hat sich doch frei genommen. Er hat gesagt, wenn man ein Kind in die Welt setzt, das so tollpatschig ist wie meine Schwester, dann muss man sich damit abfinden, dass man seinen Urlaub für sie verprassen muss.«

Nik grinst. »Recht hat er. Du bist nicht ganz so tollpatschig, oder? Zumindest habe ich dich noch nicht allzu oft hinfallen sehen.«

Wie aufs Stichwort fällt mir ein Messer aus der Hand. »Das war die totale Absicht.«

Er nimmt sich einen Kaffee. Selbst morgens, wenn andere stinken wie Sau, riecht er gut. Wenn er aufsteht, steht sein Haar neckisch vom Kopf ab, als wolle es ihn ärgern. Das ist nicht lächerlich, wie bei vielen andern; es ist süß. Ich würde ihn gerne jeden Morgen beim Aufstehen beobachten. Mein Über-Ich verpasst mir einen Schwinger, dass mir fast der Pfannenwender aus der Hand fällt.

Ich serviere Rührei auf zwei Tellern, mache Fertigpancakes aus der Tube und stelle Orangensaft und Wasser auf den Tisch. Beim Essen hören wir Radio und singen einige Songs schief und laut mit. Der Hund im Stockwerk über mir beginnt zu bellen. Also, so schlimm ist der Gesang aber auch wieder nicht! Ich bin ein bisschen eingeschnappt!

Gemeinsam räumen wir das Geschirr ab. Ich habe noch keine Geschirrspülmaschine, weswegen Nik mir beim Abspülen hilft. Unsere Hände berühren sich, wenn ich ihm das nasse Geschirr zum Abtrocknen reiche. Das veranstaltet seltsame Dinge in meiner Lendengegend. Im Wohnzimmer hilft er mir auch aufzuräumen. Die Starkbierflaschen, die noch voll sind, stellt er mir in den Schrank. »Wenn ich nächstes Wochenende wiederkomme, brauchen wir die vielleicht noch.«

Ich freue mich, dass er mich jetzt wieder fest mit einplant und die Wochenenden mit mir verbringen will. Zum Abschied bekomme ich einen Kuss auf die Wange. Ich fühle seine weichen, zarten Lippen auf meiner Haut, spüre das Kratzen seines Bartes und wünsche mir, ich würde es nicht im Gesicht, sondern ganz woanders fühlen. Aber diese Möglichkeit habe ich mir versaut.

Kapitel 17

Alles auf Anfang

Am folgenden Wochenende fahren wir zu der Burg, die wir ganz zu Beginn bereits erkundet hatten. Wir parken wieder viel zu weit unten und kämpfen uns durch die dichte Dunkelheit bis ganz nach oben, wo die ausgeleuchtete Burg einen Platz bereithält, dessen Aussicht uns den Atem raubt. Wir setzen uns auf die Bank und rücken näher zusammen, weil es kalt ist. Nik legt den Arm um mich. Ich fasse es kaum, dass ich ihm wieder so nahe sein darf. Er lehnt seinen Kopf an meinen. »Weißt du noch, wie wir das erste Mal hier oben waren?« Ich nicke. »Ich war so verliebt in dich, Elena. So etwas habe ich noch nie gefühlt. Kannst du es fassen, dass wir jetzt hier sitzen und Freunde sind? Nach allem, was wir erlebt, durchgemacht haben. Nach allem, was uns auseinandergerissen hat, sitzen wir hier, ich halte dich im Arm und kann von uns behaupten, dass wir wirklich gute Freunde sind. Das Herz und die Gefühle sind schon erstaunliche Dinge.«

Ich darf nicht weinen. Auf keinen Fall. Ich muss akzeptieren, dass er das fühlt. Er hat es damals bei mir auch akzeptiert. Jetzt bin ich dran. All die ungeweinten Tränen sammeln sich in meinem Hals als Kloß an, werden eisern von mir geschluckt und krampfhaft im Magen behalten. Es ist so, wie es ist, und ich bin froh, in seiner Nähe sein zu dürfen. Fertig.

Ich betrachte die vielen Lichter, ausgeleuchteten Fenster, Autos, die tief unter uns schillern. Es ist so idyllisch und friedlich hier oben. Ich könnte für immer hier sitzen und mit Nik schweigen. Nach einer Stunde steht er auf, streckt sich, zeigt, wie beweglich er trotz all seiner Kraft ist, und zieht mich dann auf die Beine. »Lass uns heimfahren, es wird kalt.«

Auf der Heimfahrt kann ich meine Augen nicht von ihm losreißen. Wie kann es sein, dass ein einziger Mensch einen so in seinen Bann ziehen kann, dass man nur noch an ihn denkt, nur noch von ihm träumt, sich zwar ständig über ihn ärgert, aber dennoch keine Sekunde mit ihm missen will? Ging es ihm auch so mit mir? Ist er darüber jetzt endgültig hinweg? Ich hoffe inständig, dass er tief in seinem Innern noch so für mich fühlt, aber es nicht zeigen will, weil ich es nicht besser verdient habe.

Er hält vor meiner Haustür, lehnt sich zu mir und küsst wieder meine Wange, nimmt mich in den Arm und flüstert mir ins Ohr: »Schlaf gut, Elena. Träum süß.«

Ich träume natürlich nur noch von ihm.

Meine Klausurenphase rückt näher. Zum Glück kann ich Uni und Privatleben trennen, lerne genug, obwohl ich eigentlich nicht will. Ich bestehe alle sechs Klausuren, die ich schreiben muss. Ich habe einen Schnitt von 2,1 und bin stolz auf mich. Zur Belohnung lädt Nik mich ins Kino ein und ich darf den Film aussuchen.

Die 3D-Variante von *Herr der Ringe* läuft, was natürlich mein unangefochtener Favorit ist. Ich bestelle mir eine riesige Packung Popcorn, eine große Cola und Smarties. Nik will sich das Popcorn mit mir teilen. Ich habe absolut nichts dagegen. Vielleicht schneide ich unten ein Loch rein und setze mir die Tüte genau auf den Schoß. Wer weiß?

Ich bekomme nur die Hälfte mit. Zum einen, weil ich den Film sowieso schon kenne und mich deswegen mehr auf die Smarties konzentriere, zum andern, weil Niks Arm genau neben meinem liegt und solch eine Hitze auf mich abstrahlt, dass ich fast verglühe. Ich will nach seinen Fingern fassen. Die Dunkelheit im Kino kreiert die Illusion von Abgeschiedenheit, umhüllt uns wie eine Decke. Das hier ist fast so intim, wie mit ihm allein zu sein. Er greift leider nicht nach meiner Hand, fasst allerdings immer wieder rüber in mein Popcorn und streift meine Haare, meinen Arm, meine Beine. Ich weiß nicht, ob er das absichtlich macht oder sich nichts dabei denkt. Gegen Ende des Films streift er meine Hand und stellt fest, dass sie eiskalt ist. »Oh, du erfrierst ja! Wieso sagst du denn nichts? Hier. Leg deine Hand auf mein Bein, das hält dich warm.«

Natürlich gehorche ich ihm sofort. Er hat starke Beine, Beine, die mich tragen könnten, wenn ich gerettet werden müsste. Er würde es tun, dessen bin ich mir wieder ganz sicher.

Ich trage meine Weste noch, die aus Erlebnissen. Sie stärkt mich auch noch. Ich glaube, dass sie der einzige Grund ist, wieso ich ihn noch nicht sexuell belästigt, geküsst oder bedrängt habe. Ich glaube, dass sie der einzige Grund ist, wieso ich meine Klausuren bestanden habe, obwohl mir wirklich anderes durch den Kopf geht. Dennoch wärmt sie nicht mehr so schön, ist nicht mehr ganz so stark. Hier und da lösen sich die Fäden. Ich glaube nicht, dass das gut ist.

Nach dem Kino gehen wir direkt zum Auto. Er ist müde, sagt er.

Am nächsten Tag klingelt es an der Tür, doch als ich durch den Spion schaue, sehe ich niemanden. Das Einzige, was zu sehen ist, ist ein großer, brauner Karton. Habe ich in letzter Zeit etwas bestellt, das heute geliefert worden ist? Ich glaube nicht.

Vorsichtig öffne ich die Tür und begutachte die braune Kiste. Was ist das denn? Hat das Ding gerade miaut? Mit einem freudigen Quieken öffne ich den Karton und finde darin ein winzig kleines Kätzchen. Es ist weiß, flauschig und hat funkelnd blaue Augen. Das Kätzchen sitzt in einem Korb, ist umringt von Futterdosen und Katzenmilch und hat ein kleines Zettelchen am Bein. Behutsam nehme ich ihm das Band mit dem Zettel ab, schiebe den Karton in die Wohnung, schließe die Tür und lasse die Katze runter. Auf dem Papier steht in krakeliger Handschrift: *Hallo, liebe Elena. Leider habe ich noch keinen Namen, aber ich wäre sehr froh, wenn du mir einen geben könntest. Ich bin ein Mädchen, drei Monate alt und mir wurde verraten, dass du ein absoluter Katzenfan bist. Deswegen habe ich mir dich auch ausgesucht. Mein Körbchen kannst du gern ins Wohnzimmer stellen und mich zu dir ins Bett legen. Ich bin richtig verschmust und überhaupt nicht schreckhaft. Futter und Milch habe ich praktischerweise auch schon dabei. Kümmere dich gut um mich.*

Ich lache laut auf. Das war Nik, ganz sicher! Ich erkenne seine Handschrift. Die Kleine turnt gerade durch das komplette Wohnzimmer und fällt immer wieder hin. Sie ist so süß, dass ich mich kaum von ihr losreißen kann, um Nik eine Dankesnachricht zu schicken.

Abends steht Nik vor der Tür. »Ich habe gehört, du hast eine Katze geschenkt bekommen. Die wollte ich mir mal anschauen.«

Sie springt aus dem Wohnzimmer und wirft sich sofort auf ihn. Sie kennt ihn, noch deutlicher kann sie es nicht zeigen.

»Hallo, du Kleine, wie heißt du denn?«

»Tortilla«, antworte ich und lache über seine Reaktion. Er hebt den Kopf, zieht die Augenbrauen hoch und schiebt die untere über die obere Lippe. »Na gut, es ist deine Katze. Du kannst sie nennen, wie du willst.«

»Danke, Nik. Wirklich.«

Er sieht zu mir hoch und für den Bruchteil einer Sekunde funkeln seine Augen, als wäre Feenstaub in ihnen. Den Blick kenne ich. Die Katze und der Blick lassen mich hoffen. So hat er mich angeschaut, als wir uns das erste Mal wiedergesehen haben. Genau so. Haargenau. Es lohnt sich noch zu kämpfen.

Nur zwei Wochen später hat Nik eine weitere Überraschung für mich. Er weiß, dass ich ein bisschen Geld gespart habe, um die Reparatur an meinem Auto bezahlen zu können. Freudestrahlend steht er vor mir und streckt mir einen Flyer entgegen. Einen Flyer für eine Autowerkstatt. »Nik, dafür habe ich noch nicht genug Geld. Das weißt du doch.«

»Elena. Mach dir keine Sorgen. Ein Kumpel von mir arbeitet dort, Paco. Er repariert dir den Wagen für fünfhundert Euro.«

»Ich habe keine fünfhundert Euro. Ich habe nur dreihundert.«

»Ja, und? Ich habe zweihundert für dich. Das ist kein Problem. Alles, was du tun musst, ist, das Geld annehmen. Okay?«

Vehement schüttle ich den Kopf. »Das geht nicht!«

Er stellt sich ganz nahe vor mich. »Oh doch! Und jetzt nimm es an und halt die Klappe!«

*

Paco lehnt sich über den Wagen und seufzt. »Da muss man sehr viel dran machen. Sehr sehr viel.«

Mit gerunzelter Stirn sehe ich ihn an. »Reichen die fünfhundert Euro, oder ...?«

Er haut Nik auf die Schulter. »Klaaar! Für ihn mache ich das. Kein Problem. Aber es könnte ein bisschen dauern. Drei, vier Wochen, vielleicht.«

Ich klatsche in die Hände. »Das ist super!«

Dreieinhalb Wochen später darf ich in mein Auto einsteigen und fahren. Nik sitzt neben mir und beobachtet mich. Ich fahre wie eine Oma, was er mit fiesen Sprüchen quittiert. Heute ist mir das egal. Von mir aus kann er mich den ganzen Tag und die ganze Nacht ärgern. Besonders die ganze Nacht.

Nachts liegt Tortilla am Fußende und schläft selig. Ich rolle mich im Bett hin und her und kann nicht einschlafen, weil ich mich permanent frage, wieso ich mich nicht traue, ihm zu sagen, was ich fühle. Will ich denn, dass wir für immer nur befreundet bleiben? Will ich irgendwann die Trauzeugin auf seiner Hochzeit sein oder will ich die Braut sein? Ich bin mir absolut sicher, dass ich eine Hochzeit von Nik nicht ertrage, wenn ich nicht in Weiß neben ihm stehe. Ich will nicht daran denken, wie er eine andere küsst und mir nur einen Kuss auf die Wange und eine Umarmung schenkt. Mit einem frustrierten Schrei stehe ich auf, hechte ins Wohnzimmer und reiße die vier Starkbierflaschen aus dem Schrank, die er mir hinterlassen hat. Ich trinke alle vier hintereinander, in der Hoffnung, endlich müde zu werden und schlafen zu können.

Es dauert keine Stunde, da stehe ich auf der Straße, allein. Ich muss ihn sehen, muss mit ihm sprechen. Ich muss ihm alles vor die Füße kotzen, was mir im Kopf herumgeht. Ich kann nicht länger dasitzen und zuschauen, wie wir als Freunde immer mehr zusammenwachsen und als potenzielles Pärchen nicht mehr funktionieren. Ich muss zu ihm. Ich muss sehen, wie er guckt, wenn ich ihm gestehe, dass ich ihn noch immer liebe, dass ich ihn schon liebe, seit ich ein Kleinkind war.

Meine Füße tragen mich, ohne dass ich es fühle. Ich vertrage Starkbier nicht so gut. Es füllt mich schneller ab als alles andere. Die vier Flaschen haben mir schon gereicht. Meine Füße und mein Kopf sind wattig, ich sehe nicht mehr richtig und habe einen tauben Zeh, aber das macht nichts. Das hindert mich nicht an meinem Vorhaben. Wenn jetzt ein Verbrecher oder Vergewaltiger käme, könnte ich mich nicht einmal wehren. Der Gedanke treibt mich noch mehr an, sodass ich zu rennen beginne.

Ich komme völlig verschwitzt bei ihm an. Mit einem Grummeln klopfe ich. Ich muss nicht lange warten. Nik scheint zur Tür zu hetzen. Als er mich sieht, stockt er kurz und wirft dann einen erstaunten Blick auf die Uhr. »Elena. Was machst du denn hier? Um diese Uhrzeit? Wenn wir uns morgen sowieso sehen?«

Ich hebe die Schultern an und verziehe den Mund. Mit einer Geste bedeutet er mir, dass ich reinkommen soll, und umarmt mich im Vorbeigehen.

»Hat es geregnet? Du bist ganz nass.«

»Das ist Schweiß.«

»Igitt. Wieso schwitzt du so?«

»Weil es draußen dunkel ist, ich ein Mädchen bin und gerannt bin. Ich hatte Angst.«

»Warum hast du mich nicht angerufen? Ich hätte dich doch abgeholt!«

»Zu spät, jetzt bin ich da. Und außerdem haben wir Wochenende und ich wusste nicht, in welchem Zustand ich dich ans Handy bekommen würde. Bevor ich mich von einem Kerl abholen lasse, der voll ist wie eine Haubitze, renne ich lieber durch den gesamten Ort.«

»Also, so versoffen bin ich jetzt auch wieder nicht. Hab schon eine Woche nicht mehr getrunken.« Während er redet, eilt er in die Küche und ich verstehe das Ende des Satzes kaum.

Ich setze mich auf sein hässliches Sofa und überlege hektisch, wie ich meinen Gefühlsausbruch beginnen soll. Mit einem Glas Wasser in der Hand setzt Nik sich neben mich und trinkt vorsichtig. Ein paar Minuten schaue ich in den Fernseher und gucke *South Park*, während Nik mich beobachtet. Es ist komisch. Wir reden nicht. Nik, weil er nicht weiß, was ich von ihm will. Ich, weil ich nicht weiß, wie ich es sagen will.

Schweiß tropft mir in die Augen und ich kneife sie zusammen. Mensch, so schwer darf das doch nicht sein! Er hat mir sogar selbst mal ein Liebesgeständnis gemacht! Ich hab es sogar erwidert und jetzt tue ich so, als wäre ich ihm noch nie begegnet und würde einem völlig Fremden meine Gefühle in den Schoß kotzen.

Er steht auf, holt einen nassen Lappen und dreht mich zu sich. Vorsichtig wischt er mir den Schweiß von der Stirn und vermeidet den Blickkontakt. Gut so, ohne Blickkontakt kann ich mich viel besser konzentrieren. Der kalte Lappen auf meiner heißen Stirn tut gut und scheint meine Gedanken wieder zum Fließen zu bringen.

»Ich habe deine Murmel noch«, stoße ich zusammenhanglos aus.

Nik hört nur für eine Sekunde auf, meine Stirn abzutupfen, schaut verwirrt und macht dann sehr sanft weiter. »Meine Murmel?«

Wieso denke ich, dass meine unheimlich romantische Murmelsymbolik irgendetwas bei ihm klingeln lässt, wenn sein Gedächtnis so schlecht ist?

»Ähm, als du weggezogen bist, da hast du mir deine Lieblingsmurmel geschenkt und meintest, dass ich immer an dich denken soll, wenn ich sie anschaue.«

»Ah«, sagt er ganz leise. Ich glaube, eine Erinnerung in seinen Augen vorbeihuschen zu sehen.

»Ich hab sie immer noch. Ich hatte sie sogar bei jeder Prüfung und bei jedem Vorstellungsgespräch dabei. Auch im Urlaub – und im Krankenhaus, als ich mir mit elf das Bein gebrochen hab.«

Stille. Mittlerweile liegt der nasse Lappen in Niks Schoß und verursacht einen dunklen Fleck auf seiner Jeans. Ein nervöses Kichern sitzt mir im Rachen, weil der Fleck so platziert ist, dass es nach Inkontinenz aussieht.

»Was ich damit sagen will … Ich weiß, dass wir gesagt haben, dass wir es jetzt freundschaftlich angehen, weil es romantisch ja irgendwie nicht klappt. Außerdem meintest du ja auch, dass wir uns vielleicht in etwas hineingesteigert haben, damals, mit dem Verliebtsein. Aber ich glaube nicht, dass das stimmt.«

»Elena«, flüstert er.

Ich schaue ihm fest in die Augen und schüttle den Kopf. »Ich muss das jetzt sagen. Ich denke nämlich, dass wir zusammen sein sollten. Ich will nicht behaupten, dass ich es nicht versucht hätte, mir dich aus dem Kopf zu schlagen. Noch nie in meinem Leben habe ich etwas so sehr versucht. Außer das eine Mal, als ich meine Brüste via Gedankenkraft wachsen lassen wollte. Aber das zählt nicht. Nachts habe ich mir meistens mit der Murmel in der Hand die Augen aus dem Kopf geweint. Und wenn ich daran denke, dass du mit anderen schläfst, dich irgendwann verliebst, heiratest und mit einer hässlichen Pute glücklich bist, raste ich aus. Ich kriege keine Luft mehr, wenn ich sie mir vorstelle, mit dir an ihrer Seite, dämlich grinsend. Ich werde panisch und will sie umbringen. Das ist mein Ernst. Ich plane den Mord an einer Unbekannten, Nik, so weit ist es mit mir gekommen!«

Wir lachen beide ganz schön unbeholfen und ich schaue ihn mit wässrigen Augen an. Er wirft den Lappen mit einem lauten Platsch auf den Boden und rutscht noch ein Stück näher. »So ungefähr geht es mir auch.«

Mit einem Lachen auf den Lippen küssen wir uns. Einfach so. Fast wie im Film. Es fühlt sich seltsam an, weil der letzte Kuss lange zurückliegt und ich mir trotzdem sicher bei ihm bin, ich weiß, wie er die Lippen bewegt, dass er Zungenküsse nicht mag, aber gelegentlich seine Zunge über meine Lippen wandern lässt. Er legt seine Hand in meinen Nacken, wühlt in meinen Haaren. Ich breche den Kuss ab, hole tief Luft. »Hat dir der geplante Mord keine Angst gemacht?«, frage ich grinsend.

»Ein bisschen. Aber wenn du jetzt endlich mal still bist, dann vergesse ich deinen Wahnsinn vielleicht.« Seine Stimme ist so tief, seine Worte sind so leise, dass ich ihn kaum verstehe und für einen kurzen Moment denke, dass ich mir seine Worte nur eingebildet habe. Sein dunkler, intensiver Blick überzeugt mich vom Gegenteil. Er rückt ein Stück näher, legt seinen Zeigefinger unter mein Kinn und zieht mein Gesicht zu seinem. Nik küsst mich zaghaft, leicht, fast keusch. Seufzend lehne ich mich nach hinten. »O Gott sei Dank!«, stoße ich aus und erhalte ein leises Ja als Antwort. Ich schnappe mir den schmunzelnden Nik. Diesmal ziehe ich ihn zu mir.

Doch nun küssen wir uns so heftig und verzweifelt, dass ich fast von der Couch falle und er mich gerade so festhalten kann. Diese Gelegenheit nutzt er, hebt mich hoch und trägt mich in sein Schlafzimmer. Er setzt mich auf sein Bett und schaut mich fragend an. Als Antwort ziehe ich mir mein klammes Shirt über den Kopf. Im Gegenzug zieht er sich bis auf die Unterwäsche aus. Er ist so schön, so wunderschön! Im dämmrigen Licht der Nachttischlampe werfen seine Muskeln dunkle Schatten auf seine Haut, seine Tattoos sehen aus wie unförmige Farbkleckse und seine Augen sind tiefe Tümpel. Von mir aus könnte er den ganzen Abend hier stehen und sich von mir angaffen lassen. Anscheinend sehen seine Pläne anders aus, denn er packt meine Fußgelenke, zieht daran, sodass ich flach auf den Rücken falle, und öffnet meinen Jeansknopf und den Reißverschluss. Ganz vorsichtig zieht er die Jeans von meiner feuchten Haut und folgt dem Stoff mit den Lippen. Ich beobachte ihn mit angehobenem Kopf dabei, wie er erst meine Hüfte und dann meine Beine küsst, die Hose neben das Bett wirft und ganz leicht in meinen großen Zeh beißt. Eigentlich finde ich Füße ziemlich eklig. Ich mag nicht mal Fußmassagen. Aber Nik darf an meinem Zeh knabbern, so oft und lange wie er will. Ich seufze und lasse meinen Kopf auf die weiche Matratze sinken. Die Decken riechen nach ihm. Ich atme tief ein und stelle mir mit geschlossenen Augen vor, wie sein dunkler Kopf über meine helle Haut wandert.

So sachte, wie er mir die Stirn gewischt hat, küsst er sich seinen Weg zurück, wobei er meine Unterhose lachend betrachtet. Sie ist bedruckt mit einem »Liebe ist«-Spruch und dem dazugehörigen Cartoonpärchen. Mist, ich hätte was Knallrotes mit Spitze anziehen sollen! Vorsichtig haucht er auf die Figuren und ich schnappe nach Luft. Eine Gänsehaut zieht sich über meinen gesamten Körper. Okay, vielleicht war die Unterwäsche doch die richtige Entscheidung! Ich packe ihn an den Schultern und ziehe ihn zu mir hoch, dränge mich eng an ihn, streiche ihm fest über die Erhebung in seinen Shorts, damit er versteht, was ich jetzt will. Er versteht, steht auf und holt ein Kondom aus dem Nachtschrank. Nachdem er es sich übergestreift hat, positioniert er sich in einer Liegestützhaltung über mir, schiebt mein Höschen beiseite und schaut mir tief in die Augen. Mit einem stechenden Schmerz in der Brust wird mir bewusst, wie sehr ich das hier, ihn, die ganze Zeit gebraucht und vermisst habe.

Er reibt seine Eichel an mir, bittet um Einlass. Ich dränge mich an ihn. Während er in mich gleitet, erinnere ich mich an das letzte Mal. Im Wald. Das Erlebnis, über das wir nie wieder gesprochen haben. Ich nehme mir vor, ihn darauf anzusprechen. Wenn ich mich später noch daran erinnern kann, denn im Moment verwandelt sich mein Hirn gerade in Matsch. Mein Über-Ich und mein Es sitzen nebeneinander auf einer weißen Couch und beobachten das Spektakel zufrieden. Jessy würde ziemlich gut in dieses Bild passen.

Als Nik sich nach hinten lehnt, mich an den Hüften packt und den Rhythmus steigert, vergesse ich meine Gedanken und bewundere einfach nur den schönen Mann vor mir, den Mann mit der gebräunten, weichen Haut, mit den gütigen, funkelnden Augen, den Mann, in den ich schon so lange verliebt bin. Mein Herz quillt bald über und die Muskeln in meinem Unterleib ziehen sich fast schmerzhaft zusammen.

Ich stelle fest, dass sein Bett quietscht und dass sich eine Feder in meinen Rücken bohrt. Doch das ist mir egal, denn ich fühle Nik in mir kreisen, in mich fahren, Abstand nehmen und dann wieder fest zustoßen. Sein Blick ist ernst und zärtlich. Keuchend halte ich mich an seinen Beinen fest, während er mir blaue Flecken in die Hüfte drückt. Wie in meinem Traum, den ich auf Malle hatte. Er hält mich mit eisernem Griff fest, als hätte er Angst, dass ich ihm davonrenne. Was bis vor Kurzem nicht so unbegründet war. Aber jetzt ist es das. Jetzt muss er mich nicht mehr festhalten, denn ich bin da und werde bleiben. Nik rollt uns beide herum, lässt mich auf ihm sitzen, doch übernimmt auch hier das Kommando. Er hebt mich ein Stückchen an, schiebt mich vor und zurück, sodass ich mich nicht sonderlich anstrengen muss. Ich stütze meine Hände auf seiner Brust ab, fahre die Muskeln nach, kralle mich mit der Linken in seinen Haaren fest.

Mit jedem Stoß wird er fester, mit jedem meiner Seufzer keucht auch er lauter. Wir kommen ganz kurz hintereinander. Erst ich, dann er. Die Finger um meine Hüften werden lockerer, ich sinke ganz auf ihn herab und merke, dass ich mich anscheinend doch angestrengt habe, denn meine Beine zittern und mein Herz rast so sehr, dass es mir bald aus der Brust springt. Er zieht sich aus mir zurück, ich setze mich auf, um ihn anzugrinsen. Er grinst ebenfalls breit und weiß und glücklich. Wir schauen uns an wie zwei Bekloppte. Wir keuchen und lachen. Nik packt mich an den Händen und zieht mich ruckartig zu sich herunter. Klatschend komme ich mit meiner nassen Haut auf seiner nassen Haut auf und atme ihn ein. Diesmal muss ich meine Kleidung nicht alleine richten, muss nicht durchs Unterholz wandern und peinlich berührt schweigen. Diesmal hält er mich im Arm, streichelt mein Haar und küsst meine Stirn.

»Ich gebe dir eine Drei minus. Dein Timing ist verbesserungswürdig«, flüstere ich schelmisch und kassiere einen Klaps auf den Po.

»Niederträchtiges Aas!«, lacht Nik.

»Dein niederträchtiges Aas?«

Er drückt mich ganz fest und ich kriege kaum Luft. Aber das ist mir gerade ziemlich egal.

»Ja, meines.«

Wir liegen schweigend und ineinander verschlungen da, hören uns gegenseitig beim Atmen zu.

»Es hat mir wehgetan. Die Zeit, in der wir uns nicht gesehen haben, hat mich wirklich verletzt.« Seine Stimme ist kaum mehr ein Flüstern.

Ich nehme ein bisschen Abstand von ihm, drehe mich auf die Seite und schaue ihm ins Gesicht. Er schaut betrübt, versucht zu grinsen und scheitert. Es hat ihm also wehgetan. Es hat ihn verletzt. Genauso wie mich. Nur dass ich mittlerweile gemerkt habe, dass ich an alldem schuld war. Ja, zwischendurch habe ich gedacht, dass alles Niks Schuld war. Dass er zu viel erwartet hat. Man kann sich nicht in ein Leben und eine Beziehung drängen, dachte ich. Aber ist es nicht eher so, dass ich ihm Platz gemacht habe, ihm eine Lücke gezeigt habe, die er auf mein Bitten gefüllt hat? Und dann habe ich mich beschwert, ihn wieder aus der Lücke geschoben und geflucht, mich gefragt, was das soll, wieso er das getan hat.

Eine Entschuldigung krabbelt mir die Kehle hoch, doch ich halte sie zwischen meinen Lippen gefangen. Ein einfaches »Tut mir leid« ist in diesem Moment wirklich nicht das Richtige. Wenn ich schon so einen Mist baue, dann muss diesmal wenigstens die Entschuldigung ordentlich sein. Circa fünf Minuten sammle ich Worte und Gefühle, die ich ihm servieren möchte. Er wartet geduldig.

»Ich bin selbstsüchtig. Das wusste ich bisher noch nicht. Glaub mir, ich kannte diese Seite nicht an mir. Was ich getan habe, das war schrecklich egoistisch. Weißt du, ich habe schon recht früh bemerkt, dass ich noch verliebt in dich bin. Ich denke, dass es tatsächlich bereits beim ersten Telefongespräch wieder gefunkt hat. Aber ich war zu ängstlich und feige, um es mir einzugestehen. Es ist schwierig, eine so hohe Meinung von sich zu haben wie ich, aber gleichzeitig voller Minderwertigkeitskomplexe zu sein. Man versucht andauernd, es sich selbst recht zu machen und das Selbstbild irgendwie zu erhalten. Man möchte toll sein, großartig, besser als alle andern. Und an manchen Tagen denkt man, dass man das auch ist.

Ich dachte, dass ich niemand bin, der einfach einen Menschen fallen lässt, um sich einen andern zu schnappen. Ich dachte, dass ich nie jemanden für einen anderen verlassen würde. Und während ich das ganz stolz von mir gedacht habe, habe ich etwas viel Schlimmeres getan. Ich habe jemanden betrogen, der mir vertraut hat, und habe jemanden verletzt, den ich liebe. Ich habe es nicht eingesehen, Dennis gehen zu lassen, wenn ich auch nur noch ein bisschen für ihn fühle und ich doch eigentlich so ein großartiger Mensch bin und nie Fehler begehe. Es ist schwer, sich einzugestehen, dass man falsch liegt, wenn man so komisch ist wie ich. Und als es dann vorbei war, das mit Dennis und mir, da dachte ich, dass du wohl noch auf mich wartest. Ich dachte, dass du dich sicherlich bald meldest und mir sagst, dass du mich immer noch willst, mich noch liebst. Ich habe einfach nicht gemerkt, dass ich an der Reihe war, mich bei dir zu melden. Arrogant bin ich nämlich auch noch. Als ich dann begriffen habe, dass du nicht mehr auf mich wartest, jetzt dein eigenes Leben, ganz ohne mich lebst, hat mich das zu Unrecht sehr getroffen. Irgendwas ist zu dieser Zeit mit mir durchgegangen. Manchmal verstehe ich nicht, wie ich mein Abi geschafft habe, bei all dem Dreck in meinem Kopf!«

Nik schaut finster. Hoffentlich mache ich nicht alles noch schlimmer. Bitte, lass mich die richtigen Worte gefunden haben. Er drückt mich an sich, küsst meine Schläfe, streichelt meine Hand und den Rest meines Körpers. Er schaut mir tief in die Augen und murmelt etwas, was mich beruhigt.

»Danke.«

Anscheinend hat es sich wirklich gelohnt, dass ich mitten in der Nacht durch den ganzen Ort gerannt bin. Ab jetzt wird alles besser.

Kapitel 18

Du und ich

Wie wäre es, wenn du endlich mal mit anpacken würdest? Ich bin nicht dein verdammter Packesel!«, ruft Nik. Ich äffe ihn nach und schiebe die Katze beiseite. Wir ziehen zusammen, der Chaot und ich. Nachdem wir es ein Jahr miteinander ausgehalten haben, ohne uns gegenseitig an die Gurgel zu gehen, halten wir es für realistisch, zusammenziehen zu können.

Nik befördert soeben seinen Lieblingssessel nach oben und motzt, was das Zeug hält. Wir haben uns für meine Wohnung entschieden, weil seine wirklich viel zu klein ist. Außerdem war mein absolutes Totschlagargument, dass die Katze sich leider schon an die Wohnung gewöhnt hat und nicht einfach entwurzelt werden darf. Nik hat nach langem Hin und Her zugestimmt. Der Großteil seiner Sachen lagert inzwischen schon bei mir. Erst habe ich befürchtet, dass die Wohnung zu klein für alle unsere Sachen und unsere Charaktere sei, aber ganz und gar nicht. Wir passen perfekt hier rein, wir vier (Nik, Frosch, Tortilla und ich). Und obwohl wir uns tagtäglich streiten, so wie es sich für zwei charakterstarke Menschen gehört, will ich ihn nicht mehr missen.

Ich trete in das Treppenhaus und schaue ihm dabei zu, wie er den dicken, fetten, hässlichen Sessel die schmalen Stufen hinaufzwängt. Sehr amüsant. Er flucht und wirft mir böse Blicke zu, die ich mittlerweile nur allzu gut kenne. Mit einem Ruck mache ich mich von der Tür los und packe mit an. Gemeinsam schaffen wir den Sessel in unsere Wohnung und schließen die Tür hinter uns.

»Du hast ja ganz schön lange auf dich warten lassen, Elfchen!«, mault er. Ich strecke mich ein bisschen, lege meine Hand auf seine Brust und küsse ihn kurz. »Ja, entschuldige. Das nächste Mal helfe ich eher.« Wir beide wissen, dass ich das nicht so meine. Er seufzt und lässt sich auf die Couch fallen.

Unsere Geschichte ist kompliziert, erscheint an manchen Stellen ein bisschen theatralisch. Wir haben das Zueinanderfinden unnötig hinausgezögert, was uns beide nur verletzt hat. Doch ich habe tatsächlich den Kreis geschlossen, den ich als Kind schon zu zeichnen begonnen habe. Ich habe keinen Traumprinzen an meiner Seite, keinen gewöhnlichen Menschen und ganz sicher niemanden, mit dem ich es jemals leicht haben werde, aber dasselbe kann er auch über mich sagen. Jetzt haben wir uns. Und ich werde ihn nicht mehr loslassen.

ANAIS

GLITZERREGEN

DIE ARCHITEKTIN EVA BAUT ALLEIN AN IHREM AUTARK-HAUS –
ABER WIE AUTARK KANN SIE IN EINER BEZIEHUNG BLEIBEN?

GLITZERREGEN
EROTISCHER ROMAN
ANAIS Band 29
Von Anna Blumbach
288 Seiten, Paperback
ISBN 978-3-86265-145-0 | Preis 9,95 €

Eva steckt in einer Krise: Die Architektin, muss sich als halb alleinerziehende Mutter schon seit Jahren mit Minijobs zufriedengeben. Doch dann gewinnt sie eine Ausschreibung für ein ökologisches Bauprojekt.

Daraufhin arbeitet Eva drei Wochen lang allein an ihrem Autark-Haus, das im Berliner Umland steht. Endlich scheint sich alles zu ordnen – bis ihr guter Freund Tom mit seinem alten VW-Bus in ihr neues Leben rauscht.

Eva und Tom verbringen eine wunderschöne Zeit miteinander und als sich zwischen den beiden mehr entwickelt, muss Eva sich mit den Grenzen ihrer angestrebten Unabhängigkeit auseinandersetzen. Kann man autark in einer Beziehung bleiben? Was tun, wenn man zu dem Schluss kommt, dass die Liebe bekloppt ist und man doch eigentlich sehr gut allein zurechtkommt? Wären da doch nur nicht diese unsagbar schönen Momente zu zweit.

WWW.ANAIS.DE

Die Autorin

Nastasia Martinez wurde 1991 in Mannheim geboren. Dort studiert sie Germanistik und Philosophie. Autorin ist sie eher zufällig geworden, doch ihre Kreativität führt sie auf ihre Familie zurück, zu der sie ein enges Verhältnis pflegt. Sie lebt mit ihrer größten Inspiration zusammen in ihrer Heimatstadt. LIEBE KANN MICH MAL ist ihr erster Roman.

Nastasia Martinez
LIEBE KANN MICH MAL
Erotischer Roman

ANAIS Band 39
ISBN 978-3-86265-322-5

ANAIS ist ein Label des Berliner Schwarzkopf & Schwarzkopf Verlages.

1. Auflage, November 2013

KATALOG
Wir senden Ihnen gern kostenlos unseren Katalog
Schwarzkopf & Schwarzkopf Verlag GmbH | Leserservice ANAIS
Kastanienallee 32 | 10435 Berlin
Telefon: 030 – 44 33 63 00 | Fax: 030 – 44 33 63 044

INTERNET | E-MAIL
www.anais.de | info@anais.de